동홍

1 홀로 바람되어

박희채·박희섭 공저

동훈

1 홀로 바람되어

박희채·박희섭 공저

다차원북스

일러두기

고려시대의 역사적 이해를 돕고 인명의 혼동을 피하기 위하여 1권 말미에 각 인물들의 약력을 간단히 수록했습니다.(자세한 것은 한국인물사전 참조) 참고하시기 바랍니다.

『동동』 1권 차례

2권 차례

먼저 세상을 살았던 역사적 인물들의

숨은 진면목과 격정적인 삶의 궤적을 뒤쫓으면서

등장인물들의 다채로운 인생 역정과

사랑과 복수, 순정과 야망의 행로는

단조로운 일상에 젖어 무기력해진 우리 현대인의 삶을

되돌아보는 계기가 될 것이다.

– 작가의 말 중에서

서(序)

德으란 곰ᄇᆡ예 받ᄌᆞᆸ고, 福으란 림ᄇᆡ예 받ᄌᆞᆸ고,

德이여 福이라 호ᄂᆞᆯ, 나ᅀᆞ라 오소이다

아으 動動다리

덕(德)일랑 뒷잔에 바치고 복(福)일랑 앞잔에 바치고

덕(德)이라 복(福)이라 하는 것들, 나와 오옵니다

아으 동동(動動)다리

0

고려 충혜왕 복위 5년(1343).

단오를 지난 밤기운은 여인의 품속처럼 부드럽다. 하지만 서편 하늘엔 먹구름이 잔뜩 몰려들고 있다. 어두운 구름장 사이로 나타난 상현달이 안간힘을 쓰듯 빛을 뿌려보지만 대지는 시시각각 농밀한 어둠에 잠겨든다.

내로라하는 권문세가들이 모여 사는 개경(開京) 자남산 부근의 한 거각(巨閣).

높다란 담으로 둘러싸인 중문 안 내실. 완자창 문살 사이로 노란 불빛이 새어나온다. 간간이 남녀의 말소리와 함께 호탕한 웃음소리가 솟는다.

붉은 색조로 화려하게 치장된 방 안.

환한 촛불 아래 잘 차려진 술상을 마주 보고 앉아 있는 건 마흔 남짓한 두 명의 남자다. 곁에는 두 명의 젊은 기녀들이 붙어 앉아 술시중을 들고 있다. 그들 뒤편으로 사계절이 북송(北宋)풍으로 멋들어지게 그려진 여덟 폭 병풍이 쳐져 있다. 상머리의 은촛대에서 황초가 붉게 타오르고 바람이 이는지 벽에는 그림자가 너울거린다.

"술 마시기에 봄밤처럼 좋은 때는 없지."

가슴에 봉이 수놓인 관복을 걸친, 얼굴이 넓고 허우대가 큼직하게 생긴 남자가 옆에 앉은 기생의 날씬한 허리를 더듬으며 말한다. 궁비(宮婢) 소생인 그는 충혜왕의 총애를 받아 호군과 군부판서에 오르고, 이어 충숙왕 복위 8년, 조적(曺頔)의 난에 공을 세운 일로 흥해군(興海君)에 봉해진 배전(裵栓)이란 작자다.

"그래서 봄 하루는 천금을 주고도 못 산다는 말도 있지 않는가."

"그러하네. 해서 예부터 봄날 술은 약술이고 봄 계집은 약천(藥泉)이라지 않나."

맞장구를 치던 턱이 세모꼴이고 관골이 솟은 사내가 말미에 무슨 유쾌치 못한 생각을 떠올린 듯 불식간에 양미간을 접는다. 하얀 문건 아래 작은 눈빛이 예사롭지 않다.

술기운에 약간 낯이 불그스름한 배전이 의아해서 묻는다.

"그간 무슨 심기 불편한 일이라도 있었는가?"

"허 참, 이런 일을 말해야 하나?"

관골의 사내는 손에 든 옥빛 유기잔을 돌리며 발설의 이해득실을 셈하느라 망설이는 눈치다. 그는 강윤충(康允忠)이란 자다. 천예 출신으로는 드물게 호군(護軍)에 있다가 조적의 난 때 왕을 시종한 공으로 1등 공신에 올라 현재 밀직부사 직을 맡고 있다.

"하든 말든 마음대로지만 십여 년 묵은 우리 사이에 가릴 게 무어 그리 많을까."

배전이 혼잣말하듯 중얼거린다. 오래전부터 친구로 사귀어 온 사람끼리, 그것도 서로 말마저 트고 지내는 이런 사석에서 뭘 꺼려하느냐는 다소 핀잔기가 섞인 말투다.

"아이, 어서 말씀해 보세요. 밀직부사 나리."

기회를 잡았다는 듯 옆에 앉았던 기녀가 대화에 끼어든다. 그녀는 섬섬옥수로 옆에 놓인 청자 술병을 들어 배전의 유기잔에 가득 술을 채운다. 진한 술 향기가 퍼진다. 진달래꽃에 사향(麝香), 계피를 넣어 빚은 일품 두견주(杜鵑酒)다.

"얘기 전에 너희 둘은 좀 나가 있거라."

"어머 나리. 어찌 그리 매정하세요. 저희가 혹 얘기를 퍼트릴까 그러세요?"

"어허, 썩 나가 있으라는데도……."

강윤충의 호통에 기생 둘이 못마땅한 표정으로 치마를 감아쥐며 방을 나선다.

방문이 닫히자 용단을 내린 듯 강윤충이 손에 든 술잔을 단숨에 입에 털어 넣는다. 소리 나게 빈 술잔을 탁자에 내려놓은 그가 운을 뗀다.

"먼저 얘기하기 전에, 혹 김양검(金良劍)이란 자를 알고 있는가?"

"김양검이라?"

배전이 반 뼘 남짓한 검은 턱수염을 쓰다듬으며 고개를 갸웃거린다.

"거, 1만 3천 좌우위 병사들의 무술 지도를 하고 있는 교관 작자 말이네."

그제야 생각이 났는지 배전이 고개를 끄덕인다.

"아, 궁중무술대회에서 최고수로 뽑힌 젊은 낭장(郎將: 정6품. 현재의 대대장급) 말인가? 나도 보았네. 정말 검술 하나는 대단하더군.

그날 주상께서 몸소 상을 내리시지 않았는가? 근데 무슨 연유로 그 낭장 얘기는 꺼내는가?"

"계속 들어보게. 그저께 수릿날(단오)에 말이지……."

수릿날 오전.

강윤충은 오랜만에 궁중집무의 짐을 벗고 장교 한 명과 호위군졸 네 명을 대동하고 말을 몰아 십자로에서 동쪽 방향인 선지교(善地橋: 선죽교의 옛 이름) 부근으로 나갔다.

매년 수릿날이 되면 선지교 부근 대로에서 성대하게 격구 경기가 열렸다. 이날의 격구는 특별히 젊은 무관과 귀족 자제들 중에서 선별된 자들만 참가했다.

용, 봉의 그림이 그려진 장전(帳殿)을 세운 넓은 대로에 주악이 울리고, 기생이 던진 공을 좇아 수십 명의 젊은이가 동시에 말을 달리는 격구는 놀라운 승마술과 격렬한 경기 동작으로 개경 사람들의 인기를 독차지했다. 특히 홍안(紅顔)의 남자들을 보려는 사가(私家) 처녀들이 경쟁하듯 모여들었다. 그러다 보니 자연 성 안팎의 젊은 남자들이며 아녀자까지 덩달아 개미떼처럼 몰려나왔다.

한창 격구 시합이 벌어지는 도중에 강윤충은 모여든 군중들 사이에 서서 시합을 관전하는 한 여인을 발견했다. 때마침 옆에 선 관람객의 팔에 걸렸던 것일까. 그녀가 쓴 검정 비단으로 된 너울(몽고 식 쓰개치마)이 벗겨지면서 여인의 용모가 드러났다.

첫눈에도 놀랄 만한 미인이었다. 마치 한순간 백화가 만개한 것처럼 보였다. 눈처럼 희고 윤기 나는 피부에 크고 고혹적인 눈동자, 도홧빛 입술, 게다가 흰 백저 상의에 홍상(紅裳)을 걸친 몸맵시는 가

냘픔과 풍만함을 동시에 지닌 듯한 느낌을 주었고, 그 모습은 그에게 기묘한 성적 욕구를 불러일으켰다.

갓 스물이나 됐을까.

이내 여자는 너울로 얼굴을 가렸지만 그렇다고 이미 그의 마음에 돋아난 욕정까지 가릴 순 없었다. 항라댕기를 매고 쪽을 찐 걸로 보아 부인임이 분명해 보였다. 몸종으로 보이는 계집종 하나만을 대동했으니 높은 신분을 가진 자의 부인은 아닌 모양이었다. 그렇다면 별로 문제될 게 없었다.

한 차례 격구 시합이 끝나고 인파가 저마다 시원한 나무 그늘을 찾아 흩어져 갈 때 그는 수하들을 이끌고 그녀의 뒤를 쫓아갔다. 조금 떨어진 한적한 소나무 숲가에 이르렀을 때 그는 수하 군졸을 시켜 여자의 앞길을 막게 했다.

놀란 여인이 걸음을 멈췄다. 그는 말에서 내려 큰 걸음으로 여인에게 다가갔다. 여인의 검은 눈동자가 경계심을 담고 흔들렸다. 열댓 살쯤 된 얼굴이 동그란 계집종이 영문을 몰라 하며 여인의 앞을 막아섰다.

"왜 이러세요?"

계집종이 당돌하게 물었다.

"어디서 천한 종년이 감히, 저리 비켜나거라."

곁에 서 있던 눈치 빠른 병사가 계집종의 팔을 잡아 사정없이 끌어냈다.

"대체 제게 무슨 용건이 있어 이러시는지?"

뒤편에 섰던 여자가 저어하는 눈빛이 되어 그에게 물었다.

"용건은, 그저 오늘처럼 좋은 날 술자리나 함께하자는 거지."

그가 혀로 입술을 적시며 능글맞게 말했다.

"아니 됩니다. 전 지아비가 있는 몸입니다."

어려워하는 음성으로 여인이 말했다.

"지아비가 있든 없든 그게 무슨 상관이야."

그가 거칠 것 없다는 태도로 말했다. 그는 손을 뻗어 너울을 쥐고 있는 여인의 손목을 잡았다. 손목은 희고 매끄러웠다. 여인이 어쩔 줄 몰라 했다. 손을 빼내려 했지만 역부족이었다. 그는 다른 손으로 여인이 쓰고 있는 너울을 벗겼다. 이목구비가 뚜렷하면서 표정이 풍부한 희고 갸름한 얼굴. 정말 볼수록 마음을 흔드는 미인이었다.

"이것 놓으세요."

속절없는 봉변에 눈물까지 글썽해진 여자가 애처롭게 소리쳤다. 그녀의 저항하는 자태가 가일층 그의 욕정에 불을 지폈다. 주위 소나무 아래 십여 명이 있었지만 이편이 병졸을 대동한 고위 관료라는 사실을 짐작했는지 감히 말리려 나서는 자가 없었다. 그저 구경거리가 생겼다고 여기거나 저 여자 재수 없게 되었다는 식의 동정 어린 눈길을 던질 따름이었다.

"자, 네가 좋아서 그러는 것이니 너무 그렇게 앙탈을 부리지 말고……."

그는 강제로 여자를 품으로 끌어당겼다.

그가 여자를 희롱하고 있을 때 저편에서 흰 두건에 청의를 입은 젊은 남자가 빠르게 달려왔다. 군졸들에게 팔을 잡혀 몸부림치던 계집종이 뭐라고 반갑게 소리를 질렀다.

"그만두지 못해!"

순식간에 근처까지 접근해온 준수한 얼굴의 남자가 소리쳤다. 병사 중 하나가 달려오는 남자의 앞을 막아섰다. 그러나 어떻게 손을 썼는지 순식간에 병사가 짚단처럼 힘없이 뒤로 나뒹굴었다. 이를 지켜보던 장교와 다른 병사가 환도와 삼지창을 앞세우고 남자를 제지하려고 뛰어갔다.

하지만 그들 역시 남자의 상대가 되지 못했다. 남자가 날렵하게 공중으로 뛰어오르는가 싶더니 장교는 검을 한 번 휘둘러보지도 못하고 그대로 땅에 떨어뜨린 채 손목을 부여잡았다. 병사 역시 들고 있던 창과 함께 땅바닥에 나뒹굴었다. 남자의 날랜 솜씨를 지켜보던 사람들 사이에서 놀람에 찬 탄성이 일었다.

"백주에 세력만 믿고 아녀자를 욕보이려 들다니 나쁜 놈이군."

어느새 훌쩍 가까이 다가든 남자는 불시에 그의 따귀를 세차게 쳤다. 너무 빨라서 피하고 말고 할 겨를도 없었다. 그의 눈에서 번쩍 불꽃이 튀고, 이내 코에서 주룩 붉은 선혈이 쏟아졌다.

"이런!"

낭패감에 그가 짧은 신음을 내뱉었다. 단번에 피가 옷섶을 붉게 적셨다.

"네 이놈! 내가 누군지 알고 이러는 것이냐?"

손으로 코를 싸쥔 그가 황망히 소리쳤다.

"대낮에 여자나 희롱하는 못된 파락호 따위밖에 더 되겠느냐?

남자가 서슴없이 말했다.

"내가 바로 주상전하를 모시는 밀직부사니라."

그가 위압적으로 눈을 부릅뜨며 말했다.

"그렇다면 더 몹쓸 인간이군. 높은 직위에 있는 자가 남의 부녀자나 능욕하려 들다니."

다시 찰싹찰싹 하고 두 뺨이 울렸다. 충격이 커서 그는 몸의 중심을 잃고 비틀거리다 끝내 땅바닥에 엉덩방아를 찧고 말았다. 그 바람에 흙먼지가 풀썩 일었다. 둘러선 구경꾼들 사이에서 야유와 조롱 섞인 웃음소리가 터져 나왔다.

정신을 수습한 장교와 병사들이 여인과 남자를 에워싸고 창과 환도를 겨누었다. 그러나 남자는 여인을 한 팔로 보호한 채 태연자약한 기색이었다.

그는 이를 갈며 몸을 일으켰다. 분노가 두건 꼭대기까지 치밀었다. 아무리 임자 있는 유부녀를 희롱했다손 치더라도 엄연히 밀직부사라는 직함까지 밝힌 터가 아닌가. 더욱이 많은 사람들이 보고 있는 환한 대낮에 일개 평민에게 수모를 당했다는 사실은 이유여하를 막론하고 도저히 그냥 넘어갈 수 없는 일이었다.

"저, 저놈을……."

그는 어금니를 악물었다. 당장 눈앞에서 두 연놈을 찢어 죽여도 시원치 않을 것 같았다. 그가 막 병사들에게 연놈을 도륙 내라는 명을 내리려는 찰나였다.

"무슨 일이오?"

소동을 보려고 몰려든 군중 둘레를 비집고 중앙으로 나서는 자가 있었다. 온화한 얼굴에 두 명의 관노까지 데리고 나타난 자는 뜻밖에도 감찰사(監察司) 장령(掌令)인 이정(李挺)이었다.

그는 깜짝 놀랐다. 그로선 평생 잊지 못할 얼굴이었다. 몇 년 전 충숙왕 시절, 그가 호군이었을 무렵에 낭장 백유(白儒)의 처를 강간하였다는 죄목으로 그를 탄핵하여 곤장을 맞고 섬으로 유배를 떠나게 만든 철천지원수나 다름없는 자였다.

"밀직부사께서 이곳에서 백성과 어언 시비시오?"

이정이 짐짓 정색한 얼굴로 말했다. 하지만 미소를 띤 표정으로 보아 아까부터 모든 것을 보고 있었음이 틀림없었다. 설상가상이라더니 하필이면 이런 때에. 그는 생각만으로도 지레 복장이 터질 노릇이었다.

"그래서 결국 자네 뺨을 친 그 젊은 놈을 그냥 놔두었다 그 말인가?"

얘기를 듣던 배전이 묻는다.

"그럼 어떡하나? 이정이란 그 원수 같은 감찰장령 놈까지 나타난 터에 일을 더 키울 순 없고…게다가 그 김양검인가 뭔가 하는 놈도 쉽사리 군졸들 손에 잡힐 그런 칠푼이는 아니고……."

당시 딱한 자신의 몰골을 떠올린 듯 강윤충의 눈빛이 새삼 노기와 수치감을 띠고 번들거린다.

"예쁘장한 계집년 하나 때문에 참으로 감당키 어려운 곤욕을 치렀네그려."

배전이 빙글거리는 미소를 머금는다.

"말 말게. 아직도 그 일만 떠올리면 피가 끓고 치가 떨리네. 더구나 그 이정인가 하는 놈 앞에서 그런 모습을 보였다는 게 정말 낯을 들고 다닐 수 없을 지경이네."

강윤충의 토로에 배전이 동의의 표시로 고개를 끄덕인다. 남에게 업신여김을 당하거나 모욕을 받는 것을 제일 못 견디어 하는 성정은 두 사람 모두 비슷한 편이었다. 그건 둘 다 사회적으로 천대받는 천민 출신이기 때문일 것이다. 오래전부터 두 사람이 뜻이 통하는 친구가 된 것 역시 그런 출신상의 공통점을 지닌 탓인지도 모를 일이다.

"그렇겠군. 헌데 그 잘난 계집년의 남편이 김양검이란 사실은 어찌 알았나?"

"나중에 그놈 낯짝을 알고 있던 병사 하나가 내게 귓속말을 해주더군. 좌우위 낭장이자 검술 교관을 하는 장교라고."

"그런가. 헌데 그 김양검이란 놈이 하필 그 시간에 거긴 어찌 나타났을까?"

술을 들이킨 배전이 손수 자신의 빈 잔에 술을 채운다.

"거기서 연놈이 만나기로 미리 약정을 해둔 거겠지."

"그렇겠군."

"아무튼 이왕 얘기가 나온 김에 하는 말이네만 무슨 좋은 방도가 없는가?"

"어떤 방도 말인가?"

배전이 술병을 내려놓으며 강윤충을 바라본다.

"그 몹쓸 수모를 겪게 한 낭장 놈을 작살낼 방도 말일세."

"몰래 수하들 몇을 보내서 그놈 집 안에 분탕질을 치면 되겠지."

"말이야 쉽지. 하지만 만에 하나 놈이 그런 사실을 알고 보복을 하겠다고 악심을 품고 달려들면 그땐 어떡하는가. 더욱이 그놈이 무술 실력까지 예사 만만치가 않으니……."

"그래봤자 일개 낭장 나부랭이밖에 더 되는가?"

"아닐세. 뒤를 캐어보니 예상외로 그놈을 따르는 장교들이 많아서 함부로 손대기 어려워. 또 그놈 성격이 보통이 아니라는 소문이야. 자칫 잘못 건드렸다가는 상대가 염라대왕이라도 칼을 품고 지옥까지라도 따라갈 놈이라고 들었네."

"흠, 그런가."

"예전 정중부가 왜 난을 일으켰는지 자네도 잘 알지 않는가?"

"하긴 그렇군. 쥐도 궁지에 몰리면 고양이를 문다지. 그렇다면 하는 수 없지. 없었던 셈치고 잊어버리게나."

"그게 어디 마음먹은 대로 되는가."

"하기야 나라도 그런 하극상의 수모를 당했다면 쉬 잊고 넘기지는 못할 테지."

"무엇보다……."

말끝이 흐려지자 배전이 의아한 눈길로 강윤충을 건너다본다.

"한 번 본 그 계집년 얼굴이 도무지 잊혀지질 않네. 속담에 놓친 고기가 커 보인다는 말이 있다더니, 그 계집을 품에 안아 봤으면 하는 일념에 요즘 잠도 잘 이루지 못한다네."

"그렇다면 방법이야 없지 않지. 그 김양검인가 하는 놈이 당직을 서는 밤을 골라 몰래 그 집 담이라도 넘으면 되잖는가."

"그렇게 하면 한 번 재미야 보겠지만 영원히 그 계집을 소유할 수는 없지 않은가. 아니네. 그러기엔 너무 아까운 계집일세."

"거 욕심도 크구먼. 늦바람이 용마름 벗긴다더니 바로 그 모양일세."

배전이 말끝에 허허거리며 웃는다.

"그렇게 놀리려 들지만 말고 좋은 계책이 있으면 좀 꺼내보게. 그런 방면이라면 자네가 이 몸보다 훨씬 윗길이지 않는가."

자신을 치켜세우는 말에 만족한 듯 배전의 입가에 흐뭇한 미소가 떠오른다.

"힘 좋은 하인들을 보내어 그 계집을 업어오는 건 어떤가?"

"보쌈질 하잔 말인가. 아니지. 그건 좀 위험하네. 설사 그렇게 데려왔다 쳐도 시중에 소문이라도 나면 그야말로 큰일 아닌가."

배전은 강 부사가 그날 만난 젊은 남자에게 단단히 겁을 집어먹었음이 틀림없다고 판단한다. 그렇지 않다면 계집 하나 데려오는 간단한 일을 이토록 노심초사할 리가 없는 것이다. 하긴 네 명이나 되는 호위병졸을 간단하게 내치고 조정 권신인 밀직부사의 뺨을 때린 사내니 결코 보통 놈은 아니겠지.

잠시 생각을 정리하듯 술잔을 빙빙 돌리던 배전은 마침내 그럴듯한 계책이 떠올랐는지 눈길이 잔뜩 가늘어진다.

"그 계집을 전하께 넘기면 어떨지……."

영문 모를 말이다. 강윤충이 작은 눈을 깜박인다.

"전하께서 그 계집을 강제로 범하도록 꾸민단 말인가?"

"그러하네. 가뜩이나 음욕 많은 전하께서 그 계집을 보고서 그냥 놔두지는 않으실 터."

"그걸로 그 낭장 놈에게 앙갚음만 하라 이건가."

계책이 마뜩잖은지 강윤충이 땡감을 씹은 표정으로 입맛을 쩝쩝거린다.

"더 들어보게. 만일 전하께 계집을 빼앗기게 되면 성격 강한 그놈이 그냥 있지는 않을 거 아닌가."

"행여 전하를 해치려고 덤비기라도 한단 말인가?"

"어쩌면."

배전이 신중하게 고개를 끄덕인다. 흥미로운지 강윤충이 목을 뺀다.

"그다음은?"

"그전에 놈의 동태를 염탐하면서 미리 근위병들을 궁문 주변에 포진해 두는 거지. 그런 뒤 놈이 무기를 지니고 궁 안에 들어오면 그때 잡아서 왕을 시해하려 했다고 고변을 올리면 될 거 아닌가. 제 아무리 날고뛰는 검술을 지녔더라도 수천의 호위 군사를 당할 수는 없을 터. 또한 얼마 전에 현효도란 역적이 전하께서 드실 음식에 몰래 독약을 타 올려 역변을 꾀했던 일 때문에 전하의 신경이 몹시 날카로우실 때가 아닌가."

"그렇게 되면 계집은?"

"역모에 몰린 남편 잃고 홀로 남겨진 계집 하나 잡아오기는 그야말로 손바닥 뒤집기나 마찬가지지."

"허나 만일 놈이 그렇게 하지 않으면 어쩐다?"

"왕에게 강간당한 계집이라는 소문이 나면 남우세스러워서도 그냥 데리고 살지는 않겠지. 혹 열에 하나 계집의 허물을 용서하고 같이 살더라도 그때는 왕의 분부라며 근위병을 보내서 그 계집을 중간에서 빼돌리면 그만이지."

강윤충의 낯이 등불을 켠 듯 환하게 밝아진다. 그는 자신도 모르게 상 너머로 손을 뻗어 배전의 큰 손을 덥석 움켜잡는다.

"정말 대단하군. 제갈량이 따로 없네그려. 돈을 주고 살 수 있다면 억만 금을 주고도 그 머리를 사고 싶네."

"어허, 그 무슨 끔찍한 망언인가."

"너무 감탄해서 하는 말일세. 참, 그런데 만에 하나…이런 말을 해서 뭣하지만 양검이란 놈이 전하를 해하는 불상사라도 벌어지면 어떡하는가?"

강윤충의 질문에 느닷없이 배전의 표정이 싸늘히 굳어진다. 두 눈동자에 푸른 살기가 보일 듯 말 듯 스쳐 간다.

만일 그렇게만 된다면 더할 나위 없이 좋은 일이지.

배전은 아직도 잊지 않고 있다. 몇 년 전 충혜왕이 자신을 원나라 사신으로 쫓아 보낸 다음, 자신의 아내를 범하는 것조차 모자라서 친동생인 금오의 처까지 건드린 사실을.

아마 그건 그가 명줄이 끊어져 이 세상을 하직하는 날까지 잊지 못할 마음의 상처일 것이다. 신하된 자로서 겉으로는 비록 충혜왕을 모시는 처지였지만 그 일에 대한 원한은 항상 그의 뇌리에서 떠난 적이 없었다.

잠깐 지난 기억에 빠져 있던 배전이 표정을 부드럽게 바꾸며 강윤충에게 손짓을 보낸다. 귀를 가까이 하라는 시늉이다. 강윤충이 머리를 기울이자 배전이 음성을 낮추어 말한다.

"생각해 보게. 주상이 음욕에 빠져서 정사가 파탄지경에 이른 작금에 지난 임신년처럼 언제 어느 때 상국(上國: 원나라)에서 전하의 폐위를 감행할지 알 수 없는 일 아닌가. 그리 되면 그런 못난 주상을 보필하는 우리도 한꺼번에 추풍낙엽 신세가 되는 건 당연지사. 그럴 바에야 차라리 우리가 권부(權府)에 있을 때 변고가 생기면 수습하기가 훨씬 수월하네. 새 주상이 용상에 오르는 일이 있어도 알아서 미리 요처에 손을 써두면 될 테고."

자신의 계책에 만족한 배전이 술잔을 들어 단숨에 비운다. 그는 자신의 음흉하고 악랄한 계책이 평안한 한 가정을 무참히 파괴하게 될 것이며, 또한 머지않은 장래에 자신들의 운명에 어떤 결과로 나타날지는 전혀 생각하지 않았다.

강윤충이 지극히 감탄스런 표정으로 크게 고개를 끄덕인다. 배전의 계책은 어느 모로 따져보나 가히 송곳만큼의 빈틈도 없다. 그는 신뢰를 더하듯 배전의 술잔에 넘치도록 가득 술을 채운다.

"자, 이 흥겨운 봄밤, 우리 앞날의 수복(壽福)을 위해 멋지게 한잔 하세."

술잔을 들며 강윤충이 흥에 겨운 음성으로 말한다. 바깥에 다시 바람이 이는지 방 안 촛불이 금방이라도 꺼질 듯 일렁거린다.

1부

正月ㅅ 나릿 므른, 아으 어져 녹져 ᄒᆞ논ᄃᆡ
누릿 가온ᄃᆡ 나곤, 몸하 ᄒᆞ올로 녈셔
아으 動動다리

정월(正月)의 냇물은, 아아! 얼자 녹자 하는데

세상 가운데 태어나, 이 몸은 홀로 지내는구나

아으 動動다리

1

햇살 따가운 초여름 오후.

드넓은 연무장엔 병사들의 무술훈련이 한창이다. 수백 명의 병사들이 각기 대오를 이루고 선 채 장창과 월도(月刀), 곤봉 따위로 전투무술을 연마하는 중이다.

병사들은 각줄 앞에 선 별장(別將: 정7품 무관)들의 기합에 따라 일사불란하게 창을 내지르고, 거두고, 칼을 돌리거나 곤봉을 내리친다. 자못 진지한 표정으로 훈련에 몰두한 병사들의 발 아래선 노랗게 흙먼지가 솟고, 이마에는 땀방울이 번들거린다. 동서고금을 통틀어 전쟁은 젊은이의 땀으로 준비되고, 피로 마무리되는 법이라고 했던가.

조금 떨어진 연무장 한편 구석에는 한 젊은 장교가 십여 명 남짓한 별장 무리를 모아놓고 예도(銳刀) 시범을 보이고 있다.

균형 잡힌 체격에, 볕에 그을긴 했지만 이목구비가 뚜렷한 얼굴이다. 다만 짙은 눈썹과 날카로운 콧날이 어딘지 모르게 강한 인상을 풍기는 사내. 김양검이란 훈련 교관이다. 지금 그는 병사들의 무예 지도를 책임진 별장들에게 손수 예도술을 시연해 보이는 중이다.

원래 예도술은 당태종이 거느린 천 명의 호위검사로부터 유래되었다고 전해진다. 그러나 원나라에 들어오면서 점차 실전(失傳)되었고 외려 동방의 나라 고려에서 그 세법을 수호, 발전시킨 것이다. 예도술은 모든 검법의 기초를 이루고 있다고 할 만큼 다양하고 완벽한 체계를 갖춘 검법이었다. 그런 연유로 오래전부터 별장 이상의 장교들은 기본적으로 익히도록 되어 있었다.

"예도술은 우선 보기에는 24세법(勢法)으로 이루어진 것 같지만 그 하나마다 세 가지 변화를 내포하고 있으므로 실은 70여 세가 나오는 것이지. 이처럼."

말을 마친 양검이 표두(豹頭)세에서 가볍게 몸을 회전하며 연이어 역린(逆鱗)세까지 펼친다. 발격(拔擊)세에서 허공으로 날렵하게 뛰어오르며 예도를 휘두르자 칼끝에서 폭포수처럼 현란한 빛줄기가 쏟아져 내린다. 그의 유려하고 민첩한 동작은 마치 한 마리 나비가 춤을 추는 듯하다. 방어와 공격의 변환이 맞물려 조금의 빈틈이나 흐트러짐이 없는 완벽한 자세다. 지켜보던 별장들이 저도 몰래 경탄의 소리를 내지른다.

"고려 최고의 무술교관이라더니 과연 명불허전이군그래."

난데없는 찬사에 김양검이 눈길을 준다. 별장들 뒤편에서 푸른 장교 복색의 털북숭이 사내가 큰 얼굴 가득 미소를 띠며 지켜보고 있다.

"계속하게. 난 지켜볼 테니……."

팔짱을 끼며 사내가 말한다. 양검과는 교위 때부터 알고 사귀어 온 김어진(金於珍) 낭장이다. 체격이 크고 우람하며 성격이 소탈, 강직한 그는 양검과 연배가 비슷한 데다 여러모로 의기투합하여 형제처럼 서로 흉금을 터놓고 지내는 사이다.

계속 연결되는 검세를 마지막 수인 수두(獸頭)세까지 펼쳐 보인 양검은 별장들에게 오늘 배운 예도술을 몸에 익을 때까지 반복 연습하라는 지시를 내리고 자리를 빠져나온다.

두 사람은 어깨를 나란히 하고 군막 쪽으로 걷는다. 날로 신록이 푸르러지는 송악산이 손에 잡힐 듯 눈에 들어온다. 옥빛 하늘엔 유월의 흰 구름이 한가롭게 떠 있다.

"대단하이. 군자는 괄목상대(刮目相對)라더니 자네 검술은 볼 때마다 일취월장하는군."

어진이 양검의 어깨를 가볍게 치며 말한다.

"괜스런 과찬을……."

"과찬이 아니네. 내 비록 자네만이야 못하지만 명색 무과에 일등 급제한 무관이네. 검을 휘두르는 동작만으로도 어느 경지에 이르렀는지 정도는 짐작할 수 있지."

"하지만 내가 좀 전에 펼친 검술은 예전 노영희(盧永禧)의 예도술에 비하면 그야말로 흉내만 내는 것에 불과하네."

"노영희라면 칠십여 년 전에 배중손과 함께 야별초(夜別抄)를 이끌고 대몽항쟁을 벌였던 그 노영희 말인가?"

"그렇다네. 놀랍게도 그는 예도술을 거의 달인의 경지에까지 연마했다는 얘기를 들었네."

"그가 그처럼 검술이 뛰어났던가?"

"떠도는 소문에 따르면 그는 당시 나라에서 다섯 손가락 안에 드는 놀라운 검술을 지녔다고 하더군."

"오호, 그래? 한데 그의 검술을 전수 받은 제자는 없는가?"

"아직 있었다는 얘기는 듣지 못했네."

"안타깝군. 하기야 몽고의 침입으로 맥이 끊어진 우리네 전통무예며 검법이 어디 한둘인가."

"헌데 여긴 어쩐 일인가? 오늘 비번인 줄 알고 있는데……."

검술 이야기가 끝이 없을 듯하여 양검이 슬쩍 화제를 돌린다.

"오늘 미시경에 낭장방 회의가 있다는 통문이 돌더군."

어진이 말했다. 낭장방(郎將房)은 각 군의 낭장들이 모여서 군사 전반에 관한 일을 의논하는 기관이었다. 무신정권 시절만 해도 중방, 장군방에 이어 군사에 관한 주요 문제를 처리하는 의결기관이었지만, 지금은 그저 낭장들끼리 모여 유대를 강화하거나 군사에 관한 정보를 주고받는 친목 모임으로 격하되어 있었다.

"나도 들었네."

양검이 고개를 끄덕인다.

"그래서 겸사겸사 자네와 같이 가려고 들른 거네."

"무슨 중요한 안건이라도 있는가?"

"중요한 안건이 뭐 있겠나. 서로들 한동안 왕래가 뜸했으니 모처럼 얼굴이나 보자는 거겠지."

둘은 군막 속으로 들어갔다. 제법 넓은 군막 내부는 그늘이 진 탓에 비교적 시원하다. 나무의자에 앉아서 봄날의 달콤한 오수를 즐기던 당번 병사가 인기척에 놀라 벌떡 일어났다. 병사는 하품을 하며 구석에 놓인 세숫물이 담긴 자배기를 들고 왔다.

"참, 내 듣자니 자네가 조만간 중랑장(정5품 무관)으로 품계가 오른다는 말이 돌던걸."

등을 구부리고 앉아 얼굴을 씻는 양검의 등 뒤에서 어진이 말한다.

"누가 그런 말을 하던가?"

"그럼 자넨 모르고 있었던가?"

"아니, 그저께 설핏 듣기는 했지만 긴가민가하는 중이네."

양검이 다 씻고 일어나자 곁에 서 있던 병사가 재빨리 명주 수건을 내민다.

사실 양검의 진급은 다른 이들에 비해 많이 늦어진 편이었다. 양검의 출신 성분이 평민에 불과한 터에다가 고위층의 매관매직과 정실인사, 귀족 중심의 사회제도가 그의 진급을 늦춰 놓았던 것이다.

"비록 늦은 감이 있지만 축하하네. 진작에 진급했어야 되었을 터인데……."

어진이 양검의 옆얼굴을 쳐다보며 말한다. 언제 보아도 준수한 용모라고 내심 생각하던 그는 문득 달포 전인가 경신일(庚申日: 4월에 경신일이 들면 수경신이라 하여 사람의 몸속에 있는 삼시충三尸蟲이란 벌레가 승천해 하늘에 그 사람의 죄를 고한다고 하여 함께 모여 술을 마시며 밤을 새우는 풍습이 있음)에 양검의 집으로 초대받아 간 기억을 떠올린다.

그날 본 양검의 아내는 그전보다 훨씬 용모가 아리따웠다. 여인은 아기를 낳은 뒤부터 진정한 여성으로 변하게 되는 것인지 첫아이를 출생한 뒤로 한결 피부가 고와졌고, 따라서 자태가 더욱 그윽하고 아름다워 보였다.

경국지색이란 말도 있지. 여자가 너무 예쁘면 집안에 우환을 불러들인다는 옛말도 있는데. 그렇게 생각하던 그는 얼른 자신의 불길하고 주제넘은 상념을 머리에서 지웠었다.

"참, 아들은 잘 크는가?"

양검이 머리를 끄덕인다.

"이름이 한진(漢眞)이랬지. 어린 녀석이 부친을 닮아 벌써 장군감이더군. 체격이 타고났어."

"이제 겨우 걸음마나 떼는 아이를 두고 별말을……."

"옛말에 될 성 부른 나무는 떡잎부터 알아보는 법이라지 않는가. 거기다 영규(남의 아내를 높여 부르는 말)를 닮아 인물 한번 잘생겼더군."

"아냐, 내 보기엔 자네 아들이 썩 훌륭한 재목감이야."

양검이 말한다. 자신의 자식과 경진년 동갑내기인 어진의 아들을 두고 하는 말이다.

"개야 평범한 축에 속하지. 그나저나 자네 아들은 앞으로 여난(女難)깨나 겪을 상이던걸. 너무 인물이 좋아서 말이야. 허허."

둘은 이런저런 한담을 나누며 군막을 나섰다. 주로 떠드는 쪽은 성격이 쾌활하고 낙천적인 김어진이고 입이 과묵한 양검은 대체로 간단한 응답만 흘릴 뿐이다.

높다란 나성 성벽을 따라 펼쳐진 너른 들판에는 농사일이 한창이다. 농사꾼 집안이라면 애어른 가릴 것 없이 누구나 가을의 추수를 위해 땅을 파고, 씨를 뿌리고, 물을 대고, 거름을 져다 나르는 일로 봄날 하루해가 짧았다. 그들에게 대지는 신이자 어머니고, 또한 생명을 구하는 터전이었다.

"자네 혹시 비기(秘記) 얘기 들어봤는가?"

석축으로 쌓아올린 성 모퉁이를 돌아 저만치 보정문(保定門) 입구를 눈앞에 뒀을 때 어진이 생각난 듯 물었다. 양검이 고개를 돌린다.

"비기?"

"듣지 못했군. 실은 나 역시 아는 사람에게 귀동냥으로 들은 얘기네만, 요즘 항간에 세상을 뒤바꿀 비기가 나타났다는 소문이 떠돌고 있네. 제목이 『음양혼천비록(陰陽混天秘錄)』이라던가. 아무튼 그 비기를 통달하면 세상 이치를 훤히 알 수 있는 건 물론이고 세상을 자신의 뜻대로 바꿀 수도 있다고 하네."

"세상을 바꾸다니, 그럼 지금이 말세라도 된다는 얘긴가?"

믿어지지 않는다는 어조로 양검이 되받는다.

"아무래도 그렇겠지. 신라 말기에도 그랬듯 하 세상이 어지러우니까 그런 허황한 소문이 나도는 게지."

성문 앞에 다다르면서 더 이상 얘기는 이어지지 않았다.

두 사람이 모임 장소인 만월대 남쪽 흥국사 별당에 도착한 것은 미시(未時)가 좀 넘은 시각이다. 별당 안엔 먼저 도착한 아홉 명의 낭장들이 원을 그리며 둘러앉아 담소를 나누고 있다.

신을 벗고 마루에 올라서자 모두들 자리에서 일어나며 두 사람을 맞는다. 양검과 어진 두 사람 모두 낭장들 사이에서 의리 있고 신망 있는 인물로 여겨지고 있는 터여서 같은 낭장 급이라도 대하는 예우가 각별했다.

"어서 오시게. 안 그래도 혹시 오지 않을까 내심 걱정했네."

회색 두건을 쓴, 얼굴이 각진 사내가 양검의 손을 잡으며 말한다. 그는 김장수란 낭장으로 양검이 산원(散員. 정8품 무관) 시절 처음으로 만났다. 당시 왜구를 토벌하러 나선 양검이 왜구 십여 명에게 포위되어 생사의 기로에 놓여 있는 그를 단신으로 뛰어들어 구해 준 것이다. 그 뒤로 자주 내왕을 가졌고, 가끔씩 술자리를 가지는 사이가 되었다.

"자네들 들었나. 이달 말경에 중랑장 급 이상 무관들 여럿 자리를 바꾼다지?"

일행이 자리를 잡고 앉자 코가 펑퍼짐한 한 낭장이 말을 꺼낸다.

"그 얘긴 나도 들었네. 6위의 장군 한 명과 중랑장 몇이 2군으로 들어간다는군."

낭장 김장수가 말을 받는다.

"흥, 또 그놈의 기철 일당이 장난을 치는 게 뻔하지. 보나마나 상납이 시원찮은 자들을 변방으로 쫓아내고 그 자리를 자신의 측근들로 채우려는 못된 짓거리지."

"말 함부로 하다가 큰코다치네."

어진이 웃으며 농조로 말한다.

"우리에게 다칠 코가 어디 있는가. 아니, 대체 나라꼴이란 게 이래도 되는 건지, 원. 총부산랑(總部散郎)인 제 아비 덕에 골목에서 불한당 짓이나 일삼던 기철이 이젠 몽고로 가서 순제의 왕후가 된 여동생을 믿고 정승이 되어 나라를 통째로 들어먹으려 드니 눈꼴이 시어서 두고 볼 수가 없네. 게다가 몽고에선 이번에 기철에게 정동행성 참지정사란 거창한 벼슬까지 내렸다며. 아무튼 볼수록 점입가경일세그려."

"백성 수탈도 막심하다지?"

듣고 있던 다른 낭장이 묻는다.

"말 말게. 탈점(타인의 토지와 노비를 강제로 뺏는 일)과 기진(재물을 강압적으로 강탈하는 일)을 마구잡이로 해대는 통에 그놈 일가 농장 부근에는 바늘 하나 꽂을 땅도 남아 있지 않다지."

"시운, 너무 심화 돋우지 말게. 죽일 놈이 어디 그들뿐이겠는가."

어진이 달래듯 말한다.

"맞네. 자식놈을 몽고에 환관이나 궁녀로 보내놓고 그걸 기화로 온갖 위세를 부리는 놈이나 부모덕에 음관(蔭官)이 되어 온갖 악행을 저지르며 나대는 세도가 놈들이나 다들 마찬가지지."

채수염을 한 늙수그레한 다른 낭장이 말을 받는다.

"왕실은 어떠하고?"

"그거야 새삼스런 일도 아니지."

"그 판에 죽어나기는 입 없는 백성들이지."

"어쨌든 우리야 많든 적든 나라의 녹을 먹고 있지 않는가."

"그건 그러네."

군사 배치에 대한 얘기부터 옆집 아녀자의 바람기까지, 이런저런 얘기가 두서없이 오간 뒤 누군가가 술자리로 옮기자는 제안을 했고, 다들 선뜻 자리를 털고 일어났다. 배가 출출해지는 저녁시간이라 모두들 술 생각이 간절했던 터였다.

양검이 집으로 돌아온 것은 밤이 이슥해진 이경 무렵이다. 낮 동안의 과도한 노동에 지친 농민들은 이미 죽음이나 다름없는 깊은 잠에 빠져 있다. 담 위에서 쥐를 뜯어먹던 들고양이가 느닷없는 인기척에 놀라 어둠 속으로 달아났다.

양검이 문을 두드리자 기다렸다는 듯 여인의 반가운 음성이 흘러나왔다. 방에서 새나오는 불빛을 등지고 아내가 대문을 열어준다. 오래된 석류나무가 선명한 그늘을 드리운 마당에는 달빛이 대낮처럼 환하다.

"늦으셨군요."

양검의 얼굴을 살피며 아내 홍씨가 말한다.

"일행이 너무 붙잡는 바람에 늦어졌소."

미안한 기색을 드러내며 양검이 홍씨의 어깨에 손을 얹는다. 그의 입에서 옅게 홍시 냄새가 풍긴다. 아내가 어둠 속에서 살짝 보조개를 지으며 웃는다.

"그럼 더 놀다 오시지 않고……."

"당신이 보고 싶어서."

"아들이 보고 싶었던 건 아니고요?"

말하는 모습에서 절로 몸에 익은 교태가 묻어난다. 양검은 달빛이 푸른 마당에 선 채 부드럽게 홍씨를 껴안는다. 그녀의 가녀린 듯 풍부한 몸매가 금방이라도 부서질 듯 품에 안겨 든다. 한 팔로 감쌀 정도로 가는 허리에 가슴에 와 닿은 풍만한 젖가슴의 감촉. 그리고 부드럽게 손등을 간질이는 그녀의 삼단처럼 긴 머리채.

"당신이 보고 싶었소. 하루 종일……."

그는 새삼 자신의 음성이 감동으로 떨리는 걸 잘 안다. 그건 진심이기 때문일 것이다. 그는 늘 아내를 얻게 된 것을 하늘에 감사해왔다.

아내 홍씨는 그가 아홉 살 무렵부터 잘 알고 지내던 집안의 딸이었다. 어려서부터 그는 그녀를 눈여겨보았다. 그녀 역시 그를 친오빠처럼 따랐다. 금방 헤어지고 나면 다시 보고 싶은 여자. 하루에도 수십 번씩 서로를 그리워하며 지내다가 혼기에 이르렀을 때 양가 부모들의 허락으로 순탄하게 단란한 가정을 꾸린 것이다. 어쩌면 두 사람이야말로 하늘이 숙지해준 운명적 존재라고 해도 좋을 것이다.

그는 저고리 사이로 드러난 아내 홍씨의 목덜미에 코를 묻는다. 아릿하면서 그리운 살내가 후각에 스며든다. 꽃향기 같기도 하고 유아기의 젖내 같기도 하다. 그 냄새가 문득 그의 욕망을 불러일으킨다.

"방으로 들어가요."

살며시 몸을 빼내며 홍씨가 말한다.

"당신이 없었으면 이 세상이 어떠했을까?"

홍씨의 뒤를 따라 방으로 들어가며 양검이 묻는다.

"당신, 정말 술이 과하셨나 봐요."

짐짓 투정하듯 하는 홍씨다. 하지만 그녀의 아미에는 사랑 받는 여인만이 누릴 수 있는 기쁨의 기색이 은연중 떠올라 있다.

"그래, 술기운이 아니면 당신에게 그런 말 하기가 쉬운 줄 아오?"

촛불이 켜진 방 안은 제법 밝고 온화하다. 구석에는 강보에 싸인 아이가 깊은 잠에 빠져 있다. 젖 먹는 꿈이라도 꾸는지 이따금 분홍빛 입술을 오무락거린다.

다정한 눈길로 아이를 내려다보던 양검이 겉옷을 벗는다. 홍씨가 들보에 옷을 거는 것을 지켜보던 양검은 불빛에 비치는 아내의 얼굴이 오늘따라 너무도 곱다고 여긴다.

"너무 그렇게 보시면 무안하잖아요."

배시시 몸을 꼬며 홍씨가 미소를 띤다. 양검이 손을 뻗어 그녀의 저고리를 벗긴다. 긴 목선과 푸르게 실핏줄이 내비치는 소담스럽고 하얀 젖가슴이 드러난다. 양검은 자신의 몸 어딘가에 한 가닥 뜨거운 열기가 뻗치는 걸 느낀다. 그녀 역시 어느새 호흡이 가빠져 있다.

양검이 홍씨를 껴안은 채 아기를 다루듯 조심스레 침상 바닥에 누인다. 그를 쳐다보는 아내의 눈빛은 이미 열정으로 젖어 있다. 벌려진 붉은 입술 사이로 흥분에 찬 달짝지근한 신음이 새나온다.

"여보, 무서워요."

양팔로 양검의 목덜미를 껴안으며 홍씨가 말한다.

"무섭긴 뭐가 무섭단 말이오?"

"언제고 당신이 내 곁을 떠나지는 않을까……."

너무 행복한 게 무섭다는 뜻일 것이다. 원래 마음에 겨울 정도의 행운이나 행복은 사람에게 두려움을 주는 법이다. 행복이야말로 찰나적이며, 또한 삶의 가장 높은 정점에 놓인 상태며, 따라서 조만간 내리막을 향해 가야 한다는 사실을 누구나 본능적으로 깨닫고 있기 때문이다.

"그런 말 마시오. 맹세코 언제나 난 당신 곁에만 있을 게요. 그게 우리 두 사람의 운명이오."

양검이 그녀의 귓불을 가벼이 깨물며 말한다.

"믿을게요, 여보."

흐느끼듯 말하는 그녀의 뺨이며 목덜미, 가슴까지 발그레하게 사랑에 목마른 진한 분홍빛 살꽃이 피어나고 있다. 양검은 한층 뜨거워진 홍씨의 육신을 애무하며 자신 역시 아랫도리가 보름달처럼 충만해진 기분을 느낀다. 그는 그녀의 뜨거워진 몸을 팔과 다리 사이에 품는다.

양검이 훅, 촛불을 불어 끈다. 들창으로 스며든 달빛에 드러난 그녀의 몸은 더욱 희고 요염하다. 마치 하얀 목련꽃잎을 펼쳐놓은 듯 풍요하고 탐스럽다.

흥분에 겨운 그녀가 제풀에 다리를 연다. 아이를 낳고 난 뒤로 그녀는 한결 농염해져 있다. 잠자리에서도 예전보다 더욱 적극적이다. 그녀는 이제 남녀 간의 운우에 제대로 눈을 뜬 것이다. 다가올 열락(悅樂)을 고대하는 듯 살며시 감은 눈꺼풀이 바르르 떨린다. 작은 수풀 사이로 흘러나오는 맑은 물이 이미 수로를 이루고 있다. 양검은 그게 더욱 마음에 든다.

그가 아내의 풍만한 젖가슴에 얼굴을 묻는다. 이어 천천히 그의 얼굴이 아래로 내려가자 쾌감에 견딜 수 없어진 그녀가 양검의 어깨를 손끝이 파고들 듯이 움켜쥐고 몸을 비튼다. 등이 힘껏 당겨진 활시위처럼 굽는다. 고통 때문인지 쾌락 때문인지 분간할 수 없는 아내의 야릇한 신음소리를 들으며 양검 역시 쾌락의 늪으로 깊이 빠져 들어간다.

발정 난 들고양이 소리와 함께 밤은 더욱 깊어지고 있다.

2

소나무와 버드나무가 푸른 가지를 드리운 궁궐 뒤편의 상춘정 넓은 뜰에는 왕이 참관하는 가운데 수박희(手搏戱)가 열리고 있다. 햇살이 청명한 오후 무렵이다.

근육질의 우락부락한 상체를 드러낸 두 명의 젊은 사내가 서로 일발 필승의 기회를 노려 원을 그리며 돌고 있다. 사내들의 눈빛은 한 치의 빈틈도 허용치 않으려는 긴장으로 가득 차 있다. 고수들의 싸움은 한순간에 승부가 결정 나기 때문이다.

수박희는 삼국시대에 택견이란 이름으로 행해지던 싸움 기술이었다. 그것이 고려조에 들어와 군사훈련용으로 보급되면서 더욱 발전되고 체계화되었다. 수박만 잘하면 평민도 높은 지위에 오를 수 있었다. 그런 까닭에 많은 사람들이 수박을 연마하길 즐겨했다. 따라서 뛰어난 실력을 갖춘 고수들이 많았다.

남달리 체력이 뛰어난 충혜왕은 수박희를 좋아해서 수시로 대회를 열었다. 오늘의 경기는 왕의 친위부대인 응양군과 용호군에서 차출된 고수들끼리 그 자웅을 겨루는 대회였다.

"헛—!"

이마에 붉은 띠를 맨 사내가 굵직한 고함을 내지르며 상대의 몸을 향해 전력을 다한 발길을 내지른다. 하지만 푸른 띠를 맨 상대가 가볍게 그 공격을 피해내자 자세를 가다듬고 재차 공격의 기회를 노린다. 두 사내 모두 더위와 과도한 긴장으로 몸이 땀에 흠뻑 젖어서 마치 멱을 감은 듯 번들거린다.

기단 위에 높다랗게 자리를 잡고 앉은 충혜왕은 청자 기와에 반사되는 오후 햇살 때문인지 눈을 가늘게 하고 그들을 내려다보고 있다. 황금빛 오사고모(烏沙高帽) 밑의 눈길에는 약간의 권태감이 묻어난다. 두 대결자의 지나치게 긴 탐색전이 마음에 들지 않는 눈치다.

말처럼 길쭉한 얼굴에 유난히 날카로워 보이는 콧날, 푸른빛이 도는 눈두덩이 어쩐지 이채롭다. 아마 정력이 생성되기 시작하는 열두 살 어린 나이부터 과도하게 색을 탐한 결과일 것이다.

어떤 날은 하루 저녁에 세 명의 아녀자를 강간한 적도 있었다. 그의 음행에는 인간적인 수치도 체면도 없었다. 오직 짐승과도 같은 더러운 수욕이 있을 뿐이다. 한마디로 그는 색정광(色情狂)이었다. 왕위에 오르면서 그는 부왕의 후비인 수비 권씨를 건드렸고, 이어 역시 부왕의 후비인 숙공휘녕공주조차 욕보였다. 자신이 데리고 다니는 내시의 처를 욕보이는가 하면 장인 홍탁의 후처인 황씨와도 간음을 하였다. 가히 천인공노할 지경이었다. 그렇게 거듭된 그의 음행은 나이가 들수록 더욱 심해져갔다.

다행히 그는 선천적으로 강건한 체질을 타고난 데다 뛰어난 의술을 지닌 궁중 시의(侍醫)들, 녹용과 산삼을 비롯한 귀한 약재들의 도움, 거기다가 서른도 채 되지 않은 젊은 나이여서 아직 건강엔 별다른 무리가 따르지 않고 있다.

"국사께서 보기엔 누가 이길 것 같소?"

지켜보던 왕이 묻는다. 파초선(芭蕉扇)을 든 시녀 곁에 서 있는 스님을 향해서다.

넓은 황색 장삼에 안타회(낙자: 가사의 일종)를 두른 스님은 학선(鶴仙)대사였다. 미간이 넓고 청아한 용모에 인자한 눈길을 가진 대사는 쉰 가까운, 그리 많지 않은 나이임에도 거문고와 그림에 일가견이 있었으며, 의술이 뛰어나고 중국말, 몽고말에 능통하여 충혜왕의 신임을 받았다. 또한 성품이 올곧아서 직언하기를 서슴지 않았다.

근년에 한번은 연일 주색잡기에 빠져 지내느라 심신이 지칠 대로 지친 충혜왕이 기력도 되찾고 축원도 올림 겸 해서 신하를 데리고 홍법사(洪法寺)로 행차를 한 적이 있었다. 그날 왕은 무슨 생각에선지 당시 주지로 있던 학선대사에게 질문을 던졌다.

대사님, 오래 사는 비결이 무엇입니까?

학선대사의 대답은 간단했다.

무릇 사람들에게는 정해진 분수가 있고, 한계를 넘는 이치가 없습니다. 따라서 악업을 행하여 수명을 재촉하는 일을 삼가야 할 것입니다.

은근히 왕의 패륜적인 음행과 실정을 꾸짖는 말이었다.

현재 학선대사는 충혜왕의 국사(國師)를 맡고 있다. 오늘은 도리천(忉利天)의 제석과 4천왕(四天王)이 인간의 악행을 살펴본다는 구재일(九齋日)이었다. 그런 연유로 대비전에 불경 강론을 나왔던 학선대사는 충혜왕에게 반강제다시피 이끌려 여기까지 온 것이다.

학선대사는 충혜왕이 이제 수박희를 보는 일에 싫증을 내고 있는 것을 느낀다. 무슨 일이든 싫증을 잘 느끼는 왕이었다. 격구든, 각저희(씨름)든, 전렵(畋獵: 사냥)이든 반나절을 보아 넘기지 못했다. 끊임없이 상대를 바꾸어가며 여색을 탐하는 것도 아마 그런 불안정한 성벽(性癖)의 소치일 것이다. 타고난 극양(極陽) 체질에 무소불위의 환경이 그런 포악하고 탐욕스런 성격을 형성한 것이리라.

더욱이 그런 횡포한 성정을 가진 사람이 한 나라의 왕이 된 것은 백성에겐 더없이 불행한 일. 또 국사라는 자신이 왕에게 여태 아무런 깨우침도 주지 못하고 있는 건 더욱더 부끄러운 일일 터.

하지만 학선대사는 그런 번다한 심중의 변화를 드러내지 않고 차분히 대답한다.

"빈도(貧道), 무예에는 문외한이라……."

"하지만 의술이 뛰어난 사람은 외양만으로도 그 사람의 내공력을 알 수 있다고 들었소."

"승부가 내공력만으로 결정되는 건 아니겠지요."

"그럼 어디 직관으로라도 맞춰 보시오. 만일 맞히면 내 상을 내리리다."

"황송하오나 전하께서는 어느 장사가 이길 것으로 보시는지?"

학선대사가 손에 든 모감주 염주를 굴리며 은근하게 되묻는다.

"고(孤: 과인)는 저기 붉은 띠를 맨 장사가 이길 것으로 여겨지오. 우선 체력이 우세한 데다가 발차기에 기술이 있어 보이거든."

자신감에 넘치는 말이다. 충혜왕 자신이 수박을 익힌 터라 일가견이 있어 하는 말일 것이다. 학선대사는 잠깐 망설인다. 대사는 물은 항상 낮은 곳으로 흘러간다는 사실을 떠올린다.

"빈도는 저쪽 푸른 띠를 맨 장사가 이길 듯 판단됩니다만."
"국사께선 무슨 근거로 그렇게 여기오?"
"그건 자세를 많이 낮추고 있기 때문입니다. 많이 움츠린 것은 그만큼 상대를 공격하려는 의지가 강하며 아직 몸을 지탱하는 힘이 남았기에 중심을 아래로 가져간 것으로 사료됩니다. 또한 호흡도 붉은 띠의 사내보다 한층 안정돼 있는 것으로 보입니다."
"정말 그렇게 생각하오?"
말이 끝나기도 전에 격렬한 기합소리와 함께 두 사내가 맞붙는다. 눈에 보이지 않을 정도로 빠르게 손발이 오간다. 이어 곧장 떨어지면서 풀밭에 뒹군 것은 붉은 띠를 맨 사내다. 사내는 급소를 맞았는지 한동안 몸을 일으키지 못한다. 심판관의 손에서 선뜻 푸른 깃발이 오른다.
"역시 국사 눈이 정확하구려."
예측에 진 것이 분한지 씹어뱉듯 말하며 충혜왕이 옥좌에서 일어난다. 수박희 구경에 정신이 빠져 있던 근위병들이 우르르 진을 갖춰 도열한다.
"전하, 어디로 행차하시려는지요?"
병사들 앞에 선, 체구가 작고 관골이 솟은 벼슬아치가 머리를 조아리며 묻는다. 오늘 일직을 맡은 밀직부사 강윤충이다.
"바깥바람이나 쐬련다."
왕이 대답한다. 바깥바람을 쐰다는 건 거리로 밀행을 나간다는 뜻이다. 강윤충의 얼굴에 뜻 모를 화색이 돈다. 드디어 오랫동안 기다리던 그날이 온 것이다. 그는 내심 쾌재를 부른다.
충성심이 강하고 체격이 좋은 근위무사 셋과 한 명의 호군, 그리고 내시 한 사람을 지목하여 밀행을 준비시키던 그는 본능적으로 누군가가 자신을 지켜보고 있다는 걸 눈치챘다.

돌아보자 충혜왕의 곁에 선 학선대사가 자신을 지켜보고 있다. 찌르듯 곧고 서늘한 눈길. 왠지 자신을 힐난하는 눈길이라는 생각이 든다. 자신이 오늘 어떤 음모를 꾸미고 있는지 다 알고 있다는 시선처럼 여겨진다. 하지만 아무리 법력 높은 대사라 한들 그런 사정을 알 턱이 없다. 괜한 자괴지심일 뿐이다. 그는 작게 헛기침을 흘리며 곤혹스런 시선을 돌린다.

"신궁(新宮) 건축은 어찌 돼가나?"

연경궁(延慶宮)으로 옮겨가며 충혜왕이 묻는다.

요즘 왕은 부쩍 신궁 신축에 신경을 쓰고 있다. 이제 신궁은 단청 채색 작업에 들어가 있다. 몇 달 뒤면 삼 년 가까운 세월 동안 공을 들인 신궁이 완공될 것이다. 왕이 그처럼 신궁 신축을 서두르는 것은 은천옹주(銀川翁主)의 성가신 독촉 때문이다. 그녀는 몇 달을 견디지 못하는 다른 비빈들과 달리 아직도 왕의 총애를 한 몸에 받고 있다.

"조만간 완성될 줄 아옵니다."

강윤충이 얼버무린다. 뻔한 대답이긴 하지만 어쩔 수 없다. 그저께 독려차 신궁을 다녀간 왕 역시 대답을 기다려서 묻는 말은 아니다. 그저 상투적으로 하는 말이다.

"오늘은 어느 방향으로 나가볼까?"

미복(微服)으로 갈아입은 왕이 연경궁 남쪽의, 내시들이 드나드는 작은 궐문을 나서며 묻는다. 변복을 하고 검으로 무장을 갖춘 근위무사와 시종 내시가 그림자처럼 뒤를 따른다.

"아직 가보시지 않은 곳이 좋을 듯싶습니다만……."

"가보지 않은 곳이라?"

왕이 고개를 갸웃거린다.

"예. 숭인문 밖에……."

"어디 봐둔 곳이라도 있는가?"

"도화촌(稻花村)이라는 마을인데, 꽃이 곱다고 들었습니다."

"알았으니 앞장서거라."

왕의 명령에 강윤충은 얼른 길을 다잡아 나간다. 이번 일만 잘되면 마음에 품고 있던 그 어여쁜 계집이 자기 손에 들어오는 것이다. 그는 남들이 알세라 재빨리 품속에 손을 넣어 준비한 물건을 만져본다. 손가락 끝에 딱딱하고 매끈한 물체가 잡힌다. 이 작은 물건이면 충분할 것이다.

그는 득의의 미소를 띠며 가벼운 걸음을 옮긴다. 낮은 농가 지붕들 위로 따가운 햇살이 쏟아진다. 성벽 너머 어디선가 뻐꾸기가 구슬프게 울고, 초여름 해는 아직도 높다.

3

대지에 밤이 내려와 있다.

간혹 새나 짐승들의 울음소리가 정적을 깰 뿐, 밤은 검은 장막을 내린 채 조용하다. 숲은 제 그늘이 만든 어둠에 갇혀 침묵하고 있다.

어디서 나타났는지 모를 물체가 어둠 사이로 빠르게 움직이고 있다. 마치 검은담비나 스라소니처럼 날렵하다. 검은 옷을 입은 사내다. 번득이는 눈만 내놓은 채 얼굴을 검은 천으로 가리고 있다. 등에는 역시 검은 천으로 싼, 장검으로 여겨지는 기다란 물체를 메고 있다.

사내는 숲 사이로 난 길을 따라서 소리 없이, 가볍게 이동하고 있다. 길은 잎새 사이로 스며드는 달빛을 받아 꿈길처럼 여리게 열린다.

지금 사내가 밤을 도와 달려가고 있는 길은 개경 남쪽의 용수산(龍首山) 기슭에 자리한 숭교사(崇教寺)로 이어지는 길이다. 숭교사는 목종 3년에 창건된 사찰로 현종이 열두 살 때 이 절에서 머리를 깎은 걸로 유명하다.

멀리 숲이 끝나는 지점에 노란 등불이 한 점 빛나고 있다. 절의 일주문이 있는 곳이다. 십여 보 앞으로 다가가자 문 양쪽으로 불이 밝혀진 등롱(燈籠)이 걸려 있다. 보초를 서는 병사는 보이지 않는다.

검은 옷의 사내는 재빨리 일주문을 통과한다. 조금 더 들어가자 만(卍) 자가 쓰여진 적갈색의 크고 웅대한 절 문이 나타난다.

그 옆엔 양쪽으로 가마솥에 담긴 화톳불이 붉게 타오르고 있다. 주위로 갑옷을 입은 용호군 병사 네 명과 상급자인 호군 한 명이 무기를 들고 엄중하게 번을 서고 있다. 절 문 양쪽에 교차되게 세워진 금월부(金鉞斧)가 왕의 위엄을 드러내고 있다. 금월부는 왕의 행차 시에만 사용되는 금색 깃발 달린 의장용 창도끼다. 평소 잘 알고 지내는 궁 내관이 사내에게 귀띔해 준 내용과 별반 다르지 않다.

사내는 호위 병사들의 눈에 띄기 전에 재빨리 길옆 숲으로 뛰어든다. 절 문 양쪽으로 빼곡히 우거진 적송이며 떡갈나무는 몸을 은신하기에 적당하다. 사내는 소리 없이 숲 사이를 뚫고 절의 측면으로 진입한다.

절에 접근한 사내는 낮은 돌각담 너머로 절 내부의 동정을 살핀다. 넓은 대웅전에만 불이 켜져 있을 뿐 경내는 어둠 속에 잠들어 있다. 짐작으로는 지금이 늦은 이경이다. 조금만 지나면 사람이 깊은 잠에 빠진다는 삼경이 된다.

사내는 호흡을 고르며 담 아래 낮게 자세를 잡고 앉는다. 마음 같아선 당장 절 안에 뛰어들고 싶지만 무사다운 침착성과 냉정함이 그 충동을 억누른다. 그렇지 않았다면 벌써 사건 당일에 곧장 궁궐로 잠입해 들어갔을 것이다.

그는 결의를 다지듯 등에 멘 검을 풀어 내린다. 오른손을 칼자루에 갖다 대자 마치 주인의 부름을 기다렸다는 듯 스스릉, 낮은 소리를 내며 칼날이 빠져나온다. 달빛 하나 새어들지 않는 어두운 숲임에도 칼날은 타고난 살기로 제 몸을 푸르게 빛낸다. 얇으면서 고른 도신, 거울처럼 청명한 표면은 솜씨 뛰어난 장인의 오랜 단련 끝에 만들어졌음을 증명한다.

불현듯 그의 눈에 짙은 고뇌가 어린다. 그가 들고 있는 검은 예전 대호군(大護軍)이었던 그의 조부가 삼별초의 난에 공을 세워 고려 24대 왕인 원종으로부터 직접 하사 받은, 비룡검(飛龍劍)이라는 이름의 검이다. 그 어사검(임금이 신하에게 내리는 칼)이 이제 엉뚱하게도 칼을 하사한 일족을 향해 쓰이려 하는 것이다.

그는 다시금 떠올리기 싫은 그날의 장면을 떠올리고 만다. 차가운 분노와 함께 잊고 있었던 피 냄새가 울컥 코를 찌른다.

이틀 전이었다.

그가 직무를 끝내고 집으로 돌아왔을 때는 서편 하늘에 웅장하게 노을이 질 무렵이었다.

지붕에 붉게 노을이 내려앉은 집엔 대문이 활짝 열려 있었다. 그가 마당에 들어섰을 때 돌연 까닭 모를 비릿한 피비린내가 후각을 스쳤다. 그는 직감적으로 집에 비극이 닥친 것을 깨달았다.

그는 신발도 벗지 않고 마루로 뛰어올랐다. 다급하게 안방 문을 열어젖혔을 때 방 중앙에 아내 홍씨가 처참한 모습으로 누워 있는 게 시야에 들어왔다.

홍씨는 목에 칼을 맞은 채 하체를 드러낸 상태로 쓰러져 있었다. 그녀는 죽으면서도 수마에게 더럽혀진 자신의 하체가 남편에게 보여진다는 사실에 부끄러움을 느꼈던 것일까. 피에 젖은 손으로 벌려진 다리 사이의 치부를 가린 모습이었다. 흘러내린 피는 이미 방바닥의 돗자리에 검게 스며들어 있었다.

그 목불인견의 광경을 보는 순간 그는 세상의 시간이 멈춘 듯한 느낌을 받았다.

그동안 믿어왔고 아껴왔던 모든 것들이 순식간에 허황한 물거품이 된 것이다. 그것은 천지가 무너져 내리는 엄청난 충격이었다. 너무 충격이 커서 아무 감정도 일어나지 않았고, 생각조차 나지 않았다. 무엇보다 세상 그 무엇보다 아끼고 사랑했으며 죽는 날까지 함께하리라 맹세했던 아내가 이토록 간단히, 그리고 비참하게 자신의 곁을 떠났다는 사실을 결코 믿을 수 없었다. 그는 갑자기 세상이 온통 핏빛으로 바뀌는 걸 분명히 보았다. 그는 몸을 비틀거리다가 쓰러지듯 방바닥에 주저앉았다.

얼마나 시간이 흘렀을까.

일차 충격에서 벗어났을 때 그는 먼저 자신이 할 일이 무엇인가를 떠올렸다. 우선 그는 치욕과 원망으로 부릅뜬 아내의 눈꺼풀을 손으로 쓸어내렸다. 그런 다음 괴한의 무자비한 공격에 의해 더럽혀진 아내의 육신을 비애로 가득 찬 눈길로 찬찬히 살펴보았다.

여러 정황을 종합해 볼 때 아내는 그가 오기 고작 한두 시진 전에 강간을 당하고 목숨을 빼앗긴 것 같았다. 마당에 난 어지러운 발자국들과 아내의 손목에 나 있는 짙은 자색 상흔은 적어도 두 명 이상의 괴한이 아내가 강간당하기 쉽도록 곁에서 손목을 누른 자국이리라.

홍씨의 몸에 여기저기 남겨진 푸른 멍은 그녀가 얼마나 격심하게 저항했는지를 보여주었다. 아마 홍씨가 목에 칼을 맞고 절명한 것도 바로 그 격렬한 저항에 대한 범인의 분노 때문일 것이다.

방 안을 살펴가던 그의 눈길에 들어오는 게 있었다. 집어 들고 보니 그건 작은 노리개였다. 청, 백, 홍의 비단실로 매듭지어진 끝에 정교하게 조각된 금제(金製) 패물이 달려 있었다. 봉황이 새겨진 그 패물은 시중에선 볼 수 없는, 궁중에서만 사용되는 귀한 물건이었다.

그의 뇌리에 번개처럼 한 사람이 떠올랐다. 그 작자에 대한 소문은 귀가 아프도록 들은 바가 있었다. 백성들 사이에서 색마라는 소문이 자자한 그자가 한 짓이 거의 확실했다. 훤한 대낮에 민가에 뛰어들어 아녀자를 강제로 겁탈할 사람은 그리 많지 않았다. 그 무엇보다 현장에 남겨진 확실한 증거품이 그걸 드러내고 있었다.

의심과 분노의 화염이 거세게 그의 가슴을 태우고 있을 때, 어디선가 나직한 소리가 들려왔다. 부엌 쪽에서 나는 소리였다. 그의 머리에 뭔가 스치는 게 있었다. 그는 단숨에 그리로 건너갔다.

땔감이 쌓인 어두운 부엌 바닥에서 아이가 칭얼거리고 있었다. 바로 옆에는 계집종이 머리에 피를 흘리며 실신한 채 쓰러져 있었다. 뒤로 손발이 묶이고, 입에는 재갈이 물려져 있었다. 아마 강간을 하는 동안 소리를 못 지르게 하기 위함인 듯했다. 어둠 속에서도 아이는 그를 알아봤는지 빙긋 미소를 지어 보였다.

멀리 성내 법왕사(法王寺)에서 삼경을 알리는 인경소리가 밤을 가르며 들려왔다. 눈을 감고 행공을 하던 사내가 눈을 뜬다. 살의로 충혈된 눈빛이 야차처럼 매섭다. 사내는 가볍게 몸을 날려 어깨높이의 담을 뛰어넘는다.

절 안은 이상스러울 정도로 조용하다. 왕이 친히 거동을 했으면 분명 절 안에 근위대 무사들이 주위를 에워싸고 번을 서야 했다. 그러나 근위병들조차 보이지 않는다. 그건 얼마간 의심스런 노릇이긴 하지만 복수의 염(念)에 사로잡힌 그에겐 그 내막까지 신경이 미치지 않는다.

사내는 어둠 속에서 잠깐 주위를 살핀다. 왕이 침소로 정한 곳은 틀림없이 요사채 중심에 있는 금당 뒤편의 반야실(般若室)일 것이다. 예전에 몇 번 와본 곳이라 어둠 속에서도 반야실을 찾기는 쉬운 일이다.

사내가 금당이 있는 쪽으로 가기 위해 허리를 숙인 채 재빨리 대중방 앞 넓은 화원을 가로지를 때였다.

기다렸다는 듯이 대중방 뒤편과 좌우측 어둠 속에서 장검과 창을 빼든 무사들이 솟아나듯 모습을 드러냈다. 한눈에 보아도 십여 명이 넘었다. 복장으로 보아 모두 왕을 호위하는 무사들이다. 무사들은 그가 나타날 것을 미리 알고 기다린 게 분명하다. 무사들은 곧장 사내가 있는 곳으로 포위망을 좁혀온다. 사내는 비로소 자신이 함정에 빠진 것을 깨닫는다.

"침입자는 거기 멈춰서라."

상급자로 보이는 무사가 단호한 음성으로 소리친다.

사내는 대답 대신 곧장 어깨에 멘 검을 뽑는다. 이미 함정에 빠진 이상 시간을 끌면 불리한 건 명약관화한 일이다.

"어서 칼을 버리고 부복하라."

다시 한 번 상급자 무사가 소리친다. 그러나 그 소리가 채 끝나기도 전에 사내는 먼저 맨 앞에 서 있는 호위무사를 향해 섬광처럼 빠르게 검을 휘두른다. 순간적이고 무자비한 공격이다.

앞장서 다가오던 호위무사는 비명을 지를 새도 없이 칼 아래 피를 뿌리며 쓰러진다. 이어 우측의 무사 역시 자신을 향해 검광이 번쩍인다고 느낀 순간 목에 뜨거운 감촉이 지나감을 깨닫는다.

둘러선 호위무사들은 괴한의 검술이 대단히 뛰어난 것을 알자 자신도 모르게 몸을 움칫거린다. 왕의 호위무사라면 무관들 중에서도 검술이 뛰어난 자들로 구성되어 있다. 하지만 그들이 보기에도 지금 나타난 괴한이 펼치는 공격은 난생처음 보는, 날카롭고 경쾌하기 짝이 없는 검법이다.

잠깐 정적이 흐른다고 느낀 순간, 옆에 서 있던 호위무사 한 명이 빈틈을 노리고 맹렬한 기세로 검을 날린다. 일도양단의 기세로 펼쳐낸 공격이라 검세가 사뭇 위맹스럽다.

그러나 사내는 바람에 흔들리는 버드나무가지처럼 부드럽게 허리를 돌려 달려드는 검을 피하는 것과 동시에 눈에 보이지 않을 정도로 빠르게 검을 쳐낸다. 호위무사는 공격의 탄력을 거둬들이지 못하고 몇 걸음이나 달려간 뒤 쓰러진다. 목에서 분수처럼 솟구친 피가 검게 땅을 적신다.

"아미타불, 시주는 살생을 멈추시오."

포위한 호위 병사들이 사내의 예상치 못한 강한 반발에 놀라 잠시 머뭇대고 있을 때 뒤편에서 나직하면서 무게가 실린 음성이 들렸다.

금당 뒤편에서 모습을 드러낸 자는 훤칠한 키에 염주를 든 학선대사다. 이번 충혜왕의 숭교사 예불연회에 국사 자격으로 배석한 것이다. 학선대사를 발견한 복면사내의 눈빛에 언뜻 동요가 스쳐간다.

"호위무사들도 다들 칼을 거두시오. 여긴 부처님이 모셔진 신성한 절간이오."

말하며 학선대사가 호위무사들의 포위망을 뚫고 나와 성큼 사내 앞에 마주선다. 한 치의 두려움도, 거리낌도 없는 태연한 태도다.

"국사님!"

호위무사의 우두머리인 듯한 자가 경계하듯 소리친다.

"걱정 마시오. 내 알아서 할 것이니……."

학선대사가 의연하게 말한다. 사내가 천천히 검봉(劍鋒)을 대사에게 향한다. 눈에 불길처럼 단호한 결의가 흐른다. 당장이라도 검을 쓸 기세다. 약간 기울어진 검 끝에서 검붉은 피가 방울져 흘러내린다. 구름 속에 갇혔던 달이 나오면서 사위가 훤해진다. 칼을 든 사내의 그림자가 길게 학선대사의 발치에까지 드리워진다.

"무슨 일로 이 야밤에 절간에 침입했는지 모르지만 시주, 어서 칼을 거두시오."

"죽고 싶지 않으면 비키시오."

복면 속에서 사내가 절규하듯 말한다.

"어떤 말 못할 깊은 원한이 있어서 이리 온 줄 짐작되오만, 어찌 개인적인 원한으로 이 많은 무사들을 죽이려 하오? 물론 시주의 뛰어난 검술이라면 이들을 다 죽일 수 있을 줄 아오만 이들도 다 부모와 처자식이 있는 자들, 이들을 해치면 남은 가족들의 원념은 어찌 막을 셈이오? 또 설령 복수를 한다 한들 그 무거운 업종(業種)은 모두 어쩔 셈이오?"

"그건 내 알 바 아니오. 막지 마시오."

사내의 말끝은 강하지만, 어쩐지 호소하는 음성에 가깝다.

"그럴 수는 없소이다. 여긴 어떤 자라도 살생계를 범할 수 없는 청정한 도량이외다. 더욱이 이들은 그저 왕명을 받든 무고한 병사일 뿐, 시주의 불구대천 원수가 아니오. 이들을 죽이려면 소승부터 먼저 죽이시오."

학선대사가 염주를 굴리며 한 발짝 칼날 앞으로 다가선다. 복면사내는 숨조차 멈춘 듯한 자세로 석상처럼 우뚝 서 있다. 하지만 복면 사이로 보이는 눈빛에는 무수한 갈등이 스쳐 간다. 그는 주변을 포위한 채 숨을 죽이고 지켜보는 호위무사들을 지그시 둘러본다. 모두 열다섯 명. 적어도 왕이 거처하는 반야실에 도달하려면 이들 중 반 이상은 없애야 할 것이다.

둘러보던 사내는 문득 포위망 좌측 맨 앞에 검을 든 호위무사의 얼굴이 낯익다고 느낀다. 이 년 전에 자신에게 검법을 배운 조인벽(趙仁璧)이란 무관이다. 당시 병사들 중 가장 심정이 곧고 자질이 뛰어나서 그의 추천을 받아 응양군 별장으로 옮겨갔던 젊은이다.

작년 동짓날에는 내자를 얻었다며 함께 집을 방문한 적도 있다. 아내 홍씨가 솔직하고 담백한 청년이라며 칭찬하던 기억도 남아 있다. 그 친애하던 젊은이가 이제는 왕의 호위무사가 되어 이 자리에서 적대적으로 마주하고 있는 것이다.

"자, 부질없는 원념은 버리시오. 원한은 더 큰 원한을 부를 뿐, 진정한 해결책은 아니외다. 용서하는 것만이 진정한 복수가 될 것이니 시주는 제발 자비를 베푸시오. 관세음보살."

말하며 학선대사가 복면사내 앞에 바짝 다가선다. 칼이 가사 자락에 닿을 듯하다.

"물러서시오."

사내가 나직이 절규하듯 말한다. 그러나 정작 자신이 한 발 뒤로 물러선다.

"정히 그 한 맺힌 심정을 삭히지 못하겠거든 그 칼로 먼저 소승이라도 치시오. 소승 저승에서라도 시주의 명복을 빌어주겠소이다."

말하며 학선대사가 두 팔을 벌려 보인다. 인자하면서 중후한 학선대사의 말에 사내가 든 칼이 미세하게 떨리기 시작한다. 이미 마음에 균열이 가기 시작한 징후다.

사내는 어찌 것인가 마음속으로 수없이 반문한다. 아내를 겁탈해 죽인 원수는 아직 저 안에 버젓이 살아 있는데 그를 두고 투항할 것인가. 그렇지 않으면 학선대사와 호위무사들을 모두 단숨에 베어버릴 것인가. 어차피 도망갈 길은 없다.

또 도망쳐 구차한 목숨 부지한다 하더라도 그게 무슨 의미가 있을 것인가. 차라리 그건 죽음보다 못할 따름이다. 아내가 죽은 날 이미 그에겐 살아갈 의욕도, 삶의 의미도 몽땅 사라진 것이다. 그렇지만…….

"나를 치지 않겠다면 검을 주시오. 시주."

"……."

"검을 놓으시오."

대사의 일갈에 그의 팔에서 힘이 빠져나간다. 복면사내의 눈빛에 만감이 스쳐 가는 것을 학선대사는 놓치지 않는다. 사내의 손에 들린 검봉이 아래로 향한다. 기이하게 대사의 말 한마디 한마디가 저항할 수 없는 힘을 가지고 그의 투지를 무력화시킨다.

"시주, 돌아서면 피안(彼岸)이오."

학선대사의 말이 끝나기 전에 땡그랑 금속성과 함께 검이 땅바닥에 떨어졌다. 사내는 넋이 나간 것처럼 그 자리에 멍하니 서 있다.

학선대사가 사내의 검을 주워 뒤편의 무사에게 건넨다.

기다렸다는 듯 포위했던 호위무사들이 달려든다. 그들은 죽은 동료의 복수나 하듯 사정없이 사내의 손발을 꺾고 포승줄로 묶는다. 한 호위무사가 달려들어 거칠게 사내의 복면을 벗긴다. 푸른 달빛 아래 사내의 얼굴이 드러난다. 날카로운 눈빛에 강퍅한 얼굴. 지켜보던 호위무사들 중에서 나직한 탄성이 새나온다. 그들은 야밤에 왕을 시해하려고 침입한 자가 다름 아닌 자신들의 무술교관이던 김양검이라는 사실을 알자 몹시 놀란 얼굴들이다.

"역도를 끌고 가라."

상관의 명령에 따라서 무사들이 거칠게 양검을 끌고 간다. 양검의 체념 어린 눈빛에서 뭔가 번쩍이는 게 있다. 그건 눈물이다. 그게 복수에 대한 좌절에서 비롯된 것인지, 하루아침에 나락으로 떨어진 자신의 신세에 대한 연민 때문인지 아무도 모를 일이다.

"내 그대를 위해 힘 자라는 데까지 돕겠소. 약속하리다."

끌려가는 양검의 뒤편에서 학선대사가 말한다. 양검이 힘없이 돌아본다. 하지만 이미 눈빛은 삶을 포기한 듯 텅 비어 있다.

죽은 호위무사들의 시체가 치워지고, 한바탕 살기 어린 소동이 가라앉은 화원에는 다시 고요가 깃들었다.

대웅전 뒤편의 금당. 촛불이 밝혀진 실내에는 한 스님이 불단 아래 가부좌를 튼 채 묵묵히 명상에 잠겨 있다. 고아한 얼굴의 학선대사다. 황금빛 촛불이 얼비치는 그의 얼굴에 출가한 이후로 보이지 않던 번뇌가 짙게 어려 있다.

대사는 오늘 큰 살생을 방지한 것은 참으로 다행한 일이라고 생각한다. 그러나 아무래도 침입한 사내의 눈빛이 마음에 걸린다. 그 텅 빈 듯한 기묘한 눈빛이 종내 마음의 자락에서 떨어지지 않는다. 그리고 사내의 깊은 원념과 바람 앞의 등불 같은 여생(餘生)이 결코 가볍지 않은 무게로 심중 한구석을 납덩이처럼 짓누르고 있다.

그 젊은 무사는 무슨 이유로 그처럼 주상을 해하려고 절에 뛰어들었을까.

음탕한 왕의 소행으로 보아 짐작 가는 바가 전혀 없지는 않다. 하나 그렇다고 주상을 암해하려 한 그 행동은 지극히 어리석다. 내일 아침이면 부득불 내관을 통해 그 내막이 주상에게 전해질 것이다. 어떤 연유이건 간에 그 젊은 사내는 주상에겐 절대 용서될 수 없는 대역죄를 저지른 역도일 따름, 사내는 틀림없이 참형에 처해질 것이다.

촛불이 바람에 펄럭인다. 한동안 눈을 감고 명상에 빠져 있던 학선대사가 번쩍 눈을 뜬다. 깨우침을 얻은 듯 정면을 바라보는 눈빛이 더없이 깊고 자애롭다. 고뇌가 사라진 넓은 양미간에 한 줄기 단아한 결의가 스쳐 간다.

"인연의 뜻으로 알고 소승 달게 받잡사옵니다. 그 시주에게 부처님의 가피가 깃들기를……."

학선대사는 참회나 하듯 불단 위에서 염화미소(拈華微笑)를 띠고 있는 불상을 향해 오체투지의 절을 올린다.

"나무아미타불, 관세음보살."

염불 소리가 그의 입에서 나직하게 흘러나왔다.

4

충혜왕이 내관을 앞세우고 만령전(萬齡殿)에 든 것은 아직 해가 저물지 않은 늦은 오후 무렵이다.

만령전은 궁궐 중심의 건덕전과 가까운 곳으로 일 년 전까지만 해도 희비 윤씨가 머물렀지만 지금은 은천옹주 임씨의 처소가 되어 있다.

"주상전하 듭시오."

기단 아래에 도착한 내관의 외침이 끝나기도 전에 벌써 성질 급한 충혜왕은 큰 걸음새로 낭하로 들어선다. 예고에 없던 방문이어서 내전 문 앞에 대기하고 있던 궁녀가 당혹스런 얼굴로 왕을 맞는다. 궁녀는 왕의 행차를 복송(復誦)하며 두 손으로 내실 완자문을 연다.

내실은 유달리 사치를 좋아하는 옹주의 침소답게 화려하게 치장되어 있다. 그러나 격자창문을 따라 검정비단 가리개를 드려놓은 때문인지 약간 어둑어둑하다. 무얼 하고 있었던지 은천옹주가 알몸이 내비치는 비단 속치마 차림으로 왕을 맞는다. 느닷없는 왕의 행차에 다소 놀라는 기미가 보였지만 그건 순간적이었고, 임기응변이 뛰어난 그녀는 곧 반색을 하며 왕을 반긴다.

"전하, 어서 오옵소서. 어떻게 기별도 않으시고……."

"불현듯 네 생각이 나더구나."

들어서며 왕은 평소의 성격대로 냉담하게 말한다. 문득 방 안 구석에 무릎을 꿇고 앉은 여인을 발견한 왕은 아래위를 꼼꼼한 눈길로 살핀다. 왕의 눈길이 닿자 여인은 황송한 듯 더욱 고개를 숙인다. 어찌된 셈인지 그녀 역시 속이 비치는 속옷 차림이었는데 희고 가는 목덜미가 드러나 보인다.

"대체 이 여인은 누구냐?"

"신첩의 시녀이옵니다. 성은 장(張)인데 그냥 자려라고 부르옵니다."

"시녀라? 보아하니 궁녀는 아닌 듯한데……."

"예. 궁에 들어오기 전부터 신첩과 서로 잘 알고 지내던 사이라 심심할 때 얘기나 나누고 또 여러 물어볼 것도 있고 해서 신첩 임의로 궐내로 들어와 지내게 하였사옵니다."

"그래? 그럼 어디 고개를 들어 보라."

왕의 명령에 여인이 다소곳하게 고개를 든다. 얼굴은 도리암직하였지만 살결은 흰 편이고 눈매는 선하게 생겼다. 하지만 귀밑머리와 눈썹이 남자처럼 검고 진한 게 특이하다. 옹주와 비슷한 연배로 스물두셋쯤 되었을까. 긴 머리가 다소 흐트러졌고 양 볼에 발그레하게 홍조가 어려 있다. 원래 그런 것인지 아니면 부끄러움을 타서 그런지는 알 수 없다.

"그래, 둘이서 무얼 하고 있었느냐?"

어쩐지 의심스러운 생각이 든 왕이 캐묻는다.

"그냥 지난 얘기나 나누던 중이었사옵니다."

"지난 이야기를 하는데 옷은 왜 벗고들 있었느냐?"

"오늘 하 날씨가 더워서 그런 것이옵니다."

옹주의 그럴듯한 대답이다. 구석의 여인은 부끄러운지 더욱 고개를 숙인다.

"하긴 오뉴월이라 하루가 다르게 날씨가 덥기는 하지."

왕이 의심을 거두어들이며 고개를 끄덕인다. 그사이 옹주는 자려라는 이름의 시녀에게 나가라는 손짓을 보낸다. 그녀는 겉옷도 제대로 걸치지 못하고 황망히 실내를 빠져나간다. 시녀의 뒷모습이 사라지기 바쁘게 옹주가 화제를 돌린다.

"전하를 뵙게 되니 신첩, 오늘은 운이 좋은가 보옵니다."

"운이 좋다니?"

용이 수놓인 붉은빛 곤룡포를 벗던 왕이 의아한 눈길로 옹주를 바라본다.

"운이 좋은 게지요. 그렇지 않으면 그 많은 비빈(妃嬪)들을 두고 이처럼 몸소 신첩을 찾아주실 리 있사옵니까."

투정이라도 부리듯 옹주가 살짝 눈을 흘긴다. 왕은 그 모습이 조금 천박하다고 느낀다. 그러나 백옥처럼 하얀 피부에 오뚝한 콧날, 남달리 도톰하게 보이는 붉은 입술은 자못 육감적이다. 또 입술 아래에 난 팥알 크기의 점이 살아 있는 생명처럼 묘하게 시선을 끈다. 옷 사이로 드러난 피부는 아기처럼 전체적으로 뽀얀 윤기가 돈다. 왕은 자신이 옹주를 좋아하는 건 바로 저런 요염하고 색정적인 모습 때문이라고 내심 생각한다.

"정말로 과인을 기다렸느냐?"

"신첩이야 이 드넓은 궁궐에서 전하를 기다리는 것만이 만사가 아니옵니까. 일구월심 기다리다 이제 마음에 병이 날 정도이옵니다."

"흠, 그런가."

붉은 목단꽃무늬의 황금색 비단 보료가 깔린 침상에 비스듬히 걸터앉으며 왕이 건성으로 말한다. 내전에 침상을 사용하기 시작한 것은 몽고의 왕실 풍습을 따르면서부터다.

"아기는 잘 크느냐?"

왕이 건성으로 묻는다. 아기란 옹주의 몸에서 난 석기(釋器)라 이름 지은 왕자아기를 일컫는 말이다.

"예. 전하께서 염려해주신 덕분에 건강하게 무럭무럭 잘 크옵니다. 조금 전까지 재롱을 피우는 걸 내전 상궁이 바깥바람을 쏘인다고 데리고 나갔사옵니다."

옹주의 말을 듣고 왕이 고개를 끄덕거린다. 선천적으로 부성이 결여된 왕은 다른 비빈들의 소생인 흔(昕)과 저(昛) 두 왕자나 하나뿐인 공주에게는 관심이 없었다. 하지만 옹주 소생의 아기는 건성이나마 꼭 안부를 물었다. 그만큼 옹주를 총애한다는 증거이기도 했다.

"흠, 너는 나이가 들수록 점점 요염해지는구나."

옹주의 모습을 바라보는 왕의 눈빛이 아까보다 더 게슴츠레해진다. 말상처럼 길어 보이는 얼굴엔 불그스름한 화색이 돌고, 동공은 열에 들뜬 것처럼 기묘한 광채를 머금고 있다. 조금 전 복용한 열약이 조금씩 그 효력을 나타내는 징후였다.

어릴 적부터 너무 과도하게 여색을 탐한 충혜왕은 나이 스물 중반에 이르면서 갑자기 남자 구실을 할 수 없게 되었다. 궁중 시의들이 저마다 특이한 처방들을 내놓았다.

예부터 정력에 좋다는 소문이 도는 백마(白馬)의 피를 마시게 하고, 구하기 힘든 하수오를 복용시켰다. 또 기(氣)와 정(精)을 보하는 녹용과 산삼에다 음양곽을 복용케 하는 등 갖가지 보양 강장법을 동원해 봤지만 왕의 정력은 수량이 다해 말라버린 우물처럼 아무런 효험이 없었다.

그즈음 궁궐과 정동행성을 제 집처럼 드나드는 복산이란 라마승이 있었다. 그 라마승이 어떻게 왕에 관한 소문을 들었는지 자신이 밀교(密敎)에서 비전(秘傳)되는 약을 쓰면 왕의 병을 고칠 수 있다는 말을 흘리고 다녔다. 자연 그 말은 왕을 모시는 내관의 귀에까지 들어갔고, 충혜왕은 곧 그를 대전으로 불러들였다.

놀랍게도 복산이란 승려가 조제한 약은 효험이 대단했다. 충혜왕의 난치병을 고쳤을 뿐만 아니라, 성교의 시간을 길게 하고 또 성적 쾌감을 높이는 데 뛰어난 효력을 발휘했던 것이다.

알고 보면 사실 그것은 라마에서 전래해오는 강장제에다 마약 성분을 가미한 일종의 최음제(催淫劑)에 다름 아니었다. 따라서 약의 성분상 중독성이 지극히 강했다. 하지만 이를 모르는 충혜왕은 쾌락을 얻는다는 뜻으로 열약(悅藥)이라 이름 짓고 정사가 있을 때마다 상습적으로 약을 복용해왔던 것이다.

옹주가 속이 훤히 비치는 속옷 차림으로 왕이 비스듬히 누운 침상으로 다가간다. 걸음을 옮길 때마다 은은한 비단 망사 아래로 봉긋하게 솟은 유방과 긴장감을 유지한 가는 허리, 만월처럼 둥근 둔부의 굴곡이 적나라하게 드러나 보인다.

"신첩, 그 말씀 칭찬으로 받아들여도 되겠는지요?"

"물론이지. 너의 월태(月態)가 점점 좋아지니까 하는 말이다."

"고맙사옵니다."

"고맙기는, 너처럼 기막힌 여인을 만난 과인이 고마울 따름이지."

왕이 봄날 버드나무처럼 하늘거리며 곁에 다가온 은천옹주를 욕정이 스민 눈길로 지그시 바라본다. 옹주는 망사 휘장을 한 손으로 젖히며 나긋한 자태로 침상에 오른다.

"과인이 널 데려오지 않았으면 넌 무얼 하고 있었을까?"

왕이 손을 뻗어 망사 위로 거무스레하게 솟구친 옹주의 유두를 희롱하듯 잡아 쥔다.

"그건, 모르겠사옵니다."

약간 아픔을 느끼는지 옹주가 몸을 배시시 튼다.

"모르긴. 아직 저잣거리에서 옹기나 팔고 있었겠지."

던지듯 말하는 왕의 입가에 짓궂은 조소가 떠돈다.

"신첩을 놀리시느라 또 그런 말씀을……."

옹주가 하얗게 눈을 흘긴다. 비천했던 과거를 들먹이는 게 싫었던지 미간에 희미하게 언짢은 기색이 스쳐 간다. 그건 그녀에게 가장 드러내기 부끄러운 과거의 치부였기 때문이다.

그녀는 개경 성밖 저잣거리에서 옹기를 파는 임신(林信)이란 자의 딸이었다. 원래 임신은 충렬왕의 손자인 단양대군 왕유의 노비였으나 나이가 들자 딸을 노비로 하고 대신 방면해 준 것이다.

이 년 전 어느 날, 아비가 하는 옹기점에 들렀던 그녀는 때마침 풍덕 마제산으로 사냥을 다녀오던 충혜왕의 눈에 띄게 되었다. 그녀는 그길로 궁궐로 들어올 수 있었다. 성내 사람들이 그녀를 사기옹주(沙器翁主)라거나 오지공주라고 비아냥거리듯 부르는 것도 그

때문이다. 옹주란 왕의 첩을 일컫는 말이었다. 고려 초에는 귀비(貴妃)니 숙비(淑妃)니 부르다가 정종 때 원주(院主), 궁주(宮主) 등으로 바뀌었고, 다시 충렬왕 때부터 옹주라고 개칭한 것이다.

"허, 놀리기는 누가 너를 놀린다고 그러느냐."

"놀리는 게 아니시라면 그 무엇이옵니까. 당돌한 입놀림이지만 만일 신첩이 아니라면 누가 있어 전하의 그 막중한 옥체를 받들 수 있었겠사옵니까."

왕이 자신의 출신을 두고 놀렸다고 여긴 그녀가 은근히 의미심장한 말을 던진다. 그건 왕의 비정상적인 육체를 두고 하는 말이다.

따져보면 그동안 수많은 비빈들이 왕의 수청을 들었지만 어느 누구도 왕의 몸을 제대로 감당해내는 여인이 없었다. 그건 충혜왕이 남달리 큰 옥경(玉莖)을 가졌기 때문이었다. 그 크기가 발기했을 때는 어지간한 소년 팔뚝만 했다.

따라서 왕과 잠자리를 같이 한 여인들은 한결같이 성적인 쾌감을 얻기보다는 고통을 호소하거나 옥문에 말 못할 상처를 입기 일쑤였다. 왕의 눈에 띄어 수청을 들게 되었던 어떤 사가 처녀는 첫 관계의 고통을 못 이겨 냅다 비명을 지르다가 실신해서 시녀들의 손에 들려 나가기도 했다.

그렇다고 감히 왕에게 몸집이 큰 여자나 남자와 밤일이 잦아 능숙해진 여자를 붙일 수도 없는 노릇이었다. 그런 까닭에 왕의 수청을 들기 위해 여러 명의 비빈들을 두고는 있었지만, 그녀들이 왕의 수청을 드는 날이랬자 기껏 한 달에 한두 번 정도일 뿐이었다. 그렇지 않다간 몸을 망치기 십상이었다.

그러나 은천옹주는 달랐다. 그녀 역시 첫날에 약간 고통스러워하기는 했지만 왕의 거대한 옥경을 별무리 없이 받아들였다. 은연중 쾌감을 드러내기까지 했다.

왕의 흡족함은 이루 말할 수 없었다. 겉으로 드러내진 않았지만 자신의 큰 옥경 때문에 남다른 고민을 안고 있던 왕이었다. 게다가 은천옹주는 살결이 곱고 탄력 있는 몸매에 얼굴 또한 반반한 편이었다. 그런 연유로 인해 천한 노비 출신으로 저잣거리에서 사기그릇이나 팔던 그녀가 일약 옹주의 신분이 되어 왕의 총애를 얻을 수 있었던 것이다.

"허긴 네 말도 일리는 있다. 네가 아니라면 누가 감히 나의 옥경을 그처럼 부드럽게 받아들일 수 있었겠느냐."

"그렇습니다, 전하."

은천옹주가 회심의 미소를 지으며 왕의 품에 파고든다.

"허지만 나만 그런 게 아니다. 옛날 신라의 경덕왕도 그 크기가 여덟 치나 되는 바람에 결국 자식을 보지 못했다는 말이 있지 않느냐."

"어디 그뿐입니까. 신라 지철로왕도 옥경의 길이가 무려 1척 5촌이나 되어 배필을 얻기 힘들었다고 전해 들었사옵니다."

"옳아. 그런 얘기도 있었지. 그래서 왕의 배필을 물색하던 사신이 우연히 개 두 마리가 똥 덩어리 양쪽을 물고 다투는 것을 보고 묻자 모량부 상공의 딸이 빨래를 하다가 눈 것이라는 얘기를 듣고 찾아갔더니 그 여자의 키가 자그마치 7척 5촌이나 되었다지."

"잘도 아시옵니다."

약간의 천박함이 섞인, 어쩐지 음탕해 보이는 미소를 띠며 은천옹주가 몸을 비튼다. 여인의 교태에 음심이 발동한 왕이 옹주의 사라(紗羅) 속옷을 거칠게 벗긴다.

환한 촛불 아래 옹주의 나신이 드러난다. 놀라운 것은 그녀의 다리 사이가 어린 계집의 그것처럼 거웃 하나 없이 매끈한 점이다. 속칭 백호(白毫)인 것이다. 왕이 그녀의 희고 매끈한 불두덩을 사랑스럽다는 듯 어루만진다.

"볼 때마다 느끼지만 넌 여기가 사기그릇처럼 깨끗해서 좋구나. 사기그릇을 파는 여자들은 다 여기가 이러하냐?"

손으로 음곡을 애무하며 왕이 짓궂은 농을 늘어놓는다.

"계속 그렇게 소첩 놀리시렵니까?"

"놀리다니, 당치 않은 말. 헌데 내 듣기로는 여기 털이 없는 여자는 음기가 극히 센 때문이라 하고, 그런 여인이 남자 맛을 알게 되면 날밤 새는 줄 모른다던데 바로 너를 두고 한 말이 아닌가 싶구나."

"신첩 그리 된 건 다 전하 때문이옵니다."

"그건 또 무슨 말인가?"

옹주가 부드럽게 왕의 속곳을 벗긴다. 옷 밖으로 드러난 왕의 옥경은 이미 거대하게 커져 있다.

"전하가 아니라면 신첩이 어찌 음양의 운우지락(雲雨之樂)을 알게 되었겠사옵니까?"

"허허. 그런가?"

왕이 적이 만족스런 웃음을 터뜨린다.

"참 전하, 신궁은 어찌 돼가옵니까?"

기회를 잡았다는 듯 은천옹주가 눈을 빛내며 묻는다.

신궁은 은천옹주가 왕의 총애를 받으면서 시작한 거대한 축전(築殿)사업이었다.

옹주는 사치와 물욕이 남달랐지만 특히 집에 대한 욕망이 강했다. 그건 어쩌면 그녀가 어린 시절 겪었던 가난에 대한 보상심리 때문인지, 아니면 단양대군의 크고 호화로운 저택을 보면서 자란 성장환경 때문인지 모를 일이었다.

아무튼 왕은 그녀의 청을 받아들였고, 조정 대신들의 극성스런 반대를 무릅쓰고 삼현(三峴)에 호화스런 새 궁궐을 짓기 시작한 것이다. 물론 그 공사로 인해 뼛골이 빠지도록 고생하는 건 순전히 백성이 감내할 몫이었다.

"내 그렇지 않아도 얼마 전에 공사 감독관을 불러 호되게 꾸짖었느니라. 무슨 일이 있더라도 오는 시월 안으로 완성하지 못하면 중벌을 내릴 것이라 해두었다. 그러니 아무 걱정 말고 조금만 더 기다리거라."

"신첩, 신궁이 완성되면 거기서 전하와 천년만년 살고 싶사옵니다."

"그래. 좋고말고."

"어머, 그런데 소중한 옥체에 웬 상처이옵니까?"

왕의 가슴을 더듬어가던 옹주가 문득 놀라서 묻는다. 왕의 왼쪽 가슴에 손가락 길이 정도의 생채기가 나 있다. 검붉게 딱지가 앉아 아물어 가는 중이긴 하지만, 나라의 주인인 왕의 옥체에 상처가 난다는 건 가히 있을 수 없는 일이었다.

옹주의 호들갑에 왕의 눈썹이 일그러진다. 좋지 않은 기억이 떠올랐기 때문이다.

"지난번에 사냥을 나갔다가 나뭇가지에 긁힌 자국이야."

"신첩의 눈에는 어쩐지 여인의 손톱자국 같아 보입니다."

"괜한 억측! 누가 감히 과인의 몸에 손톱자국을 낸단 말인가."

충혜왕이 짜증스럽게 내뱉는다. 열약에 취한 왕의 눈빛에 불현듯 붉은 살기가 어린다. 격자문살을 뚫고 방 안으로 흘러든 석양빛 때문인지도 몰랐다. 그는 거칠게 옹주를 침상에 밀어 눕히며 걸쭉한 음성으로 바깥에 대고 소리친다.

"내관은 가서 내일 아침 일찍 강 밀직부사를 들라 이르라."

조복(朝服)을 입은 채 서둘러 편전을 나온 밀직부사 강윤충은 곧장 당후관(堂後官) 한 명을 데리고 길을 나섰다. 광화문 밖의 순군만호부(巡軍萬戶府)를 찾아가는 길이다.

시나브로 뜨거워지는 여름 오전 햇살이 그의 좁다란 얼굴에 쏟아진다. 그는 자신도 모르게 낯을 찡그린 채 혀를 찬다. 따가운 햇살 탓만은 아니다.

그 계집년이 그런 고약스런 반항만 하지 않았어도…저 좋고, 나 좋았을 것을.

돌이켜 생각하면 두고두고 후회막급한 일이었다. 더욱이 오늘 아침에 주상은 그날의 잘못이 마치 자신에게 있다는 듯 버럭버럭 역성까지 내지 않았는가.

그날의 일은 아직도 그의 기억에 새롭다. 왕을 수행하고 해가 수긋한 시각에 도화촌에 도착할 때까지만 해도 모든 게 순조로운 듯 싶었다. 내시 한 명을 보내어 집 안을 염탐시켰더니 마침 집 안에는 수릿날 보았던 젊은 계집과 몸종뿐이었다.

두 명의 변장한 호위무사더러 바깥을 지키라고 명한 연후에 집 안에 들이닥치자 계집은 꽤나 놀라는 얼굴이었다. 내시가 나서서 고관의 행차임을 알리고, 잠시 지나가던 중에 쉬려고 들렀다고 하자 계집이 곧 몸종을 시켜서 안방을 치우도록 했다.

왕도 계집을 보자 몹시 마음이 동한 눈치였다. 보기 드물게 뛰어난 용모에 혹한 것이다. 음심이 치민 왕은 다짜고짜 계집의 손목을 잡아 방 안으로 끌고 들어갔다. 놀란 건 계집이나 몸종이나 마찬가지였다. 특히 아이 업은 몸종이 놀라서 부산을 떨었다. 결국 몸종은 호위무사에게 붙잡혀 입에 재갈이 물려졌고, 부엌으로 끌고 가 몇 대 쥐어박자 혼절하고 말았다.

뜻밖의 문제는 주인계집에게 있었다. 예상외로 계집의 저항이 거셌다. 하는 수 없이 왕은 두 명의 내시에게 버둥대는 계집의 사지를 강제로 눌러 잡게 한 연후에 일을 시도했다. 처음엔 그런대로 일이 되어가는 성싶었다.

물 밖에 올려진 물고기처럼 마구 도리질을 치던 계집도 옷이 벗겨지자 더 이상 반항을 하지 않았다. 그래서 다소 마음을 놓은 것이 불찰이라면 불찰이었다. 잠시 방심하는 사이, 그 어리석은 계집이 감히 왕의 옥체에 손톱을 댈 줄이야 어찌 예측이나 했을 것인가. 종내 그로 인해 계집은 왕의 노여움을 샀고, 칼에 맞아 아까운 생목숨을 잃지 않았던가.

그건 일을 꾸민 그로선 전혀 바라던 바가 아니었다. 만약 일이 이렇게 될 줄 알았으면 다른 방도를 썼을 것이다. 그는 내심 후회가 치밀었지만 이미 쏟아진 물이고, 밥 한 술 먹으려다 밥솥까지 깨버린 꼴이었다.

그 잔꾀동이 배전을 믿은 내가 잘못이지.

다시금 원망스런 마음이 솟구친다. 그러나 달리 원망을 퍼부을 곳도 없다. 그는 쓴 입맛을 다시며 성문 밖 관도(官途)에 있는 순군부 정문에 당도했다.

위엄을 자랑하듯 높다랗게 솟은 정문 아래 날이 푸른 당파창을 빗겨 들고 삼엄한 자세로 보초를 서던 병사가 강윤충을 보자 창을 당기며 몸을 바로 한다. 안에서 패도(佩刀)를 차고 서 있던 일직사령이 그를 보자 공손하게 허리를 숙인다.

"부사 나리께서 어인 일이시옵니까?"

"칙명(勅命)을 받들고 왔다."

칙명이란 말에 놀란 듯 사령이 다시 깊숙이 고개를 숙인다.

"곧 통기를 올리겠습니다."

사령이 통인(通人)을 불러 밀직부사의 내왕을 알리라고 일렀고, 통인이 빠른 걸음새로 안으로 뛰어갔다. 일직사령의 친절한 안내를 받으며 강윤충과 당후관이 뒤를 따랐다.

직청(直廳)에 당도하기도 전에 한 관료가 허둥지둥 석조 계단을 내려왔다. 뚱뚱한 몸집에 주먹코인 사내는 순군부 만호(萬戶)인 전찬(全贊)이다. 예전에 강윤충이 호군으로 있을 때 직속부하였던 자로 아직도 심복부하나 다를 바 없었다.

또한 그는 이번에 김양검 역모 사건을 다룬 추관(推官) 세 사람 중의 한 명이었다. 강윤충의 내밀한 부탁을 받은 그는 죄인 김양검을 혹독하게 다루었다. 다른 추관들이 그러다간 국문 취조를 마치기도 전에 죄인을 죽이겠다며 만류하고 나섰을 정도였다.

"오늘은 무슨 일로 납시었습니까?"

둥글넓적한 얼굴 가득히 비굴하다 싶을 정도로 공손함을 띠고 만호 전찬이 묻는다.

"칙명을 받들고 왔느니라."

"칙명이라니요?"

칙명이란 말에 전찬이 잘 굽혀지지 않는 비만한 허리를 억지로 굽히며 묻는다.

"오늘 아침 주상전하께서 군옥(軍獄)에 갇혀 있는 역도 김양검을 참살하라는 명을 내리셨다."

강윤충의 준엄한 말에 전찬의 눈이 놀라서 휘둥그레진다.

"역도 김양검을 참살하라는 명이라뇨?"

"어허, 젊은 나이에 벌써 말귀가 어두워졌느냐? 어찌 말을 못 알아듣느냐?"

"그, 그게 아니라 역도 김양검은 이미 군옥에서 석방된 걸로 압니다만……."

너무 놀라서 하얗게 질린 낯빛에 말까지 더듬거린다.

"뭐라고? 역도 김양검을 석방하다니, 도대체 언제 누가 그런 명을 내렸느냐?"

강윤충 역시 놀라기는 마찬가지다. 있을 수 없는 일이 벌어진 것이다.

"그러니까 사, 사흘 전, 국사께서 몸소 김양검을 석방하라는 주상전하의 특지(特旨)를 받들고 왔기에 당일 김양검을 석방시켰습니다."

"무엇이? 국사라면 학선국사 말인가?"

"예. 그러하옵니다."

"아니, 학선국사가 어찌……."

강윤충의 얼굴이 떫은 땡감을 씹은 것처럼 일그러진다. 주상의 스승인 학선국사가 왕명을 빙자하여 역도를 풀어주었다는 사실이 믿어지지 않았던 것이다. 그건 보통 큰일이 아니었다. 아무리 국사라 한들 그건 국법을 기만하고 주상을 능멸한 짓이나 다름없었다.

"예. 분명하옵니다. 그날 소인이 당직으로 직접 옥사에 임석하였기에 잘 알고 있습니다. 국사께서 몸소 몇 명의 승려들을 데리고 와서 운신도 못하는 김양검을 업어 내갔습니다."

"이거 큰일이군. 큰일이야."

강윤충이 턱에 난 수염을 쓰다듬으며 허둥거린다. 수염을 쓰다듬는 건 당황할 때의 그의 버릇이다.

"이러고 있을 때가 아니다. 얼른 이 사실을 전하께 고해야겠다."

허겁지겁 돌아서는 강윤충의 등판 위로 구름을 뚫고 나온 쟁쟁한 낮 햇살이 소나기처럼 쏟아지고 있다.

2부

二月ㅅ 보로매, 아으 노피 현
燈ㅅ블 다호라, 萬人 비취실 즈ᅀᅵ샷다
아으 動動다리

이월(二月) 보름에, 아아! 높이 켜둔
등(燈)불 같아라, 만인(萬人) 비추실 얼굴이시다
아으 動動다리

1

늦은 하오의 해가 산 너머로 떨어지고 있다.

아직 해가 지기엔 좀 이른 시간이었으나 높은 산으로 둘러싸인 협곡이라 어둑어둑했다. 수령이 수백 년은 넘었을 고목들이 짙게 그림자를 드리운 골짜기는 동굴 속처럼 서늘했고, 눅눅한 습기와 함께 지의류와 수목이 뿜어내는 청신한 냄새로 가득 찼다.

울울창창한 원시림들 사이로 희미한 산길이 미로처럼 이어지고 있다. 더러 길은 벼랑이나 계곡 사이로 사라졌다가 다시 희미한 흔적을 드러내곤 했다. 여간 신경을 세우지 않고는 길을 잃고 헤매기 십상이다.

이 산곡 숲 사이로 난 험로는 사냥꾼이나 인근 심마니, 관헌의 검속을 피해야 하는 죄인이나 밀무역 상인들이 지나다니는 길이었다. 며칠 동안 비라도 내리면 웃자란 풀들로 삽시간에 지워져버릴 듯한 길이다. 인적이 없는 숲에는 곧 사나운 두억시니나 전설 속의 천년 묵은 여우가 변하여 된다는 매구, 산이나 내에 살며 사람을 호린다는 도깨비, 이매가 나타날 것만 같다.

불쑥 느닷없이 골짜기 저쪽에 한 사내의 그림자가 나타난다. 사내는 천천히 걷는 듯하지만 이내 이쪽 숲길로 접어들고 있다. 무척 이나 경쾌하고 빠른 걸음새다. 한가롭게 새순을 뜯어먹고 있던 궁노루 한 마리가 인기척에 놀라서 잽싸게 숲 사이로 달아난다.

사내는 돌 틈으로 숨어들었던 계곡수가 다시 땅을 뚫고 솟구치는 곳에 이르자 걸음을 멈춘다. 손바닥으로 물을 떠서 몇 모금 목을 축인 사내는 나무뿌리가 노출된 고목을 찾아 그 아래에 걸터앉는다. 그는 허리춤을 뒤져 낡은 명주수건을 꺼내어 이마에 흐른 땀을 훔친다. 햇볕에 그을리고, 광대뼈가 튀어나오도록 여위었지만 이목구비가 뚜렷한 용모는 예전 그대로였다. 다만 얼굴 전체에 운명처럼 짙은 허무감이 감돌고 있는 게 다를 뿐.

양검은 머리에 동였던 붉은 띠를 풀어 다시 단단히 묶는다.

그는 작은 괴나리봇짐에 가죽으로 겉을 감싼 지팡이를 들고 발목에 행전까지 친 다부진 차림새를 하고 있다. 그의 옷차림은 오랜 여행에 지친 기색을 여실히 보여준다. 몸에 걸친 옷은 때가 묻고 군데군데 깃이 해져 너절해졌으며, 두꺼운 가죽신도 바닥이 거의 다 닳아가고 있다.

그는 원나라를 떠나서 고국인 고려로 돌아가는 길이다.

그는 지금 시름도 잊을 겸 속보술(速步術)을 시험해보는 중이다. 속보술은 예전 무술을 가르치는 스승에게서 몇 가지 구결을 전수받았지만 실제로 연습해보지 않았던 보법이었다.

그의 스승은 그에게 구결을 전수할 때 이 속보술을 펼치면 하루 이삼백 리는 족히 걸을 수 있다고 호언했었다. 차이가 있다면 축지법(縮地法)이 도술에 의한 것이라면 속보술은 기(氣)의 단련에 의한 보행술이었다. 비록 축지법의 속도에 비할 바는 아니지만 그래도 그 쾌속함이 범인의 상상을 넘어섰다.

구결은 비교적 단순했다. 단전까지 깊게 숨을 들여 마시고, 모여든 기를 일주천(一周天)시키면 몸이 새털처럼 가볍게 느껴지는데, 이때 정신을 무아지경에 두고 걸음을 옮기면 마치 구름이 흐르듯 빨리 걸을 수가 있으며 여간해서는 지치지도 않는다고 한다.

말하자면 신체의 능력을 최대한 끌어올려 동물적으로 움직이면서 불필요한 힘의 소모를 극소화시키는 게 속보술의 요체였다. 그러나 구결의 단순함에 비하여 숙달의 경지에 이르기 위해선 오랜 기행공과 수행을 통해서만 가능하다고 스승은 덧붙였었다.

양검이 속보술을 전개해본 결과, 아직 기의 행공(行功)이 덜 된 탓인지 한 시진에 겨우 이십여 리 정도밖에 나아가지 못했다. 하지만 그것만 해도 속보술의 효용성은 예상보다 양호했다. 가파른 산길 이십여 리는 보통 발 빠른 장정이 두 시진 이상 걸려야 갈 수 있는 거리였다.

바람에 땀을 들인 양검은 자리에서 일어난다. 숲길을 벗어나 산중턱에 있는 너럭바위에 올라서자 멀리 기세 좋게 우뚝 솟아 있는 향래봉 봉우리가 아득하게 시야에 들어온다.

그는 현재 심양(沈陽)을 거쳐 낭림산맥을 왼쪽으로 바라보며 집안(輯安)에서 강계로 이어지는 협로를 따라 남쪽으로 내려가는 중이다.

일반적으로 고려에서 원나라의 수도인 연경(燕京: 지금의 북경)을 오가는 길은 의주, 염주, 선천 등의 평야지대로 이어져 있다. 그럼에도 그가 이곳 낭림산맥 서쪽의 험한 산길을 택한 것은 이 지역이 원나라와 고려가 국경을 마주한 완충지대라 다른 지역에 비해 검문

검색이 소홀하기 때문이었다.

요동, 심양에서 의주로 통하는 서북 국경지역은 금은이나 베, 약재 등을 지니고 밀무역을 행하는 무리가 많아 통행인들에 대한 단속이 심했다. 더구나 최지우란 강직한 인물이 서북면 찰방별감으로 부임해온 뒤로 단속이 한층 삼엄해진 상황이었다.

양검은 이미 전국 역참(驛站)마다 수배령이 내려진 죄인의 몸이었다. 관아에서 발급해주는 월국장(越國帳)도 없는 터에, 버젓이 검까지 지니고 국경지역을 넘나들려니 적지 않은 어려움이 따랐다.

압록강을 건널 때에도 의주나루를 지키는 관원들이 그를 수상히 여겨서 이것저것 캐묻는 바람에 애를 먹은 적이 있었다. 물론 관원 몇 명쯤 해치우는 거야 어려운 일이 아니겠지만, 행여 그가 관원을 살해했다는 용모파기가 나붙어서 좋을 일은 하등 없었다.

무엇보다 그가 산맥 사이로 난 험로를 택한 가장 큰 이유는 바삐 돌아가야 할 아무 이유가 없기 때문이었다. 이미 사랑하는 아내가 처참히 능욕 당해 죽고, 자신마저 세상의 이목을 피하는 죄인이 된 상황에서 길을 재촉해야 할 아무런 이유도, 목적도 없었던 것이다. 살아 있다는 게 짐스러울 뿐인 요즘의 나날이었다.

계곡 협로(峽路)를 따라 산길을 헤쳐 가던 그는 불현듯 상처 입은 들짐승처럼 산야를 헤매는 자신의 처지가 새삼스러웠다. 지난 몇 달의 시간이 마치 오랜 꿈결처럼 그의 뇌리를 흘러갔다.

역도로 몰려서 순군부 군옥에 갇혀 있던 그가 원나라 연경까지의 원행을 나선 것은 작년 겨울 무렵이었다.

좀 더 정확히 말하면 학선대사의 헌신적인 도움으로 풀려난 지근 다섯 달이나 지난 뒤였다.

당시 그는 학선대사의 도움을 받아 겨우 풀려났기는 했으나 군옥에서 압슬, 단근질 따위의 혹독하기 짝이 없는 국문을 당해 목숨이 경각에 이르러 있었다. 보통 사람 같으면 벌써 절명했을 것이지만 선천적으로 타고난 강인한 체력 덕에 간신히 목숨만은 유지할 수 있었다.

도주한 역도를 추살하라는 어명을 받고 물샐틈없이 뒤지고 다니는 친위 군사들의 추적을 피해 그가 옮겨진 곳은 송악산 서쪽 기슭의 복령사(福靈寺)란 사찰에 딸린 작은 암자였다.

골이 깊고 험하여 인적이 드문 그 암자에 은신하면서 양검은 만신창이가 된 몸을 치료했다. 다행히 학선대사의 부탁을 받은, 의술이 뛰어난 한 스님의 도움으로 고문으로 부러지고 물러터진 몸을 천천히 다스려 나갔다.

비록 완전하지는 않았지만 어느 정도 기동이 가능해졌을 무렵에 암자로 소문 하나가 흘러들었다. 충혜왕이 원나라 순제가 보낸 군사들에게 잡혀서 연경으로 압송된다는 믿지 못할 소식이었다.

실상은 이랬다. 충혜왕의 황음무도와 폭정이 날로 심해지자 원나라에 머물고 있던 이예, 조익성, 기철 등이 중서성에 글을 올려 중대조치를 요구했다. 그러자 원에서는 대경(大卿) 타적, 낭중(郎中) 별실가를 비롯한 일단의 원나라 무술군사를 파견하여 충혜왕을 정동행성으로 부른 다음, 왕을 호위하던 응양군 호위대장 김선장을 비롯한 좌우사 낭장, 만호 등의 호위무사들을 해치고 강제로 왕을 연경으로 압송해 갔던 것이다. 그 소문은 삽시간에 나라 전체로 퍼져 나갔다.

양검은 드디어 천재일우의 기회가 왔다고 생각했다. 하지만 충혜왕을 만나면 어떻게 하겠다는 구체적인 복안은 없었다. 설령 따라간다 해도 무얼 어떻게 해야 할지는 자신도 몰랐다. 다만 가슴이 터질 것 같은 맹목적인 분노와 뿌리 깊은 복수심이 그의 결심을 굳건히 했을 따름이었다. 그는 일단 왕을 뒤쫓아 연경으로 가기로 마음을 정하고, 그 뒤의 일은 차후에 생각하기로 했던 것이다.

그는 치료해준 스님에게 여비를 빌렸다. 스님은 무슨 일이냐고 묻지도 않고 선뜻 꽤 많은 양의 금붙이를 건네주었다. 다만 아직 완쾌되지 않은 몸을 조심하라는 완곡한 당부를 했을 뿐이었다. 아마 왕명을 조작하여 대역죄인을 풀어준 죄목으로 제주도로 귀양을 떠난 학선대사의 치밀한 안배가 있었을 것으로 짐작이 갔다.

암자를 빠져나온 그는 역졸들의 단속을 피해 산과 내를 가리지 않고 길을 재촉했다. 고문으로 인한 후유증만 없었던들 좀 더 빨리 달릴 수 있었을 것이다. 국경지대에선 주로 밤을 틈타 이동했다.

북계(평안도 부근) 지역의 지리는 어느 정도 알고 있었다. 예전 서경에 병사로 파견 나와 있을 때 변경을 순찰하느라 많이 돌아다녀 본 덕분이었다.

국경을 넘어 원에 당도했을 때는 외려 별 어려움 없이 행동할 수 있었다. 원나라 말을 잘 알고 있었고, 사오 년 전 산원(散員: 정8품. 별장 다음가는 직위) 시절에 왕의 호위병으로 연경에서 생활한 적이 있어서 지리나 풍습도 그리 낯설지 않았던 것이다.

그가 연경에 도착했을 때는 이미 충혜왕이 고려 출신의 원나라 환관(宦官)인 고용보(高龍普)의 미움을 사서 게양현(揭陽縣)으로 귀양을 떠난 사흘 뒤였다.

그는 쉴 사이도 없이 서둘러 연경에서 2만여 리 떨어진 게양으로 출발했다. 하지만 앞서간 그들의 행적을 따라잡기에는 그는 몹시 지쳐 있었다.

재수 좋게 충혜왕을 압송하는 호송병들과 조우한 것은 악양현(岳陽縣) 도착을 하루 앞둔 날이었다.

하루 종일 끼니도 거른 채 걸음을 재촉하던 양검은 오후 느지막이 허기진 배를 채우기 위해 붉은 깃발이 나부끼는 길가의 객잔을 찾아 들어갔다.

제법 널따란 객잔 안에는 예닐곱 명의 원나라 병사들이 만두와 기름에 튀긴 어육과 소채 따위로 게걸스럽게 요기를 하고 있었다. 모두들 하나같이 때에 절어 꾀죄죄한 몰골에 긴 변발을 하고 원나라 관원들이 쓰는 둥근 모자를 쓰고 있었다.

양검은 별생각 없이 탁자에 앉아 음식을 주문했다. 음식이 나오길 기다리는 도중 문득 눈길이 한곳에 미쳤다. 병사들이 앉은 네모진 탁자 안쪽 흙벽에 한 사내가 벽에 등을 기대고 앉아 두 손으로 허겁지겁 무언가를 먹고 있었다.

그 사내의 목에는 칼이 채워져 있고 발목에도 기다란 쇠사슬이 달린 족쇄가 채워져 있었다. 오랫동안 감지 않은 듯 머리는 봉두난발이었고 수염이 무성하게 자라난 얼굴은 뼈가 드러날 듯 여위어 있었다. 검고 거친 죄수복을 걸친 사내의 눈은 불안과 동물적인 보신본능만으로 가득 차 있었다.

사내의 얼굴을 본 순간 양검은 무언가에 심하게 머리를 맞은 느낌이었다.

양검은 시력을 돋궈 사내를 유심히 살폈다. 너무 피폐한 모습이어서 선뜻 알아볼 수 없었지만 사내는 뜻밖에도 오매불망, 그토록 찾아 헤매던 충혜왕이 분명했다. 말처럼 기다란 얼굴과 목에 쓰인 나무칼에는 분명 고려왕이라는 관직명과 보탑실리(寶塔實里)란 몽고식 이름, 죄명이 적힌 붉은 금압지(禁押紙)가 붙어 있었던 것이다.

"이봐. 오늘은 피곤한데 여기서 묵고 가면 안 될까?"

입술에 잔뜩 기름을 묻힌 채 음식을 먹던 한 병사가 물었다.

"그거야 안(安) 정위님 마음이지. 내가 어떻게 알아."

맞은편에 있던 다른 병사가 퉁명스레 대답했다. 정위(正尉)란 호송을 책임진 장교를 일컫는 말이었다. 객잔 안에 보이지 않는 걸로 보아 따로 내실에서 객잔 주인에게 좋은 음식을 대접받는 모양이었다.

"이게 무슨 꼴이야. 벌써 집 떠나온 지 한 달도 넘었잖아."

"그러게 누가 호송을 담당하라고 했나?"

"제길, 누가 맡고 싶어 맡았나. 이놈저놈 마구잡이로 차출하는 데 걸리다 보니까 하는 수 없이 뽑혀 나왔지."

"그건 나도 그래. 팔자 한번 개처럼 더럽게 된 거지. 게다가 나흘 전부터 엉덩이에 종기가 잡혀서 이제 말을 타기도 겁이 나네. 그렇다고 물집 잡힌 발로 걸어갈 수도 없고. 이렇게 가서야 언제 연경으로 돌아갈지 알 수가 있나."

"그나저나 집구석에 마누라나 제대로 남아 있을지 모르겠어, 니미럴. 옆집 코만 커다란 반가 놈과 바람이 나서 달아나면 내 신세는 어떻게 되지?"

"반가 놈이 누구야?"

"누구긴. 옆집 주먹코 건달인데 호시탐탐 내 마누라 따먹을 궁리만 하는 못된 놈이지."

"아이쿠, 거 큰일 났네. 자네 마누라는 틀림없이 그놈과 붙어먹었을 게 분명해. 남자나 여자나 항상 새로운 상대에게 마음이 끌리는 법이거든. 게다가 그놈이 코까지 그렇게 크다면 자네야 상대가 될 수 있나."

"니미럴, 이게 다 저 고려왕인지 뭔지 하는 작자 때문이지 뭐야."

푸념 끝에 마누라 걱정을 늘어놓던 병사가 구석에 쭈그리고 앉은 충혜왕을 가리켰다. 이런 일에는 항용 누군가 미움을 받아 줄 대상이 필요한 법이었다.

한 병사가 좌우를 살피더니 슬그머니 다가가서 충혜왕의 머리를 주먹으로 사정없이 갈겼다. 음식을 먹다 불시에 머리통을 맞은 충혜왕이 겁에 질린 눈길로 병사를 쳐다보았다. 그 눈빛엔 오직 죄수로서의 불안과 공포만 가득 차 있었다. 지난날 한 나라의 왕으로서 가졌던 위엄이나 체통은 이제 어디서도 찾을 수 없었다.

"에이, 이 재수 싸가지 없는 고려놈!"

다시 한 번 무정한 발길이 충혜왕의 가슴팍으로 날아들었다. 충혜왕이 그릇과 함께 옆으로 벌렁 자빠졌다. 지켜보던 병사들이 재미있다는 듯 히히덕거리며 웃어댔다. 왕이 더 이상 맞지 않으려고 본능적으로 머리통을 끌어안고 거북처럼 몸을 사렸다.

"한때는 왕이랍시고 몹시 떵떵거렸겠지."

"여부가 있나. 소문으로 듣기엔 민가의 아녀자들을 수도 없이 겁탈했다던데……."

"아주 흉악무도한 놈이었군그래."

한 병사가 충혜왕에게 가래침을 뱉었다. 다행히 누런 침은 충혜왕을 벗어나 흙벽에 철썩 달라붙었다.

"저 썩어빠질 고려놈만 없으면 우리가 굳이 그 먼 계양현까지 갈 일도 없을 텐데."

앉아서 묵묵히 음식만 먹던 한 병사가 경멸하듯 말했다. 얼굴이 각지고 눈매가 사나운, 꽤나 표독스러워 보이는 병사였다.

"그래, 맞아."

입안에 음식을 우물거리던 얼굴빛이 시커먼 병사가 고개를 끄덕였다.

"그 먼 곳까지 끌고 갈 것 없이 아예 이쯤에서 숨통을 끊어버리면 어떨까?"

주먹질을 한 병사가 좌우를 둘러보며 조심스레 의견을 냈다.

"아무리 죄인이라도 함부로 죽일 수는 없지."

얼굴이 각진 병사가 나직하게 퉁을 주었다.

"그야 그렇지만 몰래 죽여 버리면 그만 아닌가."

주먹질을 한 병사가 말을 받았다.

"무슨 수로 몰래 죽인단 말인가?"

"까짓 죽이는 방법이야 여러 가지지. 잠잘 때 정수리에 대못을 박아도 되고, 아니면 음식에 몰래 독이라도 타서 먹이면 알아낼 길이 있나. 음식을 잘못 먹어서 그런 줄 알겠지."

"옳아. 그러니까 생각나는데 저놈 음식에 짐새(鴆鳥: 중국 광동지역에서 나는 독조. 주로 독사를 잡아먹는 탓에 몸에 맹독이 있으며 배설물에도 강한 독성이 있음) 독을 타면 어떨까?"

"짐새 독이라, 그거 좋은 방법이야. 저놈만 죽어 자빠지면 우리야 당장 연경으로 돌아가는 거지. 근데 짐새 독을 어디서 구하지?"

얼굴이 각진 병사가 쾌재를 부르며 음모를 부추겼다. 그러자 주먹질하던 병사가 다시 주변을 둘러보고는 목소리를 낮춰 다짐을 놓았다.

"그런 거야 돈만 주면 어느 약방에서든 구할 수 있지. 하지만 혼자서 덮어쓸 순 없지. 모두 같이 책임질 마음만 있다면 다르지만……."

"그야 우리 모두가 짜고 모르는 일이라고 딱 잡아떼면 안 정위도 별수 없지."

"위로부터 추궁을 받지 않을까?"

"귀양 가던 고려놈 하나 길에서 뒈졌다고 무슨 큰일이야 나겠어. 그냥 흐지부지 넘어가는 게지."

이야기가 한창 무르익고 있을 때 내실에서 검을 찬 남자가 나왔다. 병사들이 말한 호송관 안 정위란 자인 모양이었다. 변발을 길게 늘어뜨린 삼십 전후의 뚱뚱한 남자였다. 뒤이어 술을 마셔 얼굴이 붉어진 부하 관원이 따라 나왔다. 죄인의 기록을 넘겨주는 일을 맡은 녹사(綠事)였다.

"무슨 수선들 떨고 있어. 음식들 다 먹었으면 떠날 준비나 하지 않고……."

호송관의 퉁명스런 호통에 병사들이 목을 웅크리며 다시 식사에 열중했다.

마침 준비한 음식이 나왔으므로 양검은 건성으로 음식을 삼키면서 충혜왕의 몰골을 곁눈으로 살폈다. 왠지 모를 갑갑함이 가슴에 돌덩이처럼 묵직하게 차올랐다.

결국 아내를 겁간하고 자신을 파멸시킨 사람이 바로 저 누추하고 왜소한, 병사들의 노리갯 감밖에 되지 못하는 사내란 사실이 믿어지지 않았다. 더욱이 한 나라의 지엄한 왕이었던 작자가 결국은 가축 같은 꼴로 머나먼 이국땅으로 끌려가는 신세가 되었다는 믿지 못할 사실이 양검을 한없이 무기력하게 만들었다. 불현듯 그동안 모진 고문을 참아가며 자신의 생명을 지탱해주던 목표가 한순간에 물거품이 된 그런 느낌이었다.

이제 저자를 처치한들 과연 무슨 이득이 있을 것이며, 그동안 뼛골에 사무친 철천지 원한을 풀 수 있을까. 병사들 몰래 그를 살해한다 한들 저 충혜왕이 과연 자신의 잘못을 뉘우치기나 할 것인가. 차라리 거만하게 거들먹거릴 때 왕을 단칼에 살해했어야 옳았다. 그래야만 억울하게 죽은 아내의 원수를 어느 정도 갚았다고 할 수 있을 것이다.

그러나 지금, 저 짐승과 다름없는 신세로 추락한 사내의 목숨을 끊는 건 외려 나락에 빠진 그를 도와주는 결과밖에 되지 않을 것이다. 어쩌면 그는 죽는 순간에도 양검이 왜 자신을 죽이려드는지 모를 것이다. 그저 운수가 나빠서 죽는다고 여길 것이다.

이런저런 생각 끝에 양검은 몇 술 음식도 먹지 못하고 서둘러 객잔을 나왔다. 내부에서 이유 모를 구토가 왈칵 치밀었기 때문이었다.

양검은 다시 떠올리기도 싫은 기억을 접는다. 이제 그 불쾌한 기억은 깊이 모를 허무와 끝없는 회한으로만 남았을 뿐이다. 마치 삶의 목적도 방향도 잃어버린 채 떠도는 자신의 한심한 처지처럼.

손을 이마에 대고 서남쪽을 바라보던 양검의 시야에 멀리 대홍산에서 소백산으로 이어진 낭림산맥의 거대한 산군(山群)이 길게 남쪽을 향해 청룡의 몸통처럼 뻗어 있는 게 잡힌다.

그 너머 한 뼘 남짓한 높이로 붉은 해가 지고 있다. 그 주변으로 잿빛 구름이 산맥을 따라 띠처럼 길게 이어져 있다. 아무래도 밤에는 비가 올 듯하다. 오월이라고 하지만 해가 지면 산속의 공기는 급속도로 냉각된다. 산에서 차가운 비를 맞지 않으려면 사냥꾼의 움막이나 하다못해 자연동굴이라도 찾아야 한다.

양검은 뛰다시피 산곡을 향해 내려간다. 어디선가 들려오는 늑대의 울음소리가 적막한 산천을 흔든다.

2

마을 어귀에는 오랜 풍상을 거쳐 온 늙은 느티나무가 냇가에 긴 그림자를 드리우고 있다. 연륜만큼이나 무성하게 우거진 나뭇잎이 불어오는 바람에 잔물결처럼 일렁거린다.

느티나무 뒤로 옹기종기 펼쳐진 나지막한 초가집들이 오후 햇살 아래 평화스러워 보인다. 하지만 그건 겉모양일 뿐이다. 가가호호 오래된 궁핍과 지난(至難)한 생활이 악령처럼 어두운 그늘을 드리우고 있다.

초가집들 사이로 난 구불구불한 황톳길을 따라 헐렁한 백저포를 입은 여인이 걸어오고 있다. 장을 봐오는지 손에는 작은 보퉁이를 들었는데 젖은 듯 선량한 눈매에 짙은 눈썹을 한 여자는 지난날 은천옹주의 개인 시녀로 만령전에 머물던 자려라는 여자다. 오늘따라 그녀의 표정이 몹시 어둡다.

그녀는 싸리 울타리가 밭둑을 따라 길게 이어진 골목을 따라 걸어온다. 제일 안쪽에 외따로 떨어진 작은 초가집 앞에 이르러 그녀는 잠시 숨을 고른다. 경계하듯 주위를 둘러본 그녀가 낡은 사립문을 열고 들어선다.

초가집은 낡았지만 제법 아담하고 손질을 많이 한 듯 마당에 잡초 하나 없이 정갈하다. 가슴 높이나 될까 말까 한 나지막한 토담 옆의 커다란 감나무에는 반들거리는 잎사귀 사이로 노란 감꽃이 지천으로 피어나 있다. 마당 가장자리에도 드문드문 감꽃들이 떨어져 있다.

자려가 마당에 막 발을 들이는 순간 방문이 벌컥 열리면서 사기그릇이 마당으로 날아와 쨍 하며 깨어진다. 깨진 사금파리에 햇살이 섬뜩하게 묻어난다.

"어딜 갔다 이제야 오는 거야?"

비단을 찢듯 날카로운 음성이 어두운 방 안에서 튀어나온다.

"장에 갔다가 좀 늦어졌어요."

"시장 아낙들하고 시시덕거리다 온 게 아니고?"

확인이라도 할 기세로 얼굴 하나가 열려진 방문으로 나타난다. 하얀 피부에 머리에 쪽을 진 젊은 여자. 신경질적으로 다문 도톰한 입술에 팥알 크기의 점이 턱밑에 있는 그녀는 분명 은천옹주다. 약간 수척한 듯하지만 예전의 요염하던 모습은 그대로다. 다만 얼굴에 두껍게 바른 분이 예전보다 더 천박하다는 느낌을 줄 뿐.

옹주는 부정을 찾아내려는 듯 요모조모 자려의 행색을 뜯어본다. 그러다가 자신의 비이성적인 태도가 못마땅하게 여겨졌는지 나직한 한숨을 내쉬며 방문을 소리 나게 닫는다.

닫힌 방문을 쳐다보며 잠시 망연하게 서 있던 자려가 씁쓸한 표정으로 부엌으로 향한다.

좁은 들창 하나인 부엌은 햇볕이 들지 않아 우묵하고 어둡다. 세간이라곤 달랑 부뚜막에 얹힌 사기그릇 몇 개와 수저, 검게 그을린

솥단지 하나, 그리고 중두리 크기의 물독이 전부다. 구석에는 땔감으로 쓸 검불이며 마른 나뭇가지가 어수선하게 쌓여 있다.

자려는 장에서 가져온 보따리를 풀고 만두를 꺼낸다. 만두는 재료로 사용되는 밀[麥]이 원나라에 수입되는 관계로 평민들이 쉽게 먹을 수 있는 음식이 아니었다. 하지만 그녀는 오늘 큰맘 먹고 개경 성내에서 제일 번화한 십자가(十字街) 부근의 쌍화점(雙花店)을 찾아가서 만두를 샀다. 예전에 옹주에게서 선물로 받아 애지중지 아끼던 은반지를 팔았던 것이다. 그녀는 만두를 소중하게 사기대접에 담는다.

"이거 좀 드세요."

방으로 들어간 자려가 만두 접시를 내민다. 손바닥만 한 동경(銅鏡)에 얼굴을 비춰보고 있던 옹주가 고개를 돌리고 힐끗 만두 접시에 눈길을 준다.

시렁에는 옹주가 아끼는 붉은 비단 저고리와 네 폭 치마가 걸려 있다. 아마 자려가 저자에 나간 사이에 고리짝에서 꺼내 입어 봤으리라. 그리고 좁은 방 안을 활보하며 화려했던 지난 궁궐 생활을 회상하며 현재의 궁핍하고 고단한 삶을 위안 받았을지도 모른다.

자려는 그런 옹주의 마음을 십분 이해할 수 있었다. 저자에서 사기그릇을 팔다가 요행히 왕의 눈에 들어 만인이 부러워하는 옹주의 신분에까지 올랐다가 어느 날 급전직하(急轉直下)로 궁궐에서 내쫓긴 여인의 마음을 어디에 비교할 수 있으랴. 그 좌절감과 억울함은 그 누구도 짐작하기 힘들 것이다.

"뭐야? 만두는 누가 사 오랬어."

옹주의 말투에는 아직도 가시가 날카롭다.

"예전 궁에 계실 때 좋아하셨기에……."
"누가 이딴 것 먹고 싶다더냐. 당장 치워라."
옹주가 손으로 탁 하고 그릇을 내친다. 만두가 사방으로 이리저리 구른다.
"네년이 지금 나를 떠보는 것이냐?"
옹주가 눈매를 날카롭게 하여 자려를 노려본다.
"떠보다니요?"
"내가 이처럼 우습게 되었다고 내심 비웃는 게 아니냐?"
"천부당만부당한 말씀입니다."
자려는 옹주의 이런 어린애 같은 태도가 마음 아프다. 그러나 그럴수록 왠지 모르게 더욱 그녀를 보살피고 싶은 심정이 든다. 그건 그녀의 선천적으로 타고난 모성애 때문일 것이다.
"네년이 딴짓할 맘을 먹었다간 내 손에 죽어날 줄 알아."
옹주가 자려에게 이유 없이 윽박지른다.
"그럼요, 마마. 제가 어떻게 딴마음을 먹겠어요."
"그럼 잔말 말고 나가서 얼른 네 할 일이나 하거라."
"알았사옵니다."
부엌으로 돌아와 푸성귀를 다듬는 자려의 눈에 물기가 어린다. 종내 눈물이 볼을 타고 턱 아래로 흘러내린다. 잊고 있던 옹주에 대한 연민이 마음 밑바닥에서부터 샘물처럼 솟구쳐 나온다.
은천옹주가 궁궐에서 쫓겨난 것은 작년 말, 막 세모의 추위가 시작되던 동짓달 무렵이었다.
음행과 폭정을 일삼던 충혜왕이 강제로 원나라로 압송된 뒤, 그 뒤를 이어 원나라의 명을 받아 29대 왕으로 봉해진 이는 당시 원나라에 머물던 원자 흔이었다.

여덟 살이던 어린 왕이 등극하자 모후(母后)인 덕녕공주가 조정의 실권을 장악하게 되었다. 그녀는 곧 측근으로 기철과 홍빈, 채하중 등의 관료를 등용하였고, 극도로 흉흉해진 민심을 수습코자 제일 먼저 시도한 일은 충혜왕의 애첩들과 궁인 백여 명을 섬으로 귀양 보내거나 고향으로 돌려보내는 일이었다.

당시 은천옹주는 두 돌을 겨우 넘긴 석기왕자와 함께 신궁에 머물고 있었다.

어느 날 덕녕공주의 명을 받고 신궁에 난입한 군사들은 그녀에게서 석기왕자를 빼앗고 무작정 그녀를 성밖으로 내몰았다. 옹주는 어린 왕자를 데리고 갈 수 있도록 해달라며 애원했다. 하지만 그런 사적인 애원이 먹힐 리 만무했다.

결국 황성에서 쫓겨난 옹주는 자려의 도움으로 간신히 개경 남쪽의 한적한 마을에 사처(私處)를 정할 수 있었던 것이다.

"자려야."

옹주와 자려가 간단한 저녁상을 물렸을 때는 중천에 뜬 보름달이 들창에 걸려 있을 무렵이다. 설거지를 마친 자려가 바느질감을 들고 등잔불 앞에 쪼그리고 앉자 자리에 누워 있던 옹주가 부드러운 음성으로 부른다.

"예. 마마."

"바느질은 그만두고 내 옆에 눕지 않으련?"

다정한 말투 속에 은근한 욕정이 내재해 있음을 자려는 느낀다. 자려는 바느질감을 윗목으로 밀쳐놓고 등불을 불어 끈다. 등불 빛이 사라지자 푸른 달빛이 그 자리를 메운다. 뒷산 숲을 건너온 올빼미 울음소리가 음산하게 창을 넘어든다.

옹주는 누운 채로 자려가 하나씩 옷을 벗는 모습을 지켜본다. 하얀 가슴과 치마폭에 감싸인 엉덩이의 굴곡이 드러나자 눈에 뜨거운 욕망의 불길이 번진다. 이윽고 나체가 된 자려가 슬그머니 옹주의 곁으로 다가온다. 그녀는 부끄러운지 손으로 은밀한 부위를 가리고 있다.

"마마."

"그래. 이리 가까이 오너라."

서둘러 옹주가 나체로 다가온 자려를 껴안는다. 옹주는 손을 뻗어 젖가슴을 더듬더니 이내 은밀한 부위를 가린 자려의 손을 치운다. 그러자 다리 사이 검게 음모가 밀생한 부위에 뜻밖에 제법 큰 살덩이 하나가 달빛 아래 뚜렷이 드러난다. 그것은 분명한 형태를 갖춘 성인 남자의 것이다. 놀랄 만한 일이다. 그녀는 외형적으로 보면 분명한 여성이었지만 실상은 남녀 생식기를 모두 갖춘 어지자지였던 것이다. 그건 극히 희귀한 체질로 몇 십만 명 가운데 하나 태어날까 말까 한 경우에 속했다.

"자려, 너라도 내 곁에 있어 주어 정말 다행이야."

자려의 귀에 뜨거운 입김을 불어넣으며 옹주가 말한다. 그녀는 낮에 자신이 괜한 투정을 부렸던 일은 까마득히 잊은 듯하다.

"마마."

옹주가 자려의 나신을 다정한 손길로 어루만진다. 자려 역시 소중한 보물을 만지듯 옹주의 몸을 정성껏 애무한다. 들창으로 흘러드는 달빛 아래 두 여인의 애무는 점차 농도가 진해져 간다.

"널 만나게 된 거야말로 내 생애 최고의 선물이었어."

"고마워요. 그렇게 생각해주시니……."

"아마 너와 난 전생에 쌍둥이였거나 아님 정말 소중한 운명이었을 거야."

애무를 계속하며 옹주가 말한다.

"마마, 저도 그렇게 생각해요."

가쁜 숨을 내쉬며 자려가 대답한다.

"나에게 처음 이거 보여준 날 기억해?"

옹주가 물었다. 자려가 수줍게 고개를 끄덕인다.

"그날 난 처음 너의 이걸 보고 깜짝 놀랐어. 설마하니 네가 이런 멋진 물건을 지녔을지 상상도 못했지 뭐야."

자려의 다리 사이에 우뚝하니 돌출한 부분을 계속해서 애무하며 옹주가 말한다.

"아이, 또 그런 말씀을……."

자려가 어둠 속에서 얼굴을 붉힌다. 그건 그녀에게 치부와도 같은, 부끄럽기만 한 기억이었다.

자려가 자신의 신체가 이상하다고 느낀 것은 정확히 열두 살 때였다. 그전까지만 해도 그녀는 분명 자신이 계집아이라고 믿고 있었고, 주위 사람들 역시 그녀를 계집아이라고 믿어 의심치 않았다.

열두 살에 접어든 어느 날이었다.

자려는 자신의 은밀한 신체 한 부위가 하루가 다르게 커지는 것을 알았다. 처음엔 그저 작은 혹이려니 여겼다. 그러나 시일이 흐르면서 그 부위는 점차 크기가 커졌고 그것은 남자의 생식기처럼 변했다. 나중엔 버젓이 발기까지 했다.

어린 그녀로선 걱정이 이만저만이 아니었다. 하지만 그 사실을 털어놓기엔 너무 수치스럽고 부끄러웠다. 그녀에게 다정한 홀어미에게조차 말할 용기가 없었다. 오랜 고민 끝에 자려는 자신이 가진 비밀을 평생 혼자 간직하기로 결심했다.

목숨보다 소중하게 지켜오던 비밀을 옹주에게 들킨 것은 몹시도 무더운 어느 여름날이었다. 당시 단양대군의 노비인 임신의 딸이었던 옹주는 그때 나이 열다섯 살, 막 한 사람의 여인으로 무르익어 가던 시기였다.

찌는 듯한 더위 때문에 밤늦도록 잠 못 이루던 그녀는 끈적거리는 몸을 씻을 겸 해서 인근 갯버들이 우거진 개울가로 나갔다. 보름에 가까워서 달빛이 몹시 밝았다.

늦은 밤이라 사람이 없겠거니 여겼지만 뜻밖으로 찰박거리며 물을 끼얹는 소리가 들렸다. 호기심에 인기척을 죽이고 살그머니 다가간 그녀는 개울에서 이미 한 사람이 몸을 씻고 있는 걸 발견했다.

구름 사이로 드러난 달빛이, 깊지 않은 개울에 몸을 담그고 있는 사람을 비추었다. 수면 위로 드러난 둥근 어깨며 하얀 등덜미로 보아 여인이 분명했다. 숨어서 지켜보던 그녀는 몸을 씻는 여인이 다름 아닌 평소 함께 장난을 치며 놀던 자려라는 것을 알았다.

장난기가 동한 그녀는 근처 바닥에 놓아둔 자려의 옷을 몰래 풀숲에 감추었다. 이어 자신도 옷을 홀랑 벗고서 개울물 속으로 뛰어들었다.

난데없는 인기척에 놀란 자려가 비명을 지르며 물 밖으로 나가려고 했다. 그러나 그것조차 마음대로 되지 않았다. 원래부터 악동기질이 있는 그녀가 곧장 가슴과 아랫도리를 손으로 가린 채 물 바깥으로 나가려는 자려를 뒤에서 껴안았기 때문이었다. 그녀의 손에 매끈하고 탄력 있는 자려의 젖가슴이 잡혔다. 그런 행위는 같은 여자였음에도 묘하게 그녀에게 짜릿한 기분을 가져다주었다.

그녀의 예기치 못한 행동에 당황한 자려는 몸을 빼어 달아나려고 했다. 곧 서로 간에 붙잡고 뿌리치는 동작이 장난치듯 이어졌다.

그런 어느 순간 그녀는 얼떨결에 자려의 하체를 껴안다가 손바닥에 이상한 감촉을 느꼈다. 그녀는 놀랍고 당황스러웠다. 분명 자려의 다리 가운데, 없어야 할 곳에 이상한 물건이 달려 있었던 것이다.

하지만 놀란 건 그녀뿐 아니었다. 자려가 두 손으로 얼굴을 감싼 채 쏜살같이 물 바깥으로 뛰어나갔다. 그녀는 자신의 옷을 찾아 입으려고 허둥댔지만 옷이 없어진 걸 알자 어쩔 줄 몰라 하며 바닥에 쪼그리고 앉아 소리 내어 흐느꼈다.

"너, 그게 뭐니?"

뒤따라 나온 그녀가 따지듯 물었다. 그러자 무릎에 얼굴을 묻고 흐느끼던 자려가 번쩍 고개를 쳐들었다. 그녀가 눈물에 젖은 얼굴로 간절하게 애원했다.

"제발, 제발 부탁이야. 나에 관한 일은 절대 누구에게도 얘기를 말아 줘. 아님 나 죽고 말 거야."

그런 애틋한 자려의 모습이 오히려 그녀의 왕성한 호기심을 자극했다. 그녀는 자려를 내려다보며 칼자루를 잡은 자처럼 오만하게 말했다.

"알았어. 절대 누구에게도 말하지 않을게. 하지만 그전에 그게 뭔지 나에게 확실히 보여줘야 해."

결국 자려는 평생토록 비밀을 지키고자 했던 자신의 은밀하고 특이한 부분을 옹주에게 보여줄 수밖에 없었다. 그런 연후로 두 사람만의 은밀한 관계가 시작되었다. 그리고 나중에는 남녀 간의 연애와 같은 관계로 발전해나갔던 것이다.

타고난 기질 탓인지 성적인 관심이 유난한 그녀였다. 그런 그녀에게 특이한 체질을 타고난 자려는 남의 눈을 의식할 필요 없는 훌륭한 성적 노리개가 되어 주었던 것이다.

시간이 지나면서 그녀와 자려는 남의 눈을 피해가며 성적 쾌락에 빠져들었다. 더욱이 천한 노비 신분에 불과한 두 사람이 이 세상에서 위안을 받을 일은 그런 짓 말고는 달리 없었다.

어지자지인 자려와 무모증(無毛症)이던 그녀 둘 다 신체적 결함을 가진 거나 다름없었고, 서로 간의 수치스런 비밀을 공유하면서 생겨난 동지의식이 두 사람을 굳게 묶어 주었다. 아울러 그런 특수한 비밀을 가진 덕에 두 사람만의 다른 일반 여염집 여인들이 가지는 수치심이나 부끄러움에서 좀 더 자유로울 수 있었다. 거기에 그녀의 남다른 음욕이 가세했다. 따라서 필연적으로 두 사람의 성적 행위는 하루가 다르게 변태적으로 변해 갔다.

여기에는 또 다른 이유가 있었다. 자려가 비록 남성기를 가지고 있기는 했지만 완전한 남성으로서의 구실을 하기에는 어떤 면에서 부족한 점이 없지 않았다. 그런 까닭에 두 사람은 잠자리에서 다른 여러 가지 물건들을 성적인 쾌락을 즐기는 도구로 이용하기 시작했다.

처음엔 오이나 가지 따위를 이용하다가 채소류가 나지 않는 겨울엔 굵은 나뭇가지를 성기 모양으로 깎아서 여기에 기름을 발라 사용하기도 했다. 후일 그녀가 충혜왕의 비정상적으로 큰 성기를 무리 없이 받아들일 수 있던 건 바로 그런 행위가 있었기에 가능했던 것이다.

옹주로 궁궐에 들어간 뒤로도 두 사람의 관계는 지속되었다. 충혜왕이 찾아오지 않는 날, 옹주는 몰래 자려를 자신의 침소로 불러들여 끝없이 끓어오르는 욕정을 채웠던 것이다.

한동안 애무가 이어진 끝에 옹주가 자려를 받아들인다. 자연스럽게 두 사람의 몸이 포개진다. 가쁜 호흡과 신음소리만이 어두운 방안을 맴돈다.

어느 순간 눈을 감고 있던 은천옹주가 긴 한숨을 토한다. 그녀의 뜻하지 않은 반응에 놀란 자려가 애무하던 동작을 멈춘다.

"왜 그러세요?"

"아니, 별일 아냐."

자려가 옹주의 안색을 살핀다. 달빛에 비친 옹주의 미간에 어느새 조금 전까지 뜨겁게 타오르던 욕정은 사라지고 대신 알지 못할 씁쓸함이 감돌고 있다. 거칠던 호흡도 거짓말처럼 조용해져 있다.

"그걸 가져올까요?"

자려가 안타깝게 묻는다. 그것이란 성기를 대신할 다른 기구를 뜻했다. 행여 자신만으로는 부족하여 그런가 싶어서 물어본 것이다.

"아냐. 됐어."

옹주가 냉담하게 내뱉는다. 기실 그녀는 궁궐에 들어간 뒤로 항상 열약을 복용한 충혜왕과 정사를 나눠 왔다. 그런 탓인지 이제 그녀는 남자라면 충혜왕이 아니면 만족을 느낄 수 없는 몸이 되어 있었다.

게다가 궁궐에서 쫓겨난 뒤로 생긴 심리적 좌절과 불안감 때문인지 자려와의 관계도 예전처럼 자연스럽지 않았다. 온갖 노력을 해도 지난날의 등줄기를 꿰뚫는 것 같은 강렬한 쾌감을 얻을 수 없었다.

그런 줄 뻔히 알면서도 문득문득 참을 수 없게 욕망이 치밀었고, 그래서 자려와 잠자리를 함께했던 것이다. 하지만 그 결과는 역시 적지 않은 실망과 불만으로 남았을 뿐이다. 채 타지도 않고 연기만 피워 올리는 모닥불처럼.

"오늘은 그만 자고 싶구나."

옹주의 말에 자려는 자신의 잘못이라도 되는 양 조심스럽게 몸을 내려온다.

"마마, 송구스러워요."

자려가 말한다. 옹주가 고개를 젓는다.

"그냥 누워서 이야기나 하자꾸나."

"예. 마마."

"오늘따라 달빛이 유난히 밝구나."

열어둔 봉창으로 흘러드는 푸른 달빛을 바라보며 옹주가 말한다.

"내일이 보름이라고 들었습니다."

"그래서 달빛이 저리 은쟁반처럼 밝구나. 그나저나 이렇게 한 방안에 누워서 얘기를 하고 있자니 옛날 생각이 절로 나는구나. 어릴 적에 너와 내가 산나물 뜯으러 갔다가 뱀에 물린 거하며, 빨래를 하다가 실수로 옷을 떠내려 보내는 바람에 건지려고 물에 뛰어들었다가 죽을 뻔했던 일이며…참, 그때 네가 구해 주지 않았더라면 난 아마 지금 이 세상에 없었을지도 모르지. 아무튼 그때는 정말

고되고 힘들었어. 그렇지만 네가 옆에 있어서 힘든 줄도 몰랐지."

"저 역시 마마가 계시지 않았다면 정말 힘들었을 거예요."

"차라리 그때 너와 멀리 어디론가 도망쳐서 가시버시처럼 살았으면 어땠을까?"

지난 감상에 젖어들던 옹주가 자려의 마음을 떠보듯 묻는다.

"그런 말씀일랑 아예 마세요. 마마께선 지금은 이렇게 곤궁에 빠져 계셔도 엄연히 한 나라의 옹주마마입니다. 전 죽는 날까지 성심껏 마마를 모시고 살렵니다."

"그래. 요즘 네 신세를 너무 많이 지는구나."

"아닙니다. 천하디천한 노비인 저를 빼내 양민 신분으로 만들어 준 것만 해도 평생 갚을 수 없는 은혜를 입은 셈입니다. 더욱이 이런 초옥이나마 구한 것도 모두 마마의 도움이 아니면 어찌 제가……."

목이 메는지 말끝이 흐려진다.

"내 나중 궁궐에 들어가게 되면 너에게 필히 보답을 내리마."

옹주의 따스한 말에 자려의 눈이 물기에 젖는다.

"그나저나 석기왕자는 잘 있는지 모르겠다. 그 어린것이 어미의 정도 제대로 못 받고……."

"너무 심려 마세요. 아무려면 왕자님인데 궁궐에서 어련히 알아 모시겠어요."

"이제 그 애가 네 살이 되었겠구나."

"예, 마마."

"한창 어미에게 어리광을 부릴 나이에……."

애써 격정을 억누르느라 말끝이 가늘게 흩어진다.

"마마, 고정하세요. 너무 그러시다가 심기를 상해 혹 병이라도 얻을까 두렵습니다."

자려의 말에 겨우 흐느낌을 멈춘 옹주가 손을 뻗어 자려의 손을 힘껏 움켜쥔다.

"자려야. 부탁 하나 하마. 만약 내가 없어지면 너라도 그 왕자아기를 잘 보살펴다오."

"왜 그런 불길한 말씀을……."

"너무 밝은 달밤이라 마음이 약해졌는지도 모르겠다."

"아무리 그러시더라도 그런 말씀은……."

"알았다. 아무튼 꼭 좀 부탁하마."

"물론입니다, 마마."

잠시 침묵이 흐른다. 그사이로 부엉이 울음소리가 구슬프게 새어든다.

"그런데 오늘 낮에 참 해괴한 소문을 들었구나."

"무슨 소문 말입니까?"

"이런 말을 해야 할까."

"해 보옵소서, 마마."

"글쎄, 낮에 바람이나 쐴까 하고 들판에 산책을 나갔다가 나물 캐는 아낙들이 뭐라고 소곤거리는 말을 잠깐 엿들었다. 그런데 글쎄, 원에 끌려가셨던 전하께서 훙서(薨逝)하시어 지금 그 시신이 개경으로 돌아오고 있다고 하지 않느냐. 내 어찌나 놀랐는지. 그런 흉악한 소문을 떠벌리는 아낙의 머리통을 당장 요절을 내려다가 참았다. 정말 그 못된 아낙들의 말이 사실이냐?"

"마마."

자려가 더 이상 말을 잇지 못한다.

"우물거리지 말고 똑똑히 말해 보거라."

"저…그게."

"그럼 그 말이 사실이란 말이냐? 전하께서 승하하셨다는 게……."

벌떡 몸을 일으킨 옹주의 낯빛이 백지장처럼 하얗게 질린다.

충혜왕의 승하 소식이 개경에 알려지고 3일의 애도일(哀悼日)이 선포된 것은 올해 초인 2월 9일이었다. 정작 궁궐에서 쫓겨나 외진 사가에서 바깥출입을 끊고 있던 옹주는 이런 사실을 전혀 알지 못했던 터였다. 또한 사실을 알고 있는 자려 역시 옹주의 상심이 클까 걱정하여 쉬쉬했고, 따라서 옹주는 충혜왕에 관련된 일을 알 도리가 없었던 것이다.

"마마, 고정하시옵소서."

걱정이 된 자려가 몸을 일으킨다. 방 안에 어둠보다 무거운 적막이 흐른다. 한참이나 말이 없던 옹주가 무슨 생각에선지 입술을 피가 나게 깨문다. 눈시울에 희미하게 물기가 반짝인다.

"그래, 알았다. 어차피 사람은 한 번은 죽는 것 아니냐."

전혀 뜻밖의 태도다. 예상 같아선 한바탕 대성통곡을 할 줄 알았지만 그렇지 않았다. 그게 자려에겐 다행스러우면서도 일면 걱정스럽다.

"내 운명이 그런 걸 어쩌겠느냐."

목소리마저 담담하다. 어쩌면 예전부터 이런 일이 생길 것을 알고 있었던 듯한 태도다.

"그래요. 모두 다 운명인걸요."

자려가 조심스레 손을 뻗어 옹주를 다시 자리에 눕힌다. 감겨 있는 옹주의 눈꺼풀이 가볍게 떨린다. 달을 가리며 구름이 지나가는지 들창이 문득 어두워진다.

다음 날 새벽, 자려는 온몸을 감아오는 서늘한 한기에 잠을 깬다.

몸을 뒤척이던 그녀는 무언가 평소와 다른 느낌에 잠자리에서 일어나 앉는다. 분명 옆에 누워 있어야 할 옹주가 보이지 않는다.

혹 측간에라도 간 것일까.

생각을 더듬던 자려는 불길한 예감이 비수처럼 날카롭게 가슴을 찔러오는 걸 느낀다. 그녀는 얼른 옷을 걸치고 바깥으로 달려나간다.

푸르게 새벽 여명이 비쳐오는 마당 가장자리 감나무 아래에 무언가 흰 물체가 덜렁하니 허공에 달려 있다. 소복 차림을 한 옹주였다. 감나무 가지에 목을 맨 채 사지를 늘어뜨리고 있다. 자려는 찬물을 뒤집어쓴 듯 등줄기에 소름이 끼치는 걸 느낀다.

결코 길지 않은 생, 노비의 딸로 태어나 여인이라면 누구나 부러워하는 옹주의 신분까지 올랐던 그녀는 천대와 가난, 음욕과 사치로 점철된 이십여 년의 삶을 그렇게 스스로 마감한 것이다.

자려는 아득하게 멀어지는 정신을 붙잡으려 애썼지만 종내 그 자리에 쓰러지고 만다. 나무 아래에는 노란 감꽃이 옹주의 저승길을 인도하는 양 자욱하게 떨어져 있다.

3

밑둥치에 푸른 이끼가 낀 오래된 팽나무 그늘에 한 사내가 앉아 있다. 양검이다. 산길을 가다가 다리도 쉴 겸 잠시 뜸을 들이는 중이다.

문득 뒤편 산자락 사이로 한 사내가 모습을 드러낸다. 작은 키에 염소수염을 기른 오십 남짓한 중년 사내다. 행색을 보아하니 약초를 캐러 다니는 사람인 듯했다. 질끈 삼끈으로 동여맨 허리춤엔 호미가 꽂혀 있고 등에는 약초가 담긴 거칠게 짠 둥근 걸망이 매달려 있다. 그는 양검이 있는 곳으로 곧장 걸어온다.

곁에 온 중년 사내는 양검의 아래위를 경계심이 묻은 눈길로 힐끔거리더니 옆의 바위에 털썩 엉덩이를 내려놓는다. 사내는 목이 말랐는지 옆구리에 찬 가죽주머니를 끌러서 물을 마신다.

"혹 물이 필요하시오?"

물주머니에서 입을 떼며 중년 사내가 양검을 보고 묻는다. 양검이 가볍게 고개를 가로젓는다. 대낮이라서 덥긴 했지만 목이 마르지는 않다.

"무사님이시오?"

다시 중년 사내가 말을 붙여온다. 인적이 드문 곳에서 만난 사람이라 무언가 말을 건네고 싶은 모양이다. 햇볕에 까맣게 그을린 얼굴이지만 어딘가 선량한 눈매를 하고 있다.

"무사로 보이오?"

시선을 건너편 녹음이 짙은 산으로 보내며 양검이 되묻는다.

"그러문입쇼. 소인 비록 많은 나이는 아니지만 사람을 보면 한눈에 아는 수가 있지요."

"그걸 어떻게 아오?"

"우선 척 보기에도 태도며 말투가 무사 같습니다. 손에 지니신 그 지팡이가 없더라도 말입니다. 아마 틀림없이 관에 계신 무사가 아닌가 싶습니다. 초면에 실례되는 질문이오만 어디로 가는 길이신지?"

날카로운 지적이다. 양검이 손에 쥔, 지팡이로 위장된 검을 한눈에 알아본 것이다.

"그냥 발길 닿는 대로 떠도는 중이오."

양검의 무심한 대답에 사내는 더 이상 말 붙일 마음이 사라졌는지 허리춤의 무명수건을 풀어 이마에 흐른 땀을 닦는다.

차 한 잔 마실 시간이 흘렀을 때 조금 떨어진 곳의 풀숲이 흔들렸다. 산짐승인가 했더니 눈매가 사나운 사내 하나가 불쑥 모습을 드러낸다.

기골이 크고 텁석부리 수염을 기른 스무 살 남짓한 젊은 사내다. 광대뼈가 불거진 얼굴이 힘깨나 쓰게 생긴 관상이다. 한쪽 어깨엔 작은 봇짐을 메었고 손목 굵기의 물푸레나무 지팡이가 손에 들려 있다.

"아이쿠, 이거 반갑습니다."

텁석부리 젊은 사내가 넉살좋게 두 사람에게 말을 붙인다.

"이런 외딴 곳에서 사람을 만나리란 생각도 못했지요. 아, 넨장맞을. 날씨 한번 지랄같이 덥군요."

사내는 혼잣말처럼 중얼거리더니 중년 사내 옆에 털썩 엉덩이를 내려놓는다. 사내가 은연중 미간을 접는다. 젊은 사내의 버릇없음이 눈에 거슬렸기 때문인지 몰랐다.

"그럼."

양검이 몸을 일으키자 중년 사내도 덩달아 일어난다. 무슨 영문인지 텁석부리 사내도 곧장 따라 일어선다.

"같은 방향이고 적적한데 같이 가면 어떠신지요."

중년 사내가 양검의 뒤를 따르며 말한다.

"그럼 나도 같이 가겠소."

텁석부리 사내가 끼어든다. 세 사람은 양검을 앞세우고 일렬로 산길을 걸었다.

험하기로 이름난 덕유대령을 지나 반 시진쯤 걸었을까. 길은 두 갈래로 나뉘었다. 길목에는 작은 돌무더기가 쌓여 있고 거기에 나무 이정표가 세워져 있다. 굵은 먹 글씨로 연주, 황주라고 쓰여 있는데 각기 다른 방향이 표시되어 있다.

오른편 길은 연주로 가는 길이었다. 연주는 무주를 거쳐 숙주와 서경(西京: 평양)으로 이어지는 육로로 길은 편하지만 고을과 고을을 연결하는 길인 탓에 곳곳에 역참과 관아가 많아서 오가는 행인에 대한 검색이 심했다.

반면 왼편 길은 험준한 산을 끼고 관성령을 넘어 덕주, 순주로 해서 황주로 가는 길이었다. 산이 첩첩하여 길이 험하지만 산간 내륙을 통해 개경으로 곧장 이어지는 지름길이었다.

"무사님은 어디로 가시려오?"

갈림길 앞에 멈춰선 중년 사내가 양검을 건너다보며 묻는다.

"왼쪽으로 갈까 하오."

"소인 생각으론 되도록 왼쪽 길로는 가지 않는 게 좋을 듯합니다만."

"그건 또 무슨 말이오? 버젓이 이정표까지 세워져 있는데……."

"그렇긴 하오만 떠도는 소문에 그쪽 길에 흉악하고 못된 짐승이 나타나서 사람들을 해하는 일이 잦다는 말을 들었습니다. 게다가 국경에 가까운 곳이라 간혹 거란족 화적들이 작당을 지어 나타나선 고려 백성들을 해치곤 한다는 소문도 있습니다. 아무튼 그 길은 길(吉)보다는 흉(凶)이 많은 곳이라 되도록 안 가는 게 좋을 듯 여겨집니다만……."

"이보슈. 거 영감은 괜한 걱정 마시오. 그렇게 겁이 나면 혼자 오른쪽 길로 가든지 하지 않고 괜한 사람 겁주는 건 무슨 고약한 심보요. 내가 벌써 몇 번씩 이 길을 오간 터지만 아직 한 번도 그런 일이 없었소. 그런 판에 공연히 망령된 소리나 지껄이고……."

곁에서 지켜보던 텁석부리가 흰자위 많은 눈을 희번덕이며 중년 사내를 힐난한다.

"노형. 저쪽 길로 가려거든 나와 같이 가십시다. 까짓 늑대 한두 마리 나타난다고 불알 찬 사내자식이 겁먹을 필요가 어디 있소. 몽둥이 하나면 범도 무섭지 않을 판에."

사내가 지팡이로 힘차게 땅을 굴렀다.

잠자코 젊은 사내를 지켜보던 양검은 중년 사내에게 간단한 목례로 작별을 고하고 말없이 왼편 길로 걸음을 옮겼다. 걱정스럽다는 듯 중년 사내가 혀를 차는 소리가 희미하게 양검의 귀에 들렸다.

"겁쟁이 영감이 쓸데없는 소리로 멀쩡한 사람 농락하려 들고 있어, 재수 없게스리. 그렇지 않소? 노형."

텁석부리 사내가 양검에게 동의를 구한다.

"……"

별 대답이 없자 텁석부리 사내는 뭐라고 혼잣말을 중얼거렸다.

한참 산길을 오르자 시야가 확 트이고, 건너편 산등성이를 따라 길게 쌓아놓은 성벽 일부가 아스라이 보인다. 고려 9대 덕종 때 여진족을 막기 위해 쌓은, 고장성(高長城)으로 불리는 천리장성이다.

장성을 보며 한동안 산죽이며 철쭉, 참나무 따위의 관목이 우거진 산모롱이를 돌아나가자 길이 완만해지면서 숲 사이로 제법 너른 공터가 드러난다.

울창한 잡목 숲을 배경으로 한 공터에는 허름한 초가집 한 채가 서 있다. 집 앞에는 주막임을 알리는 푸른 깃발이 꽂혀 펄럭이고 있다. 산길에서 가끔씩 볼 수 있는 그런 형태의 주막이다.

"이제나저제나 했더니 이제야 겨우 주막에 당도했네. 노형, 갈증도 심한데 이 주막서 목이나 축이고 가십시다."

텁석부리 사내가 주막을 보자 강요나 하듯 말한다. 양검이 고개를 끄덕인다. 마침 배도 출출하던 터였고, 앞으로 얼마나 이런 산길을 더 가야 주막을 만날지 모를 일이었다.

두 사람이 주막 마당에 만들어둔 평상에 걸터앉았을 때 젊은 처녀 하나가 뒤란을 돌아 나온다. 허리까지 덮이는 황색 내리닫이 저

고리에 품이 큰 검정 무명치마를 걸친 모습이다.

열여섯이나 일곱 살쯤이나 되었을까. 산골에 사는 처녀로는 보기 드물게 달걀처럼 갸름한 얼굴에 박꽃처럼 흰 피부가 눈길을 끈다. 적당한 키에 굴곡진 몸매도 제법 여인의 티가 난다. 다만 끝이 올라간 눈매가 왠지 매정스런 느낌을 주는 게 흠이라고나 할까.

"어서 오세요."

처녀가 거리낌 없이 말한다. 주막을 하는 때문인지 산골 처녀답지 않게 수줍음도 별로 타지 않았다.

"낭자. 여기 술이나 한 두루미 주시오."

기다렸다는 듯 텁석부리 사내가 말한다. 그때 주막 부엌에서 한 사내가 비죽이 얼굴을 내민다. 이마에 얼룩덜룩한 가죽띠를 동여맨, 얼굴이 넙데데하고 얽은 자국이 있는 이십대 초반의 사내다. 힐끔 두 사람을 쳐다본 사내는 곧 부엌 안으로 얼굴을 감춘다.

"안주는 무얼 하시게요?"

처녀가 양검의 행색을 유심히 살펴보며 묻는다.

"뭐, 산나물하고 고깃점이나 있으면 좀 주시오."

양검이 잠자코 있자 곁에 앉았던 사내가 대신 대답한다.

처녀가 물러가자 사내가 양검에게 말을 건넨다.

"술은 내가 사리다. 근데 노형은 대체 어디로 가는 길이오?"

"그냥 이리저리 떠돌고 있소."

"떠도는 몸이라 거 팔자 한번 좋으시오. 나도 노형처럼 마음 내키는 대로 떠돌면서 살면 얼마나 좋을까마는 그러면 누가 공으로 먹여줄 리도 만무하고, 허구한 날 발바닥이 닳도록 산길이나 오가야 되니, 어이구 이놈의 팔자는 언제 풀리려나."

심심했던지 사내는 묻지도 않은 너스레를 떤다. 곧 처녀가 투박하게 만든 술상을 들고 나왔다. 술이 담긴 두루미와 서너 가지 산채, 어느새 준비했는지 수육도 있다.

"자, 마십시다. 까짓 술 취하면 주막서 자고 가면 그뿐이지. 안 그렇소?"

사내가 두루미를 들어 양검의 그릇에 술을 따르며 말한다.

사내가 주로 이야기를 늘어놓으며 몇 순배 술이 오가자 이내 두루미가 비었다. 사내가 괴춤을 쥐고 일어서더니 주막 처녀를 부른다.

"낭자. 내 볼일보고 올 터이니 여기 노형에게 술 한 두루미 더 가져다주시오."

여러 크기의 단지와 그릇 등이 놓인 어둑한 부엌 안에선 곰보 사내가 가마솥이 얹힌 아궁이에 불을 때고 있다가 술두루미를 들고 안으로 들어서는 처녀를 올려다본다. 우락부락한 얼굴에다, 끝이 올라간 매서운 눈매는 처녀와 많이 닮아 있다.

"이제 약을 탈 때가 되었지?"

곰보 사내가 작은 소리로 묻는다.

"응. 작은오빠가 신호를 보냈어. 그런데 큰오빠. 저 작자가 뭘 가진 거나 있을까?"

"그럼. 저놈이 가진 거 하나 없이 돌아다닐까? 얼굴을 보아하니 개경 한량같이 제법 멀끔하게 생겼잖아."

큰오빠라 불린 곰보 사내가 무뚝뚝하게 말을 받는다.

"맞아. 아까 말을 들어보니 개경 말씨였어."

"저놈이 가진 괴나리봇짐에 무언가 들어 있을 거야. 금붙이나 아니면 패물이나…보나마나 밀무역을 하는 놈이 아니면 관을 피해 다니는 죄인이겠지. 어쨌든 구린 구석이 있는 놈이 분명해. 그렇지 않고서야 굳이 이 험한 산길을 탈 필요가 어디 있어."

"그런데 죽이기는 좀 아깝네."

처녀의 입에서 나온 말치고는 의외로 잔인하다.

"뭐야. 저 사내놈에게 마음이라도 있다는 거야?"

"아니야. 어젯밤 꿈자리가 사나워서…죽이진 말고 그냥 보따리만 뺏고 쫓아 보내면 어떨까?"

"멍청한 소리! 저놈이 내려가서 여차여차 소문이라도 내면 당장 내일부터 이 장사는 끝장이야. 그런 말도 안 되는 소리 집어치우고 얼른 약이나 타. 그나저나 네 서방은 방에 처박혀서 뭘 하고 있는 거야? 오후가 되도록 코빼기도 안 내밀고……."

곰보 사내가 사나운 기세로 투덜거린다.

원래 이들은 고종 6년에 김취려 장군이 거란족의 강동성(江東省)을 함락시켰을 때 항복하여 귀화한 거란인이었다. 그들은 천민 취급을 받으며 나라가 정해준 부곡(部曲)에서 소나 돼지 따위를 도살하여 내다 파는 일을 업으로 삼고 살았다. 그리고 철 따라 산짐승을 사냥하거나 약초를 캐다 파는 걸 부업으로 삼았다.

그런데 이태 전에 동북계(東北界)를 떠도는 여진족 화적들이 급습했고, 몇 호 안 되는 마을은 쑥대밭이 되었다. 그 일로 집에 남아 있던 늙은 부모는 칼을 맞아 죽고 마침 산에 사냥을 나갔던 삼남매만 간신히 살아남았다.

졸지에 고아가 된 지(池)씨 삼남매는 의기투합하여 부곡을 벗어나 국경지역이 가까운 이 깊은 산중으로 옮겨왔고, 지나가는 행인들을 상대로 주막을 차렸다. 여기에 어릴 적부터 쭉 같은 마을에서 친하게 지내던 야율이란 사내가 합세했다. 외동딸인 지심녀(池心女)와는 결혼을 약속하고 정을 통한 사이였다.

그 뒤로 그들은 멋모르고 주막에 들른 행인들을 독이나 칼로 무자비하게 살해한 다음 재물을 털어 왔던 것이다. 자연 근래 들어 나쁜 소문이 돌았고 오가는 행인이 뜸해지면서 수입이 줄어들었다. 그러자 동생인 텁석부리가 행인을 유인하기 위해 오늘 낮에 직접 갈림길 부근까지 나가서 기다렸던 것이다.

"어제 늦게 잠들었잖아. 지금 큰방에서 자고 있어."

"나쁜 녀석 같으니. 빼앗은 재물은 똑같이 나눠 가지면서 늘 궂은 일은 우리 형제에게만 시키고 자기는 낮잠만 처자니 순 날강도지 뭐야. 심녀, 네가 좋아하는 서방 놈만 아니라면 당장 엉덩이라도 차서 내쫓아 버릴 텐데……."

"싸우면 이기지도 못하면서 큰오빠는 걸핏하면 그러네. 아무튼 대신 내가 그이 몫을 하잖아."

처녀가 입을 삐죽이면서 말한다. 하지만 시늉일 뿐으로 눈은 웃고 있다.

"아이쿠, 꼴에 서방이라고 오빠보다 그 녀석 편을 든다 이거지."

"소리 좀 낮춰. 바깥에서 저놈이 들으면 어쩌려고 그래."

"그래 봤자 조금 뒤면 사지 버둥대며 저승길에 오를 놈인데 신경 쓸 거 있나."

곰보 사내가 냉담하게 말한다. 처녀가 부엌 구석에 있는 작은 단지를 들고 왔다. 빈 그릇에다 단지를 기울이던 처녀가 미간을 찡그린다. 단지 속에서 흘러나온 노란 액체는 그릇 밑바닥도 적시지 못한다.

"애개, 약이 다 떨어졌잖아."

"뭐야. 하나도 없어?"

"몇 방울밖에 없어. 내 작은오빠더러 미리 준비해두라고 며칠 전부터 누차 당부를 해뒀는데……."

그들이 단지에 준비한 약은 깊은 산에서 채취한 독버섯의 일종인 두엄먹물버섯을 삶아낸 진액(津液)이다. 이 진액을 술에 타면 전혀 냄새가 나지 않을뿐더러 술을 마신 사람은 밥 서너 술 뜨는 시간만 지나면 심장이 발작을 일으켜서 고통스러워하다가 곧 숨이 끊어지는 무서운 독약이다.

"잘한다."

부지깽이로 아궁이의 불길을 헤치던 곰보 사내가 혀를 찬다.

"어떡하지?"

처녀가 걱정스럽게 묻는다.

"어떡하긴. 그거라도 술에 타서 내줘. 약발이 듣지 않으면 칼이라도 써야지."

"알았어. 일단 이거라도 먹여 볼게."

처녀가 그릇에 담긴 진액을 두루미에 따르고, 그 위에 다시 술독에서 퍼낸 술을 채워서 부엌을 나갔다. 그녀는 술두루미를 양검 앞에 내려놓으며 묻는다.

"좀 앉아도 되나요?"

"마음대로……."

양검의 응답이 있자 그녀는 치마폭을 감싸며 양검의 옆자리에 바짝 붙어 앉는다.

"제 술 한 잔 받으셔요."

은근한 추파를 던지며 그녀가 두루미를 기울여 술잔을 채운다. 이것도 술 팔려는 수작이려니 싶어 양검은 별생각 없이 주는 대로 술잔을 들이켠다.

뒷간에 간다던 사내는 좀체 오지 않았다. 설마 이 산골에서 술 몇 잔 떼먹고 도망질쳤을까 의아하게 여기는 동안 처녀가 평상에서 일어났다. 그녀는 뜻밖으로 앞에 서더니 그의 얼굴을 뚫어질 듯 빤히 쳐다본다.

"왜 그렇게 쳐다보오! 얼굴에 뭐가 묻었소?"

처녀의 괴이쩍은 수작에 의아해진 양검이 손으로 입가를 쓰다듬으며 묻는다.

"이상하네."

처녀가 고개를 갸웃거리며 혼잣소리처럼 말한다. 그때다. 언제 나타났는지 아까 뒷간에 간다던 텁석부리 사내가 모습을 나타냈다. 손에 기다란 쇠뭉치를 들고 나타난 그는 평상에 앉아 있는 양검을 건너보며 말한다.

"뭐야, 아직 안 자빠졌나? 거 꽤나 명줄이 질긴 놈이로군."

두 사람의 수작을 보는 순간, 양검은 아차 하는 때늦은 각성과 함께 자신이 함정에 빠진 것을 눈치챘다. 길에서 만난 텁석부리 사내와 주막집 남녀가 모두 한통속이 되어 흉악한 수작을 부린 것이다.

하지만 그런 사실을 깨닫는 순간, 이미 독이 퍼지는지 정신이 흐려지면서 심장이 터지는 듯한 통증이 치솟았다. 양검은 손으로 가슴팍을 움켜잡는다. 그는 고통스런 얼굴로 평상에서 힘없이 굴러 떨어진다.

"흥, 이제야 약발이 듣나 보군."

여자가 쓰러진 양검을 내려다보며 말한다. 사람 죽어나는 것에 익숙한지 입가에 엷은 조소마저 어려 있다.

"제 놈이 별수 있나. 저승사자가 왔는데 얼른 따라 나서야지."

때마침 부엌을 나온 곰보 사내가 큰 걸음으로 성큼 다가와서 말한다. 그의 손에는 소 잡는 데 쓰이는 크고 폭이 넓다란 장도가 들려 있다. 사내는 쓰러진 양검을 통나무처럼 발길로 툭툭 차며 마치 죽은 짐승의 근수를 눈대중하듯 이리저리 살펴본다.

"형님. 일단 저 보따리나 풀어 봅시다. 뭐가 들었는지 궁금해서 못 참겠네."

곁에 서 있던 텁석부리 사내가 손가락으로 보따리를 가리키며 조른다.

"아서라. 행여 지나던 행인이 볼지도 모르니까 얼른 이놈부터 처치해버린 다음에 보따리를 열도록 하자고."

조심성 있는 곰보 사내의 말에 텁석부리가 고개를 끄덕인다.

"좋아요, 형. 그건 그렇고 혹 이놈이 되살아날지 모르니까 아예 이참에 완전히 숨통을 끊어놔야 되지 않겠수."

텁석부리가 몰인정하게 말한다. 그는 다리를 벌리고 선 채 손에 든 쇠뭉치를 위로 번쩍 들어 양검의 머리를 내리칠 자세를 취한다.

막 쇠뭉치를 내려치려는 찰나 양검의 눈이 번쩍 떠진다. 눈길이 마주치자 의외의 상황에 놀란 텁석부리가 멈칫했고, 그 순간에 누운 채로 양검의 발이 빠르게 허공으로 치솟는다. 갑자기 강하게 면상을 걷어차인 텁석부리가 쇠뭉치를 든 채 저만치 뒤로 나뒹군다. 발길에 채어 콧등이 부서졌는지 순식간에 코가 피범벅으로 변한다.

"썅! 이놈이 아직 약 기운이 돌지 않았잖아."

곰보 사내가 소리를 지르는 것과 동시에 양검을 향해 장도를 휘두른다. 굵은 몸집에 어울리지 않게 무척 빠르다.

양검이 몸을 굴려 피하자 무게를 싣고 날아온 장도가 나무로 만든 평상을 단번에 두 동강을 낸다. 곰보 사내가 재차 양검을 향해 묵직한 장도를 휘두른다. 마치 조그만 작대기를 가지고 놀듯 경쾌한 손놀림이다. 실전무예를 익힌 솜씨다.

조금 전 약에 중독된 것을 깨닫는 순간, 양검은 재빨리 기혈을 조절하여 독이 전신에 퍼지는 것을 막았다. 이어 쓰러진 척하며 앞뒤 상황을 살폈던 것이다. 다행한 것은 그가 마신 독이 치사량은 아니어서 조금 지나자 쥐어짜는 듯한 심장의 고통이 엷어졌고 몸의 기동이 가능했던 것이다.

하지만 싸우느라 급격한 움직임이 있자 재차 몸이 마비되어온다. 호흡도 가빠졌고, 맥박도 거칠어진다. 이대로 시간을 끌면 불리했다. 발길에 차여 나뒹굴던 텁석부리도 몸을 일으키는 중이다. 무엇보다 길가는 행인을 마치 잔칫날 닭 잡듯 하는 이런 흉악무도한 패거리에게 인정을 베풀 필요는 없었다.

다시 곰보 사내의 장도가 목을 노리고 흉흉하게 날아든다. 양검은 몸을 낮춰 사내의 칼날을 피한 다음 재빨리 지팡이를 향해 손을 뻗는다.

재차 자세를 추스른 곰보 사내가 공격해오려는 찰나 양검의 손에 들린 지팡이 속의 칼이 뽑혔고, 곰보 사내의 목에 한 줄기 붉은 선이 그어진다. 너무 순식간에 일어난 일이라 곰보 사내는 못 믿겠다는 눈을 하더니 둔탁한 굉음을 내며 땅바닥에 쓰러진다.

동시인 듯 쇠뭉치를 들고 뒤편에서 합세하던 텁석부리의 가슴에도 빗각으로 붉은 피가 솟는다. 텁석부리는 죽는 게 불만스러운지 듣기에도 사나운 욕설을 뭐라고 내뱉으며 무릎을 꿇었고, 이내 얼굴을 땅바닥에 처박는다.

"오라버니!"

때마침 부엌에서 나오던 여자가 날카로운 비명을 내지른다. 그녀는 자신의 두 오빠가 한꺼번에 칼을 맞아 쓰러지는 모습을 본 것이다.

그 소리에 호응이나 하듯 초가집 방문이 부서져라 열리며 한 사내가 훌쩍 마당으로 뛰쳐나왔다. 호리호리하게 생긴 몸집에 뱀처럼 날카로운 눈빛을 가진 사내다. 그의 손에는 검은 가죽으로 싸인 무기가 들려 있다.

"뭐야. 처남 둘 다 당했잖아. 멍청하게들……."

쓰러진 두 사내를 힐끗 본 사내가 혀를 차며 양검을 향해 선다. 그는 천천히 칼집에 든 칼을 뽑는다. 세 척 남짓한 길이에 한 뼘 정도 폭이 넓고 한쪽 날만 있는 중국식 칼이다. 오직 자르고 베기 위한 몰인정한 칼이다.

양검은 다가오는 사내의 몸에서 풍기는 기운이 보통이 아니라는 걸 느낀다. 호흡 하나 흐트러지지 않은 침착한 태도 역시 만만히 볼 상대가 아니라는 걸 증명하고 있다.

"야율. 저놈이 두 오라버니를……."

사내 옆에서 여자가 식칼로 양검을 가리키며 울부짖는다.

"알았으니 심녀는 뒤로 가 있어."

야율이라 불린 사내가 차갑게 내뱉는다. 그는 칼을 정면에서 머리 위로 치켜든다. 이어 사내가 한 발 슬쩍 앞으로 내디디는가 싶더니 양검의 상하좌우로 칼이 날아든다.

그 흐름이 너무 빨라서 숨 돌릴 틈도 없다. 더욱 놀라운 것은 사내가 치명적인 살수를 펼치는데도 전혀 살의가 느껴지지 않는다는 점이다. 대개의 경우 검의 고수일지라도 생명을 건 결투를 벌일 때는 살기를 품게 되고 그러면 공격에 힘이 들어가기 마련이다. 성급하고 공격적인 사람일수록 더욱 그렀다.

하지만 사내는 전혀 그렇지 않았다. 마치 혼자서 검무를 추듯이 공격을 해온다. 일면 무심하고 아무런 살의가 없는 듯하지만 실제로 칼은 상대의 치명적 급소만을 노리고 숨 가쁘게 파고든다. 맞으면 그 즉시 신체 한 군데가 사정없이 잘려나갈 것이다.

양검의 짐작에 사내는 경험이 풍부한 전문 도살꾼으로 보인다. 그래서인지 상대를 사람으로 여기는 게 아니라 닭이나 소 따위의 미물로 여기는 것 같다. 이런 자는 손끝에 인정을 두지 않을 뿐더러 상대를 죽여도 아무런 심적 부담을 느끼지 않는다. 따라서 공격이 신속하고 자유스럽다. 섣불리 상대하다간 낭패를 당하기 십상이다. 게다가 지금은 독이 퍼져 감각과 동작이 상당히 무디어진 상태다.

왼쪽 어깨에 뜨끔한 통증이 왔다. 양검은 뒤로 훌쩍 뛰어 물러난다. 사내가 휘두르는 칼이 옷을 베어내며 살을 스친 것이다.

다시 가까이 뛰어온 사내는 아예 양검의 몸을 좌우로 양단할 것처럼 무서운 기세로 칼을 내리친다. 몸을 옆으로 비키자 간발의 차이로 칼이 어깨를 스쳐 갔다. 양검은 공격이 무위로 돌아간 순간을 놓치지 않고 본국검의 초식인 장교분수세(長蛟噴水勢)를 펼친다.

사내는 허리를 파고드는 양검의 검세를 막으려고 칼을 세우는 것과 동시에 무언가 잘못되었다는 걸 깨닫는다. 하지만 이미 손을 쓰기엔 늦었다. 장교분수세에 숨은 두 번째 변화를 읽지 못했던 것이다. 어이없다는 표정을 짓던 사내가 모래가 흘러내리듯 천천히 무너져 내린다. 꽃이 피듯 목에서 붉은 피가 뿜어져 나온다.

"이놈, 죽어라!"

양검이 검을 짚고 서서 거친 호흡을 달래는 사이 발소리를 죽이며 다가온 여자가 독이 오른 소리를 내지르며 식칼로 양검의 등을 찔러왔다.

양검은 순간적으로 칼을 피하며 한 손으로 여자의 칼을 쥔 손목을 쳤다. 손을 벗어난 식칼이 바닥에 나뒹군다. 여자는 여기에서 포기하지 않고 다시 죽은 뱁눈 사내의 곁으로 달려가 칼을 주워들고 쫓아온다. 갸름한 얼굴에 어울리지 않게 눈빛에 시퍼런 독기가 뚝뚝 돋는다.

"기필코 네놈을 죽이고 말 테다."

여자가 앙칼지게 소리치며 칼을 내리친다. 하지만 마구잡이로 휘두르는 칼에 양검이 맞을 리 없다. 양검이 슬쩍 검을 휘두르자 칼이 그녀의 손에서 벗어나 저만치 날아갔다. 그 바람에 뒷걸음질하던 여자는 땅바닥에 쓰러진 텁석부리의 몸에 발이 걸린다. 그녀는 사지를 벌린 자세로 벌렁 뒤로 나자빠진다. 다가온 양검이 여자의 가슴에 칼끝을 갖다 댄다.

"그래, 어서 죽여라."

이를 악문 여자가 어서 칼로 찌르라는 듯 두 손으로 저고리 앞섶을 확 열어젖힌다. 앳된 여자의 희고 탐스런 육신이 화창한 대낮의 햇살 아래 적나라하게 드러난다. 열일곱 여자치고는 젖가슴이 의외로 크고 팽팽하게 부풀어 있다. 게다가 고개를 쳐든 유두는 크고 검붉다. 홑치마에 덮인 아랫배도 눈에 띄게 불룩했다. 임신을 한 게 분명해 보인다.

양검은 자신도 모르게 임신했을 때의 아내 홍씨의 몸을 떠올린다. 일견 무심해 뵈던 그의 눈길에 잠깐 갈등의 빛이 어린다. 양검의 칼날에 반사된 햇살이 여인의 하얀 가슴에 길쭉한 빛의 그림자를 만들어낸다.

한참을 물끄러미 내려다보던 양검이 천천히 검을 거두어들인다. 원한 어린 눈길로 양검을 올려다보던 여자가 이를 부드득 간다.

"이놈아, 두 오라버니를 죽이고 남편까지 죽였으면 나도 죽여야지, 어서 죽여라!"

"죄 없는 행인을 해치는 너네 같은 악종들은 모조리 없애 마땅하지만, 네 서방과 두 오라비 초상이나 치르도록 너는 살려두마."

양검의 말에 여자가 피를 토하듯 저주에 찬 악담을 쏟아놓는다.

"그래. 오냐, 두고 보자. 네놈이 오늘 나를 죽이지 않은 걸 뼈저리게 후회하도록 해주마. 하늘이 두 쪽이 나는 한이 있더라도 꼭 네놈을 찾아서 사지를 갈아 마실 테니 그때까지 네놈은 절대 죽을 생각도 말고 기다려 다오."

어린 여자가 내뱉는 말치고는 극악하고 섬뜩하기 짝이 없다.

"그래. 네가 날 죽일 수 있다면 그때까지 기다려 주마."

"오냐. 제발 이름이나 알려다오."

몸을 돌리던 양검이 싸늘하게 내뱉는다.

"양검이라고 한다."

"양검, 네놈의 목숨을 기필코 내 손으로 빼앗고 말 테다."

여자의 말을 듣던 양검의 입가에 한 줄기 허무한 미소가 떠오른다. 그건 차라리 누군가의 손에 죽었으면 하는 처절한 갈망이 숨은 그런 미소다.

한바탕 끔찍한 살인극이 지나간 산속은 숨을 멈춘 듯 조용했다.

4

유서 깊은 섬, 강화도.

그 앞에 펼쳐진 바다에 남북으로 누에 모양으로 생긴 푸른 섬 하나가 떠 있다.

석모도(席毛島)다.

섬 중간에 우뚝 솟아난 산봉우리가 보이고 그 중턱에 서해를 수호하듯 작은 절 하나가 들어서 있는 게 보인다.

보문사(普門寺)는 신라 선덕여왕 4년에 금강산에서 수행을 하던 회정대사(懷正大師)가 창건한 절이다. 중생을 구제하기 위한 관음보살의 위력이 광대무변하다는 뜻으로 보문사라 이름 붙였고, 절이 위치한 산은 관음보살이 산다는 남해의 보타낙가산의 이름을 따서 낙가산으로 불렀다.

절 우측에는 고기잡이를 나갔던 어부들이 바닷속에서 건져 올린 불상과 천진석상 22구를 모신 석실이 있다. 그 앞에는 누가 심었는지 모를 어린 향나무가 운치 있게 자라고 있다. 암자 뒤로는 아름드리나무들이 빽빽하게 우거져 있다. 암자를 내려오면 개펄에 닿고 그 너머로 햇살을 받은 검푸른 황해가 흑진주구슬처럼 빛난다.

처마 끝에 달린 낭랑한 풍경소리로 절은 외려 적요함이 감돈다.

한소(閑素)한 절간 방 안에는 지금 한 처녀가 화선지를 펼쳐놓고 서예를 하고 있다. 열댓쯤 되었을까. 긴 머리를 뒤로 넘겨 질끈 묶은 선머슴 같은 차림새였지만, 얼굴은 한 방울 이슬처럼 티 없이 맑고 곱다.

둥근 이마에는 옅게 땀방울이 내비쳤으나 그녀는 땀을 닦을 생각도 없이 서예에만 열중하고 있다. 제법 무아삼매경에 빠진 듯도 하다. 어디선가 노랑나비 한 마리가 팔랑거리며 방 안에 날아들다가 자신이 올 곳이 못된다고 느꼈는지 다시 가볍게 방문을 나선다.

그녀 옆에는 쉰 정도 되어 보이는, 가히 범상치 않은 기품의 남자가 정좌를 하고 그녀가 글을 쓰는 모습을 묵연히 지켜보고 있다. 젊은이처럼 피부도 맑고 단아하여 희끗희끗한 귀밑머리만 아니라면 마흔 정도로밖에 보이지 않을 것이다. 근엄한 표정에 눈빛도 예사롭지 않게 형형하다. 그의 입가에는 보일 듯 말 듯 자애로운 미소가 머물고 있다. 처녀의 하나뿐인 혈육이자 백부인 풍천도인(風天道人)이다.

청빈하고 이름 있는 학자 가문에서 태어난 그는 어릴 때부터 총명이 비범하여 열 살에 『통감강목』을 읽고 열두 살에 벌써 사서삼경을 통독하는 등 주위의 촉망을 한 몸에 받았다. 시(詩)와 서(書)에도 능하여 가까운 장래에 나라의 동량이 될 것을 아무도 의심치 않았다. 그러나 그 누구도 변화 막심한 운명의 손길에서 자유로울 수는 없었다.

그가 열여섯 살이 되었을 무렵이었다.

큰 스승을 찾으라는 부친의 권유로 집을 떠난 그는 당시 원나라에서 크게 명성을 떨치고 돌아온 대학자 백이정(白頤正)의 문하에 들어갔다. 백이정은 고려말 충신인 이제현과 박충좌 등에게 성리학을 가르친 주자학의 대가였다.

그가 삼 년간의 수학을 마쳐갈 무렵, 집안이 역적으로 몰려서 멸문지화(滅門之禍)를 당했다는 비통한 소식을 접하게 되었다. 그 원인이 너무 어처구니가 없었다.

그의 집에 이웃하여 당대 개경에서 둘째가라면 서러워할 세도가인 인후(印侯)가 살았다. 몽고인으로 본명이 훌라타이인 그는 원래 충렬왕비 제국공주(齊國公主)의 종이었다.

왕비와 함께 고려에 귀화한 그는 충렬왕의 총애를 받아 중랑장이 되고, 이어 대장군 진변만호를 지내면서 전라, 경상도의 백성들을 수없이 착취하고 괴롭혔다. 원래부터 성질이 포악, 탐욕스러워 권세를 이용하여 남의 토지와 노비를 빼앗고 뇌물을 받아 거만(巨萬)의 치부를 한 자였다.

한때는 나쁜 죄를 지었다가 그 사실이 탄로 나자 벌을 받을 것을 두려워하여 원나라에 피신해 있던 적도 있었다. 하지만 충선왕이 즉위하면서 다시 돌아와 검교정승이라는 높은 벼슬에 올랐고, 충신(忠臣)의 호를 하사받았다.

그자가 우연한 기회에 옆집 젊은 여종의 빼어난 용모를 보고 마음을 빼앗기게 되었다. 그는 집주인인 풍천의 부친을 찾아가서 여종을 달라고 안하무인으로 요구했다. 이를 거절당하자 나중엔 협박과 애원, 회유 등 갖은 방법을 사용하여 여종을 빼앗으려 들었다.

그래도 마음대로 되지 않자 결국 앙심을 품고 악독하기 짝이 없는 계교를 꾸몄고, 역모에 가담했다는 무고한 누명을 씌워 풍천의 집안이 멸문의 화를 당하게 만든 것이다. 그게 벌써 삼십여 년 저쪽의 일이었다.

이따금 소나무를 스치는 산바람소리가 시원스럽다.

이윽고 서예를 끝낸 처녀가 조심스레 붓을 들어낸다. 화선지에는 담백하고 유려한 필체로 한시(漢詩)가 씌어 있다. 당나라의 궁정 시인이자 화가로 남종문인화(南宗文人畵)의 시조가 된 왕유(王維)의 시구다.

行到水窮處 坐看雲起時

(가서 이르니 물이 다한 곳이요, 앉아 바라보니 구름이 일어나는 때로다)

처녀는 붓을 놓고 눈길을 들어 백부를 바라본다. 이 정도면 어떠냐는 물음이 담긴 눈빛이다. 수줍은지 볼에 발그레하니 홍조가 어려 있다.

"운필(運筆)이 제법이긴 하다만 아직 품격을 얻었다고 하기는 어렵구나."

화선지를 내려다보며 풍천도인이 말한다.

"주마가편(走馬加鞭)이라고는 하나 너무 평가가 엄혹하신 건 아닌지요. 미천한 소질로 언제쯤에나 백부님의 눈에 들지 앞이 캄캄합니다."

투정인 듯하지만 실은 반쯤 어리광이 섞인 말투다. 그 말을 들은 풍천도인의 눈가에 희미하게 미소가 스쳐간다.

"유정(裕情)아. 들어보아라. 내 근자에 원행(遠行)을 나섰던 걸 너도 알고 있겠지?"

"예."

"그때 잠시 무슨 일인가로 행촌(杏村)의 서재에 들렀던 적이 있었지."

"행촌이라면 우정승을 지낸 고운(古雲) 선생 말씀입니까?"

자(字)자가 고운인 이암(李嵒)은 17세에 문과에 급제하여 찬성사와 우정승을 지냈으며, 특히 서도에 뛰어나 동국(東國)의 조자앙(趙子昻)이라 불리는 당대의 유명한 서예가였다.

"그래. 그 집에서 열 살 남짓한 사내아이를 하나 보았는데 이름이 이강(李崗)이라, 어리지만 서화에 솜씨가 보이더구나. 그래서 내가 부전자전이라고 칭찬했었다. 허나……."

"……?"

뒷말이 궁금해진 유정이 크고 시원스런 눈빛을 반짝이며 다음 말을 기다린다.

"곁에서 내 말을 듣던 행촌이 몹시 장탄식을 하더구나. 아이가 비록 서도(書道)의 재기(才氣)를 타고났으나 외려 그 재기가 아이의 장래를 막고 있다는 것이지."

"그러니까 그 아이가 너무 자신의 자질만 믿고 있다는 말씀이네요."

"그렇다. 타고난 자질도 중요하지만 노력 또한 그에 못지않게 소중한 법, 남들이 넘보지 못할 고묘(高妙)한 경지에 이르려면 먼저 겸손한 자세로 끝없이 자신의 마음을 다스려나가는 게 바로 서예의 도를 얻는 길이지."

풍천도인은 그윽한 눈길로 질녀를 바라본다. 질책하듯 말은 했지만 실은 질녀의 일취월장하는 모습에 내심 흐뭇했던 것이다.

"잘 알겠습니다."

유정이 생긋 웃으며 대답한다. 보조개가 드러난 해맑은 모습은 뭇 남자의 눈길을 끌 만하다. 그 모습에서 풍천은 문득 성숙한 처녀의 자태를 본다. 올해 나이가 열여섯이니 이제 한 사람의 여인이 되어가는구나 하는 남다른 정회가 스쳐 간다.

처음 이 석모도에 데리고 올 때만 해도 유정은 아직 목덜미에 솜털이 보송보송한 어린 계집아이였다. 그 뒤로 좁은 섬에 갇혀 세상 물정 모르고 선머슴처럼 성장하는 모습을 볼 때마다 풍천은 넓은 도회로 내보내는 게 나은 일이 아닐까 싶어 마음이 쓰였다. 그러나 불행한 과거를 지닌 유정을 위해서는 이런 한갓진 곳이 나을 거란 생각에 그냥 둔 것이다. 돌이키면 세월의 무상함이 새삼스러웠다.

멸문지화를 당해서 혼자 살아남은 줄 알았던 그가 남동생이 살아 있다는 소식을 접한 것은 참상이 있은 지 삼십 년 넘게 세월이 흐른 다음이었다.

우연히 서경 부근의 어느 절에 들러 선방에서 이런저런 한담을 나누던 끝에 마침 그곳에 객승으로 와 있던 스님으로부터 명주(溟州: 강릉) 부근의 산골에 역모를 피해 도망쳐 살고 있다는 어느 남자의 얘기를 들었던 것이다. 얼굴 생김새며 사건에 얽힌 이야기가 동생이라고 직감한 풍천은 그 남자를 찾아다녔다.

긴 여정 끝에 결국 그 남자가 삼십여 년 전에 헤어진 남동생임을 확인했지만, 이미 동생은 화타가 살아난다고 해도 손을 쓰지 못할 만큼 병이 골수에까지 파고들어 그저 오늘내일하는 상태였다.

당시 열한 살이었던 남동생은 가족이 모두 죽임을 당할 때 부엌 아궁이 속에 숨어 있다가 관원의 눈을 피해 먼 곳으로 무작정 도망쳤고, 살아가느라 모진 고생을 했다고 말했다. 그러다가 느지막이 한 퇴락한 가문의 과수댁을 만나서 가정이랍시고 꾸렸지만, 그 여자는 유정을 낳다가 산욕 마비증에 걸려 그만 세상을 떠났다는 얘기였다.

그 뒤 혼자서 유정을 키우며 살아가느라 기를 썼지만 결국은 이 모양이 되었노라며 동생은 쓸쓸함을 감추지 않고 웃었다. 동생은 자신이 죽기 전에 형을 만난 게 얼마나 다행스러운 일이냐고 그의 손을 힘주어 잡았다. 곁에는 심한 영양실조로 피골이 상접한 어린 계집아이가 겁먹은 듯 커다란 눈망울로 그를 쳐다보고 있었다. 동생의 하나뿐인 혈육으로 이름이 유정이라 했다.

풍천도인은 얼른 어두운 기억을 털어낸다. 오랜 세월이 흘렀어도 그 기억은 치유 불가능한 상흔으로 남아서 서글픈 감회를 불러일으킨다.

"퇴필성총(退筆成塚)이란 말이 있느니, 승지영(僧知永)이란 서예가는 여러 해에 걸쳐 글을 배워서 그동안 버린 몽당붓을 모아보니 큰 독으로 열 개나 되었다는 고사를 명심하고 노력 정진하도록 해라."

"예, 백부님."

"참, 너와 담소하느라 잊을 뻔했구나. 오늘 출타를 좀 해야겠다."

풍천도인이 옷자락에 바람을 일으키며 자리에서 일어난다.

"어디를 가시려고요?"

"전등사엘 갔다 와야겠다. 오늘 중으로 만날 사람이 있구나."

"사전에 약속이라도 있었습니까? 소녀가 알기로 아무런 기별도 없었는데…….”

유정이 고개를 갸웃거린다.

“아니다. 오늘 아침에 일진을 짚어보았더니 지인이 동북방에서 나를 기다리고 있다는 괘(卦)가 나왔구나.”

“그러셨어요? 헌데 저도 따라가면 안 될까요? 이 작은 절에만 있자니 심심해서 못 견디겠어요.”

당장 풍천의 옷자락을 잡고 따라나설 양으로 유정이 하소연을 늘어놓는다.

“길상천(吉祥天)이 있지 않느냐.”

풍천의 말에 유정이 입을 삐죽거린다.

“길 아저씨는 늘 일만 하는걸요. 아니면 고기잡이를 하러 나가거나…….”

“아무튼 안 된다. 그리 알고 있어라.”

풍천이 무심히 등을 돌려 방을 나선다.

단군에게 제를 올리는 참성단이 있는 마니산(摩尼山)에서 활 서너 바탕 떨어진 울창한 산속에 있는 전등사(傳燈寺)는 본래 고구려 소수림왕 11년에 아도화상이 창건할 무렵에는 진종사(眞宗寺)라고 이름 지어졌다. 그러나 후일 충렬왕의 원비(元妃)인 정화공주(貞和公主)가 옥등(玉燈)을 헌납하였고, 그때부터 절 이름을 전등사로 고쳐 부른 것이다.

전등사로 가려면 입구에 있는 궁형(弓形)의 성문을 통과해야 했다. 국조(國祖)인 단군의 세 아들 부소(扶蘇), 부우(扶虞), 부여(扶餘)가 쌓았다는, 이름 하여 삼랑성(三郎城)이다. 성벽은 오랜 세월 민족의 흥망성쇠를 지켜오며 검은 돌이끼와 초록 넝쿨로 덮여 고색

창연하다.

풍천도인은 잠시 성벽을 바라보며 상념에 잠겼다가 성문을 지나서 우거진 나무 사이로 우마차가 오갈 정도로 넓게 다듬어진 길을 따라 전등사로 오른다.

절 아래의 넓은 공터에서는 젊은 승려들의 무예 연마가 한창이다. 수십 명의 무술 승려들이 열을 맞춰 사범의 지도 아래 봉술(棒術)과 권법(拳法)을 익히기에 여념이 없다.

사찰의 승병(僧兵) 양성은 삼국시대부터 시작된 일이었다. 국난이 있을 때마다 승병들이 징발되어 나라를 수호하는 역할을 맡았다. 전란이 없는 때에는 불사(佛事)나 노역(勞役)에 종사하지만, 언제 일어날지 모르는 위난을 대비하여 여가가 날 때마다 무술훈련을 게을리하지 않고 있었다.

"스승님, 그간 안녕하셨는지요."

승려들을 지도하던, 키가 껑충한 이십 중반의 남자가 풍천을 보자 크게 머리를 숙이며 인사를 올린다.

몇 년 전 석모도에 기거하며 풍천에게 몇 수 무술을 지도 받은 정을상이다. 풍천에겐 일종의 가제자(假弟子)인 셈이었다. 원래 전등사 승병들의 무술 지도는 풍천의 제자인 윤호가 맡고 있었다. 그러다가 작년에 윤호가 강릉대군(후일 공민왕이 됨) 기(祺)의 비밀 호위무사 임무를 띠고 원나라로 가는 바람에 정을상이 임시로 그 역을 맡은 것이다.

"잘 있었나?"

"그럼요. 참, 유정 아가씨도 잘 지내고 있겠죠?"

풍천이 고개를 끄덕인다.

"그럼 난 올라가 볼 테니 무술 지도나 계속하게."

대웅전 마당을 쓸다가 풍천도인을 발견한 동자승이 합장하며 인사를 올린다. 그런 다음 빗자루를 던지듯이 내려놓고는 부리나케 방장실(方丈室)로 달려간다.

"어이구, 풍천도인께서 여기엔 어인 일이십니까?"

동자승의 기별을 받고 방장실에서 나온 주지스님이 반가운 얼굴로 합장을 한다.

법명이 심허(心虛)인 주지는 언제나 풍천도인을 깍듯이 대했다. 주지는 풍천이 한때 스승처럼 모시고 지냈던 복구대사의 상좌승(上佐僧)을 지냈다. 그런 까닭에 풍천을 스승처럼 따르고 존경했다. 같은 스승을 모신 처지로 따지자면 주지에겐 사형(師兄)뻘이 되지만 그보다는 풍천의 남다른 인품과 깊은 학식에 깊은 감동을 받은 때문이었다.

풍천이 마주 합장을 올린다.

"그렇지 않아도 석모도로 사람을 보내려던 참이었습니다."

마침 잘되었다는 얼굴로 주지가 말한다.

"저를 기다리는 사람이 와 있지요?"

풍천의 물음에 주지가 뜨악한 표정을 짓는다.

"아니, 그걸 어떻게…그분과 미리 약조라도 해놓으셨는지요?"

"허허, 그건 아니고……."

풍천이 의미심장한 웃음으로 뒷말을 대신한다.

"도인께서 앞일을 미리 헤아리신다는 얘기는 예전에 들었습니다만……."

"그런데 손님은 어디 계시는지?"

면구스러워진 풍천이 의도적으로 화제를 다른 곳으로 돌린다.

"지금 객사에 계실 것입니다. 그러니 도인께선 누추하지만 소승이 거처하는 방장실로 드시지요. 손님은 소승이 그리로 모시고 가도록 하겠습니다."

"아닙니다. 그리하면 저를 찾으신 손님께서 부담스러워할지도 모를 일이지요."

"정 그러시면 하는 수 없겠지요."

주지가 풍천도인을 대웅전 아래쪽의 여덟 칸짜리 객사로 안내한다. 바람이 부는지 풍경소리가 한가롭게 경내를 떠돈다.

방문 앞에서 풍천도인이 두어 번 기침소리를 내자 방문이 열리면서 초로의 노인이 얼굴을 내민다. 노인은 여러 군데를 기운, 아니 기웠다기보다 천 조각을 모아 옷을 만들었다고 표현하는 게 적당할 만큼 누더기나 진배없는 옷을 입고 있다. 하지만 누추한 행색과 다르게 어린아이처럼 붉은 기운이 도는 동안(童顔)에 흰 수염, 부처처럼 길게 늘어진 귓불, 거기다 눈빛은 깊고 지혜롭다.

"기별을 하지 않아도 잘도 찾아오시는구려."

동안의 노인이 만면에 웃음을 지으며 풍천도인을 맞는다.

"천하의 운곡(雲谷)께서 오시는데 기별이 무슨 필요가 있겠습니까."

운곡이란 말이 나오자 뒤편에 서 있던 주지가 잠깐 눈을 크게 한다.

"운곡이시라면 혹 세상에서 절곡구명의(絕谷求命醫)라 칭하는……?"

"대중들 사이에선 그렇게 불리기도 하지요."

담담한 풍천도인의 대답에 주지가 아연한 기색을 감추지 못한다. 어제 저녁 무렵 노인이 허름한 차림새로 절을 찾아들 때만 해도 보기 드문 기인인 줄 짐작은 했지만 그처럼 항간에 명성이 자자한 그런 인물인 줄은 미처 몰랐던 것이다.

운곡은 구름처럼 세상을 돌아다니면서 빈부귀천을 가리지 않고 병들고 죽어 가는 사람의 목숨을 살려낸다고 절곡구명의라는 호칭이 붙여진, 신비에 싸인 의술가였다.

또한 그는 신라시대 대문호인 설총의 후예로서 동방의 의선(醫仙)이라고까지 불렸던, 당대 최고의 의술가인 설경성(薛景成)의 직계제자이기도 했다. 설경성은 원나라의 세조 쿠빌라이와 성종의 병을 고쳐서 천하에 명성을 떨친 명의였다.

오래전 풍천이 태백산에서 미수(迷搜)라는 별호를 가진 도인에게 술법을 배우고 있을 때 이따금 운곡도인이 미수도인을 찾아왔고, 이런저런 얘기를 나누던 끝에 서로 뜻이 맞아 허물없이 지내게 된 사이였다. 나이로 따지면 운곡도인이 풍천보다 열 살이나 위였지만 두 사람은 그런 세속적인 예의나 격식을 따지지 않았다.

"그런 부질없는 소문은 나중에 얘기하고 어서 방으로 드시지요."

방 안에 있던 운곡이 말한다. 민망해진 주지가 어색한 미소를 머금는다.

"아닙니다. 두 분께선 밀린 회포나 푸십시오. 소승은 동자에게 차라도 들여보내라고 일러두겠소이다."

주지가 몸을 돌려 멀어지는 걸 본 풍천이 신을 벗고 방으로 들어선다.

"그동안 어떻게 지내셨습니까?"

자리에 앉으며 풍천이 묻는다. 그의 눈길이 옆자리에 가 닿는다. 운곡 옆에는 서너 살쯤 되어 보이는 아이가 곤하게 잠들어 있다.

유난히 피부가 희고 준수하게 생긴 아이다. 딴에는 몹시 피곤했던 듯 팔다리를 펼치고 세상모르고 자는 모습이 무척이나 천진스러워 보인다. 아이를 살펴보던 풍천의 미간에 잠깐 경이의 빛이 스친다.

"정처가 없으니 탈이 있을 리 없지요. 머무는 사람이 외려 힘들지요."

욕(慾)이 없으니 우환도 없다는 불가(佛家)의 가르침이 담긴 말이다.

"하긴 가끔씩은 운곡의 팔자가 부럽기도 합디다."

"허면 지금이라도 나랑 지팡이 하나 짚고 길을 나서시지요."

빙그레 웃으며 운곡도인이 말한다. 사실 이런 권유가 처음은 아니다. 하지만 그때마다 풍천은 완곡하게 거절해왔다. 운곡은 잘 알고 있었다. 풍천이 왜 그렇게 현실적인 일에 관심이 많은지를. 그것은 풍천의 불행한 가족사와 밀접한 관계가 있었다. 그 과거의 집착을 버리지 않는 한 풍천이 강호산인(江湖散人)이 될 수 없을 것임을 운곡은 알고도 남았다.

"나중에 시일이 좀 더 지나면 되겠지요. 아직은……."

자신의 미망(迷妄)이 겸연쩍어진 풍천이 끝내 말끝을 흐린다.

"풍천은 아직 속세에 미련이 많소이다. 허허."

"운곡께서야 신묘한 의술이 있으셔서 세상에 덕을 베풀지만 저야 그럴 재주도 없고……."

"겸손이 지나치시오. 하기야 풍천 뜻대로 되면야 그만한 좋은 일도 없겠지만."

풍천이 현재 어떤 일을 도모하고 있는 줄 잘 알고 있다는 투다.

"기우는 배라고 해서 모두 제 구명(求命)만을 위해 뛰어내린대서야 신민(臣民)의 할 일이 아니지 않겠습니까. 일은 인간이 꾸미지만 결과는 하늘에 달렸다니 일단 힘닿는 대로 해보는 거지요."

"아무튼 의욕도 대단하시오. 풍천 같은 이가 있으니 이 나라에 아직 희망이 있는가 보오."

"듣기에 낯이 간지럽소이다. 그건 그렇고 어쩐 일로 이 먼 강화까지 걸음을 하셨습니까?"

"풍천에게 요즘 세상 돌아가는 이야기나 들으려고 들렀습니다. 허허……."

"그런 이야기라면 주먹만 한 섬에 갇혀 지내는 저보다 천하를 주유하시는 운곡께서 더 잘 알고 계실 터인데……."

"나야 그저 약초뿌리나 찾아서 심산유곡을 헤매는 초부(樵夫)에 불과한데 어찌 세상일을 알겠소이까."

"허허. 그런 산관(山冠: 은자라는 뜻)께서 난데없이 세상일을 알고 싶다는 말씀은 아무래도 앞뒤가 맞지 않을 성싶소이다. 혹 다른 용무가 있으시면 진작 털어놓으시지요."

"용무가 있다는 건 어찌 아셨습니까?"

"저에게 볼일이 없다면 아픈 중생들을 돌보기에도 바쁘신 운곡께서 일부러 이렇게 먼 강화까지 오실 리 만무하지요."

"허허, 따져보니 그러하오. 아닌 게 아니라 풍천에게 부탁할 일이 좀 있어서……."

노인의 말투가 조심스러워진다.

"부탁할 일이라니요?"

"이 아이를 좀 맡아주었으면 합니다만."

풍천의 시선이 곤히 자고 있는 아이에게로 향한다.

"그 무슨 말씀이시오? 저 같은 사람이 어찌……."

"아니외다. 내 며칠 곰곰이 생각해 본 결과 풍천이 가장 적임자일 듯하여 누(累)가 될 것을 무릅쓰고 이렇게 찾아온 것이외다."

운곡이 정색을 하고 말한다.

"흠, 대체 어떤 아이인지요?"

주의 깊게 아이를 살피며 풍천이 묻는다. 운곡 역시 눈길이 아이를 향한다. 잠시 아쉬운 듯한 얼굴로 아이를 내려다보던 운곡이 흰 수염을 쓰다듬으며 저간의 사정을 털어놓는다.

"달포쯤 전이었소이다."

평소처럼 약초를 구하려고 산중을 돌아다니던 운곡은 오지의 산골에서 외딴 초가를 발견하게 되었다. 말이 초가집이었지, 실상은 무너져 가는 흙벽에 싸리나무 가지로 대충 울을 둘러친 허술하고 궁박한 움막집이었다.

목이 마르던 차에 물이나 얻어 마실까 싶어 가던 참이었다. 그런데 어디서 나타났는지 모를 커다란 회색 늑대 한 마리가 열린 싸리문 사이로 들어갔다.

때마침 햇살 환한 마당에는 겨우 걸음마나 뗄까 하는 어린아이가 나와 있었다. 그는 행여 늑대가 아이를 해칠까 싶어 깜짝 놀랐으나 의외로 아이에게 다가간 늑대는 아이를 해하는 게 아니라 자신의 새끼나 되는 양 아이의 얼굴을 반갑게 핥아주는 게 아닌가.

어린아이 역시 무서워하는 기색도 없이 늑대의 목을 만지며 친숙함을 드러냈다. 그런 어느 순간 늑대가 등을 구부리더니 입에서 반쯤 소화된 건더기를 땅바닥에 토해냈다. 그러자 아이는 그걸 집어서 맛있게 먹었다.

그 놀랍고도 기이한 광경에 잠깐 넋을 놓고 지켜보던 운곡도인이 자신도 모르게 기척을 내자 고개를 돌린 늑대가 몸을 돌려 잠시 그를 향해 으르렁거리더니 훌쩍 싸리 울타리를 뛰어넘어 달아났다.

운곡이 사립문을 열고 들어가자 아이가 말똥거리는 눈으로 그를 맞았다. 아이를 살펴보던 운곡은 자신도 모르게 혀를 찼다.

아이의 얼굴은 마른 대추처럼 새카맣게 졸아들어 있었고 몸 전체적으로 봐도 병색이 완연했다. 그대로 두면 짧으면 며칠, 길어야 한 달을 넘기기 힘들 것 같았다.

그는 아이의 맥을 짚어보았다. 무슨 연유에선지 모르겠지만 아이의 족삼음경(足三陰經)으로 통하는 경맥이 크게 막혀 있었다. 짐작해서는 이전에 무언가에 크게 놀라서 그리 된 것 같았다. 거기다가 영양이 부실한 듯 몸 전체에 심하게 부황이 들어 있었다.

여느 아이들 같았으면 벌써 숨이 끊어지고 말았을 것이다. 그러나 다행스럽게 아이는 타고난 강건한 체질에다 내면에 잠재된 생명에의 의지도 남달라서 가까스로 기적처럼 생명을 이어가고 있었다. 여기에다 늑대가 토해주는 음식이 아이가 굶어죽는 것을 막아준 셈이었다.

운곡은 우선 급한 대로 침을 사용하여 아이의 막힌 경맥을 뚫어 놓았다. 그리고 평소 가지고 다니던 귀한 약초 몇 가지를 삶아 급한 대로 아이에게 먹였다.

해거름 무렵이 되어서야 아이의 아버지인 듯한 사내가 터덜거리며 집으로 돌아왔다. 겨우 사타구니나 가린, 굵은 삼베로 짠 짧은 단갈(短褐)에 약초 망태기를 든 마흔 초반의 애꾸눈 심마니였다.

운곡이 이 집에 찾아든 사정을 털어놓은 다음 아이에 대한 의문점을 캐묻자 사내는 마침 잘되었다는 어조로 일말의 망설임도 없이 전말을 털어놓았다.

사내의 얘기에 따르면 작년 초여름 무렵에 삼을 캐려고 철원 부근의 산중을 헤매다가 아이 우는 소리를 듣고 달려갔더니 벼랑을 낀 계곡 바위 사이에서 아이가 울고 있었다는 것이다. 부근 절벽에서 계곡으로 떨어진 듯했지만 불행 중 다행으로 물가로 밀려나온 아이는 별반 다친 데가 없었다. 아마 누군가가 아이를 데리고 산을 넘어가던 중에 발을 헛디뎌 절벽에서 떨어진 것 같았지만 근방을 아무리 찾아도 아이의 부모나 보호자는 찾을 수가 없었다.

어쨌든 불쌍하다는 생각에 일단 집으로 데려왔지만 자신의 입에 풀칠도 하기 힘들 지경이라서 잘 보살필 수가 없었다. 처음에는 그래도 아이를 등에 업고 산삼을 찾아 산을 타기도 했지만 이제는 그것도 힘들어 아이를 그냥 집에 놔두고 다닌다는 얘기였다.

운곡이 아이를 이대로 두면 조만간 죽을 거라는 얘기를 하자, 사내는 그렇더라도 자신의 힘으로는 어쩔 수 없으니까 그냥 두든 데려가든 마음대로 하라며 무뚝뚝하게 말했다. 애꾸눈 사내는 원래부터 혼자 산속에서 살다보니 그리 되었는지 아무튼 인간적인 정이 별로 없는 고독한 성정의 소유자인 듯했다.

"그래서 운곡께서 이 아이를 얻으셨다?"

"그렇소이다. 아이가 나를 만난 것도 인연이고, 내가 아이를 만난 것도 다 인연의 소이연(所以然)인 듯하오."

"보아하니 아이가 무척 건강해 보입니다."

"그렇소. 아이를 데려와서 침술과 구명대환단(求命大丸團)으로 막힌 경맥을 뚫고 기혈을 보하여 병을 치료하였소이다."

얘기를 듣던 풍천이 자신도 모르게 낮은 신음을 흘린다. 운곡이 말한 구명대환단은 막연히 소문으로만 떠도는, 죽은 자의 목숨도 살려낸다는 효험을 지닌 귀한 영약이었다. 천하에 드문 의술을 지닌 명의에다가 그런 진귀한 약까지 썼으니 아이가 살아난 것은 당연지사라 할 것이다. 모두 아이의 타고난 행운이라 아니할 수 없었다.

자신의 이야기를 하는 것을 알았는지 어쨌는지 잠자던 아이가 눈을 뜬다. 눈빛이 무척이나 맑고 총기가 있어 보인다.

아이는 눈을 뜨고 주위를 살피더니 운곡을 보자 방싯 웃음을 지어 보인다. 워낙 하얀 살결에 환하게 미소 짓는 모습은 누가 보아도 사랑을 느낄 정도로 귀염성스럽다. 아이는 몸을 일으키더니 곧장 운곡의 옆에 가만히 정좌를 하고 앉는 게 어린아이답지 않게 꽤 의젓하다.

"무척 총명해 보이오만……."

"침착하면서 영민한 재질을 가지고 있소이다."

"그렇다면 좋은 재목을 얻으신 셈인데, 운곡께서 제자로 거두어 의술을 전수하시지 않고……."

"왜 그런 욕심이 나지 않겠소. 허나 이 아이는 의술과는 별로 인연이 있는 것 같지 않소이다. 게다가 나는 가까운 시일에 의술의 새로운 흐름도 살필 겸 이 나라에선 구하기 힘든 약제도 구할 요량으로 원나라를 거쳐 남방으로 갈 예정이라 언제쯤 돌아올지 기약할 수 없는 처지라서……."

풍천은 새삼스러운 눈길이 되어 아이를 바라본다.

"이름은 무엇인지요?"

"짧은 식견으로 그냥 무영이라고 지었소이다. 호반 무(武), 그림자 영(影)이지요."

풍천이 손가락으로 무언가 짚어보더니 크게 고개를 끄덕인다.

"아이에게 걸맞은 좋은 이름이외다."

"어떻소이까? 풍천이 보기에 이 아이가 문무를 익히기에 아주 좋은 체질을 타고난 것 같지 않소?"

운곡이 아이의 머리를 쓰다듬으며 말한다.

그랬다. 운곡의 말이 아니라도 아이는 균형 잡힌 골격에다 의지가 굳고 심기가 깊어 보인다. 정말 몇 년을 찾아다녀도 쉽게 만날 수 없는 뛰어난 재목이다. 제대로만 키운다면 일인지하 만인지상의 상이다. 아까 방에 들어설 때 아이를 살펴보던 풍천이 내심 경이롭게 여긴 것도 그 때문이다.

"그렇긴 합니다만……."

"그럼 됐습니다. 오늘부터 이 아이를 맡아 주시지요. 대신 후일에 풍천이 부탁하시는 일이 있으면 무엇이든 내 흔쾌히 들어 드리리다. 허허허……."

무거운 짐을 벗은 듯 운곡도인이 호방한 웃음을 흘린다.

"두 분 도인께서는 무슨 담소를 그렇게 재미있게 나누고 계십니까?"

문밖에는 차 그릇을 든 동자승을 대동하고 주지가 서 있다.

"그저 이런저런 소소한 이야기나 나누는 게지요. 안 바쁘시면 방장스님께서도 안으로 드시지요."

"아닙니다. 소승은 불법강론이 있어서…두 분께선 차를 드시면서 계속 정담을 나누시지요."

방 안으로 들어온 동자승이 공손하게 차를 따른다. 아이가 명정한 눈빛으로 동자승이 하는 양을 지켜본다. 검은 눈망울에는 새로운 사물에 대한 호기심이 가득하다. 풍천이 이런 아이의 모습을 관심 있게 지켜본다.

"나중에 아이의 수업료를 내놓으란 말은 마시구려."

아이를 향해 이끌리는 풍천의 마음을 읽었던지 운곡이 농조로 말한다.

"나중 아이를 돌려달라는 말씀이나 마시지요."

풍천이 마주 응대를 한다. 눈길이 마주친 두 사람은 껄껄거리며 호방하게 웃는다. 아이가 두 사람의 대화를 이해하기나 한 듯 빙그레 미소를 짓는다.

청량한 바람에 담긴 풍경소리가 들려오고, 법당에선 웅장한 범종소리와 함께 스님들의 낮 염불이 시작되고 있다.

5

평산(平山)을 눈앞에 두고 양검은 잠시 고갯마루 주막으로 들어선다. 하늘이 우중충하게 흐리고, 간혹 빗방울이 돋는 데다가 바람마저 드세다.

평산은 서북쪽으로는 봉산, 동북쪽으로는 곡산으로 나뉘는 나들목에 위치한 터에 군사상으로도 요충지다. 더욱이 인마와 물자의 왕래가 잦은 금교역(金郊驛) 마을과는 백 리 정도밖에 떨어져 있지 않았다. 그래서 타 지역에 비해 관원들의 기찰이 심할 듯하여 주막에서 간단한 점심 요기를 마친 다음에 예성강을 따라 개경으로 들어갈 심산이다.

궂은 날씨 때문인지 주막은 의외로 한산하다. 뜨내기 장사치로 보이는 사내 둘이 봉당에서 음식을 먹고 있다. 그들은 양검을 힐끔 쳐다보았을 뿐 이내 코를 처박고 음식을 먹는 일에 열중한다.

양검은 삿갓을 벗어들고 구석방을 찾아든다. 얼굴이 수더분한 주모가 손에 물을 묻힌 채 문 앞에 다가와서 음식 주문을 받아 갔다.

그가 잠시 가부좌를 틀고 기를 행공하며 피로를 풀고 있던 차에 주모가 작은 상에 담긴 음식을 내왔다. 음식이라고 해봤자 곰취와

돌나물, 느릅나무 순 따위의 나물 두세 가지에 비계기름이 둥둥 뜨는 국밥이 전부다.

국밥그릇을 거의 비워갈 무렵 바깥이 소란스러워진다. 히힝거리는 말울음소리와 함께 발자국 소리가 낭자하다. 가끔씩 무어라 꾸짖는 거친 남자의 목소리도 들린다.

뜻밖으로 시끄럽게 소리 내어 주막을 찾아든 무리는 삼십여 명의 젊은 여자들과 창과 칼로 무장한 십여 명의 관병들이다. 개중에는 기다란 변발에 호복(胡服)을 입고 둥근 모자를 쓴 원나라 관원도 네 명이나 있다.

그들은 모두 과부처녀추고별감(寡婦處女推考別監) 소속의 관원들이었다. 양가의 처녀들을 추발(抽拔)하여 원나라로 끌고 가는 일을 맡고 있다. 원나라의 지대한 관심과 비호를 받는 그들은 그 위세와 권한이 막중하여 일반 고려 관원들은 그들의 요구가 있으면 이를 적극적으로 수용하여야 했다. 또 만일 이들의 임무 수행에 차질을 주거나 도움 요청을 거부하다간 국법을 어긴 죄로 심한 형벌을 각오해야 했다. 주권을 잃은 나라의 참담한 현실이었다.

"잠시 여기서 요기를 하고 가도록 한다."

말을 탄 원나라 관원이 소리친다. 턱 아래 노란 쥐꼬리 수염을 달았는데, 공녀 호송을 책임진 우두머리인 것 같다. 그가 훌쩍 말에서 뛰어내린다.

"자, 공녀(貢女)들은 모두 저쪽에 모여 앉도록 하라."

원나라 관원이 가리킨 곳은 주막의 부엌과 잇댄 길쭉한 봉놋방 처마 밑이다.

"빨리 줄을 지어 앉지 못하고 뭣 해!"

명령이 떨어지자 공녀들을 둘러싸고 서 있던 관병들이 손에 든 말채찍으로 사정없이 여자들을 후려친다. 여자들은 머리를 감싼 채 비명을 지르며 우르르 봉놋방 처마 밑으로 두서없이 몰려든다. 마치 양떼를 한곳으로 몰아가는 것처럼 몰인정한 광경이다.

양검은 무심한 눈길로 공녀들의 모습을 바라본다. 하나같이 부모와 생이별을 하고 멀고 먼 원나라로 강제로 끌려가는 탓에 여자들의 얼굴은 야위고 눈에는 슬픔이 가득하다. 이팔(16)의 어린 처녀도 있고 삼칠(21)의 성숙한 여인도 있다. 하지만 모두 관원들의 학대와 이별의 비탄, 그리고 미래에 대한 불안으로 잔뜩 피폐해진 모습이다. 그나마 한참 피어나는 젊은 여인으로서의 한 가닥 생기가 그녀들의 누추함을 막아주고 있다.

무리 중에서 한 여자가 양검의 눈에 들어온다. 계란형의 얼굴에 차분한 표정을 짓는 처녀. 긴 속눈썹을 내리 깔고 모든 것을 체념한 듯 처연한 태도다. 열아홉쯤이나 됐을까.

처녀는 무슨 느낌을 받았는지 이편으로 눈길을 준다. 우수에 잠긴 듯 크고 검은 눈이다. 양검과 눈길이 마주치자 처녀는 이내 고개를 숙인다.

양검은 그런 처녀의 모습에서 아내 홍씨의 모습을 본다. 박꽃처럼 하얀 피부 때문이었을까. 혹은 갸름한 얼굴이거나 아니면 검고 큰 눈 때문인지 알 수가 없다. 가슴에 알지 못할 그리움 하나가 호수에 파문이 퍼지듯 퍼져나간다. 그는 가만히 소반 위에 숟가락을 내려놓는다.

"자, 우선 먼저들 먹자고."

고려 관병들이 두 패로 나누어 공녀들을 감시하는 동안 원나라 관원들은 제일 큰 방을 차지하고 앉아서 왁자하니 떠들며 음식을 시킨다. 가져온 여장을 풀어 그 속에서 아라길주(원나라의 술)가 담긴 술병을 꺼내어 서로 주고받으며 흥겹게 마신다. 커다란 가죽자루 속에는 말린 육포를 비롯한 술안주도 푸짐하게 들어 있다. 원나라까지 가는 동안 먹으려고 가난한 고려 백성들을 쥐어짜서 마련한 음식이리라.

양검이 주막 여주인에게 음식값을 치르는 동안 공녀들에게는 접시에 담긴 멀건 죽이 나누어지고 있다. 묵은 조와 수수를 넣어 끓인, 개를 주어도 시원찮을 음식이다. 여자들은 그것마저 감지덕지 받아먹고 있다. 오랜 시장기가 체면이고 뭐고 가릴 여유를 주지 않는 모양이다.

"이제 그만 울고 얼른 받아먹어, 이것아."

아직 소녀티도 채 가시지 않는 처녀아이 하나가 담벼락에 쪼그린 자세로 앉아 부모와 이별한 것이 못내 서러운지 징징거리며 울자 죽 그릇을 나눠 주던 고려 관병 하나가 눈을 부릅뜨며 꾸짖는다.

"원나라에 가면 마음껏 호강할 텐데 뭘 그렇게 울고불고 지랄이야. 지랄이……."

곁에 선 다른 관병이 이맛살을 접으며 성질을 부린다.

"먹기 싫으면 다른 여자에게나 줘버려."

"그러지. 할 수 있나."

결국 죽 그릇은 옆에 있는 다른 여자에게로 넘어갔다.

주막을 나선 양검은 다시 오던 길로 방향을 잡는다. 한참 가면 양편으로 제법 숲이 우거진 길로 접어들 것이다.

요기를 마친 관원들이 공녀들을 몰고 숲길에 당도한 것은 한 시진 넘게 지난 다음이었다.

갈참나무며 오리나무, 소나무가 우거진 숲길 중간쯤 왔을 때 그들은 흰 천으로 얼굴을 가린 한 사내가 길을 가로막고 선 것을 발견한다. 균형 잡힌 상체를 드러낸 사내는 길 중간에서 명치 높이의 지팡이를 두 손으로 짚고 목상처럼 서 있다.

"저놈이 왜 길을 막고 있느냐?"

앞서 말을 타고 오던, 술기운에 얼굴이 불그레한 원나라 관원이 영문을 모르겠다는 얼굴로 몽고어로 묻는다.

"미친놈이겠지. 아님 죽으려고 작정한 놈이거나……."

다른 관원이 영문을 모르겠다는 투로 말을 받는다.

"저 여자들을 놓아주어라."

흰 복면사내가 짧게 말한다. 일행들 사이에서 작은 소요가 일어난다.

"허헛, 저런 거지발싸개 같은 놈이 있나. 벌건 대낮에 여기가 어디라고 저 지랄이냐."

노란 쥐꼬리 수염의 우두머리 관원이 어처구니가 없는지 헛웃음을 웃는다. 그러자 옆에 말을 타고 있던 다른 원나라 관원들도 덩달아 웃음을 터뜨린다. 뜻밖의 상황이 벌어지자 공녀들 역시 두셋씩 얼굴을 맞대고 웅성거린다.

"공녀들이 마치 제 계집이나 되는 줄 아는구나."

"어디서 낮술에 취한 모양인데 저 천둥벌거숭이 같은 놈을 당장 눈앞에서 치워버려라."

우두머리 관원이 외치자 창을 들고 도보로 따라오던 호송 관병들이 복면사내를 에워싸고 몰려든다.

"너희 고려인들은 해치고 싶지 않다. 물러서거라."

복면사내는 미동도 하지 않은 채 나직하게 내뱉는다. 관원들의 살기등등한 기세도 전혀 개의치 않는 눈치다.

"저놈을 당장 없애라."

무시당했다는 생각에 화가 머리 꼭대기까지 치민 원나라 관원이 소리치자 관병들이 일제히 복면사내를 향해 병장기를 휘두르며 쇄도해 들어간다. 적요한 숲에서 벌어진 인간들의 사투에 놀란 산새들이 화르르 날갯짓을 치며 허공으로 날아오른다.

복면사내의 검술 솜씨는 보통이 아니다. 나무 사이로 바람이 흐르듯 관병들 사이를 누비고 다니며 발과 지팡이로 사정없이 정수리며 명치, 목통을 공격하여 관병들을 차례차례 쓰러뜨린다. 가격한 곳이 대부분 인체의 급소여서 한 번 넘어진 관병들은 기절하거나 신음을 흘릴 뿐 다시 일어날 엄두를 내지 못한다. 겁을 집어먹은 관병 하나는 숲을 향해 꽁지가 빠져라 도망친다.

"안 되겠다. 저놈을 쳐라."

종내 사태를 지켜보던 원나라 관원이 안 되겠다 싶었던지 손수 월도를 뽑아들고 사납게 말을 몰아 달려온다. 이어 다른 말 탄 원나라 관원 역시 장창을 꼬나들고 합공을 해온다.

복면사내는 우뚝 선 채 말이 다가오기를 기다린다. 이윽고 말이 사내의 두어 발짝 거리에 도달하는 순간 복면사내의 몸이 가볍게 공중으로 도약한다.

찻 하는 짧은 기합이 터졌다고 느낀 순간 허공에서 푸른 검광이 번쩍였다. 지팡이에 감춘 검을 빼든 것이다. 맨 먼저 말을 달려온 쥐꼬리 수염을 한 관원의 머리가 한 길 허공을 날아 길 가장자리에 떨어진다. 떨어진 머리는 몇 번을 데굴데굴 구르더니 나무 그루터기에 부딪혀 멈춘다.

뒤편의 관원 역시 목덜미가 반쯤 잘려나간 채 말에서 떨어져 땅바닥에 널브러진다. 피가 분수처럼 솟구쳐 땅바닥을 적신다. 또 다른 관원 역시 복면사내를 공격하려다가 놀란 말이 앞발을 쳐드는 바람에 안장에서 굴러떨어진다. 그 바람에 목이 부러졌는지 꿈쩍도 하지 않는다.

남은 관원은 몰아쳐 오던 기세 그대로 말을 달려 저편 길을 따라 도망쳐 간다. 복면사내가 돌멩이 하나를 주워서 입속말로 짧게 기합을 넣으며 힘차게 돌멩이를 던진다.

돌멩이는 마치 귀신이라도 붙은 듯 곧장 수십 장을 날아가서 말을 달려 도망치던 원나라 관원의 뒤통수를 정확하게 맞힌다. 정신을 잃은 관원이 달리던 말에서 맥없이 굴러떨어진다.

"자, 이제 다들 집으로 돌아가시오."

한바탕 격전이 끝난 뒤 복면사내가 말한다. 느닷없는 싸움에 겁이 나서 숨을 죽이며 바라보던 여자들은 복면사내의 말이 떨어지기 무섭게 서로들 손을 맞잡고 서둘러 오던 길로 향한다. 어떤 여자는 고맙다는 듯 복면사내를 향해 눈물이 글썽한 눈길로 깊숙이 머리를 숙여 인사를 하기까지 한다.

다들 떠났는가 할때 길 중앙에 한 처녀가 오도카니 서 있다. 그녀는 복면사내를 응시한다. 맑으면서 복잡 미묘한 시선이다. 복면사내 역시 잠깐 여자를 응시한다. 눈빛에 묘한 흥미가 떠돈다.

"왜 안 가고 있소?"

"고맙다는 인사를 하고 싶어서요."

처녀가 또렷한 음성으로 말한다.

"그런 인사는 하지 않아도 좋소. 관원들이 몰려오기 전에 어서 가기나 하시오."

무뚝뚝하게 말한 복면사내가 칼을 갈무리한다. 그는 벗어놓은 겉옷을 입은 다음 나무에 걸어둔 삿갓을 벗겨 든다. 마치 아무 일도 없었던 것처럼 걸음을 옮기는 사내의 등 뒤에서 처녀가 말한다.

"함께 가면 안 될까요?"

너무 당돌한 물음에 복면사내가 걸음을 멈춘다.

"어딜 함께 간단 말이오?"

"그건 모르겠어요. 하지만 저는 갈 곳이 없는걸요."

응낙하지 않았음에도 처녀는 복면사내를 따라온다. 그녀는 앞선 복면사내가 길을 걸으며 복면을 벗는 것을 뒤에서 지켜본다.

"나는 예성강을 따라 개경으로 갈 예정이오."

관병들이 왕래하는 큰길을 벗어나 숲으로 난 산길을 한참이나 걸은 다음 사내가 몸을 돌려 말한다. 아까 주막에서 눈길이 마주쳤던 차가우면서 준수하게 생긴 사내다. 처녀의 얼굴에 옅게 홍조가 어린다. 역시 그녀가 예상했던 그 사내였던 것이다.

"저는……."

처녀가 무슨 말을 하려다가 말끝을 흐린다. 무슨 말을 해야 할지 알 수 없다. 두 사람은 말없이 걸음을 옮긴다. 어디선가 서쪽에서 구름을 몰고 오는 바람이 분다.

두 시간쯤 걸었을까. 두어 개의 산모롱이를 돌아나가자 넓게 펼쳐진 강변이 나타난다. 예성강의 본류다. 상류여서 그다지 강폭은 넓지 않았지만 맑은 강물이 도도하게 남서쪽으로 흘러가고 강변에는 억새며 부들이 자욱하게 우거져 있다.

"잠시 쉬었다 가요."

가쁜 숨을 몰아쉬며 처녀가 말한다. 이마엔 땀이 송알송알 맺혀 있다. 딴에는 폐를 끼치기 싫어서 갖은 힘을 다했지만 여자의 몸으로 양검의 날랜 발걸음을 따라붙기엔 역부족이었던 모양이다.

강변 갯벌에 버드나무가 커다랗게 자라난 풀밭에 두 사람이 자리를 잡고 앉는다. 오후 들면서 하늘이 개이고 바람도 잔잔해서 강변 경치가 보기에 좋았다. 뉘엿뉘엿 저무는 햇살을 받은 물결이 은빛으로 반짝인다. 해오라기 몇 마리가 한갓지게 강가에 서서 고기를 잡아먹고 있다.

"저…무사님 성함은?"

한참 머뭇거리던 처녀가 겨우 들릴 듯한 음성으로 묻는다.

"그건 알아 무엇하려오?"

짐짓 냉담한 음성으로 양검이 되받는다.

"은인의 성함도 모른 대서야 어찌 사람이라 할 수 있겠습니까."

"…김양검이오."

잊지 않으려는지 처녀가 입속으로 다시 중얼거린다. 양검이 처녀를 곁눈질로 바라본다. 속눈썹이 길고 약간 튀어나온 이마가 귀여운 느낌을 준다. 땋아 내린 귀밑머리 아래 목이 길고 선이 곱다.

"…저는 문(文)라고 해요. 집에서 부르는 이름은 명주."

처녀가 쑥스러움을 무릅쓰고 스스로를 밝힌다.

"어쩐 일로 공녀로 나섰소?"

"저는 어렸을 적에 부모님을 여의고 친척집에 얹혀 허드렛일을 해주며 살았어요. 그 집에 저만한 딸이 있었는데, 어쩌다가 별감 눈에 띄어 공녀로 차출되는 형편이 되었어요. 그래서 그동안 그 집에서 받은 은혜를 갚는 셈치고 제가 대신 공녀로 나섰지요. 관리들에게 뇌물을 주고요."

"음."

양검이 낮게 신음한다. 그녀의 착한 마음씨가 예사롭지 않게 느껴졌던 것이다.

"전 이제 그 집으로 돌아가지도 못합니다. 만약 제가 돌아가게 되면 그 집 딸이 다시 공녀로 차출될 위험에 빠질 테니까요."

"그럼 어떡할 셈이오?"

"산골 암자에라도 찾아갈 심산입니다. 거기 가면 한목숨 부지는 하겠지요."

처녀가 망연히 강물을 응시하며 대답한다. 갈 곳 없는 자신의 신세가 한심하게 여겨졌는지 눈시울에 옅게 눈물이 고인다.

"이제 그만 내려갑시다."

양검이 자리에서 일어난다. 그녀의 처지에 동정이 가지 않는 바는 아니었지만, 자신 역시 부평초처럼 떠도는 과객에 불과할 뿐이지 않는가.

강을 따라 길도 들도 아닌 길을, 강 건너로 금천 마을을 보며 두어 식경을 내려갔을 무렵에 서녘 하늘에 걸린 구름이 주홧빛으로 물들기 시작한다.

양검은 부근에서 주막을 찾아야겠다고 생각한다. 혼자라면 밤길이라도 상관없지만 집도 절도 없는 여자를 노천에 버려두고 갈 수는 없는 노릇이다.

얼마 가지 않아 나루터를 끼고 작은 주막 한 채가 눈에 들어온다.

다른 민가는 보이지 않는다. 주막집 주위엔 나뭇가지로 얼기설기 울타리를 쳐놓았다. 집 뒤란 굴뚝에서 흰 연기가 몽글몽글 치솟는 걸로 보아 저녁밥이라도 짓는 모양이다.

주막으로 들어선 양검은 마당에 놓인, 버드나무 가지로 대충 얽어 만든 평상에 걸터앉는다. 뒤따라온 처녀는 차마 들어오지 못하고 주막 사립문 밖에서 양검의 눈치를 살핀다.

"예까지 왔으니 일단 들어오시오."

양검의 말이 떨어지자 안으로 들어온 처녀가 조심스레 평상 한구석에 걸터앉는다. 바깥의 인기척을 느낀 중년의 주모가 쪼르르 부엌에서 쫓아 나온다. 입술이 두껍고 빼드렁니였는데 몸매에 비해 젖퉁이가 큼직한 여자다.

"아이쿠, 어서들 오셔요. 이제야 오늘 첫 손님을 받았네. 이러다간 필경 굶어 죽고 말지. 그런데 어디서 오는 길이요? 이 길로는 행인들이 잘 다니지 않는데…어휴, 그나저나 처녀는 어쩜 저렇게 얼굴이 참할까. 꼭 삶아서 까놓은 달걀 같구먼. 어쩜 피부도 곱기도 하지……."

오랜만에 길손을 만난 탓인지 주모의 수다가 극성스럽다.

"여기 요깃거리나 좀 내오시오."

수다가 계속될 듯하여 양검이 말을 자른다. 주모가 입을 삐죽이며 부엌으로 들어간다.

상을 물렸을 때는 이미 사위에 밤이 내려와 있다. 강을 끼고 있는 탓에 밤안개가 짙게 드리워진다. 강의 습기를 머금은 공기가 밤기운을 타고 사방에서 희뿌옇게 몰려든다. 달빛도 차갑게 가라앉아 있다.

"주무시고 가실 건가요? 사실 이 근방에 민가도 없고, 가까운 동네라야 이십 리가 넘거든요."

상을 치우면서 주모가 눈치를 힐끔거리더니 양검에게 묻는다. 은근히 숙박을 유도하는 말투다. 양검이 고개를 끄덕인다.

"저 새댁이랑 같이 주무실 거요? 마침 방이 하나뿐이어서……."

봉놋방은 생각보다 작고 단출하다. 어른 두세 명이 겨우 들어가 누울 넓이에 물건을 얹을 수 있는 시렁 하나가 전부다. 구석에는 이부자리가 개켜져 있고 목침도 있다.

양검이 목침을 베고 벌렁 드러눕는다. 피곤했지만 잠은 쉬이 오지 않는다. 실랑이가 벌어졌는지 문짝 밖이 약간 소란스럽다.

"소인이 자는 방은 워낙 좁아서 같이 못 잔다니까 그러네. 저렇게 잘생긴 고운 임을 두고 왜 남의 방에 잔다고 해요. 얼른 방으로 들어가요. 여긴 밤에 못된 짐승도 싸돌아다니는 판에 해코지나 당하면 어쩌려고……."

주모가 처녀의 등을 밀다시피 하여 방 안으로 들이며 하는 말이다. 아마 처녀가 주모가 기거하는 뒷방에서 함께 자겠다고 주모를 졸랐던가 보았다.

누웠던 양검이 자리에 일어나 앉는다. 쫓기듯 방에 들어온 처녀는 벽을 등지고 무릎을 세워 앉는다. 등잔불에 비친 얼굴이 낮보다 훨씬 고와 보인다. 남자와 한방에서 잠을 자야 한다는 사실에 그녀는 어찌할 바를 모르는 눈치다.

기회를 잡은 주모가 방 안으로 머리를 들이밀고 묻는다.

"저, 두 분 적적하실 텐데 술상 봐 올릴까요?"

기묘한 분위기에 잠도 오지 않을 듯하여 양검이 고개를 끄덕인다.

호리병에 담아온 술은 좁쌀로 담근 곡주였다. 목구멍에 넘어가는 느낌이 꽤 독하다. 방 안에 감도는 어색한 공기를 물리치듯 양검은 거듭 자작으로 술잔을 기울인다.

"저…제가 한 잔 부어 드리면 어떨까요?"

한참 동안 윗목에 쪼그리고 앉아 양검이 하는 양을 지켜보던 처녀가 묻는다. 부끄러운지 기어 들어가는 음성이다. 양검이 처녀를 쳐다본다. 취해서인지 아님 불빛 때문인지 처녀가 한층 어여뻐 보인다. 양검이 고개를 끄덕인다.

재차 주문한 한 호리병의 술을 거의 다 비워냈을 즈음엔 취기가 머리꼭대기까지 올라온다. 취기가 오른 양검이 술상을 치우기 위해 주모를 부르려 하자 처녀가 자리에서 몸을 일으킨다.

"주모가 잠자리에 들었을지도 모르니까 제가 치우겠어요."

처녀가 상을 들고 나간다. 잠시 뒤 방으로 돌아왔을 때 양검은 처녀의 모습에 겹쳐지는 아내 홍씨의 모습을 본다. 처녀가 아내 홍씨를 닮은 때문일까. 아니면 급작스럽게 밀려드는 취기 탓일까.

양검이 입바람을 불어 기름이 다해 찌직거리는 등잔불을 끈다. 기다렸다는 듯 방 안에 흥건하게 어둠이 몰려든다.

어둠과 함께 적막이 깔린 방 안으로 희미한 달빛이 스며든다. 유난히 커진 두 사람의 숨소리만이 가득할 뿐이다. 어둠 속에 윗목에서 양팔로 무릎을 싸안고 앉아 있는 처녀의 모습이 이상하게 유혹을 불러일으킨다.

"이리 가까이……."

양검이 처녀를 향해 손을 뻗는다. 술에 취한 탓이다. 평소 같으면 절대 이런 일은 없을 것이다.

처녀의 어깨가 잡힌다. 처녀는 미세하게 몸을 떨고 있다. 그러나 처녀는 양검의 포옹을 별 거부 없이 받아들인다. 양검은 천천히 처녀의 목덜미와 귀밑머리를 애무한다.

망설이던 양검의 손이 그녀의 가슴께로 향한다. 손바닥에 따뜻하고 부드러운 육체의 양감이 느껴진다. 몇 번 처녀가 움칫거렸지만 저항의 기미는 보이지 않는다. 어쩌면 먼 타국의 공녀로 끌려가던 자신을 구해 준 남자에게 몸으로나마 보답하고 싶었는지 모를 일이다.

숨이 가빠진 양검이 처녀를 바닥에 눕힌다. 그가 처녀의 젖가슴 사이에 얼굴을 묻는다. 마침내 처녀의 치마가 걷어 올려지고 어둠 속에서 길고 하얀 두 다리가 드러난다. 처녀의 입에서 가녀린 신음이 점차적으로 여리게 새어나온다. 억제된 아픔 같기도 하고 열에 들뜬 것 같기도 한.

밤새도록 몸을 뒤척이던 처녀가 새벽 무렵에 잠깐 빠져든 곤잠에서 깨어났을 때는 온 누리에 환한 햇살이 쏟아지는 아침나절이다.

옆자리에 의당 있어야 할 남자의 모습이 보이지 않는다. 그 대신 이별의 징표처럼 머리맡에 한 움큼의 소은병(小銀甁: 은자)이 놓여 있다.

처녀는 남자가 가을바람처럼 기약 없이 떠난 것을 알았다. 그녀는 진작부터 짐작하고 있었다. 어차피 그 남자는 자신에게 머물지 못하리란 것을.

상체를 일으키던 처녀는 하얀 속치마자락에 점점이 꽃처럼 피어난 붉은 핏자국을 본다. 그녀는 그 홍적색의 흔적을 한참 동안 내려다보다가 가만히 손끝을 대어 본다. 그러면서 그녀는 주문을 걸듯 가만히 중얼거린다. 김양검.

그녀에게 난생처음 남자라는 것을, 여자의 육체라는 걸 알려준 남자. 어쩌면 이제 다시는 만나지 못할 것이다. 처녀는 비로소 뜨거운 눈물이 솟구치는 걸 느낀다.

새벽처럼 길을 떠난 양검이 예성강 줄기를 따라 벽란도(碧瀾渡)와 이십여 리 상거(相距)한 나룻마을에 도착한 건 중참 무렵이다.

그는 나루터 주막에 들러서 간단히 요기를 마친 다음 나룻배로 강을 건넜다.

개경의 남쪽을 가로질러 개경 도성 밖 동편에 위치한 도화촌에 도착한 것은 해가 서산에 한 뼘 남짓 남아 있는 시각이다.

오랜만에 와보는 집이다. 작년 오월 맹목적인 분노에 차서 비룡검을 품고 충혜왕이 있는 숭교사로 향한 이후로 처음 와보는 것이다.

이미 집은 허물어지고 없었다. 마당이 있었던 자리는 잡초가 무성하게 자라고 있다. 밭 사이로 흔적만 남은 채 무너진 토담만이 덧없이 지나간 시간을 드러내 보일 뿐이다. 아마 역적의 집이라고 병사들이 불태우고 그 자취를 깡그리 없애버린 것이리라.

양검은 망연자실한 심정으로 황폐해진 집터를 바라본다. 아내 홍씨가 함께한 다정다감했던 많은 시간들이 각을 뜨듯 깊은 정한(情恨)의 기억으로 새록새록 떠오른다. 허무만이 가득했던 그의 눈동자에 만감이 스쳐 간다.

이윽고 그는 어렵게 발길을 돌린다. 이제 모든 건 다시 돌이킬 수 없는 시간의 강에 실려 간 아픈 기억일 뿐이다. 인간은 두 번 다시 같은 강물에 발을 담글 수 없는 것처럼 모든 일은 덧없이 지나간 일이 된 것이다. 마치 한바탕 어지러운 한낮의 꿈인 양.

도화촌을 벗어난 양검은 곧장 죽은 아내 홍씨의 친정으로 향한다.

예상은 했지만 역시 그 집도 잡초만 무성히 우거진 채 쓸쓸한 폐허로 변해 있다. 장인을 비롯한 처가식구들은 모두 역적 집안으로 몰려서 참형을 당했을 것이고, 세간이며 부리던 노비들은 모두 관에서 몰수해 갔을 것이다.

참담해진 마음을 안고 양검이 십여 리 남짓 떨어진 보정문 안쪽의 김어진 낭장의 집을 찾았을 때는 이미 노을이 내려앉고 어스름이 밀려드는 시각이었다.

낮은 담 너머로 동정을 엿보았지만 어진이 온 것 같지는 않았다.

동네 앞을 거쳐 수구문 바깥으로 흐르는 천변 팽나무 아래에서 두어 식경을 기다린 연후에야 저만치 어둠을 헤치고 걸어오는 어진을 만날 수 있었다.

"이게 누군가? 김 낭장 아닌가?"

어진은 뛸 듯이 기뻐하며 솥뚜껑처럼 큰 손으로 양검의 손을 힘껏 잡아 흔든다. 그는 자신의 집으로 가자며 끌어당겼다. 양검이 고개를 가로젓는다. 국법으로 수배 중인 중죄인을 집 안으로 끌어들이는 건 만약을 위해서도 피하는 게 좋았다.

"그럼 가까운 주막으로 가세."

골목 안쪽의 으슥한 곳에 주막이 있었다. 어진의 단골집인 듯 주막 주인이 가벼운 인사를 건넨다. 구석진 자리에 좌정하고 나서 양검은 그동안 있었던 일을 간략하게 털어놓는다.

"안 그래도 학선대사의 도움으로 자네가 살아났다는 얘기는 들었네."

예전보다 한층 몸집이 불어난 어진이 정겨운 눈길로 양검을 응시하며 말한다.

"학선대사는 어찌 되었는가?"

"듣기론 아직 유배지인 제주도에 머물고 있다고 하더군."

"음. 나 때문에……."

"무슨 소린가. 모든 게 그 망할 놈의 충혜왕 때문 아닌가."

당시 일을 떠올린 듯 어진의 언성이 높아진다.

"자네 아이는 잘 크는가?"

양검이 슬쩍 화제를 돌린다.

"그래. 벌써 네 살이지."

대답하던 어진의 이마에 그늘이 진다.

"참, 얘기할 게 하나 있네. 진작 알아두어야 할 일이기도 하고."

"무언가?"

잠깐 양검에게 눈길을 준 어진이 어렵게 입을 연다.

"자네 아들 말이네. 작년 자네 집에 근위병들이 들이닥치기 전에 계집종이 자네 아들을 안고 도망쳤다는 소문을 들었네. 근위병들이 뒤를 쫓아갔지만 결국 잡지는 못했다고 하더군. 그러니까 내 말은……."

"아직 살아 있을지도 모른다는 말을 하고 싶은가?"

양검이 무정하게 어진의 말을 중간에서 자른다.

"그렇다네."

"살아 있으면 뭐하는가. 어차피 지켜주지도 못한 것을……."

감정이 배제된 삭막한 음성이다.

"그래도 자네 자식 일 아닌가?"

"이제 그런 건 모두 잊었네. 다 뜬구름처럼 허망한 것일 뿐."

양검의 눈빛에 공허한 기운이 어린다. 예전과 전혀 다르게 변한 모습이다. 얼마나 충격이 컸었으면…….

누구보다 강직하고 활기차던 젊은 장교의 모습은 간 곳 없고 자식에 대한 소식에조차 무심해할 정도로 매사에 흥미를 잃고 냉소적으로 변해버린 그의 모습을 보자 어진은 내심 가슴이 아팠다. 그 일만 없었더라면 벌써 중랑장, 아니 어쩌면 장군이 되었을 뛰어난 인재가 아니던가. 어진은 다시금 세상과 운명의 부조리함에 쓴 입맛을 다신다.

곧 술과 안주가 나왔다. 두 사람은 묵묵히 잔을 비운다.

"그래, 앞으로 어쩔 셈인가?"

두어 순배 술잔이 돌아간 다음이다. 수염에 묻은 술 방울을 손등으로 훔치며 어진이 묻는다.

"그저 바람처럼 떠돌며 세상 구경이나 할 셈이네."

"그런가. 어디서든 부디 몸조심하게. 참, 잠깐 기다려보게. 생각난 김에 내 자네에게 줄 게 있네."

잠시 뒤, 주막을 나갔던 어진이 가져온 것은 폭이 한 뼘 남짓한 작은 두루마리였다. 바탕은 비단이었는데 첫눈에도 귀하고 고급스런 물건이란 걸 알 수 있다. 두루마리를 펼치자 붉은 바탕에 범어(梵語)로 된 금사(金砂) 글씨가 섬세한 필치로 빼곡하게 적혀 있다.

"이게 뭔가?"

"일단 받게."

어진이 양검의 손에 두루마리를 넘긴다. 영문도 모른 채 양검은 두루마리를 받아든다.

"예전 고조부가 지리산을 여행하다가 마침 절벽에서 떨어져 생사기로에 놓인 지눌선사(知訥禪師)를 구해 주고 그 답례로 받은 것이네. 일종의 보은패(報恩牌)인 셈이지."

지눌선사라면 보조국사(普照國師)로 더 유명한, 정혜쌍수(定慧雙修)라는 교리를 세운 큰스님이다.

"대대로 내려오는 가보인 것 같군. 왜 이걸 나에게 주는가?"

"그걸 내보이면 어느 절에서든 자넬 반가이 맞아줄 거네. 필요하다면 언제든 숙식을 할 수도 있고, 또 얼마간 금전적인 도움도 받을 수 있을 거네. 앞으로 자네가 세상을 떠돌아다니려면 필요할 걸세."

듣기에도 놀라운 물건이다. 양검은 어진의 융숭 깊은 우정에 마음이 움직임을 느낀다.

"필요 없네."

"자네는 친구가 주는 우정을 무시하는가?"

어진이 짐짓 화를 낸다.

"그렇다고 이 귀한 것을 받을 수는 없네."

"그건 그저 하나의 물건일 뿐이네. 필요할 때 쓰라고 받아 둔 걸 집 안에다 처박아만 두면 뭘 하는가. 그렇다고 완전히 자네에게 주는 건 아니니까 나중 필요가 없어지면 그때 돌려주면 그만 아닌가."

술병을 기울이며 어진이 간곡하게 말한다. 하는 수 없이 양검이 두루마기를 품안에 집어넣는다.

문득 바깥이 떠들썩해지면서 사람들 몰려오는 기척이 들려온다.

"난 이만 가보겠네. 사람들 눈에 띄면 좋지 않을 거네."

양검이 지팡이와 바랑을 챙겨 자리에서 일어난다.

"오늘 성내에서 묵고 가면 어떤가? 밤새 나랑 이야기도 나누고……."

"아닐세. 괜히 어정거려서 좋은 일이 뭐 있나. 성문이 닫히기 전에 나갈 생각이네."

"그럼 언제 다시 보는가?"

"회자정리(會者定離)란 말도 있지 않은가. 살아 있으면 다시 보게 되겠지."

양검이 삿갓을 쓰며 말한다.

주막 바깥에서 두 사람은 굳은 포옹을 하고 헤어진다. 양검이 어둠 속으로 묻혀드는 모습을 보며 어진은 마음이 무겁다. 그는 진심으로 친구의 앞날을 부처님께 빈다.

순라군들이 거리를 순찰하면서 두드리는 육모방망이 소리가 딱딱하게 어둠 속을 맴돌았다.

6

개경에서 제일 붐비는 곳이라면 단연 남대가(南大街) 부근에 위치한 시전 골목을 꼽을 수 있다.

우마차도 다닐 수 있는 널찍한 거리에 하루 종일 상인과 행인의 왕래가 끊이지 않는다. 길 양편으로 차를 파는 다점(茶店)과 만두며 과자를 파는 쌍화점이 수십 칸이나 즐비하게 늘어서 사람들을 유혹하기 때문이다.

그중의 한 다점 앞이다. 작은 웅성거림과 함께 수십 명은 넘을 구경꾼들이 크게 원을 그리며 빙 둘러서 있다.

"어이쿠, 제발 용서해 주십시오. 어린 종업원이 철모르고 한 일이라……."

원 중앙에는 뜻밖에 한 중년 사내가 땅바닥에 무릎을 꿇고 손이 발이 되도록 싹싹 빌고 있다. 그 앞에는 살집이 좋고 뚱뚱한 젊은 사내가 상체를 젖히고 서 있다. 그 옆으로 다른 두 명의 우락부락하게 생긴 젊은 사내가 뚱뚱한 사내를 호위하듯 버티고 서 있다.

귀족들이 쓰는 하얀 문라(文羅) 두건을 쓴 뚱뚱보 사내의 태도가 몹시도 거만스럽다. 상반신에는 요즘 한창 유행하는, 호복과 유사

한 번쩍이는 고급 명주옷을 걸쳤고, 아래엔 몽고식 홀태바지를 입고 있다. 바지에 약간 물이 묻어 얼룩져 있다. 다점의 여자 종업원이 허드렛물을 버리다가 그만 길을 가던 젊은 사내의 바지에 물을 튀게 한 것이다.

사정을 잘 아는 주변 상인들은 이 일이 자신의 일인 양 사뭇 안됐다는 표정을 짓고 있지만 후환이 두려워서 감히 누구 하나 나서지 못하고 있다.

"그러기에 미리 하녀들 교육을 잘하라고 했잖아."

뚱뚱한 사내 곁의 말라깽이 사내가 무릎을 꿇은 다점 주인의 어깨를 냅다 발로 내지른다. 다점 주인이 에구구 엄살 섞인 비명을 내지르며 썩은 짚단처럼 나뒹군다. 마른땅에서 먼지가 풀썩 인다. 뚱뚱한 사내가 불쾌한 듯 미간을 찡그리며 얼른 발을 들어 붉은 비단신에 덮인 먼지를 턴다.

"탈타아(脫朶兒) 나리. 이번 한 번만 봐주시면 다음부터는 절대 이런 일이 없도록 하겠습니다."

몸을 일으킨 다점 주인이 비굴하다 싶을 정도로 손바닥을 싹싹 빈다.

"흥, 무얼 봐달라는 거야?"

탈타아란 몽고식 이름을 가진 뚱뚱보 사내가 낮게 코웃음을 치며 묻는다.

이 탈타아란 작자는 광화문 관도 부근에 사는 자로 매일처럼 하릴없이 놀고먹는 한량이었다. 다점이나 쌍화점을 들락거리며 용모 반반한 계집을 후리거나 아니면 뒷골목 투전판을 기웃거리는 게 일이었다. 또한 걸핏하면 마음에 들지 않는다며 주먹다짐이나 놓는 개경에선 소문난 불량배였다.

그는 매일처럼 남대가와 십자가 부근의 저잣거리를 활보하면서 시전 골목의 상인들을 괴롭혀 왔다. 사내가 그런 못돼먹은 행패를 저지르고도 무사한 건 그의 부친 덕분이다.

그의 부친의 이름은 신예(辛裔)로 충목왕이 즉위하면서 취성부원군(鷲城府院君)에 봉해진 친원파 세도가였다. 또 신예의 뒤에는 그의 매제(妹弟)이자 원나라 환관인 고용보가 있었다. 충혜왕을 게양현으로 귀양 보낼 정도로 막강한 권력을 가진 고용보의 드높은 권세 때문에 임금조차 신예를 마음대로 하지 못하는 형편이었다.

그런 까닭에 탈타아는 세상에 겁날 게 없었다. 여기에다 자연스럽게 재력과 권세에 빌붙어 지내려는 건달들이 오물에 파리가 꾀듯 탈타아의 주변에 모여들면서 제법 패거리를 이루었다. 따라서 그들의 못된 횡포를 눈앞에 보고도 후환이 두려운 탓에 선불리 따지고 들거나 관아에 고발을 못하고 있는 형편이었다. 행여 고발을 한다고 쳐도 별 소용이 없을 건 삼척동자도 다 아는 일이었다.

"빨리 여기 구정물을 부은 계집년이나 나오라고 그래. 옷을 홀딱 벗겨 줄 테니……."

"나리, 제발. 제가 이렇게 잘못을 빌고 있지 않습니까."

다점 주인이 머리를 땅바닥에 처박고 애소를 한다. 그 모습을 내려다보며 탈타아가 살찐 얼굴에 빙그레 미소를 떠올린다. 그는 이 참에 본때를 보여서 주변 상점 주인들에게 자신의 위세를 단단히 각인시켜 줄 심산이다. 이런 기회에 잔뜩 주눅이 들게 만들어 놓아야 모두들 자기 앞이라면 설설 기어 다닐 게 아닌가.

"얼른 계집이나 나오라고 해!"

곁의 사내가 버럭 소리를 지른다.

이때다. 원을 그리며 둘러선 구경꾼 무리를 헤집고 나오는 자가 있다. 아래위로 검은 옷을 걸친 날렵하게 생긴 이십대 초반의 젊은 남자다. 하관이 빠진 길쭉한 삼각형의 얼굴인데 전체적으로 차갑고 날카로운 인상이다. 그의 뒤로 몸집이 좋고 어깨가 딱 벌어진 사내 하나가 따른다. 역시 눈빛이 매섭다. 손에는 짤막한 쇠몽둥이 같은 것이 들려 있다.

"어이, 주인장. 장사는 않고 여기서 무엇 하는 거요?"

검은 옷의 사내가 빙글거리며 머리를 처박고 빌고 있는 다점 주인에게 묻는다. 현재의 상황 따위는 아랑곳없다는 태도다.

"그렇게 있지 말고 손님 왔으니 빨리 차나 끓일 준비나 하시오."

쇠몽둥이를 든 사내가 주인에게 다짐을 주듯 말하곤 구경꾼들 사이를 헤치며 다점 포렴 앞으로 걸어간다.

"저…저놈은 무엇하는 놈이야?"

구경꾼들 앞에서 자신이 완전히 무시당했다는 생각에 화가 치민 탈타아가 수치심에 붉어진 얼굴로 버럭 소리를 지른다.

검은 옷의 사내가 잠깐 발걸음을 멈추고 곁눈으로 힐끗 탈타아를 흘겨본다. 어쩐지 가슴이 철렁할 만큼 냉혹한 눈길이다. 곁에 서 있던 말라깽이 사내가 다급하게 탈타아의 팔을 잡아끌어 구석으로 데려간다. 영문 모른 채 끌려간 탈타아의 귀에 대고 사내가 빠르게 속삭인다.

"나리, 저 작자를 모르십니까?"

"내가 저딴 놈을 어찌 알아?"

졸개의 수상쩍은 태도에 의심이 든 탈타아 역시 소리를 낮춰 되묻는다.

“저자가 바로 강수라는 놈입니다.”

“강수(姜首)? 강수가 어느 후레자식 놈의 아들이야?”

“그럼 야귀(夜鬼)라는 말은 들어봤겠지요.”

“야귀! 그럼 저놈이 청부살인을 전문으로 한다는 바로 그 야귀란 말인가?”

탈타아의 얼굴에 놀란 빛이 떠오른다. 그도 언젠가 귀동냥으로 들은 적이 있다. 비밀리에 살인을 청부받아 완벽하게 처리해준다고, 밤의 귀신이라는 뜻으로 야귀라는 별명이 붙은 사내.

언젠가 거리에서 싸움이 났을 때 칼을 가진 세 남자를 눈 깜짝할 사이에 작은 작대기로 급소를 쳐서 절명시켰다는 사내. 그러고도 정당한 행위라고 한 달도 되지 않아 풀려 나왔다고 했다. 그에게 한번 찍혔다 하면 설령 지옥 끝까지라도 찾아가서 죽이고 만다는 끔찍한 살인마.

“그럼요. 그러니 어서 여기를 떠나는 게 이로울 겁니다. 어서요.”

졸개의 독촉에 정신을 차린 탈타아가 크게 헛기침을 하며 돌아선다. 그는 무슨 영문인지 몰라 고개를 들고 쳐다보는 다점 주인에게 허풍 치듯 눈을 부라린다.

“좋아. 오늘은 바쁜 일이 있어 그냥 갈 테니 앞으로 조심하도록 해.”

말이 끝나자 탈타아와 그들 패거리는 서둘러 구경꾼 사이로 빠져나갔다. 간신히 체면치레나 하고 빠져나온 것이다. 예상 밖의 상황에 어리둥절해진 건 주변 상인과 구경하던 행인들이다. 그들은 서로 고개를 갸웃거린다.

“저 불한당이 오늘은 왜 저렇게 얌전하지.”

"집에 계집년이 찾아왔다는 전갈이라도 받은 게지. 뭘."

반전된 상황을 알 수 없는 다점 주인이 안도의 한숨을 내쉬며 옷을 털고 일어나 다점 안으로 들어선다. 실내에는 이미 강수와 그의 부하가 원형 격자창문과 면한 탁자 앞에 한가롭게 앉아 있다. 창을 넘어든 가을볕이 버드나무 탁자에 의미 모를 그림을 그려놓고 있다.

"아이쿠, 큰일 날 뻔했네."

땀에 젖은 목덜미를 어루만지며 주인이 너스레를 떤다. 십년감수했다는 표정이다. 얼굴에 부채를 부치던 강수가 입가를 당겨 짧게 웃는다. 그러나 오히려 웃음이 더 섬뜩한 느낌을 준다.

"오늘은 재수가 좋은 게지. 그 탈타아란 놈이 어찌 순순히 그냥 갔을까."

주인이 혼잣말처럼 중얼거린다.

"얼른 차나 내오시오."

강수 맞은편에 앉은, 어깨가 넓고 눈이 가늘게 생긴 젊은 사내가 독촉한다.

"네. 두 분 다 오랜만에 오셨군요. 차는 어떤 걸로?"

"용연차가 있으면 내오시오."

"아, 용연차! 그야말로 최상급의 차입죠. 분부대로 곧 달여 내오도록 하지요."

주인이 머리를 굽실거리며 주방이 있는 뒤편으로 들어간다.

"형님, 내일 천마산에 있는 폭포(박연폭포) 구경이나 가보시는 게 어때요?"

"느닷없이 거기는 왜?"

"형님이 하도 심심해하시니까 바람이나 쐬자는 뜻에서 드리는 말이지요."

강수가 부채를 접고 한 손으로 턱을 쓰다듬는다.

하긴 요즈음 심심하긴 하다. 하루 종일 하는 일도 없이 바둑방에 가 있으려니 좀이 쑤실 지경이다. 자주는 아니었지만 혹간 들어오던 해결사 일도 요즘은 뚝 끊어진 상태다. 기껏해야 구전이나 뜯어먹으려 달라붙는 시장 각다귀 패들을 쫓아달라는 상인의 주문이 고작이다. 그런 건 앞에 앉은 이 무통(武統)이란 녀석만 보내도 충분했다. 녀석의 단봉술(短棒術)과 수박 실력이면 일당 열은 감당할 수 있을 것이다.

"일단 생각해 보지."

"아무튼 형님은 놀러 다니는 데는 숙맥이라니까."

"그런 일에는 어쩐지 익숙하지 않아서."

"그야 무사 체질이니까 그렇지요. 난 가끔씩 형님이 차라리 무관이 되었으면 어땠을까 하는 생각을 합니다. 그렇다면 수천의 군사를 거느리는 장군이 될 수도 있었을 텐데……."

서너 해 전 길에서 사람을 패 죽이는 죄를 짓지만 않았다면 무관으로 지원해 갔을 수도 있었다. 그러나 그건 이미 지난 일이다.

"장군이라? 좋긴 하지만 그런 건 내 체질에 맞지 않아. 왠지 따분할 것 같아서 말이야."

두 사내가 차를 마시며 얘기를 나누고 있을 때 포렴이 젖혀지면서 약간 허리가 굽은 늙은 남자가 들어온다. 행색이 남루하고 염소처럼 가는 채수염을 기른 늙은이다.

늙은이는 다점 안을 살피더니 강수를 발견하자 얼굴에 잔뜩 주름을 지으며 반색을 했다. 세상을 살면서 익힌 비굴함이 몸 전체에서 풍겨 나온다.

"헤헤헤, 나리. 역시 여기 계셨군요."

"김 노인 아닌가. 어쩐 일인가?"

"바둑방에 갔더니 여기로 가셨다기에……."

"어쩐 일이냐고 물었잖아."

노인의 수다에 짜증을 느낀 무통이 퉁명스레 내뱉는다.

"손님이 찾아왔습니다요."

"손님이라니?"

"젊은 처녀인데 일을 의뢰하려고 찾아온 모양입니다요."

김 노인은 예성강 입구의 벽란도와 개경을 잇는 선의문(宣義門) 부근에서 작은 주점을 열어놓고 있었다. 그러다가 가끔씩 사건을 의뢰하기 위해 찾아오는 사람들을 비밀리에 강수와 연결해주는 역할을 맡고 있었다. 일종의 비밀 끄나풀인 셈이었다. 오늘도 모처럼 만에 구전을 뜯을 일이 생긴 듯하여 늦은 아침도 먹는 둥 마는 둥 하고 부리나케 강수를 찾아 나섰던 것이다.

"젊은 처녀?"

의외였다. 아낙이라면 모르지만 젊은 처녀가 사건을 의뢰하러 오는 건 정말 드문 일이다. 강수는 불현듯 흥미가 인다. 아무래도 이번 일엔 무언가 특별한 사연이 있을 법한 느낌이 든다.

"예. 찾아온 건 어제였는데 주막에서 기다리면 연락 주겠다고 했더니 오늘 또 찾아왔습니다요."

"알았어. 일단 가보지."

김 노인의 안내를 받은 강수가 주막 안채에 들어갔을 때 예쁘장한 처녀 한 사람이 주렴이 쳐진 탁자에 앉아서 기다리고 있었다. 나이는 열여섯이나 열일곱쯤 되었을까. 살결이 유난히 희고 갸름한 얼굴이지만 눈매가 차가워 보인다.

그녀는 강수의 날카로운 얼굴을 보고도 전혀 개의치 않는 기색이다. 강수는 강수대로 처녀답지 않게 몹시 당차고 담대한 여자라고 판단한다. 세파에 닳아빠졌거나 아니면 바늘로 찔러도 피 한 방울 나지 않을 지독한 독종이거나 분명 둘 중의 하나일 것이다.

"어떻게 알고 여기를 찾아왔소?"

건너편 자리에 앉으며 강수가 단도직입적으로 묻는다. 어떤 의뢰인이건 이런 문제는 분명히 짚고 넘어가는 게 자신의 안전을 위해서 필요했다.

"벽란도 부근에서 이일주란 사람에게 소개를 받았어요."

여자가 꼿꼿한 자세를 허물지 않고 대답한다. 이일주란 벽란도 부근을 주름잡는 건달패의 우두머리다. 가끔씩 자신이 나서기 곤란한, 은밀하게 처리해야 할 일이 있을 때 강수에게 의뢰를 해오곤 했다. 아마 그 녀석이 이 처녀에게 자신에 대한 이야기를 흘렸을 것이다. 그 이일주가 소개했다면 믿어도 괜찮을 것이다.

"낭자의 이름은?"

"지심녀."

생긴 것처럼 대답도 군더더기가 없다.

"그래, 대체 어떤 일을 부탁하려고 왔소?"

강수의 물음에 심녀의 눈길이 곁에 있는 무통에게 향한다. 신경이 쓰이는 눈치다.

"넌 잠시 저리 가 있어."

탁자에 놓인 차로 간단히 입술을 축인 지심녀가 용건을 꺼낸다.

"단도직입적으로 말하겠어요. 댁이 해줄 일은 한 남자를 반쯤 죽여주는 일이에요. 물론 완전히 목숨을 뺏는 건 제가 할 일이고요."

예상치도 못한 놀라운 제안이다. 여자가 이런 종류의 의뢰를 하러 왔다는 사실 자체도 놀랍지만 살인 의뢰라면 보통 쥐도 새도 모르게 죽여 달라는 게 이 판을 찾는 의뢰인들의 대체적인 요구사항이다. 그런데 이 여자는 목적한 자를 반쯤 죽여만 달라고 하는 것이다.

강수가 눈을 가늘게 하고 젊은 여자를 노려본다.

"그다음에 직접 죽이겠다?"

"물론. 만약 이 일을 맡아주신다면 그게 첫 번째 조건이에요."

"왜 그 남자를 손수 죽이려고 하오?"

"같은 하늘을 머리에 두고는 살 수 없는 철천지원수니까요."

지심녀의 말에는 당장 서릿발이라도 내릴 듯 차가운 증오가 숨어 있다. 강수는 직업살인자로서 여자의 내면에 감추어진 잔혹한 살의를 본능으로 감지한다. 이 여자라면 분명 어떤 수를 쓰든 상대 남자를 죽이고야 말 것이다. 그건 비슷한 천성을 가진 사람끼리만 느낄 수 있는 일종의 확신이다.

"그놈이 세상에 혈육이라곤 단둘인 두 오빠와 남편을 죽였어요. 제 눈앞에서."

그녀의 눈빛에 섬뜩하고 푸른 독기가 스쳐 간다.

"대체 어떤 사람이오? 죽여야 할 자가."

강수의 물음에 잠시 입술을 물며 생각을 정리한 그녀는 그 남자를 만난 장소와 용모, 차림새 따위를 비교적 소상하게 털어놓는다. 산골 주막에서 행인을 살해하려다가 생긴 일이라는 얘기는 슬쩍 빼놓는다.

"상대가 뜨내기라면 어디서 그자를 찾아낸단 말이오?"

"그래서 제 생각엔 저와 함께 그 남자를 찾아 나서는 게 어떨까 해요."

여자와 함께 찾아다닌다? 그것도 나쁘지는 않다. 그렇지 않아도 개경 생활이 지루하게 느껴지던 차에 예쁘장한 여인까지 데리고 전국을 돌아다닌다고 생각하면 썩 구미가 당긴다. 그러나 강수는 전혀 그런 내색은 하지 않는다. 쉽사리 감정을 내색하지 않는 건 그가 거친 세상을 살아오면서 터득한 처세술의 하나다.

"대체 언제까지 그 남자를 찾아다닌단 말이오?"

강수가 손에 든 찻잔을 홀짝이며 묻는다.

"우선 일 년을 계약하는 걸로 하죠."

"일 년 계약이라…난 비싼 몸이요. 게다가 얘기로 판단해선 내가 상대할 남자의 무술 실력이 만만치 않은 듯한데……."

"이 정도면 어때요?"

예상했다는 듯 심녀가 옆에 놓아두었던 바랑을 푼다. 그 속에는 말린 녹각이며 산삼을 비롯한 약재와 짐승 가죽, 그리고 몇 가지 금은패물과 은병이 들어 있다.

사실 그녀가 가지고온 은병과 패물, 약재들은 모두 그동안 두 오빠와 함께 주막집을 차려놓고 행인들을 살해하고 빼앗아 숨겨놓았던 물건들이었다. 그걸 이번에 그녀가 몽땅 가지고 나온 것이다. 여섯 달째인 뱃속의 아기를 낙태시키기 위해 의원에게 쓴 약값과 여기로 오느라 쓴 얼마간의 여비를 제외하곤.

강수가 쓴 입맛을 다신다. 젊은 처녀가 지닌 것치곤 적지 않은 패물이지만 이 정도로 일 년 계약을 하기엔 역시 부족한 감이 든다.

그냥 평민 하나쯤 죽여주는 일이라면 어찌 접수하겠지만 상대는 떠도는 낭인무사다. 죽이기는 고사하고 언제 찾을지도 모를 사냥감인 것이다.

"흠, 이걸로는 좀 어려울 듯한데……."

마뜩잖은 표정으로 강수가 손가락으로 탁자를 톡톡 두드린다.

"이걸로 부족하단 말인가요?"

"물론……."

"그럼 일이 성사된 뒤에 더 주는 걸로 하면 어떨까요?"

"나는 나중이라는 말은 믿지 않소."

단호한 강수의 말에 지심녀가 아랫입술을 씹으며 뭔가 궁리하는 눈치다. 이어 결심을 한 듯 눈빛이 당돌해진다.

"그럼 저는 어때요?"

강수는 어안이 벙벙해진다. 무슨 뜻인지 짐작은 가지만 여자가 자신의 몸을 청부 보수금으로 선뜻 내걸 줄은 상상도 못했던 것이다.

"낭자를……?"

심녀가 일말의 머뭇거림도 없이 저고리 앞섶의 고름을 푼다. 저고리를 젖히자 젊은 여인의 젖가슴이 적나라하게 드러난다. 보기 드물게 희고 풍만하며 매혹적인 가슴이다. 바라보는 사람이 눈이 부실 정도다.

강수는 자신도 모르게 침을 꿀꺽 삼킨다. 이런저런 여자를 겪어보지 않은 바는 아니었지만, 지금 자신의 눈앞에 나타난 젊은 처녀와 같은 경우는 난생처음이다. 강수는 그녀의 당당함과 매혹적일 만큼 강한 성격이 마음에 든다.

한편으론 육체까지 제공해가며 복수를 꾀하는 그녀의 집념이 놀랍다는 생각이 든다. 젊고 예쁘장한 그녀의 어디에 그런 집요함과 섬뜩한 살의가 숨어 있을까. 두 오빠와 남편을 잃은 사실이 너무 원한에 사무쳐서 그런 것일지도 모른다.

"좋소. 일단 접수하겠소. 낭자의 몸은 나중 일이 되어 가는 걸 봐가면서 받겠소."

"저도 그럴 셈이에요."

앞가슴을 여미며 심녀가 말한다.

"언제 어디서 만날까요?"

"나도 준비할 게 있으니까 내일 오전 중으로 이 주막에 와서 기다리시오."

"좋아요. 그럼 보수금은 내일 만나면 드리도록 할게요."

심녀가 풀어놓았던 바랑을 도로 묶으며 말한다. 강수는 당연한 듯 고개를 주억거린다.

개경의 일은 잠시 부하인 무통에게 맡겨두면 될 터였다. 그는 이제까지와는 전혀 다른 새로운 상황에 뛰어든다고 생각하자 갑자기 몸이 가뿐해지며 전에 없던 활기가 솟구치는 것 같다. 또한 처음 맛보는 미묘한 흥분이 가슴을 채우는 걸 느낀다.

3부

三月 나며 開흔, 아으 滿春 달욋고지여
ᄂᆞᄆᆡ 브롤 즈슬, 디녀 나샷다
아으 動動다리

삼월(三月) 지나며 피어난, 아아! 늦봄의 진달래꽃이여

남이 부러워할 모습을, 지니고 나오셨구나

아으 動動다리

1

넓은 평지에서 강한 지기(地氣)가 뭉쳐 치솟은 듯 기세 좋게 우뚝 선 산.

창녕의 화왕산(火旺山)이다.

오랜 옛날 이 산에는 화기가 아주 강한 용신(龍神)이 살고 있었다. 그 솟구치는 화기를 주체하지 못해 수시로 거대한 불기둥을 토했다고 해서 산 이름이 불뫼, 혹은 큰 불뫼로 불려지기도 했다. 그렇게 용신이 불을 토해낸 자리에는 세 개의 연못이 생겼고, 사람들은 이를 삼지(三池)라고 불렀다.

옛날 신라 진평왕 시절 한림학사 이광옥의 딸이 큰 병을 앓다가 한 도사의 얘기를 듣고 삼지 연못에 목욕을 하러 갔었다. 한동안 목욕을 하던 중에 갑자기 용이 나타나서 그 처녀를 범했다. 그 일이 있은 뒤 어쩐 셈인지 처녀의 병이 씻은 듯 나았고, 그날부터 뱃속에 태기가 있었다고 한다. 나중 처녀가 아기를 낳자, 아이 가슴에 선명하게 조(曺)라는 글자가 새겨져 있었다. 이를 전해들은 왕이 아이를 부마로 삼고 조씨 성을 하사하였는데 후일, 그가 창녕 조씨의 시조가 되었다는 전설이 전해져온다.

화왕산과 관룡산을 잇는 능선은 소잔등처럼 완만하다.

능선에는 여름내 우거질 대로 우거졌던 풀이 제힘에 겨워 축 늘어져 있다. 사나흘 거듭하여 소나기가 온 후로 한동안 기승을 떨치던 더위도 얼마간 숙지는 기색이다. 산줄기를 타고 흐르는 바람도 시원하고, 계곡 사이를 타고 흐르는 불어난 물소리가 더없이 청량하게 들려온다.

창녕에서 관룡산으로 이어지는 능선에는 여인의 가르마 같은 작은 소로가 뻗어 있다. 오후 나절의 햇살 쟁쟁한 길을 따라 한 소년이 터벅터벅 무거운 걸음을 옮기고 있다.

열 살 남짓한 나이다. 얼굴 생김새가 어딘가 남다르다. 광대뼈가 벌고, 주먹코에 커다란 입을 가진 소년이다. 눈빛이 어린아이답지 않게 날카로우면서 심중을 알 수 없이 깊어 보인다.

소년의 등엔 체구에 비해 크다 싶은 삼베로 짠 걸망이 메여져 있다. 걸망 속에는 우란분절(盂蘭盆節)인 글피에 사용할 한지며 향, 말린 찬거리 따위가 들어 있다. 소년은 오늘 아침 주지의 심부름으로 창녕 저잣거리에 들렀다가 지름길인 비들재를 넘어 옥천사(玉泉寺)로 향하는 중이다.

멀리 옥천사가 눈에 들어오는 비들재 고갯마루에 이르자 소년은 걸음을 멈춘다. 절 뒤로는 짙은 녹음에 싸인 영취산이 보인다. 주변을 살피던 소년은 억새풀 틈의 펑퍼짐한 바위를 찾아 엉덩이를 내려놓는다. 손등으로 이마에 흐른 땀을 씻어내던 소년은 어린애답지 않게 깊고 긴 한숨을 내쉰다. 입가는 터져서 피딱지가 말라붙어 있다.

이 넓디넓은 세상에서 왜 하필이면 나는 비천한 태생이 되어 모든 사람들에게 멸시를 당하고 모진 고초를 겪어야 할까?

의문에 찬 소년의 시선은 산 아래 가물가물하게 보이는 마을로 향한다. 드넓은 평야에 여름철 돋아난 버섯처럼 옹기종기 운집한 마을들이 손안에 잡힐 듯 들어온다. 모두들 고만고만하게 작고 보잘것없어 보인다.

세상엔 정말 귀한 사람과 천한 사람의 종자가 따로 있는 것일까. 또 열심히 수행 정진하여 업장을 소멸하면 귀한 사람으로 다시 태어난다는 스님들의 얘기가 정말일까. 그렇다면 나는 전생에 무슨 악행을 저질러서 세상에서 제일 천대받고 멸시받는 노비의 몸에서 태어났을까.

소년은 오래전부터 마음에 품어왔던 의문을 다시금 떠올려본다. 하지만 속 시원한 답은 떠오르지 않는다. 언제나 그렇듯 공평치 못한 세상을 향한 불신과 분노만 마음속에 켜켜이 지층을 이루며 쌓일 뿐. 오늘도 역시 그런 분노의 지층이 한 겹 더 켜를 이루며 쌓인 날이다.

오전 나절에 절을 나선 소년이 부근에서 제일 큰 창녕 저자에 갔을 때였다.

모처럼 나간 저잣거리에는 구경할 게 많았다. 닷새마다 열리는 교리(校里) 장날을 맞아 온갖 장사꾼들이 장바닥이 비좁도록 각지에서 모여들었다.

저잣거리 입구엔 땔감장수, 싸전, 나물전이 있고, 안쪽으론 꿩사냥에 쓰이는 송골매나 먼 서쪽나라에서 들여온 공작, 앵무새 등속의 조류를 파는 곳도 있고, 개나 염소, 닭, 토끼 등 가금(家禽)을 사고파는 장사꾼도 있다. 또 저자 중앙에는 저포, 화문석, 비단, 나전칠기, 버들고리 등의 세간 잡물을 파는 곳도 있고 수달피, 웅피, 녹피, 호피 등속의 짐승 가죽을 파는 사냥꾼도 있다.

소년이 신기하고 경탄에 찬 눈길로 장터 구경에 정신을 팔고 있을 때 또래로 보이는 서너 명의 아이들이 시궁쥐처럼 눈을 반짝이며 몰려왔다. 오랫동안 장터바닥에서 굴러먹어 닳을 대로 닳은 장터 아이들이다.

"어이, 넌 거기서 뭐 하는 거야?"

앞장섰던, 키가 큰 아이가 소년을 발견하고 물었다.

"네 녀석은 옥천사 종놈 아냐?"

한 아이가 소년을 알아보고 깐죽거렸다.

"맞아. 달포 전에 엄마를 따라 절에 갔다가 마당을 쓰는 걸 본 적이 있어."

옆에 있던 곰보 아이가 콧물을 훌쩍거리며 거들었다.

"근데 이 자식 봐. 눈길 한번 더럽게 생겼잖아. 신경 쓰이게."

키 큰 아이가 눈을 흘기며 말했다. 괜한 생트집이다.

"아냐. 이 녀석이 지금 우리를 못마땅하게 여기고 째려보는 거야."

곰보 아이가 곁에서 이죽거렸다.

"그러니까 이 천한 노비자식이 우리를 우습게 본다 이거지?"

두목인 듯 보이는 키 큰 아이가 눈을 부라리며 다가든다.

"난 너희들을 째려보지 않았어."

다급해진 소년이 뒤로 물러서며 말했다.

"어, 이 자식 좀 봐. 절간 종년의 자식이 감히 누구한테 말대꾸야.

안 되겠다. 야, 너 이리 좀 따라와."

키 큰 아이가 소년의 손목을 잡고 끌어당겼다. 소년은 끌려가지 않으려고 발버둥을 쳤지만 소용없었다. 사방을 둘러보았지만 주위의 어른들은 그저 재미있어 하는 얼굴이거나 아니면 전혀 관심이 없는 얼굴이다. 결국 소년은 여러 아이의 밀고 당기는 손길에 이끌려갈 수밖에 없었다.

외진 골목에 들어서자 키 큰 아이가 소년의 눈을 향해 냅다 주먹을 내질렀다. 눈에 노란 불꽃이 번쩍 일었다. 옆에 있던 아이들도 뒤질세라 우르르 달려들어 주먹질과 발길질을 해댔다. 분위기 탓인지 평소 얌전하던 아이도 한몫 끼어들어 소년을 상좌승 법고 치듯 마구잡이로 뭇매를 놓았다.

소년은 땅바닥에 몸을 웅크린 채 고스란히 뭇매를 견딜 수밖에 없었다. 행여 반항이라도 했다간 노비의 자식이 양반에게 대들었다고 더 큰 곤욕을 치를 게 뻔했기 때문이었다.

어른 몇이 골목 앞을 지나갔지만 아무도 이런 몰매를 말려줄 생각을 하지 않았다. 그저 저잣거리에서 흔히 벌어지는 악동들의 소란쯤으로 여겼는지 몰랐다. 한참을 그렇게 정신없이 두들기던 아이들은 소년이 아무 반항을 보이지 않자 흥이 식었는지 쓰러진 소년에게 침을 뱉고는 저희들끼리 히히거리며 멀어져 갔다.

녹음 짙은 계곡을 타고 올라온 시원한 바람이 옷깃을 스치고 지나간다. 소년은 눈을 들어 하늘을 쳐다본다. 장마가 지나간 뒤 하늘은 옷에 물이라도 들일 듯 푸르고, 그 위로 흰 구름 몇 송이가 자유롭게 떠다니고 있다. 소년은 자신이 저 구름처럼 되고 싶다고 생각한다. 모든 것 다 내던지고 구름처럼, 바람처럼 훨훨 자유롭게 세상을 유랑하고 싶다.

하지만 그럴 순 없다. 어머니의 얼굴이 떠오른다. 소년은 머리를 가로젓는다. 어머니를 버려두고 혼자 떠날 수는 없었다. 만약 자신이 절에서 몰래 도망치고 나면 남은 어머니가 대신 혹독한 처벌을 받을 것이다. 그럴 수는 없었다. 가끔씩 자신의 이런 처지가 모두 어머니로 인한 것이라는 원망이 들지 않는 것은 아니지만, 그에게 있어 어머니는 단 하나뿐인 혈육이며 삶의 뿌리였다.

소년의 어머니는 절에 소속된 사노비(寺奴婢)였다.

고려 사회에선 크게 귀족과 서민, 천민, 이렇게 세 가지 신분제로 나뉘어져 있었다. 그중 천민층으로 진척(津尺), 역정(驛丁), 양수척(揚水尺), 재인(才人), 상인(商人), 공장(工匠), 악공(樂工), 부곡민(部曲民), 향민(鄕民), 노비(奴婢) 등이 있었다. 이들은 사회적인 천대를 받았으며 특히 가장 비천한 계급인 노비의 경우엔 물건과 같이 매매, 상속, 양여, 전당(典當)은 물론 심지어 약탈의 대상이 되기까지 했다.

노비 신분인 어머니는 자신을 낳지 말았어야 했다. 소년은 자신을 낳아준 모친이 새삼 원망스러웠다. 천자수모법(賤子隨母法), 즉 어미가 노비면 그 자식도 어미의 신분을 따라 노비가 되어야 한다는 걸 번연히 알면서도 자신을 낳은 어머니의 무책임한 행위가 미웠다.

어떤 남자가 어머니를 건드려서 나를 낳게 했을까?

소년은 다시금 그런 오래된 의문을 떠올린다.

불목하니 김씨의 말대로 교리에 사는, 도순찰사를 지냈다는 신계락이란 늙은 홀아비일까. 아니면 공양주보살 양씨가 귀띔해 준 애기처럼 옛날 절에 묵었던 풍조라는 탁발승이 나의 아버지일까. 설마 작년 백중날에 찾아와서 절 뒤편 으슥한 곳에 숨어서 어머니와 정답게 쑤군거리던, 키가 크고 희번드르르한 낯짝을 한 계성리 백(白)가 성을 쓰는 처사(處士)는 아닐 것이다.

이런저런 상념 끝에 소년은 고개를 가로젓는다. 누구인들 무슨 상관이 있을 것인가. 어차피 어미가 노비인 이상 자식 역시 평생 천한 노비 신세를 벗어날 수는 없는 일인 것을. 걸음마를 떼기 시작했을 때부터 맡겨졌던 온갖 잔일거리들, 법당 청소, 물 긷기, 나무하기, 잔심부름, 불 때기 등등은 마치 수레바퀴가 돌아가듯 앞으로도 쉼 없이 계속될 것이다.

돌을 삼킨 듯 무거운 가슴을 안고 소년은 자리에서 일어난다. 언제까지 이렇게 한가하게 잡념에 빠져 있을 수는 없었다. 행여 늦게 돌아가기라도 하면 그 몰인정한 눈딱부리 주지에게 어떤 혼쭐이 날지 알 수 없었다.

"불동아."

소년이 장에서 물건을 넣어온 걸망을 절 곳간에 내리고 있자니 누군가가 소년을 부른다.

명아주가 가득 얹힌 지게를 지고 뒤란을 돌아오는 사람은 불목하니 김씨다. 마흔이 갓 넘은 그는 워낙 체구가 작은 탓에 등에 진 지게가 힘에 겨워 보인다. 불동이 얼른 뛰어가서 김씨가 지게를 내리는 걸 도와준다.

"장터에서 돌아왔구나. 그런데 너, 얼굴에 그 상처는 뭐냐?"

지게에 실린 명아주를 한 아름 안아 내리던 김씨가 어느 틈에 소년의 얼굴을 보았는지 묻는다.

"그냥……."

불동이 머뭇거리자 김씨가 혀를 찬다.

"쯧쯧, 보나마나 그 못된 저잣거리 애들 짓이구나. 그러게 요령껏 좀 피해 다니지 않고설랑……."

김씨가 소년의 아버지라도 된 양 제법 의젓하게 훈계까지 늘어놓는다.

"얼른 이 명아주나 저쪽 뒤란 부뚜막으로 옮겨라. 큰솥에 물도 좀 끓이고……."

"오늘 명아주를 삶게요?"

"그래."

명아주는 볕이 잘 드는 산이나 들에 자라는 한해살이풀로 잎과 열매는 삶아서 먹고 굵은 줄기는 삶아 껍질을 벗기고 말린 다음 지팡이를 만드는 재료로 썼다. 명아주 지팡이는 청려장(靑藜杖)으로 불리는데, 신경통이 있거나 풍증이 있는 사람이 이 지팡이를 짚고 다니면 효험이 있다고 한다.

그런 연유로 옥천사에서는 매년 백중일을 즈음하여 들판의 명아주를 거둬들여 지팡이를 만들어 두었다. 나중에 절을 찾는 마을 신자들에게 선물로 나누어주기 위해서였다.

불동이 뒤란 부뚜막에서 명아주를 삶고 있을 때 나이 서른 안팎의 한 여인이 절 모퉁이를 돌아 나온다. 키는 작았지만 굴곡이 진 몸매에 살집이 단단하고 얼굴이 동그스름한 여인이다. 불동의 어머니 안(安) 여인이다. 머리에 나물이 든 함지를 이고 있다. 그녀는 나물함지를 장독대 빈 공간에 내려놓는다.

"저자에 갔다 왔니?"

안 여인이 불동에게 묻는다.

"예."

연신 아궁이에 나뭇가지를 집어넣으며 불동이 대답한다. 상처 난 얼굴을 보여주지 않기 위해 고개를 숙인 채다. 모친에게 괜한 걱정을 끼치지 않기 위해서다.

"너, 혹 무슨 일이 있었니?"

"무슨 일이 있단 말입니까."

"그런데 왜 어미를 보고 눈도 마주치지 않고 그러니?"

"그야 불 때기에 바빠서 그렇죠. 그런데 왜 이처럼 절이 조용하죠? 주지스님도 안 보이고……."

불동이 능청스레 딴전을 피운다.

"다들 관룡사(觀龍寺)로 몰려갔어."

관룡사는 옥천사와 몇 리 떨어지지 않은, 관룡산 기슭에 있는 절이다. 신라 시대에 증법(證法)국사가 중창한 고찰로 옥천사보다 사찰 규모도 클뿐더러 찾아오는 신도 수도 훨씬 많았다.

"갑자기 관룡사에는 왜들 갔죠?"

"그야 설법 들으러 갔지. 그 절에 아주 유명한 스님이 오셨다는구나. 법명이 보우(普愚)라는데, 스물여섯에 그 어렵다는 화엄선(華嚴選)에 합격하시고 송도 전단원에서 참선하시다가 크게 깨달으신 스님이라는구나. 남도를 순례 중에 어제 특별히 관룡사에 들르신 모양이더구나."

"어머니."

느닷없이 불동이 제 어미를 부른다.

"왜?"

"그 스님은 정녕 깨달음을 얻으셨을까요?"

불동의 검은 눈동자에 기대의 빛이 떠오른다. 깨달음을 얻었다면 사바 중생의 어려움과 고통을 해결해주실 수 있을지 모른다. 아니, 해결은 못하더라도 어떤 방도를 일러주시지는 않을까. 불동은 자신이 그동안 품고 있던 모든 질문에 대한 해답을 그 스님이 모두 가지고 있을 거라는 믿음이 솟아난다.

"그렇다고 들었으니 맞겠지."

안 여인은 무심하게 대답하곤 돌아앉아 나물을 다듬는 일에 열중한다.

다음 날 오전 무렵.

하루 중 가장 한가한 시간인 아침 공양이 끝난 시간을 기다려서 불동은 슬며시 옥천사를 빠져나온다. 날씨는 맑고 쾌청하다. 산등성을 불어 가는 아침 바람이 더없이 상쾌하다.

불동은 날 듯한 기분으로 좁은 산길을 걸어 관룡사 경내로 들어선다. 경내는 티끌 하나 없이 깨끗하고, 청아한 풍경소리가 지극히 평화스럽다.

절간을 나오던, 뒤로 머리를 묶은 새카만 아이 하나가 불동을 발견하자 의아해하는 표정을 짓는다. 불동과 같은 관룡사 사비(寺婢)의 아들이다. 제 딴에는 암자 꼴을 겨우 면한 옥천사보다 규모가 큰 관룡사에 있다는 게 대단한 벼슬이나 되는 양 불동을 보면 괜히 어깨를 세우고 으스대는 꼴불견인 녀석이다.

"여긴 어쩐 일이야?"

녀석이 흰 눈자위를 아래위로 굴리며 불동을 깔보듯 살핀다.

"주지스님 심부름 왔어."

어린 나이답지 않게 의뭉스런 거짓말을 늘어놓는 불동이다.

"무슨 심부름인데?"

"그건 네가 알 바 없고, 보우라는 스님은 어디 계시니?"

"선방에 계신다. 왜 그 스님에게 전할 말이라도 있니?"

"응. 보우스님 혼자 계시니?"

"그래. 우리 주지스님은 오늘 천도제가 있어 마을로 내려가셨거든."

풀잎 하나 없이 깨끗하게 쓸려진 선방 앞 섬돌에는 바닥이 닳은 미투리 한 벌이 놓여 있다. 분명 보우라는 스님의 미투리가 분명해 보인다. 이런 기회는 다시없을 터였다.

불동은 심호흡을 하여 두근거리는 가슴을 진정시킨다. 행여 누가 나타날까봐 조바심이 든다. 만일 누가 본다면 대번에 경을 치고 쫓겨날 일이다. 얼른 마루에 올라서서 문을 두드린다. 아무 기척이 없다. 살며시 연꽃무늬가 새겨진 격자문을 연다.

가부좌를 한 스님이 뒷모습을 보인 채 벽을 향해 참선을 하고 있다. 불동이 잠시 머뭇거린다. 괜히 온 건 아닐까 망설임이 든다. 호된 꾸지람을 들을지도 모른다. 하지만 내친김이다. 불동이 까치발로 조심스레 방으로 들어선다.

눈을 감고 있던 스님이 인기척에 눈을 뜨고 옆을 돌아본다. 범속하지 않은 용모에 눈빛은 깊고 지혜가 엿보인다. 그 눈빛에서 불동은 처음으로 스님다운 스님을 만났다는 느낌을 받는다. 그동안 절에 있으면서 숱한 스님을 접했지만 이토록 맑고 귀한 느낌을 주는 스님은 아직 한 번도 만나본 적이 없다. 나이는 마흔 중반을 넘긴 듯했지만 곧은 자세며 단아한 얼굴은 나이를 짐작하기 쉽지 않다.

"무엇이냐?"

스님이 미소를 짓는다. 음성이 계곡의 물처럼 맑고 청아하다. 불동은 공경심이 일어 자신도 모르게 무릎을 꿇고 머리를 깊게 조아린다.

"스님, 문안드립니다."

불동이 말한다. 오는 동안 여러 차례 마음속으로 다듬고 준비했던 말이다.

"그래, 무슨 일이냐?"

"다름 아니라 부탁이 있어 왔습니다."

"부탁이라니, 네가? 그래, 무슨 부탁이냐?"

"그건……."

"머뭇거리지 말고 말하거라."

보우가 얼굴에 자상한 미소를 거두지 않고 말한다.

"저를, 저를 제자로 거둬주십시오."

불동의 음성이 자신도 모르게 떨려나온다.

"무어라? 제자로 거둬달라고 했느냐?"

느닷없는 청에 놀란 건 외려 스님이다.

"예. 그러하옵니다."

불동이 더욱 머리를 깊이 조아린다.

"어디 고개를 들어 보거라."

돌아앉은 스님이 부드러우면서 준엄하게 명한다. 불동이 천천히 고개를 든다. 보우는 가만히 불동의 얼굴을 들여다본다. 열 살 남짓한 소년이다. 입이 크고 관골이 남달리 솟아 있다. 일견해선 모과처럼 울퉁불퉁한 얼굴이 좀 못나 보이기까지 한다.

그런데 볼수록 보기 드문 특이한 골상이다. 더욱이 아이의 눈빛에 남다른 재기와 총명함이 엿보인다. 또 어린 나이에 이렇게 불쑥 찾아와 제자를 삼아달라는 용기 자체도 예사롭지 않다.

"네 이름이 무엇이냐?"

보우가 묻는다. 그러면서 아이의 얼굴을 재차 유심히 살핀다. 참으로 놀랍다. 진흙 속에 묻힌 보배라는 말처럼 이런 한적한 절에서 어떻게 저런 아이가 나타났는지 의심스러울 정도로 천에 하나, 만에 하나 볼까 말까 한 타고난 재목감이다. 하나를 가르치면 열을 알게 되는 돈각(頓覺: 소승, 대승을 차례를 밟아 학습 수행하지 않고 변칙적으로 한꺼번에 깨닫는 일)의 기재(奇才) 상이다.

보우는 설레는 마음을 애써 가라앉힌다.

"그냥 부르는 이름은 불동입니다."

말투 역시 또렷하고 아이답지 않게 의연한 구석이 있다.

"성은 무엇이냐?"

"신(辛)입니다."

불동이 얼떨결에 대답한다. 어머니와 관계를 가졌다는 소문이 있는 남자, 도순찰사를 지냈다는 신계락이란 홀아비의 성이 머리에 떠올랐기 때문이다.

"옷차림을 보아하니 동자승인 듯한데……."

보우가 다정하게 묻는다.

"예. 요 옆 옥천사에 살고 있습니다. 어제 우연히 큰스님이 내사

하셨다는 얘기를 듣고 제자가 되고 싶어 찾아왔습니다."

한동안 가만히 소년을 응시하던 보우의 눈빛에 불현듯 어두운 그림자가 스친다. 처음엔 몰랐으나 자세히 뜯어보니 아이의 넓은 미간에 강한 집념의 기운이 엿보인다. 어찌 어린아이의 미간에 저토록 깊은 집착의 염(念)이 떠도는지 이해하기 힘든 일이다.

또 관상학적으로 보아도 어딘가 마음에 걸리는 게 있다. 유난히 크고 길쭉한 입매며 좁은 이마가 그것이다. 드물게 보는 뛰어난 재목이지만 제대로 다듬지 않으면 간웅(奸雄)이 되어 나라에 크게 해악을 끼칠 수도 있는 관상이다.

보우는 자신도 모르게 입속으로 반야경을 중얼거린다. 희대의 기재냐, 만고의 역적이냐. 심한 갈등이 솟는다. 문득 그의 뇌리에 불꽃처럼 하나의 설화가 떠오른다.

걸안 바라문(乞眼婆羅門).

옛날, 사리불이 60겁 동안 보살도를 닦고 보시(布施)의 행을 마치려고 할 때였다.

한 바라문이 와서 자신에게 눈을 달라고 간절히 청하기에 자신의 한쪽 눈을 뽑아 보시했다. 그러자 그 바라문이 받은 눈알을 그 자리에서 발바닥으로 밟아 뭉갰다. 이걸 본 사리불이 '이러한 자는 정말 제도하기 힘든 악한이다. 차라리 나 혼자 생사를 해탈함이 나을 것이다' 라고 생각했다. 하지만 그 생각 탓으로 사리불은 그동안 얻은 보살도가 한순간에 퇴도(退道)되고 말았다.

어쩌면 그렇게 될지도 모른다. 사리불처럼 되지 않으려면 집착으로 뭉쳐진 이 아이를 자신이 부둥켜안고 가는 게 좋을 것이다. 그게 아이를 위해서나 중생을 위해서나 바람직한 일일 것이다. 그러나…….

그러나 자신은 내년이면 더 넓은 도를 얻기 위하여 몇 년간 원나라로 불법 수행을 떠나야 할 몸. 이런 어린아이를 맡을 수는 없는 일이었다. 그렇다고 다른 스님에게 이 아이를 맡기는 건 더욱 부담스러운 일일 터.

갈등 끝에 보우는 손에 든 모감주 염주를 힘주어 잡는다.

인과가 있으면 나중 받으리. 그는 순식간에 마음의 결정을 내린다. 그건 아직 포부가 크고 강인한 그의 마음 때문이었으리라. 하지만 이 짧은 결정이 나중에 그를 곤경에 빠뜨릴 줄은 그도 미처 짐작하지 못했을 것이다.

"넌 인과라는 말은 알고 있느냐?"

보우가 떠보듯 묻는다.

"예. 알고 있습니다. 무릇 모든 중생은 자신의 업과 인연에 따라 움직인다는 뜻입니다."

보우는 한숨을 내쉰다. 역시 예상대로 아이는 총명이 과잉하다. 이런 아이를 물리쳐야 하는 자신의 현실이 안타까울 따름이다.

"알면 되었다."

"그럼 제자로 받아 주시는 겁니까?"

불동의 눈이 사뭇 기대감으로 반짝인다.

"아니다. 헤아려 보건데 너와 나는 사제의 인연이 없는 듯하구나."

보우의 말에 금세 불동의 눈에는 믿지 못하겠다는 불신의 그림자가 어른거린다. 얼굴이 실망을 넘어서 반감에 가까운 표정으로 변한다. 하지만 아이는 자신의 불리함을 깨닫고 본능적으로 자신의 감정을 억누르고 애써 처연한 표정을 지어 보인다. 그 변화무쌍한 소년의 표정에서 보우는 다시금 자신의 판단이 그르지 않다는 걸 확신한다.

"스님, 왜 그런 말씀을 하십니까?"

"내 너의 간기(簡器)를 보아하니 넌 모든 게 여느 아이들보다 뛰어나지만 집착이 너무 강해 보이는구나. 그 집착을 버리지 않고서는 불제자가 될 수 없는 상이니라."

"제가 가진 집착이 무엇인지 모르지만 스님의 제자만 된다면 용맹 정진하여 절대로 스님을 실망시키지는 않을 것입니다. 스님, 제발 절 제자로 받아 주십시오."

물리치기 힘든 간절한 음성이다.

"넌 결코 집착을 버리지 못할 것이야. 됐으니 그만 물러가거라."

보우는 지그시 눈을 감았다. 옆으로 몸을 돌린 그는 불상처럼 더 이상 입을 떼지 않았다.

불동은 눈에 힘을 주어 보우를 노려본다. 자신의 간청을 일언지하에 거절한 이 보우라는 스님에 대한 반발심이 가슴 가득 차오른다.

무슨 핑계를 대건 이 스님이 자기를 거절한 건 분명 자신이 없어서거나 천한 노비의 자식이라는 걸 알았기 때문이리라. 그렇지 않다면 깨달음을 얻었다는 스님이 어린아이 하나 받아들이지 못한다면 그게 무슨 깨달음이며, 그런 스님이 어찌 천하 중생들을 제도한단 말인가.

한동안 원망 어린 눈길로 보우를 노려보던 불동은 이를 악물고 자리에서 일어난다. 갑자기 눈물이 앞을 가리며 시야가 뿌옇게 흐려진다.

이제 다시는 남에게 군색한 소리는 하지 않으리라. 그게 누구든.

절간을 나오며 불동은 어린 나이답지 않게 그런 다부진 결의를 다진다.

2

충렬왕 때 개축한 예성(蘂城)이 있는 충주목은 양광도의 요충지였다. 또한 북쪽으로 서경을 비롯하여 남쪽으로 상주와 청주로 이어지는 갈림길이기도 했다. 따라서 예성 아래의 장터주막은 오가는 행인들로 항상 붐볐다.

나뭇가지로 얼개를 세우고 천으로 대강 차일을 친 주막 마당에는 과객들이 삼삼오오 모여 앉아 요기를 하거나 술을 마시고 있다.

장날이어서 그런지 주막은 평소보다 많은 손님들로 붐볐다. 주막 남자는 가마솥 아궁이에 불을 때느라 정신이 없고, 안짱다리 주모는 술독에 담아놓은 농주를 퍼 나르느라 바쁘고, 주막집 막둥이는 빈 그릇을 치우고 새로운 손님을 맞느라 가득 차오른 방광을 비울 시간조차 없다.

주막 우측, 잎이 무성한 감나무 그늘 아래.

낡아서 곧 내려앉을 듯한 나무평상에서 양검이 자작으로 술을 마시고 있다. 오랜 떠돌이 생활로 수염이 무성했고 벗어놓은 바랑은 땟국에 절어 거무칙칙하다. 누가 보아도 집 떠난 지 오랜 과객이라는 걸 알 수 있을 만큼 그의 모습은 후줄근하니 지쳐 있다.

그는 지금 광주목을 지나 동경(東京: 경주)으로 길을 잡고 가는 중이다. 어떤 목적이 있는 건 아니어서 개경서 어진과 헤어진 다음 소일 삼아 남쪽으로 내려온 게 어영부영 석 달이 지나고 있다.

목적과 의미는 사람을 움직이는 원동력이 된다. 아무런 정처도, 목적도 없이 떠도는 여행은 사람을 쉬 피로하게 한다. 자유스러운 게 외려 사람을 권태롭고 무기력하게 만드는 법이다.

옆자리에는 네 명의 장년 사내들이 짚자리를 깔고 앉아 술을 마시고 있다. 벌써 몇 병째 마시는 술이라 다들 얼굴이 잘 익은 홍시처럼 불그레하다. 가진 짐 꾸러미나 차림새를 보아선 떠돌이 장사꾼들이 분명해 보인다. 서로 다른 지역을 떠돌다가 오늘 우연히 이 충주 장터주막에서 상봉한 모양으로 그간 안부를 물으랴, 전국 저잣거리의 상황들을 주고받으랴, 그간 밀렸던 회포를 풀랴, 술과 안주를 퍼 넣으랴, 입들이 쉴 사이 없이 바쁘다.

덧니가 난 한 사내가 입가에 묻은 허연 술거품을 닦을 생각도 없이 떠벌린다.

"자네들 소문 들었는가? 몇 달 전 평산 마을에 흰 복면을 쓴 백면검사(白面劍士)가 나타나서 수십 명이나 되는 관병들과 그 못된 워리(원리元吏: 원나라 관원. 나중에 개이름으로 경멸하여 씀)들을 모조리 처치하고 공녀들을 풀어주었다는 얘기 말이야."

"그럼. 이를 말 있나. 그 얘긴 내가 먼저 들었을 거네. 거, 뭐이야. 백면검사가 검을 쓰는데 한 번 번쩍하고 휘두르면 순식간에 열 명이 와르르 목이 달아나는데, 그야말로 옛날에 사라졌던 추모신왕(주몽)이 다시 나타났다고 야단이야."

옆에 앉은 몸이 왜소한 사내가 흥이 나서 맞장구를 친다.

"그 소문은 나도 알고말고. 헌데 그자가 쓴 검법이 옛날 신라시대 황창랑(黃倡郞)이 썼던 본국검법이라던데 그게 정말인가?"

앞니가 두 개씩이나 빠진 사내가 묻는다.

"아무렴, 정말이겠지. 그런 훌륭한 검술이 없으면 어찌 백주에 혼자서 그 많은 관병들을 물리치고 불쌍한 공녀들을 구해냈을 건가."

"하긴 그려. 그건 그렇고 이왕 이야기가 나온 판에 내가 재미있는 이야기 하나 해줄까?"

덧니 사내가 주위를 둘러보며 슬쩍 운을 뗀다.

"그려. 어서 해보게. 괜히 뜸들이지 말고……."

술로 목을 축이며 앞니 빠진 사내가 독촉한다.

"저쪽 서해도에 갔다가 들은 이야긴데 관아에서 곤장 한 대로 사람을 죽인 얘기네."

"에이, 곤장 한 대로 어떻게 사람을 죽여? 사람이 무슨 쌀뜨물로 만들어낸 허깨비도 아니고……."

몸이 왜소한 사내가 의심쩍은 얼굴로 반문한다.

"그러니까 귀담아 들어보라고. 이 일이 어떻게 되었는가 하면……."

서해도 한 고을에 못된 중이 하나 있었다. 음욕이 강해서 아녀자만 눈에 띄었다 하면 젊고 늙고 가리지를 않고 덤벼들어 욕을 보였다. 자연 고을 백성들의 원성이 자자해졌다.

그러나 그 중을 처벌할 수는 없었다. 그 중이 있는 절은 전(前) 대왕의 위패를 모신 절이었고, 자주 절을 드나드는 임금의 지극한 보살핌이 있었기 때문이다.

어느 날 그 버릇이 고약한 중이 또 길 가는 처녀를 겁간하려다가 고을 백성들한테 현장을 잡혀서 관아에 끌려 들어왔다.

사건을 맡은 고을 수령은 고민이 이만저만 아니었다. 그냥 돌려 보내자니 고을 백성들의 원성을 살 게 뻔했고, 임금의 성총을 받는 절의 중을 일개 고을 수령 따위가 마음대로 처벌할 수도 없었던 것이다.

고민 끝에 수령은 중의 처벌 문제를 두고 임금께 상소를 올렸다. 그러나 내려온 전교는 어이없이 중에게 볼기 한 대만 치고 석방하라는 것이었다. 그냥 내보내기엔 백성들의 원성이 있고 하니 처벌의 시늉만 하라는 뜻이 담긴 전교였다.

궁리 끝에 수령은 곤장을 치는 형방 사령과 몰래 의논을 꾸민 다음 형장을 차렸다. 못된 중이 처벌을 받게 된다는 소문이 돌자 이 진풍경을 보려고 인근 백여 리 떨어진 고을의 백성들까지 모두 관아에 몰려들었다.

관아 마당에 차려진 형틀에 중이 매였고 형방 사령이 곤장을 쳐들었다. 그런데 이상한 것은 하나요, 소리와 함께 곤장이 떨어졌지만 그냥 시늉일 뿐으로 중의 엉덩이에는 닿지도 않았다. 다시 둘이요, 하는 소리와 함께 곤장이 떨어졌지만 역시 마찬가지였다.

엎드린 채 형틀에 묶여 있던 중은 처음엔 매가 떨어질까 몹시 몸을 긴장시켰지만 이렇게 하릴없이 숫자만 거듭되자, 위에서 그냥 형식으로만 곤장을 치라는 명령이 떨어졌다고 판단하고 방심하여 엉덩이의 긴장을 풀었다.

그러던 어느 순간 곤장이 있는 힘껏 엉덩이를 내려쳤고, 느슨히 긴장을 풀고 있던 터여서 넓적한 곤장이 떨어지며 일으킨 바람이 항문을 통해 간까지 들이치는 바람에 중은 그 자리에서 즉사하고 말았다. 이런 보고가 상부에 올라가자 위에서도 수령을 책문할 수가 없었다. 수령은 전교한 대로 틀림없이 곤장 한 대만 때렸기 때문이었다.

"그 뒤부터 그 고을 수령은 백성들로부터 칭송을 받았고, 그 절의 중들도 성총을 믿고 함부로 민폐를 끼치지 못했다는 거야."

덧니 사내의 이야기가 끝나자 다들 한마디씩 거든다.

"거, 대단히 명민한 수령이로구먼."

"그런 지방관이 열 명만 있어도 나라가 이 지경이 되지는 않았을 건데, 쩝쩝."

"그럼 나도 얘기 한마디 해볼까. 저 경상도에서 있었던 일인데 말이야."

여태껏 주로 이야기를 듣는 편이었던, 이마가 좁고 입술이 얇은 사내가 말을 꺼낸다. 그는 앞에 놓인 술 사발을 들어 시원스레 죽 들이켜고는 얘기 보따리를 푼다.

경상도 어느 고을에 김만수란 자가 신임 수령으로 부임을 했다. 그 작자는 음서(陰敍: 고려시대 공신이나 고관의 자제를 과거를 보지 않고 관리로 채용하던 제도)로 벼슬을 얻은 자로 사람 됨됨이가 워낙 아둔하고 요령이 없어서 중앙에 있지 못하고 지방으로 밀려나오게 되었다. 그런데 이 위인이 꼴에 재물과 여자는 어찌나 밝히는지 그런 탐관오리가 따로 없었다.

신임 사또는 부임을 하자마자 여러 구실을 붙여서 마구잡이로 세금을 거둬들였다. 세금을 못 내거나 제때 내지 못하게 되면 아전들을 시켜 무조건 잡아다가 매를 치거나 옥에 가두었다. 그러다 보니 고을 백성들 중에는 매를 맞아 병신이 된 자도 있고, 옥에 갇혀 있다 굶어죽은 자도 생겨났다. 그렇지 않아도 피폐한 살림에 수령까지 이처럼 가렴주구를 해대니 고을 백성들은 죽을 지경이었다.

그런데 그 고을에 최지희란 이가 있었다. 가난했지만 머리가 영특하고 담이 큰 젊은이였다. 그 역시 막중한 세금을 부담하지 못해 관아로 끌려가게 되었다. 형틀에 묶여서 막 곤장을 맞으려던 찰나에 그는 수령의 한쪽 눈이 사팔뜨기인 것을 발견하고 문득 한 꾀를 생각해내었다.

그는 수령에게 자신이 조상으로부터 사팔뜨기를 고치는 비술을 물려받았다고 허풍을 쳤다. 평소 자신이 사팔뜨기라는 사실에 속을 앓아오던 수령은 귀가 솔깃하여 정말 사팔뜨기를 고치는 비술을 가졌느냐고 청년에게 물었다. 내심 만금을 주더라도 사팔뜨기 눈을 고치고 싶었던 것이다.

청년은 자신의 집안에는 대대로 안(眼)질환을 치료하는 비방이 전수되고 있으며, 어지간한 당달봉사도 고칠 수 있다며 큰소리를 쳤다. 그러자 이 말에 혹한 수령이 자신의 사팔뜨기 눈을 어떻게 고치는 방도가 없느냐고 물었다.

청년은 비방이 까다로워 남들이 알면 안 된다며 밤늦게 자신의 집으로 찾아오라고 말했다. 수령이 긴가민가하는 태도를 보이자 청년은 만일 고치지 못하면 자신의 목을 내놓겠다고 큰소리까지 쳤다. 자신에 찬 말에 넘어간 수령은 청년을 풀어주었다. 이어서 약속한 대로 밤이 이슥하길 기다려서 청년의 집을 찾아갔다.

수령은 정중히 방으로 맞아들여졌고, 방 안에는 제법 그럴듯한 술상까지 준비되어 있었다. 청년과 수령은 밤이 늦도록 술잔을 기울였다. 이윽고 빨리 치료를 받고 싶은 수령이 독촉하자 청년이 잠깐 기다리란 말을 하고 바깥으로 나가더니 놀랍게도 암송아지 한 마리를 데리고 들어왔다.

수령이 눈이 휘둥그레져서 웬 송아지냐고 묻자 수령의 눈을 고칠 영물이라는 것이 청년의 대답이었다. 청년은 불가에서 말하듯 소는 원래 사람이 죽어서 환생하는 법이고 따라서 이 암송아지는 시집 못간 처녀가 죽어서 환생한 것이 틀림없다며 너스레를 쳤다. 그러면서 이 암송아지의 원을 풀어주면 수령의 눈이 씻은 듯이 나을 거라고 호언장담을 했다.

송아지의 원을 풀어주는 일이 뭐냐는 수령의 물음에 이 송아지와 교합을 나누는 일이라고 청년이 대답했다. 수령이 너무 황당하여 눈을 부라리자 청년은 송아지 속에 깃든 처녀의 영혼이 듣고 있다면서 자신의 목숨을 내걸고 하는 일을 믿지 못하느냐고 외려 수령에게 면박을 주었다.

결국 수령은 청년의 말을 좇아 괴춤을 내리고 송아지와 교접을 시작했다. 하지만 그건 쉬운 일이 아니었다. 청년은 처녀의 혼이 씌운 송아지라 부끄러움이 많아 그런 거라고 둘러댔다. 청년까지 나서서 송아지를 잡아주고 한참을 그렇게 애를 쓴 끝에 밤이 이슥해서야 수령은 겨우 송아지와 교접에 성공할 수 있었다. 청년은 내일 아침이면 눈이 깨끗하게 고쳐져 있을 거라며 수령을 위로하여 돌려보냈다.

다음 날 거울을 보던 수령은 눈이 고쳐지기는커녕, 피로 때문에 더욱 찌긋해진 눈을 보고 분노가 하늘까지 치밀어 아전들을 모아놓고 당장 최지희란 청년을 잡아들이라고 불호령을 내렸다. 바로 그때 동헌 마당으로 청년이 송아지를 몰고 천천히 들어서고 있었다.

송아지 몸에는 비단천이 둘러져 있고, 그 뒤로 구경꾼들이 억지로 웃음을 참으며 따라 들어서고 있었다.

동헌 당하에 이른 청년이 수령님의 새 부인마님의 행차니 어서 나와 맞으라고 소리쳤다. 사태를 눈치챈 수령은 창피해서 견딜 수가 없었다. 하루 종일 어딘가에 숨어 있던 수령은 날이 어두워지자 어디론가 줄행랑을 치고 말았다.

"송아지와 그 짓을 했다는 소문이 고을에 쫙 퍼졌는데 어찌 낯을 들고 다닐 수 있겠어."

이마가 좁은 사내의 걸쭉한 입담에 동석한 사내들이 박장대소를 한다. 주위 사람들조차 무슨 영문인가 싶어 고개를 빼고 쳐다본다.

"거 듣고 보니 속이 다 시원하네. 그런 무지몽매한 인간이 어찌 고을 수령이 되었을까. 차라리 그 최지휜가 뭔가 하는 청년이 수령을 해야 마땅하겠는걸."

"그러게."

"참, 이건 다른 이야기네만 요즘 항간에 떠도는 기이한 소문 들었는가?"

몸이 왜소한 사내가 긴한 이야기인 듯 목소리를 낮추어 묻는다.

"기이한 소문이라니?"

덧니 사내가 되물었다. 몸이 왜소한 사내는 좌우의 시선이 자신에게 쏠린 것을 알자 그제야 못 이긴 척 말을 늘어놓았다.

"천하에 둘도 없는 귀한 보물을 지닌 노인이 돌아다닌다는 소문 말이네."

"귀한 보물이라니, 그게 뭔가?"

"소문에 듣기론 어떤 오래된 비서(秘書)인데, 그 책을 통독하면 세상 이치를 다 알 수 있고, 또 세상을 자신의 마음대로 좌지우지할 수 있다는 거야."

"그럼 혹 고경(古鏡)을 두고 하는 말 아닌가? 거 왜 신라 말기에 왕창근(王昌瑾)이란 당나라 상인이 쌀 두 말을 주고 샀다는 오래된 거울 말일세. 궁예에게 바친 뒤로 사라졌다는 얘기를 들었는데, 그게 다시 세상에 나타난 건가?"

"아닐세. 이번 것은 내가 알기론 『음양혼천비록』이라는 두 권의 비서인데, 신라 말 도선국사(道詵國師)가 당나라를 돌아다니며 음양풍수설을 연구할 때 우연히 일행(一行)이라는 밀교 도승으로부터 입수했던 거라고 하던가. 아무튼 그 유명한 『도선비기(道詵秘記)』도 실은 그 『음양혼천비록』의 내용 중 일부분을 번역하여 옮겨 적은 것에 불과하다는 거야. 헌데 지금 나타난 그 노인이 가진 건 그 진본이라는 거지."

옆에 있던, 이마가 좁은 사내가 자신의 지식을 과시하듯 털어놓는다.

"그래? 『도선비기』만 해도 놀라운데, 그 원본이라니 나로선 잘 상상이 안 되네."

"그럼 그 비서를 지닌 노인은 세상일을 손바닥 보듯 훤히 꿰고 있겠구먼."

"암만, 당연히 그렇겠지."

"그런 신통한 비서를 지녔으면서 왜 이 혼탁한 말세를 그냥 놔두고 있을까. 이 세상을 당장 뒤집어엎든지 아니면 판을 새로 짜든지 해야 할 거 아니야."

앞니가 두 개나 빠진 사내가 볼멘소리를 투덜거린다.

"그건 아직 때가 이르거나, 혹은 그 비서를 세상에 펼칠 진짜 주인을 찾지 못해서 그렇겠지. 안 그런가?"

"헌데 그 소문이란 걸 곧이곧대로 믿을 수야 있나. 말세가 되고 세상인심이 나날이 흉흉해지니까 그런 엉뚱하고 이상한 소문이 나도는 게지."

"아냐, 그건. 직접 본 사람이 있어."

"직접 봤다니, 누가 말인가?"

"나한테 친척 형님뻘 되는 사람인데 결코 허튼소리를 할 사람이 아니거든."

"그래? 그럼 그 노인이 어떻게 생겼다고 하던가?"

"그 형님 말로는 하얀 수염이 무릎까지 내려오는 신선처럼 생긴 노인인데 낡은 갈옷을 걸치고 있었고, 나이는 어찌 보면 백세를 넘긴 것도 같고, 어찌 보면 환갑 정도밖에 보이지 않고, 아무튼 종잡을 수가 없었다고 하데."

곁에서 술을 마시다가 무심결에 얘기를 엿듣던 양검은 예전에 언젠가 어진이 자신에게 잠깐 그런 소문을 언급했던 기억을 새삼스레 떠올린다.

그뿐 아니다. 얼마 전에도 어느 마을 앞 정자나무 아래서 쉬고 있다가 촌 노인들이 그와 비슷한 얘기를 나누는 것을 들은 적이 있었다. 특히 오늘 상인들의 얘기는 상당히 구체적이며 진실된 구석이 보였다. 아무리 항간에 떠도는 소문이라 믿기 어렵다고 쳐도 이번에는 왠지 헛소문 같지는 않다.

양검은 불현듯 그 노인을 추적해 보는 것도 썩 괜찮을 거라는 생각을 떠올린다. 어차피 기약도, 목적도 없이 바람처럼 떠도는 몸이다.

만약 어떤 식이든 인연이 닿아 그 노인을 만난다면 자신의 뒤틀린 운명에 대하여 물어보고 싶었다. 아니, 소문이 정말이라면 어떤 수를 써서라도 그 비서를 손에 넣어 이 뒤틀리고 왜곡된 세상을 한 번 제대로 된 세상으로 바꿔보고 싶다는 생각이 들었다. 그렇게 할 수만 있다면 이깟 부질없는 사내 한목숨을 던져도 무방하리라. 남은 생의 모든 의미를 거기에 두어도 후회는 없으리라.

마음의 결정을 내린 양검이 자리를 털고 일어난다. 목적이 생긴 이상 주막에서 술을 마시며 무의미한 시간을 보낼 필요는 없다고 여겼던 것이다.

3

일순 사방이 어두워지는 듯하더니 장대 같은 소나기가 쏟아지기 시작했다. 때아닌 늦여름 비다. 퍼붓는 빗줄기에 녹색의 산허리가 뿌옇게 비안개에 잠겨든다.

비가 내리자 황톳길을 가던 두 사람이 나루터 인근 주막을 향해 걸음을 서두른다. 한 사람은 괴나리봇짐에 큰 삿갓을 쓴 남자였고, 또 한 사람은 허리가 가는 젊은 여자다. 여자는 바랑에서 기름먹인 유삼(油衫)을 꺼내 걸쳤지만 무명치마는 이미 비에 흠뻑 젖어 있다.

여자가 주막에 들어서자 마루며 봉놋방에서 비가 긋기를 기다리던 과객들의 눈길이 일제히 여자에게로 쏠린다. 여자의 색정적인 얼굴도 얼굴이려니와 소나기에 흠씬 젖어 달라붙은 치마로 인해 하체의 윤곽이 적나라하게 드러나 보였던 것이다.

여자를 보며 침을 흘리던 남정네들은, 뒤따라 들어서서 삿갓을 벗어드는 남자를 바라보곤 놀라서 시선 둘 곳을 찾아 허둥거린다. 등골이 오싹하도록 뱀처럼 차가운 눈길을 가진 남자는 야귀로 불리는 강수다. 그는 지심녀와 함께 양검의 뒤를 쫓고 있는 중이다.

"갑자기 웬 늦여름 비가 이렇게 요란하게 온담. 자, 이 방으로 들어와 앉으슈."

부엌에서 바깥을 내다보던 주모가 두 사람을 부엌 옆의 작은 골방으로 안내한다.

"비를 맞아 한기가 들 텐데 방으로 술상 좀 들일갑쇼?"

두 사람의 행색을 살피며 주모가 묻는다. 강수의 얼굴을 보고는 흠칫한다. 뭐 이런 사납게 생긴 작자가 다 있나 하는 기색이다.

"비나 긋고 가겠어."

강수가 차갑게 내뱉는다.

"따끈한 국물이 있으면 좀 주세요. 어쩐지 춥네요."

어깨 위에 걸린, 젖은 유삼을 벗으며 지심녀가 주모에게 주문한다. 주문하는 음식이 적자 주모가 샐쭉한 얼굴로 돌아선다.

"잠깐만."

강수의 부름에 부엌으로 가려던 주모가 기대를 갖고 얼른 고개를 돌린다.

"뭐 더 시키실 거라도 있남유?"

"혹 이런 남자를 본 적이 있나?"

강수가 품속에서 바둑판 크기의 천 조각을 하나 꺼내 펼친다. 천에는 남자 얼굴 하나가 붓으로 꽤 특징적으로 섬세하게 그려져 있다.

"글쎄요."

실망한 주모가 화상(畵像)을 바라보며 고개를 갸웃거린다.

"키는 보통이고, 눈매가 시원스럽고 준수한 편인데 개경 말투를 쓰고 있어요. 손에는 검은 쇠가죽으로 싼 지팡이를 들고 있고……."

지심녀가 옆에서 설명을 해준다.

"이 사람은 왜 찾으시우?"

주모가 엉뚱한 관심을 보인다. 뭔가 알고 있는 눈치다. 아니면 그냥 모른다고 하고 무시했을 것이다.

"그건 알 필요 없고, 보았는지 못 보았는지 그것만 말해."

강수나 날카로운 어조로 추궁하듯 말한다. 눈빛이 사람의 폐부를 찌를 듯 강하다.

"괜찮아요. 친척 오라버니인데 어쩌다가 길에서 헤어지는 바람에……."

지심녀가 강수에게 윽박지르지 말라는 뜻으로 슬쩍 눈을 흘긴 다음 주모에게 부드럽게 설명을 늘어놓는다.

"그 사람인지 모르겠지만, 그와 비슷한 사람이 들르긴 했었시유."

"그게 언제야?"

"나흘 전 낮이에유. 첫눈에도 얼굴이 잘생겨 보여서 저런 양반이 어찌 혼자 다닐까 하는 생각을 했시유."

"그 남자가 어디로 갔나?"

"그건 지도 잘 모르지유. 그냥 잠깐 들러서 요기만 하고는 저쪽 동경 쪽으로 난 길로 가던데유."

"쳇, 또 한발 늦었네."

옆에서 치마를 걷어 올리고 젖은 다리를 닦던 지심녀가 눈살을 접으며 말한다. 강수는 묵묵히 비가 내리는 바깥을 응시한다.

빗줄기가 점차 거세지고 있다. 처마 안까지 비가 들이친다. 이 비가 그치고 나면 더운 여름은 물러가고 쌀쌀한 가을 날씨가 시작될 것이다.

4

바위가 듬성한 산허리에는 양지며 골짝에 지천으로 피어났던 진분홍 진달래가 서서히 지고 있다. 한낮의 햇살은 따뜻하고 바람은 여인네 귀밑머리처럼 섬세하고 부드럽다. 시나브로 봄은 못 이룬 꿈처럼 깊어지고 있다.

바위에 등을 기대고 비스듬히 누운 불동은 진달래 잎을 따서 입에 넣고 질근질근 씹는다. 싸아 하면서 비릿한 풀 냄새가 나는 듯하다. 어릴 적에 허기가 질 때면 자주 뜯어먹던 꽃잎이다.

예전 어머니 안씨는 이렇게 천지에 봄꽃이 피어나는 걸 보면 어디론가 떠나고 싶은 충동에 미쳐날 것 같다고 말하곤 했다. 그런 다음 날이면 어김없이 며칠 동안 끙끙거리며 이유 모를 몸살을 앓았다.

"불동아."

아래쪽에서 거듭 부르는 소리가 올라온다. 그 소리는 차츰 가까워진다. 인기척에 놀란 꿩 한 마리가 호들갑스런 비명을 지르며 산 너머로 날아간다.

"이놈아. 그렇게 부르는데 대답도 않으면 어떡해."

나지막한 소나무 군락 사이로 까무잡잡한 얼굴 하나가 나타난다. 불목하니 김씨다. 주름진 이마에 땀방울과 함께 짜증이 배어 있다.

"지금 주지스님이 한껏 성이 나서 너를 찾고 있으니 어서 내려 가자."

김씨가 달래는 투로 말한다. 불동은 눈딱부리 주지의 심기 사나운 얼굴을 떠올린다. 가뜩이나 두꺼비처럼 튀어나온 눈알이 더욱 불거져 보일 것이다.

"어서 일어나라니까."

김씨가 불동의 어깨를 당기며 다시 재촉한다. 불동은 마지못해 바위에 기댔던 몸을 일으킨다. 그는 옆에 세워두었던 빈 지게를 어깨에 멘다.

"이놈, 불동아! 대체 어디를 그렇게 싸돌아다니는 거냐?"

예상한 대로였다. 대웅전과 기역자로 면한 주지실 마루에 앉아 있던 눈딱부리 주지는 불동을 보자마자 징 깨지는 소리로 냅다 호통부터 친다.

불동은 가타부타 아무런 대답도 없이 대웅전 앞 화단에 빨갛게 피어난 홍매화에 시선을 준다. 다홍빛 꽃이 눈을 찌르듯 화사하다.

"저 순 불한당 같은 놈이 어른 말에 대답도 않고……."

쉰이 넘은 딱부리 주지는 성이 나서 이마에 핏줄이 푸르게 돋아난다. 그러나 불동은 끝내 딴전이다. 오히려 주눅이 들어 어쩔 줄 모르는 건 곁에 서 있던 김씨다.

"그게 저, 넋을 놓고 산에 앉아 있는 걸 찾아왔습니다."

김씨 자신이 아비나 되는 양 불동의 잘못을 두둔하려고 든다. 평소 그는 불동의 어미 안 여인에게 호감을 가지고 있었던 것이다.

"넋을 놓고 앉아 있어? 흥, 이놈 불동아. 네 어미가 왜 죽은 줄 넌 모르느냐? 그 망할 욕정을 못 이겨서 그런 험한 꼴을 당한 것 아니냐. 그렇게 어미가 몹쓸 죄를 짓고 죽었으면 극락왕생이나 하랍시고 절일이나 부지런히 하면서 부처님 공양에 힘을 쓸 노릇이지, 그렇게 넋을 놓고 돌아다니면 저승 간 네 어미가 다시 살아 온다더냐?"

"저도 그렇게 말했습니다요."

김씨가 슬쩍 덧붙인다.

"하루 종일 일은 않고 미친개처럼 쏘다니기만 하니. 저놈 저거 아무래도 안 되겠다. 지금부터 저놈에게 절 앞 채마밭을 다 갈아엎어 놓으라고 시켜라. 그리고 일을 못 마치면 저녁 공양이고, 내일 아침 공양이고 절대 주지 마라. 알았느냐? 내 빈틈없이 지켜볼 것인즉."

"예. 알겠습니다요."

괜히 불동의 편을 들려다가 혹을 붙이게 된 김씨가 기어드는 음성으로 대답한다.

"그럼 어서 끌고 가서 일을 시켜라. 만일 저렇게 계속 말을 듣지 않으면 내 직접 장에 내다가 노비로 팔아버리고 말 테다."

협박처럼 말하곤 주지가 가라는 시늉으로 살이 통통하니 오른 조막손을 내젓는다. 그 자리에서 벗어나는 게 큰일이나 되는 양 김씨가 불동의 팔뚝을 잡아 이끈다.

김씨는 절 뒤편 헛간 앞으로 와서야 불동의 팔을 놓아준다.

"그래도 다행이다. 주지스님이 그 정도로 그친 게……."

불동이 물끄러미 김씨를 쳐다본다. 뭐가 다행이냐는 물음이 담긴 눈길이다.

"아무렴 다행이지 않고. 이러다가 주지스님 눈밖에 나면 넌 그걸로 만사 끝장이다. 아까 스님 말씀하는 거 못 들었느냐? 장에 내다 판다지 않느냐. 그리 되면 얼마나 힘드는 줄 어린 넌 잘 모를 거다. 차라리 이렇게 절에 있는 게 한결 낫지, 부잣집 노비로 가면 온종일 뼈 빠지게 일해도 보리죽 한 그릇 얻어먹기 힘들다. 게다가 걸핏하면 일 못한다고 몽둥이로 두들겨대니, 내가 아는 노비도 그렇게 맞아 죽었다. 그에 비하면 차라리 소나 돼지가 나은 팔자다."

"그러니 어쩌란 말입니까?"

불동이 볼멘소리로 반문한다.

"어쩌긴 뭘 어째. 주지스님 시키는 대로 일이나 해야지. 너 이런 꼴 보면 저승 간 네 어미도 가슴이 아파서 눈물깨나 쏟을 거다."

김씨가 불동의 등을 두드리며 달랬다.

불동의 어미, 안 여인이 숨을 거둔 것은 이십여 일 전, 상사일(上巳日: 3월 삼짇날) 이틀 뒤였다. 그러나 실제로 사단은 상사일에 있었다.

상사일은 한식이나 단오에 버금가는 종교적 절일(節日)이었다. 이날 여인들은 냇물가나 샘물 부근 숲 속에 모여서 준비한 쑥개피떡을 나눠 먹거나 술을 마시며 하루를 보냈다. 말하자면 여인네들이 고단한 가사 노동에서 벗어나 하루 종일 놀 수 있는 날이기도 했다.

옥천사에서도 상사일을 맞아 특별히 노비들에게 하루 쉴 틈을 주었다. 안 여인 역시 하루 쉴 수 있는 시간을 허락 받았다. 이런 사실을 잘 알고 있는 안 여인은 그 며칠 전부터 눈에 띄게 안절부절못하며 지냈다.

먼 눈길로 어머니를 지켜보는 불동으로선 어머니의 달뜬 모습이 왠지 못마땅하면서 불안스러웠다. 하지만 매년 똑같았다. 꽃 피는 삼월이 되면 어머니는 늘 그처럼 달뜬 모습을 보이곤 했다. 마치 봄만 되면 어딘가 혼백을 두고 껍데기만 나다니는 것 같았다.

마침내 상사일이 왔고, 안 여인은 온종일 절에서 모습을 보이지 않았다. 저녁 공양을 할 무렵에야 어디서 한잔 마셨는지 발그레한 낯빛이 되어 절로 돌아왔다. 입에서 약간의 술 냄새도 풍겼다. 불동이 어디 갔다 왔느냐고 묻자 그냥 놀고 왔다며, 네가 그런 걸 알 필요가 있냐며 평소와 달리 무정하게 굴었다. 나중 알게 된 것이지만 상사일에 아랫마을 계성리에 사는 키가 크고 낯판이 희멀쑥한 백가 사내와 만나서 놀고 왔던 것이다.

그 이튿날이었다.

주지와 다른 승려들은 대웅전에서 염불을 하고 있고, 안 여인이 반빗간(절의 취사전용 부엌)에서 점심 공양을 준비하고 있을 때였다. 절 아랫마을 계성리에 산다는, 아낙 하나와 노비로 보이는 두 명의 여자가 서슬 푸른 기세로 절간에 와서 안 여인을 찾았다. 아낙과 마주친 안 여인의 얼굴이 단번에 하얗게 질렸다.

앞장선 아낙이 안 여인에게 달려들고 이어서 두 명의 여비가 아귀처럼 달려들어 안 여인의 머리채와 팔을 잡고 벚나무가 하얗게 꽃을 피운 뒤란으로 끌고 갔다.

아낙은 감히 절간의 천한 사비가 죽으려고 양반집 주인어른을 꼬드겨냈느냐며 미처 발명한 겨를도 없이 안 여인을 도리깨로 깨털듯이 두들겨댔다. 입에 게거품을 문 아낙의 말에 따르면 어제 상사일뿐만 아니라 그전에도 두 연놈이 육욕을 못 이겨서 으슥한 곳을 찾아다니며 즐겼다는 것이다. 아마 어제 아랫마을 누군가가 두 사람이 같이 있는 광경을 목격하고 아낙에게 귀띔을 해준 것 같았다.

독이 오른 아낙은 함부로 안 여인을 마구잡이로 할퀴고 꼬집고 흔들었다. 두 명의 노비 역시 함께 달려들어 안 여인의 옷을 찢고 살을 꼬집고, 머리를 뽑고 팔을 비틀었다. 가히 목불인견이었다.

어느 순간 머리채를 잡혀 휘둘리던 안 여인이 넘어지면서 하필이면 돌물확[石槽]에 뒤통수를 부딪쳤다. 안 여인이 눈을 까뒤집고 짧은 비명과 함께 혼절했다. 다른 아낙이 두들겨 패도 꿈쩍도 하지 않았다.

그제야 상황이 이상하게 돌아가는 것을 알아챈 아낙은 안 여인의 옆구리를 한 번 더 발길로 내지르고는 놓아주었다.

하얗게 질린 공양주 보살의 연락을 받은 주지며 승려, 불목하니 김씨가 뒤란으로 달려왔을 때도 안 여인은 정신을 차리지 못했다. 얼굴에다 찬물을 붓는다, 손발을 주무른다 온갖 법석을 떨었지만 안 여인은 좀체 깨어나지 않았다.

불동이 밤새 뜬눈으로 간호했지만 소용없었다. 이틀간 혼수상태에 빠져 있던 안 여인은 상사일을 이틀 넘긴 날 아침 노비들이 묵는 허름한 채공방(菜供房)에서 서른하나, 짧고도 한 많은 인생을 마감했던 것이다.

불동이 주지가 지시한 대로 절 아래 채마밭을 다 간 것은 밤이 이

숙해진 다음이었다.

그나마 이 정도로 마친 것은 불목하니 김씨가 몸을 아끼지 않고 불동을 도와준 덕분이었다. 또 김씨가 다른 사람 몰래 부엌에서 누룽지를 슬쩍해 가져다 준 덕분에 급한 허기는 메울 수 있었다.

허기와 피로에 지친 몸으로 잠에서 깨어났을 때는 이미 사위가 환하게 밝아온 다음이다. 불동이 누운 곳은 절의 잡동사니를 넣어두는 낡은 헛간이다. 새벽에 하는 법당 청소는 온전히 불동의 몫이었지만 불목하니 김씨가 불동이 피곤한 걸 알고 대신해 준 것이다.

습관적으로 벌떡 몸을 일으켰던 불동은 무슨 생각에선지 다시 팔베개를 하고 눕는다. 아침 빛살이 세로로 비쳐드는 천장 서까래에는 작년에 쳐 두었던 거미줄이 달려 있는 게 보인다. 이미 큰 거미는 오래전에 죽은 채 빈 껍질만 남아 뎅그러니 달려 있다. 아마 지금쯤 저 거미가 낳은 새끼들은 사방으로 흩어져 제 운명대로 살아가고 있을 것이다.

어쩌면 살아가는 것도 저런 건지 모른다. 어미는 이미 세상을 떠난 것이다. 자신이 이렇게 슬퍼하고 방황하는 모습을 보고 싶지는 않을 것이다. 불동은 열한 살 소년답지 않게 그런 어른스런 생각을 했다.

어쩌면 자신도 이제 이곳을 떠날 때가 된 것이다. 저 죽은 거미의 새끼들처럼. 그동안 어미 때문에 이 지긋지긋한 절간을 쉽게 떠나지 못했다면 이제 망설일 이유는 하등 없었다. 아울러 이 삶의 차꼬였던 옥천사를 떠나려면 그에 앞서 몇 가지 준비를 해 두어야 할 것이다.

절에서 불동이 없어진 걸 알게 된 것은 석가의 탄생을 기리는 사월 초파일 다음 날이었다.

주지가 심부름을 시키기 위해 불동을 찾았지만 어디에고 보이지 않았다. 절간 사람들은 바쁜 탓에 한동안 불동의 모습이 보이지 않았음에도 서로 누군가 심부름을 시켜서 멀리 간 거라고만 여겼던 것이다.

절 식구들이 모여서 입을 맞추어본 결과, 초파일 아침에 지게를 지고 산으로 올라가는 걸 마지막으로 본 사람은 공양주보살 양씨였다. 그녀는 불동이 산으로 지게를 지고 가길래 저녁 공양에 쓸 산채를 뜯으러 가나 보다 싶었다는 것이다.

여럿이서 부근 산골짝을 뒤지고 다니던 중에 계곡 으슥한 곳에서 불동이 입던 옷이 발견되었다. 하지만 옷에는 여러 곳에 피가 묻어 있고, 사나운 맹수에게 물어뜯긴 양 너덜너덜하게 찢어져 있었다.

불동이 신던 짚신은 조금 떨어진 곳에서 발견되었고, 지게는 가까운 골짜기에 거꾸로 처박혀 있었다. 누군가 불동이 호환(虎患)을 당한 것이라고 단정했다. 이 화왕산 줄기에 가끔 호랑이가 출현했기 때문이었다.

절에서 이 소식을 들은 눈딱부리 주지는 미간을 접으며 '그놈이 내 말도 안 듣고 나돌다가 결국 산주(山主: 호랑이)가 잡아간 것' 이라고 혀를 차며 말했다.

우연하게도 옥천사 아랫마을 계성리의 한 처사 집에서 불이 난 것은 불동이 없어진 그 전날, 사월 초파일의 늦은 밤이었다.

다행히 연기에 잠을 깬 사람이 소리를 지르는 바람에 다른 사람들이 화를 입지는 않았지만 집은 아래채 헛간 할 것 없이 흙벽만 남기고 홀랑 탔다. 모여든 마을 사람들은 집 처마 끝에 달아놓은 연등의 불이 초가지붕에 옮겨 붙었을 거라고 수군덕거렸다.

5

유월의 햇살이 쟁쟁한 강화도 외포 해안.

쭉 뻗은 해송이 우거진 해안 바위 기슭. 회색 장삼 차림의 한 승려가 근처에 흩어진 작은 나뭇가지를 모아 불을 피우고 있다. 햇살을 가리기 위해 쓴 커다란 삿갓 속의 얼굴은 보우다.

거뭇거뭇한 연기가 바람 없는 허공으로 곧게 치솟아오른다.

차 한잔 마실 시간이 지나자 저만치 떨어진 섬 왼쪽, 해송이 우거진 바위틈에서 쪽배 한 척이 슬며시 모습을 드러낸다. 배에는 회색 승복 차림의 사내가 노를 젓고 있다. 햇볕에 그을린 구릿빛 팔뚝과 딱 벌어진 어깨로 보아 무술을 익힌 승려라는 걸 알 수 있다.

"스님, 어쩐 일로 불을 피우셨습니까?"

승려가 두 손을 합장하며 묻는다.

"풍천도인을 뵈러 석모도로 갈까 하외다."

승려는 잠시 보우의 행색을 살핀다. 눈빛이 경계심을 품고 날카롭다.

"법명을 좀 여쭈어도 되겠습니까?"

"보우라고 하오."

승려의 얼굴에 적지 않게 놀란 기색이 떠오른다. 태고(太古)로도 불리던 보우에 대한 명성은 절에 있는 승려라면 누구나 한 번씩은 들어본 때문이다.

“몰라뵈었습니다. 대사님, 어서 배에 오르시지요.”

한층 공손해진 자세로 승려가 한편으로 자리를 비켜 준다. 보우가 쪽배에 오르자 승려는 능숙한 손놀림으로 노를 젓기 시작한다. 배는 바람에 밀리듯 가볍게 해면을 가르며 석모도로 향해 나아간다. 갈매기들이 고기를 잡기 위해 해면을 스치듯이 날아간다.

배는 한식경도 안 돼 석모도의 동쪽 해안에 닿는다. 보우가 내리자 승려가 합장을 하고는 곧장 쪽배를 몰아 강화도로 되돌아간다.

가파른 산길을 넘어 보문사 절 지붕이 보이는 곳에 다다랐을 때 키가 칠 척이나 되는 기골이 장대한 사내가 경사진 밭을 갈고 있다.

사내의 손에는 보통 사람은 들기조차 힘들어 보이는 커다란 긁정이(극젱이)가 들려 있었는데, 사내는 그걸 아이들 공깃돌 가지고 놀듯 별로 힘도 안 들이고 사용하고 있다. 그의 손에 밭고랑이 마구 뒤집어진다. 마치 힘 좋은 황소가 밭을 가는 듯하다.

보우가 삿갓 챙을 치켜들며 그 광경을 보고 있자니 밭을 갈던 사내가 인기척을 느꼈는지 보우를 마주 바라본다.

“아니, 보우스님 아니십니까?”

부리부리한 눈매에 얼굴 가득 털로 뒤덮인 사내가 반갑게 소리친다. 드러난 팔뚝과 가슴도 온통 검은 털이다. 큰 눈망울에 얼굴 윤곽이 뚜렷한 이국적인 용모는 그가 귀화한 회회인(回回人: 인도나 아라비아인을 이르는 말)임을 쉬이 짐작케 해준다.

보우는 사내의 이름이 길상천이란 걸 기억해낸다. 분명하지는 않지만 서른 가까운 나이라고 알고 있다. 세상을 떠돌던 풍천도인이 우연히 길에서 인연을 맺어 데려온 자라고 들었다.

사내는 사 년 전에 보았을 때와 하나도 변한 게 없다. 오히려 더 힘차고 젊어 보인다. 길상천이 곡정이를 던지고 밭에서 성큼성큼 걸어 나온다. 길상천이 앞에 서자 보우는 그의 어깨 아래밖에 오지 않는다. 그만큼 길상천의 키가 크다.

"잘 있었소?"

"스님께서 이 먼 섬에까지 어쩐 일이십니까?"

"남풍이 이리 불었소. 풍천사숙께서는 안녕하신지?"

"물론입니다. 그런데……."

길상천이 곤란한 듯 머뭇거린다.

"아니면 어디 출타라도 하셨소?"

"그게 아니라 수행을 위해 뒷산 동굴로 들어가셨는데 언제 나오실지 알 수가 없군요. 우선 객사로 가셔서 잠시 기다려 보십시오. 제가 상황을 보아가며 알려드리겠습니다."

"동굴이라면……."

그 얘기는 지난번에 얼핏 들은 적이 있다. 산 중턱에 고종 때의 승병장으로 공을 쌓아 나중 추밀원부사를 지낸 김윤후(金允侯)가 대몽 항쟁시절에 파놓은 인공동굴이 있었다. 뒤늦게 이 동굴을 발견한 풍천이 혼자 수행을 하기 적당한 장소로 보고 사람들의 접근을 막기 위해 동굴 주변에 진을 쳐놓았다고 했다.

풍천도인이 쳐놓은 두문환진(杜門幻陣)은 방어적 성격의 진으로 주변의 지형지물을 팔괘(八卦)의 형식을 따라 적당히 배치한 것이다. 이 진을 펼쳐놓으면 사물에 대한 환각으로 인해 근접할 수도 없고, 근접하더라도 눈뜬장님처럼 되어 볼 수가 없다. 그런 까닭에 그 동굴은 진을 쳐놓은 본인 말고는 누구도 들어가거나 찾을 수 없게 되어 있었다.

"진법을 쳐놓았다는 그 동굴 말이오?"

"예."

"그렇다면 하는 수 없군. 풍천사숙께서 수행을 마치고 나오시길 기다리는 수밖에……."

"제가 일단 연락은 취해 보겠습니다."

길상천이 길게 휘파람을 분다. 그러자 어디선가 새매 한 마리가 날아와 그의 어깨에 앉는다. 길상천이 주머니에서 꺼낸 여러 색깔의 실 가운데 자주색 실을 한 올 새매의 다리에 묶는다. 실의 색깔에 따라 일정한 의미를 정해놓은 모양이다.

실을 묶은 다음 길상천이 새매를 날려 보낸다. 새매는 그의 머리 위를 한 바퀴 빙 돌더니 멀리 사라져갔다. 연락용으로 사육한 잘 훈련된 매였다.

주지실 마루에선 멀리 서해가 내려다보인다. 보우가 시원한 해풍이 불어오는 주지실 마루에 앉아 땀을 들이고 있자니 절 한쪽에서 명랑한 웃음소리가 들려온다. 시선을 건네니 예닐곱 살쯤 된 맑고 앳된 아이가 누나처럼 보이는 처녀와 다정하게 장난질을 치며 오고 있다.

"어머, 보우스님!"

보우를 발견한 처녀는 뛰다시피 달려와 보우에게 꾸벅 인사를 올린다. 장난을 들킨 게 부끄러운지 약간 수줍은 기색이다. 뒤로 묶은 긴 머리채가 보기 좋게 출렁거린다. 옆에서 보우를 호기심 어린 눈길로 바라보던 아이도 덩달아서 꾸벅 인사를 한다.

"네가 유정이냐. 몇 해 안 본 사이에 처녀가 다 되었구나."

보우의 말에 유정의 보조개 패인 볼이 복숭앗빛으로 발그레하게 물이 든다.

"스님 역시 짓궂기는 여전하시군요."

삐친 듯 톡 쏘는 게 더 귀엽다. 보우의 눈길이 문득 아이의 얼굴에 멎는다. 피부가 희고 영민하게 생긴 아이. 보우는 주의 깊게 아이의 얼굴을 이모저모 살핀다. 그의 미간에 은연중 놀란 기색이 떠오른다. 정말 보기 드물게 뛰어난 관상이다. 재기와 총명을 겸비한 군계일학의 상이다. 그러나 초년에 큰 액운이 따를 상이다. 보우는 알 듯 모를 듯 가볍게 혀를 찬다.

"어때요? 스님 보시기에 우리 무영이가……?"

유정이 궁금했던지 눈을 크게 하고 묻는다.

"이 아이의 이름이 무영이냐?"

"네."

유정과 아이가 동시인 듯 대답한다.

"아이의 관상에 맞게 참 잘 지은 이름이다. 풍천사숙께서 지으셨겠지."

유정이 배시시 웃으며 고개를 좌우로 흔든다.

"잘못 아셨어요. 운곡도인께서 지어 주셨어요."

"뭐라고? 운곡도인께서 직접 이 아이의 이름을 지어주셨다고? 거참, 아이가 복도 많군. 그건 그렇고 네가 언제 시집을 가서 이렇게 귀여운 아들을 얻었느냐?"

보우가 농을 섞어 유정을 놀리려 든다.

"스님. 전 유정 누나의 아들이 아닙니다."

곁에서 듣던 무영이 또랑또랑한 음성으로 대답한다.

"그 아이는 유정의 아들이 아니라 내 제자일세."

쩡쩡한 음성과 함께 풍채가 의젓한 흰 장삼 차림의 남자가 홀연히 절 마당으로 들어선다. 풍천도인이다.

"그동안 잘 지내셨습니까, 사숙님?"

보우가 반갑게, 그러나 정중하게 인사를 한다. 풍천도 보우를 향해 마주 합장을 한다.

"사 년쯤 되었지, 아마."

"예. 세월이 무상하다더니 어언간 그렇게 흘렀군요. 그런데 수행 중이라고 들었는데……."

"오늘 귀한 손님이 오리라 짐작은 했지만 보우인 줄 몰랐네. 여기서 이럴 게 아니라 어서 안으로 들어가세."

주지실에 들어가 자리에 정좌하자 풍천도인이 먼저 운을 뗀다.

"여기 머물려고 오신 건 아닐 테고, 그래 어디로 가시는 길인가?"

"인사차 온 것입니다."

"인사차라니……."

풍천이 지혜 깊은 눈길로 보우를 바라본다.

"불법을 구하러 원나라로 가볼까 합니다. 이번에 길을 떠나면 한동안 오기 힘들 듯하여 그전에 작별인사를 해둘 겸 남쪽 지방을 두루 한 바퀴 돌아 올라오는 길입니다.

"그러셨군. 그럼 복구스승님도 만나 뵈셨던가?"

"예. 문안인사 드렸습니다."

"스승님께선 무탈하시던가?"

한때 풍천도인은 세간에 무능수(無能叟)로 알려진 복구대사에게서 선(禪)과 심법을 배운 적이 있었다. 그것은 그의 마음에 쌓인 집념을 덜어주기 위한 스승 미수도인의 배려에 의해서였다. 미수도인과 복구대사는 오랜 벗이었고, 그런 연유로 미수도인은 풍천을 복구대사에게 소개하여 심법을 배우도록 하였던 것이다.

풍천이 복구대사에게 심법을 배우게 된 데에는 이유가 있었다.

집안이 인후라는 세도가의 모함에 걸려 멸문지화를 당한 뒤로 풍천은 학문을 그만두고 오직 복수를 위한 일에 모든 걸 걸었다. 상대는 막강한 원나라 조정의 비호를 받는 터에다 수백 명의 호위 사병까지 거느린 권력자였다. 복수를 하려면 일당백의 힘이 필요했다.

그는 무술을 배워서 복수하려는 일념으로 검술 스승을 찾아 침식을 잊고 전국을 떠돌았다. 초근목피로 겨우 연명을 하며 몇 달 동안 산천을 떠돌던 그는 어느 겨울, 묘향산 관음봉 부근에서 추위와 허기에 지쳐 거의 생사기로에 이르렀었다.

그때 나타나서 그를 구해 준 사람이 미수도인이었다. 그것은 풍천에게 천재일우, 마치 기적과도 같은 일이었다. 목숨이 경각에 이르러서 만난 미수도인이야말로 바로 풍천이 신발이 닳도록 찾아다닌 뛰어난 무예가였던 것이다. 미수도인은 신라시대 최고의 도술가로 알려졌으며, 그 실력이 신선에 필적할 만한 김암(金巖)의 비술을 전수 받은 직계 제자였던 것이다.

신라 때의 점복가(占卜家)이자 병술가(兵術家)로 이름을 떨친 김암은 삼국을 통일한 신라 명장 김유신의 증손이었다. 그는 당나라에 유학하면서 음양학을 연구하고, 인간의 길흉화복과 만물의 생멸변화를 예측하는 점복술과 은형술(隱形術)의 신경지를 개척하였다. 스스로 둔갑입성법(遁甲立成法)을 창안하여 스승에게 보여주자 그 술법의 놀라움에 스승도 감히 제자로 대하지 못하였다고 전한다.

당나라에서 귀국 후 사천박사(司天博士: 천문가)를 거쳐 태수를 역임하고, 나중 패강두상(浿江頭上)으로 전근되자 외침에 대비하여 인근 농민들에게 육진병법(六陣兵法)을 가르쳤다.

그 뒤, 혜공왕 15년(779년), 왕명으로 일본에 사신으로 파견되었을 때 그의 도술을 탐낸 고닌천황[光仁天皇]에게 억류되어서 일본 무사들에게 은형술과 둔갑법을 가르치게 되었으며, 나중 일본 닌자[忍者]무술의 시초를 열게 한 뛰어난 무술가이며 술사였다.

미수도인은 선선히 풍천을 자신의 제자로 받아들였다. 그리고 자질이 뛰어난 풍천에게 은형술과 병법, 무술 등을 가르쳤다. 그런 어느 날이었다. 미수도인은 풍천의 마음에 서린 원념이 도술을 닦는데 큰 장애가 되는 것을 알았다. 그래서 오랜 지기인 복구대사에게 부탁하여 먼저 원념을 떨치는 심법을 배우도록 주선했던 것이다. 그런 연유로 풍천은 복구대사와도 사제의 연을 맺게 되었던 것이다.

"예. 여전하십니다. 그렇지 않아도 사숙의 안부를 물으시곤 지나는 길이 있으면 한번 들르라는 말씀을 전하라 당부하셨습니다."

대답하며 보우는 달포 전, 전라도 송광사(松廣寺)에 들렀을 때 뵈었던 복구대사를 떠올린다.

일흔이 다 된 나이임에도 흐트러짐 하나 없이 정정한 복구대사는 풍천도인이 화제에 오르자 참 아까운 재목이라는 말과 함께, 불제자가 되었으면 이 나라 불교계를 중흥시킬 큰 법기(法器)가 되었을 것이라고 말했다. 덧붙여 일찍 학문을 한 때문인지 풍천이 당대 현실에 대하여 너무 애착이 있다고 탄식했다. 또 '세상 중생이 모두

불자가 될 수는 없는 노릇이며, 저마다 타고난 업이 있지' 라며 체념 어린 말을 하면서도 끝내 일말의 아쉬움을 감추지 못했다.

보우는 복구대사의 말을 곱씹으며 새삼 한 번 더 관심 깊게 풍천의 관상을 살핀다. 보면 볼수록 도인(道人)의 골상은 분명하지만 결코 도승(道僧)은 될 수 없는 상이다. 보우는 그런 결론을 내리다가 자신의 시건방짐을 금세 깨닫는다. 그의 내심을 읽었던지 풍천이 수염을 쓸며 의미 모를 미소를 지어 보인다.

"신념은 버리시지 않으셨는지요?"

신념이란 풍천이 오래전부터 계획한, 고려에 뿌리내린 친원세력들을 청산하려는 의지를 뜻했다.

"신념은 인간을 인간답게 이끈다고 보네."

"차를 드시면서 말씀 나누세요."

언제 왔는지 유정이 두 사람 앞에 차 도구를 내려놓는다. 그녀는 보우를 향해 보조개가 드러나는 해맑은 웃음을 던지며 냉큼 풍천도인의 곁자리에 앉는다. 한적한 곳에 살다보니 멀리서 손님이라도 오면 항상 그렇게 곁에 앉아 얘기를 듣길 즐겨하는 유정이다.

"원나라엔 얼마나 가 있으실 예정이신가?"

찻잔에 뜨거운 물을 따르는 유정의 손길을 바라보며 풍천이 묻는다.

"결정된 것은 없으나 이삼 년쯤이면 될 듯도 합니다."

"그러시겠지. 원효대사께서 법을 얻은 건 꼭 당나라에 가서가 아니지 않은가."

"지당한 말씀이십니다. 참, 그런데 지난번에 보았던 그 젊은 제자가 오늘은 보이지 않는군요. 무예재간이 출중해 보이던데……."

"윤호란 아이를 말하시는 듯한데, 그 아이는 지금 원나라에 가 있다네. 세자 기의 비밀 호위를 위해 재작년에 밀직사 행렬과 함께 보냈다네."

"그럼 저 아이는 새로 받아들인 제자인 셈입니까?"

마당에서 길상천과 장난을 치며 놀고 있는 무영에게 시선을 주며 보우가 묻는다. 햇살이 쏟아지는 마당에선 어른과 아이의 술래잡기 놀이가 한창이다. 아이가 길상천을 잡으려고 안간힘을 쓰고, 길상천이 그 큰 거구를 날래게 움직이며 요리조리 잘도 피했다. 호승심이 강한 아이는 얼굴이 발갛게 달아오르도록 단념하지 않았다. 민첩하기가 야생동물이나 진배없는 길상천의 뒤를 이를 악물고 쫓아다닌다.

"그렇다고 볼 수 있겠지. 유정에겐 남동생이 생긴 것이고……."

풍천이 다소곳이 앉아 있는 유정에게 다정한 눈길을 던지며 말한다.

"아이가 무예를 배우기엔 만 명에 하나 찾기 힘든 탁월한 자질을 가진 듯하군요."

칭찬하던 보우의 뇌리에 뜻하지 않게 지난해 여름 창녕 관룡사에서 만났던 불동이란 아이의 모습이 떠오른다.

그 아이도 보기 드물게 뛰어난 기재였다. 두 아이를 비교하기는 어려웠다. 두 아이 모두 절세의 기재라고 할 수 있었지만 불동이란 아이는 집착이 몹시 강한 관상인 반면, 무영이란 이 아이는 너무 맑아서 텅 비어 보인다고나 할까. 어찌 보면 너무 대조적인 성격을 가진 두 아이였다.

"그렇지. 잘만 다듬는다면……."

풍천이 만족스레 고개를 끄덕인다.

어느새 붙들었는지 무영이 길상천의 옷깃을 잡고 땀과 먼지로 범벅된 얼굴로 환하게 웃고 있다. 길상천이 아이를 두 손으로 번쩍 안아들고 빙빙 돌렸다. 아이 웃는 소리가 상쾌하다.

"마치 부자지간 같군요."

보우가 부럽다는 얼굴로 말한다.

"그렇게 보이시는가?"

물처럼 담담한 미소를 띤 채 풍천이 되묻는다.

어디선가 바닷바람이 불어와 햇살 가득한 절 마당을 휘젓고 지나갔다. 바지랑대 끝에 앉아 날개를 쉬던 왕잠자리가 날아오르고, 산사 뒤편에서 산새들이 우짖는 소리가 청명한 공기 사이로 한가롭게 퍼지고 있다.

6

오솔길에서 조금 벗어난 인적 없는 작은 계곡.

계곡을 따라 늘어선 떡갈나무, 갈참나무, 노린재나무, 물박달나무 등이 여름 한낮의 더위에 지쳐 잎을 축축 늘어뜨리고 있다. 그 아래로 각시취며 꼭두서니 같은 일년초가 풀덤불을 이루고 있다.

계곡 아래로 졸졸졸 물소리가 들린다. 이틀 전에 내린 비로 수량이 불어난 개울은 제법 활기찬 소리를 내며 하류로 흐른다.

커다란 적송이 만들어낸 그늘 아래, 한 사내가 더위를 식히며 바위에 등을 기대고 비스듬히 누워 있다. 색이 바랜 회색 장삼이 땀에 젖어 후줄근하다. 옆에는 천으로 겉을 싼 장검이 놓여 있다. 얼굴엔 오랜 여행으로 인한 묵은 피로가 진득하니 묻어난다. 그는 옆에 있는 여우오줌풀 줄기를 꺾어 앞니로 잘근잘근 씹는다. 더운 날씨 탓인지 까닭 모를 짜증과 성화만 치미는 나날이다.

차라리 개경에 그냥 머물러 있었으면 좋았을 것을.

강수는 재삼 부질없는 후회에 사로잡힌다. 개경에서는 비록 큰 변화는 없었지만 그럭저럭 재미도 없지 않았다. 별일이 없어도 어디선가 먹을거리가 생겼고, 가끔씩 부하인 무통을 데리고 색주가를 들락거리는 재미도 있었다. 또 간혹이라도 일을 맡아 처리하고 나면 몇 달은 빈둥거리며 먹고 놀 수 있었다.

그런데 지금은 이게 무슨 꼴이란 말인가. 지심녀란 어린 계집년에게 꼬여서 일 년이 넘도록 굶주린 들개처럼 들판과 산을 쏘다니는 꼴이라니.

강수는 문득 자신의 신세가 한심스러워진다.

양검이란 작자를 잡는 일은 예상보다 쉽지 않았다. 사내가 마땅한 정처가 없는 떠돌이인 데다가 별다른 특징도 없어서 추격을 하기가 여간 곤란하지 않았다. 더욱이 양검이란 사내의 행보가 어찌나 빠른지, 동에 나타났다는 소문을 듣고 쫓아가면 벌써 서편에 가 있는 형국이었다.

그뿐 아니다. 양검도 아닌 엉뚱한 사내를 양검이라고 가리켜주는 탓에 몇 번이나 헛걸음을 치고 갔던 길을 되돌아와야 했는지 모른다. 개경을 떠난 뒤로 남경을 거쳐 양광도와 전라도, 경상도, 그리고 동경까지 쫓아갔지만 종내 양검이란 사내의 그림자조차 밟을 수가 없었다.

한여름은 추운 엄동설한에 비할 수는 없어도 여행자에겐 그리 녹록하지 않은 계절이었다. 더위와 뜨거운 햇볕은 사람을 쉬이 지치고 피곤하게 만들었다. 게다가 심녀에게 받았던 얼마간의 청부 보수금도 양검을 쫓느라 이미 바닥을 드러내고 있다.

마음 같아선 당장 이 일에서 손을 떼고 싶었다. 이미 심녀와 계약한 일 년이란 기간이 훌쩍 지난 것이다. 하지만 아무런 성과도 없이 일을 그만두기엔 무사로서의 자존심이 상했다. 개경에선 이름만 들어도 벌벌 떠는 '야귀' 라는 명성을 무너뜨리는 것 같아 마뜩치 않았다. 그러나 그 무엇보다 일 년여를 함께 떠도는 동안 겉정, 속정이 들었던 여인과 헤어진다는 사실이 견디기 힘들었다.

그런 사정으로 며칠 전 두 사람은 머리를 맞대고 상의했다. 그래서 얻은 게 막연하게 양검을 뒤쫓아다니느니 차라리 개경으로 돌아가 기다리는 게 훨씬 나을 거라는 결론이었다. 언젠가 양검이 개경으로 돌아올 것이고, 그러면 그때를 틈타 그를 처치하면 수월할 것이다. 비록 시간적으로 오랜 기다림이 필요할지라도. 그렇게 결정하고 두 사람은 지금 개경을 향해 올라오는 길이었다.

생각에 잠긴 사이 풀숲에서 기척이 들린다. 아까 땀에 젖은 몸을 씻고 오겠다며 개울로 내려갔던 심녀다. 물기가 마르지 않은 까만 머리가 등덜미까지 늘어져 있고, 채 여미지 않은 저고리 사이로 희고 풍만한 젖무덤이 내보인다. 물기가 마르지 않은 몸에 걸친 치마가 달라붙으면서 풍만한 허벅지의 윤곽이 그대로 내비친다. 알몸으로 있을 때보다 더욱 색정적인 모습이다.

"다 씻었나?"

"응, 물이 꽤 시원하던걸. 가서 씻고 와."

"나중에…우선 이리 가까이……."

욕정이 동한 강수가 바위에 기댔던 상체를 일으킨다.

"또 욕심이 생겼나 보네."

조소하듯 하얗게 눈을 흘기며 심녀가 말했다.

"잔소리 말고 이리 와."

강수가 손을 뻗어 심녀의 손목을 잡아당긴다. 몸의 중심을 잃은 심녀가 비틀거리면서 강수의 가슴으로 쓰러진다. 거친 강수의 손길이 그녀의 저고리 앞섶을 열어젖힌다. 다른 한 손은 치마를 걷으며 허벅지 안쪽 은밀한 곳으로 파고든다. 어디를 만졌는지 심녀가 고개를 뒤로 꺾으며 끊어지는 듯 낮은 신음을 흘린다. 강수 역시 호흡이 잔뜩 거칠어져 있다. 이윽고 강수가 심녀의 몸에 자신의 체중을 싣는다.

"아이, 그렇게 혼자 끝내버리면 난 어떡해."

서둘던 강수가 어느 틈에 몸을 떨며 늘어진다. 막 육욕에 몸이 달아오르던 심녀가 안타까움에 젖은 낮은 외침을 내지른다. 그녀는 강수의 목덜미에 팔을 돌려 강하게 껴안는다. 채 타지 않고 연기만 피어올리고 꺼져버린 욕정이 아쉬운 까닭이다.

"…씻고 오겠어."

내뱉듯 말한 강수가 목에 걸린 심녀의 팔을 떼어낸다. 심녀의 표정이 실망으로 차갑게 굳어진다.

바지 괴춤을 부여잡은 엉거주춤한 걸음새로 곧장 개울로 내려가던 강수는 얼굴을 일그러뜨린다. 갑자기 자신에 대한 실망과 모멸감이 뼈저리게 엄습하는 걸 느꼈던 것이다. 무사로서 여색을 탐하는 것은 금기 사항이다. 무사는 칼과 같다. 늘 스스로를 날카롭게 벼려놓지 않으면 언제 상대에게 당할지 모르는 것이다. 그런 줄 누구보다 뻔히 알면서, 쉼 없이 그런 자책에 빠지면서도 항상 여체의 유혹에 지고 마는 자신의 무절제한 태도가 미워진 것이다.

생각하면 참으로 이상한 일이었다. 예전에 개경 벽란도에 있는 색주가를 들락거릴 때에도 이처럼 여색에 빠지지는 않았다. 한데 지심녀란 여인을 알고 나서는 이상하게 하루가 멀다 하고 욕망이 치솟았다. 지독한 것에 중독되었거나 놓여날 수 없는 덫에 빠진 것과 같았다.

그것은 여태껏 전혀 맛보지 못한 강렬하고도 뜨거운 쾌감 때문이었다. 그녀와의 잠자리에서 맛보는 쾌감은 이승에서 맛볼 수 없는 그런 굉장하고 놀라운 것이었다. 온몸이 쾌감으로 인해 촛농처럼 녹아내리는 느낌이랄까. 어쩌면 심녀라는 여인은 불교에서 말하는, 사람의 정기를 빨아먹고 산다는 구반다(鳩槃茶, 염미귀厭眉鬼)의 환생이 아닐까 싶을 정도로 남자의 색정을 자극하는 부분이 있었다.

아무리 그렇다손 치더라도…….

독약처럼 혼잣말을 씹어뱉으며 강수는 물살에 바닥이 깊게 패어 푸르게 소(沼)를 이룬 곳에 풍덩 뛰어든다. 여름이지만 개울물은 정신이 번쩍 나도록 차갑다. 강수는 자신에 대한 모멸감을 몽땅 씻어내려는 듯 물속 깊이 머리를 처박는다.

그때, 나무 그늘 밑의 심녀는 안타까운 한숨을 내쉬며 작게 중얼거린다.

"나쁜 놈. 괜히 방금 씻고 온 사람 몸만 더럽혀놓았잖아."

강수와 지심녀가 임진강을 건너기 위해 강 상류인 서원현(파주)의 두보나루에 도착한 건 저녁 무렵이다.

나루터는 오가는 과객 하나 없이 텅 비어 있고, 서녘 하늘엔 주황빛 낙조가 내리고 있다. 붉게 물든 구름 사이로 쏟아진 햇살이 강물 위에서 황금색으로 반짝거린다. 강수와 심녀는 나루터 옆 버드나무 그늘에 서서 강 건너편의 배가 건너오기를 기다린다.

멀리서 두둑거리는 말발굽 소리가 나는가 싶더니 한 무리의 말을 탄 무사들이 기세 좋게 나루를 향해 달려온다. 모두 여섯 명으로 변발에 호복을 입고 있다. 사냥을 나갔다 돌아오는 길인지 말안장에는 활과 전통, 그리고 꿩과 토끼, 노루, 고라니 따위가 한두 마리씩 매달려 있다. 모두들 한결같이 눈빛이 날카롭고 몸매가 날렵해 보인다.

강수는 대뜸 그들이 덕성부원군 기철의 호위무사들이라고 짐작한다. 개경에 살던 강수는 복장만 봐도 대충 어디 소속된 무사인지 분간할 수 있다.

기철은 어릴 적부터 개망나니로 소문난 천하의 몹쓸 인간이었다. 그러나 원나라로 간 누이동생 완자홀도(完者忽都)가 황제인 순제의 아들을 낳은 뒤로 원으로부터 정동행성참지정사로 임명되었고, 고려에선 정승이자 덕성부원군에 봉군되어 막강한 권력을 행사하고 있었다.

비단 기철뿐만이 아니라 그의 일족 모두 마찬가지였다. 기황후의 아버지인 기자오를 비롯하여 형제인 기원, 기주, 기륜, 아들 기유걸, 조카뻘인 기삼만, 기선재 등등 거의 모든 일족들이 원나라를 배경으로 권세를 믿고 온갖 포악무도한 짓을 저질렀다. 또 높은 권력에 걸맞게 수백 명이 넘는 사병을 거느렸다.

기철이 거느린 사병들 역시 기철의 권력을 믿고 하늘 높은 줄 모르고 날뛰었다. 더구나 지금 당도한 이 여섯 명의 무사는 기철의 사병들에게 무예를 지도하는 사범들이었다. 가히 세상에 두려울 게 없는 치들이었다.

가까이 다가온 무사들은 서로 약속이나 한 듯 옷깃을 날리며 서 있는 심녀에게 눈길을 던진다.

"어이구, 이런 남경 촌구석에 어떻게 이런 양귀비 같은 미녀가 있었을까."

왼쪽 턱에 콩알 크기의 사마귀가 난 무사가 너스레를 떨며 말에서 내려온다. 다른 무사들도 덩달아 말에서 뛰어내린다.

"복색을 보아하니 천민은 아닌 듯한데, 시골뜨내긴가?"

"어이, 낭자. 우리와 한번 놀아보는 게 어때?"

"거, 허리가 개미처럼 잘록한 게 밤일깨나 잘하게 생겨 먹었는걸."

"저 하얀 피부를 보아. 장난이 아니잖아. 자고로 여자는 피부가 좋아야 미인이라는데 정말이군그래."

"한번 만져보기나 할까. 견물생심이라고 하더니 이놈의 아랫도리가 가만히 있지 않으려 하네. 주책없이……."

"가만가만, 우리끼리 순서를 정하면 어떨까?"

지심녀 곁으로 다가온 그들은 온갖 질펀한 음담을 서슴지 않는다. 옆에 누가 있건 말건 신경도 쓰지 않는 눈치다. 말 그대로 안하무인이다.

다만 그들 중 우두머리인 듯한 풍채가 좋은 무사가 삿갓을 눌러 쓴 강수의 존재에 신경이 쓰이는지 그의 차림새를 유심히 관찰한다. 특히 강수가 손에 든, 명주로 싼 기다란 물건에서 시선을 떼지 않는다.

"어디 사는 계집이냐?"

징글맞게 생긴 무사 하나가 누런 뻐드렁니를 드러내며 심녀에게 물었다. 동시에 손을 뻗어 지심녀의 엉덩이를 만지려 든다. 심녀가 몸을 사리며 옆으로 한 걸음 물러난다. 심녀의 반응에 더욱 흥이 난 무사들 사이에 천박하고 음탕한 웃음이 번진다.

"어이. 너."

무언가 의심스러웠던지 우두머리 사내가 말채찍으로 강수를 가리킨다.

"나 말인가?"

강수가 반말로 되묻는다. 삿갓을 눌러 쓰고 있어 얼굴이 보이지 않는다.

"그래, 너 말이다. 넌 뭐 하는 놈이냐? 거기 손에 든 것은 무엇이고……?"

"그걸 너네들이 알 필요가 있나."

"지금 너네들이라고 했나? 허, 이 잡놈이 호랑이 간을 삶아먹었구나."

우두머리의 말에 지심녀를 놀려먹던 무사들이 다들 관심을 이편으로 돌린다. 하지만 우두머리 사내는 선뜻 다가서지 않는다. 보폭을 대각선으로 벌리고 비스듬히 버티고 선 강수의 자세에서 선불리 접근해선 안 될 무형의 살기를 느낀 것이다.

그중 경박하게 생긴 무사 하나는 그런 걸 알아채지 못한다.

"이놈이 건방지게 우리가 누군 줄 알고 대답하는 본새하고는……."

상스런 말과 함께 대뜸 가지고 있던 말채찍으로 강수의 얼굴을 후려친다. 강수가 슬쩍 몸을 틀어 채찍을 피한다. 사내의 채찍은 보기 좋게 헛손질로 끝난다. 동료들이 보는 앞에서 모욕을 당한 것이라고 여긴 사내의 얼굴이 수치심으로 붉어진다. 사내는 가일층 손목에 힘을 실어 재차 채찍을 후려친다.

사내의 채찍이 강수의 얼굴을 후려쳤다고 느끼는 찰나, 어찌된 셈인지 사내가 자신의 손목을 잡아 쥔 채 얼굴을 찡그린다. 강수가 눈에 보이지 않을 정도로 빠르게 손에 쥔 지팡이로 손목을 가격한 것이다.
"옳아, 저놈이 제법 무술이라도 익힌 모양인데, 어디 재간 좀 보자."
당나귀처럼 큰 귀를 가진 무사가 장검을 뽑아든다. 석양을 받은 칼날이 붉게 번쩍거린다.
"차-앗."
기합소리와 함께 칼이 강수의 정수리를 겨누고 날아든다. 강수가 몸을 피했지만 이차 삼차의 공격이 거듭 이어진다. 무술 사범답게 칼놀림이 꽤나 신속하고 정확하다. 그 바람에 강수가 쓴 삿갓이 벗겨져서 맨얼굴이 드러난다. 강수는 계속 이대로 피할 수만은 없다는 판단을 내린다.
챙 하는 소리와 함께 어느 틈에 빼든 강수의 검이 상대의 칼을 맞아 허공에서 부딪친다. 상대가 상황의 변화에 놀라서 잠깐 주춤하는 사이 강수의 칼날에서 은빛 노을이 번쩍인다.
강수를 공격하던 무사가 칼을 놓치고 비틀거린다. 왼손으로 잡아쥔 어깻죽지에서 시뻘건 피가 울컥거리며 흘러나온다.
구경하고 있던 무사들이 서로 눈짓을 주고받더니 한꺼번에 무기를 뽑아든다. 그들은 강수의 매서운 눈빛과 자세를 보고 보통 만나게 되는 그런 검객이 아니란 것을, 적어도 고강도의 무술을 익힌 칼잡이란 사실을 뒤늦게나마 알아챈 것이다.
무사들은 각자의 무기를 들고 서두르지 않고 신중하게 강수를 중심점으로 사방에서 조여든다. 강변 모래사장에 일촉즉발의 팽팽한 살기가 흘렀다. 강수는 천천히 목에 걸려 있던 삿갓을 벗겨서 모래사장에 내던진다. 그는 좌우를 주의 깊게 살핀다.

무사들 중 한 명은 장창을, 두 명은 칼을, 다른 한 명은 철퇴를 들었다. 우두머리는 예도를 뽑아들고 있다. 특히 그의 자세는 다른 무사들과 달랐다. 검을 쥔 자세도 빈틈이 없고 상대를 향해 뿜어져 나오는 검기도 예사롭지 않다. 오랜 기간 정식으로 검술을 익힌 자가 분명했다.

"야-합!"

한 명이 고함을 지르는 것을 신호로 무사들이 일제히 강수를 향해 몸을 도약한다. 많은 훈련을 거친 무사들다웠다. 강수는 물밀 듯 밀려드는 공세를 쳐내며 포위망을 벗어나기 위해 빠르게 움직인다. 그러나 그건 잠깐일 뿐, 포위망은 살아 있는 유기체처럼 흐트러지지 않고 강수를 향해 조여든다. 전후에서 공격하면 좌우가 퇴로를 막고, 좌우가 공격하면 다시 전후가 뒤로 빠지는 식이다. 연합공격에 익숙해진 자들의 숙련된 전투 수법이다.

강수는 오랜만에 싸움다운 싸움에 휘말렸다고 여긴다. 어쩌면 목숨을 잃을 수도 있다. 여태껏 강수가 써온 방법은 주로 밤에 하는 급습이었지, 이처럼 여러 무사들과 대낮의 대적은 흔치 않은 일이었다. 더욱이 상대는 전문적으로 무술 훈련을 쌓은 정규 무사들이다.

일차 공격이 무산되자 무사들은 잠시 호흡을 고른 다음 재차 공격해 들어온다. 뻗어오는 공세가 처음보다 더 날카롭고 사납다. 홀연 등 뒤에서 위중하게 바람을 가르는 소리를 울리며 철퇴가 날아온다.

강수는 두어 칸 옆으로 훌쩍 도약하며 날카로운 솜씨로 무사 하나의 어깨를 벤다. 이어 철퇴를 거둬들이는 무사를 향해 다시 칼을 휘두른다. 철퇴를 든 무사의 얼굴에 빗각으로 붉은 선이 그어지고 피가 솟구친다.

그 순간 강수도 왼쪽 허벅지가 뜨끔한 것을 느낀다. 우측을 노리던 장창이 허벅지를 찌르고 지나간 것이다. 두 명의 무사를 공격하면서 순간적으로 빈틈이 생겼던 모양이다.

예전 같으면 이런 일은 없었을 터였다. 강수는 내심 혀를 차며 평상심을 잃은 자신을 탓한다. 그 원인을 찾자면 아무래도 심녀에게 있는 듯하다. 그녀가 무사들에게 희롱을 당하는 것을 보고 무사로서는 금기인 격한 분노를 안고 싸움에 임했기 때문이다.

적지 않은 선혈이 다리를 타고 흘러내리는 게 손으로 만지듯 느껴진다. 이대로 시간을 끌다간 득보다 실이 많은 건 자명한 일이다.

마음을 정한 강수는 새로운 자세를 취한다. 왼발을 앞으로 뻗고 칼끝이 비스듬히 땅바닥을 향하게 되는 기이한 자세다.

이 특이한 검법은 한 정체 모를 노인으로부터 배운 것이다.

사실 강수는 정식으로 검술을 배운 적이 없었다. 그가 처음 배운 건 검술이 아니라 검무(劍舞)였다. 그의 아버지는 양민 출신의 한량으로 천성적으로 타고난 끼가 있었는지 재인(才人)들을 불러 모아 모가비(낮은 무리의 우두머리) 노릇을 했다. 줄타기, 가무, 악기연주를 전문으로 하는 무리를 이끌고 방방곡곡을 바람처럼 돌아다녔다.

그의 아버지가 사람들 앞에서 주로 보여주는 기술은 쌍검무였다. 양손에 검을 들고 거의 신들린 듯이 검무를 추었는데, 구경꾼들은 모두 그의 현란한 춤사위에 탄성을 내지르기 마련이었다.

부친은 그 검무를 예전 삼별초의 난에 김통정(金通精)의 휘하 마중으로 참가했다가 사망한 할아버지에게 배웠다고 했다. 하지만 그의 할아버지가 그 검무를 실제 전투에서 사용했는지는 모를 일이었다.

아무튼 그의 부친은 그에게 검무를 가르쳐주려 들지 않았다. 하나뿐인 아들은 평생 재인들 무리와 함께 떠돌며 검무나 추며 살게 할 수는 없다고 했다. 하지만 그는 어릴 적부터 대소 잔칫날이나 장날, 경사가 있는 날에 검무를 추는 부친 옆에서 자기도 모르게 약간씩 검무를 익혀 나갔다.

그런 어느 날이었다. 혼자서 소일 삼아 검무를 추고 있던 그를 내심 눈여겨보던 부친이 혀를 찼다. 피는 속일 수 없는 거라며 불만스런 소리를 하더니 그날부터 정식으로 그에게 검무를 가르쳐주었다.

그가 실제 검법을 배운 건 열여덟 살이 되던 무렵이었다.

우연히 주막에서 시비가 붙어 순군만호부 제공(提控)들과 드잡이를 하는 사건이 일어났다. 그때 그에게 얻어맞은 제공 몇 명이 중상을 입어 자리보전을 하고 드러눕게 되었다.

결국 도망자 신세가 된 그는 천마산 부근의 어느 작은 암자에 숨어들게 되었다. 며칠간 암자에서 하릴없이 지내던 그는 굳었던 몸도 풀 겸 무료함도 잊을 겸 해서 암자 뒤편 숲에서 혼자 목검으로 검무 연습을 했다.

때마침 암자에 들렀던 한 백발노인이 그가 칼을 휘두르는 모습을 보고는 검객의 소질이 있다고 칭찬했다. 백발노인은 그에게 한 가지 검법의 구결을 가르쳐 주었다. 노인의 말에 따르면 구전(口傳)으로만 직계 제자에게 전해지는 검술이라고 했다. 왼손잡이였던 노인은 강수의 목검을 받아들고 직접 검법을 시연해 보였다.

검법은 다섯 가지 품세로 이루어진 비교적 단순한 것이었다. 하지만 노인은 각 품세마다 수십 가지의 변화무쌍한 초식과 함께 필살의 기법이 숨겨져 있다고 했다.

반나절에 걸쳐 다섯 품세 검법의 구결을 마지막까지 전수해준 노인은 헤어지기 직전에 검법의 명칭을 수라검법(修羅劍法)이라고 일러주었다. 또한 법은 그저 전할뿐이지만 공(功)을 얻는 건 제 노력할 바라는 의미심장한 말을 남겼다.

그는 아직 그 검법을 완전히 터득하지는 못했지만 그 검법을 사용하기 시작한 뒤로 아직 그 누구에게도 패배한 적이 없었다. 또 수라검법을 제대로 써볼 기회도 그리 많지 않았다. 이 검법의 특징은 언뜻 보기엔 수비적인 자세였지만 일단 칼이 움직이기 시작하면 연속적인 살수가 펼쳐지고, 대개 상대방은 세 번의 변화를 못 견디고 목숨을 잃었던 것이다.

강수의 기묘한 자세를 본 무사들은 까닭 모를 섬뜩함을 느낀다.

하지만 상대는 허벅지에 부상을 입었고 혼자다. 서로 눈빛으로 신호를 주고받은 우두머리와 무사들이 일제히 강수를 향해 뛰어든다. 강수의 몸이 시야에서 흐릿하게 사라졌다고 느낀 순간, 무사들은 자신들의 목에 뭔가 날카로운 게 지나가는 느낌을 받는다.

강수가 저만치에서 칼을 내리는 순간, 무사들이 하나둘씩 모래사장에 머리를 박으며 쓰러진다. 여섯 명 모두 강수의 칼에 중상을 입거나 불시에 세상을 떠난 것이다.

몸을 돌리던 강수는, 그러나 자신도 무사하지 못한 걸 알았다. 우두머리가 휘두른 예도에 오른쪽 어깨뼈가 허옇게 드러나도록 심한 자상(刺傷)을 입은 것이다. 상처에선 연이어 붉은 피가 쏟아져 나온다. 강수는 치미는 고통으로 자신도 모르게 손에 쥔 칼을 떨어뜨린다. 비틀거리던 그는 한쪽 무릎을 모래사장에 박는다.

"어머, 이를 어째. 상처가 매우 깊은가봐."

멀찌감치 떨어져서 상황을 지켜보던 지심녀가 달려왔다. 그녀는 어깨를 감아 쥔 손가락 사이로 흘러내리는 피를 보며 얼굴을 찡그렸고, 급하게 지니고 있던 천을 찢어 상처를 싸매 준다.

"일단 이 자리를 피하지."

대강의 응급처치가 끝나자 강수가 말한다. 살인현장에 오래 있다간 낭패를 보기 십상이다. 누군가 두 사람의 얼굴을 보게 되면 앞날에 애로가 많을 터. 게다가 죽은 무사들은 모두 이 나라의 권세를 손아귀에 넣고 주무르는 덕성부원군 기철의 심복 무사들이 아닌가.

두 사람은 배로 강을 건너 개경으로 가려던 애초의 계획을 바꾸어 예정에도 없는 남경 쪽으로 길을 잡는다.

4부

四月 아니 니저, 아으 오실셔 곳고리새여
므슴다 錄事니믄, 녯 나를 닛고신뎌
아으 動動다리

사월(四月) 안 잊어, 아아! 오셨나요 꾀꼬리새여

무슨 일로 녹사(錄事)님은, 옛날의 나를 잊고 계신지

아으 動動다리

1

강화도 낙조봉 정상에 서서 양검은 무심한 눈길로 서해 바다를 내려다본다. 시야 끝에는 갈매기 떼가 생존을 위한 비상과 하강을 거듭하고, 그 아래 돛단배 한 척이 외롭게 떠가고 있다.

원나라에서 오는 무역선이리라. 그 옛날 신라시대에 장보고의 기상으로 크게 열렸던 서해가 이제 원나라 상인들의 호궁 소리에 한 많은 세월을 보내고 있다.

아마 저 섬이 석모도일 것이다.

강화도 건너로 보이는 누에처럼 길쭉한 섬에 시선을 고정하고 양검이 중얼거린다. 어쩐지 겉보기에도 신비스러워 보이는 섬이다.

저 섬에 과연 내가 찾는 비서가 있을 것인가.

일단 양검은 그런 기대는 접어두기로 한다. 여기까지 온 김에 한번 헛걸음하는 셈치고 들러볼 뿐 애초에 별다른 기대를 가진 건 아니었다.

거의 일 년 가까운 세월을 양검은 비서를 가졌다는 노인의 뒤를 쫓아서 남도지방을 뒤지고 다녔다. 전라도와 양광도를 거쳐 멀리 동경까지. 그러나 아무리 찾아다녀도 그가 찾는 비서나, 비서를 가진 노인을 만날 수 없었다. 만나기는커녕 흔적조차 찾을 수 없었다. 오히려 남도에서는 비서를 지닌 노인이 강화도 인근 섬에 머물고 있다는 믿지 못할 소문을 들었을 뿐이었다.

그는 일단 노인을 찾아다니는 일을 중단하기로 결정을 내렸다. 소문만을 좇아 무작정 세상을 떠돌 수는 없었다. 어떤 보물이든 인연이 닿은 자라야 얻을 수 있다는 판단을 한 것도 그즈음이었다.

양검이 강화도에 도착한 것은 어제 저녁 무렵이었다.

남도에서 올라오다가 남경 근처 광나루에서 돛단배를 탄 그는 한강 물길을 따라서 네 시진이 넘도록 배를 탄 뒤에야 강화도 월곶진(月串鎭)에 도착할 수 있었다. 배에서 내린 그는 강화궁을 잠시 둘러본 다음 백련사(白蓮寺)에 머물면서 하룻밤을 보냈다.

백련사에는 하나의 전설이 있었다. 고구려 장수왕 때 중국 동진(東晋)에서 온 천축조사(天竺祖師)가 왕명으로 절 지을 터를 찾아다녔다. 그런 어느 날 고려산 꼭대기에서 백, 홍, 청, 황, 흑의 오색 연꽃이 피어난 연못을 발견하고, 그 꽃을 따서 날려 보내 꽃잎이 떨어진 곳마다 절을 세웠는데, 그중 하얀 꽃이 떨어진 곳에 세운 절이 바로 백련사라고 했다.

백련사에서 아침 공양을 마친 양검은 며칠 더 묵고 가라는 주지의 청을 물리치고 이곳 낙조봉에 오른 것이다. 그는 여기서 석모도에 가보기로 약간은 충동적으로 계획을 정했다. 뚜렷한 목적이 있다기보다 그냥 한 번 들러보고 싶은 섬이었기 때문이다.

외포나루에 도착했을 때 마침 거룻배 한 척이 해안에 머물고 있었다. 그 옆에서 사공이 낡은 고기잡이 망태를 손질하고 있다가 낯선 양검을 의아한 눈으로 바라보았다. 햇살에 검게 탄 사공의 얼굴에 깊은 주름살이 잡혀서 오랜 삶의 피로를 여실히 드러내고 있다. 머리도 서리를 맞은 양 반 너머 희다.

"이보게, 사공."

"예. 나으리."

망태를 놓은 사공이 허리를 숙인다.

"저기 석모도까지 갈 수 있는가?"

"글쎄올시다."

"……?"

"그게, 제 마음대로 갈 수는 없습니다요."

양검이 바라보자 사공이 우물쭈물 난색을 표한다. 배를 내주기 싫어서 지어낸 거짓말 같지는 않다.

"그건 무슨 소린가?"

"저 섬은 특별히 허락을 받아야 갈 수 있습지요."

"섬에 가는데 누구 허락을 받는단 말인가?"

"말하자면…저 섬에는 풍천도인이란 분이 계신데, 그분 허락이 있어야 저 섬으로 건너갈 수 있습지요."

"만약 그 말을 거역하면?"

"그럼 야단납니다. 어쩌면 제 배를 빼앗길 수도 있습니다요."

"그래, 그런 말을 들으니 이상하게 더 가고 싶은 마음이 생기는군. 그럼 사공, 내가 강제로 배를 빼앗은 걸로 하지. 나중 나올 때 삯과 함께 배를 돌려줄 테니."

"무턱대고 저 섬에 가면 거한이 화를 낼 겁니다요."

"거한? 거한이든 괴한이든 상관없어. 아무튼 가보겠어."

양검이 두어 칸을 훌쩍 뛰어 배에 오른다. 익숙하게 노를 저어 곧장 바다로 나간다. 무사라는 자가 어떻게 저렇게 노를 잘 젓는지 사공이 의심을 할 정도로 배는 파도를 가르며 석모도를 향해 시원스레 나아간다. 강화도 외포나루에서 석모도까지는 활 서너 마당 거리였다.

"거기 멈춰라!"

배가 석모도 해안을 몇 장 남겨놓지 않았을 때 난데없이 벽력같은 소리가 들린다.

양검이 바라보자 건너편 기슭에 덩치가 커다란 털북숭이 거한이 서서 이편을 향해 어서 돌아가라는 손짓을 보내고 있다. 양검이 슬쩍 미소를 머금는다. 사공의 말이 터무니없는 거짓은 아닌 것이다.

"누군데 여길 마음대로 오느냐?"

거한의 호령에도 아랑곳없이 양검은 잠자코 배를 해안으로 몰아갔다. 지켜보던 거한이 안 되겠다 싶었던지 짚신을 신은 채 성큼 바다로 걸어 들어와서 배를 막아선다.

양검을 막아선 거한은 다름 아닌 길상천이다. 산에 있다가 새매가 우는 소리를 듣고 낯선 무사가 사공의 배를 몰고 오는 걸 알아채곤 한달음에 바닷가로 뛰어내려온 것이다.

양검이 탄 거룻배의 선수가 길상천의 솥뚜껑처럼 커다란 손에 잡힌다. 힘이 좋은 길상천은 배를 가슴팍까지 오는 바다로 밀어낸다. 배가 가볍게 바다로 밀려난다. 양검은 해변을 바라본다. 이십 보 남짓한 거리다. 만약 지금 배에서 내린다면 양검에겐 목까지 찰 깊이일 것이다.

돌연 양검이 젓던 노를 들어 길상천의 얼굴을 향해 휘두른다. 이미 이를 예상하고 있었던 듯 길상천이 머리를 꺾어 가볍게 노를 피하더니 놀랄 만한 괴력으로 배 이물을 잡고 좌우로 흔든다. 마치 작은 소쿠리를 잡아 흔드는 것처럼 간단해 보인다. 배는 곧 뒤집힐 듯 좌우로 요란스럽게 기우뚱거린다.

"정말 힘 한번 좋군."

더 이상 중심을 잡고 앉아 있을 수 없게 된 양검은 짧게 한 소리 기합을 내지르는 것과 동시 배를 박차고 해안을 향해 도약한다. 몸이 바닷물에 떨어지려는 순간 양검은 노로 해면을 두들겨 그 반동으로 다시 공중에 솟구친다. 고도로 무술을 연마한 고수가 아니면 하기 힘든 놀라운 몸놀림이다.

그 광경에 길상천이 놀란 얼굴을 했을 때 이미 양검은 허공을 새처럼 날아 해안 가까이 다다르고 있다. 마지막으로 양검은 노를 지렛대로 이용하여 바닥을 짚으며 한 바퀴 공중제비를 돈 다음 무사하게 해변에 닿는다. 가죽신을 신은 발에는 물 한 방울 묻지 않았다.

"어라, 저놈이……."

투덜거리며 길상천이 배를 놔두고 성큼 해변으로 걸어 나온다. 검은 구레나룻이 무성한 얼굴이 일면 천진해 보이지만 지금은 잔뜩 화가 나 있어 무시무시하다.

양검은 팔짱을 끼고 선 채 털북숭이 거한이 모래 기슭으로 나오기를 기다린다.

이윽고 양검의 앞에 버티고 선 길상천이 공격할 자세를 갖춘다. 힘을 믿고 곧장 달려들지 않는 건 사내의 동물적인 본능과 노련함이 엿보이기 때문이다.

거한의 공격이 만만치 않으리라 짐작하고 양검은 내심 마음의 준비를 갖춘다. 길상천의 자세에서 곰이나 호랑이 따위의 맹수에 버금가는 강한 괴력과 치명적이고 날렵한 공격성을 보았던 것이다. 자칫하다 사내의 주먹에 슬쩍 닿기만 해도 중상을 입을 수 있었다.

"그만두어라."

막 격투가 시작되려는 찰나, 나직한 소리가 들렸다

고개를 돌려 바라보니 저만치 걸어오는 도인풍의 남자가 있다. 반백의 머리가 바닷바람에 표표하게 날린다. 섬의 주인이라 일컫는 풍천도인이다. 다가온 풍천이 양검의 얼굴을 유심히 쳐다본다.

"이 섬에는 무슨 일로 오셨소?"

평범한 질문 같지만 내심 언짢은 기색이 깔려 있다. 양검은 눈앞에 나타난 중년 남자가 보통 사람은 아니라고 판단한다. 진중한 걸음걸이와 빈틈없는 자세, 흔들림 없이 고요한 표정이 보기 드문 도인이란 걸 은연중 나타내고 있다. 아마 짐작대로라면 무술 실력도 보통이 아니리라. 어쩌면 난생처음 만나는 호적수인지도 모른다. 자신을 쉽게 죽일 수도 있는 자. 그런 생각이 들자 양검은 무사로서의 본능인 호승심이 가슴에 차오르는 걸 느낀다.

"여긴 사람이 오지 못할 곳이란 말이오?"

"그건 아니지만 시주는 그냥 돌아가시는 게 좋을 듯하오. 이 섬은 심심풀이로 아무나 기웃거리는 데가 아니외다."

"오고 가는 건 내 마음이오."

양검이 냉소하듯 잘라 대답한다.

"허, 시주의 고집이 보통이 아니구먼."

풍천의 하얀 눈썹이 희미하게 움직인다. 보기 힘든 일이다. 어쩌면 관심 같기도 하고, 양검의 시건방진 태도를 못마땅하게 여기는 듯도 하다.

"알았으면 그냥 놔두시지요."

"스승님, 저 천둥벌거숭이 같은 자를 제가 혼을 내주겠습니다."

보다 못한 길상천이 주먹을 움켜쥐고 풍천에게 허락을 구하듯 조른다. 풍천이 알 듯 모를 듯한 미소를 머금고 고개를 좌우로 젓는다. 그는 신중하게 입을 연다.

"시주, 그럼 내 제안 하나 하리다. 보기에 무사인 듯한데 나와 한번 검술을 겨루어보는 게 어떻소? 시주가 패하면 그길로 이 섬에서 물러나는 걸로 하고……."

"그거 바라던 바요. 그럼 무엇으로 겨루는 게 적당하시겠소?"

"시주는 등에 걸린 무기가 있으니 그걸로 하고, 난 내 좋은 걸로 하겠소."

"그럼 어르신 좋으실 대로."

어떤 무기를 쓰려는가 싶었더니 풍천이 길상천에게 나뭇가지를 주워 오라고 시킨다. 길상천이 가까운 모래밭에서 파도에 밀려온 석 자 길이의 나뭇가지를 주워 왔다. 나뭇가지는 아이 손목 굵기였는데 검게 바닷물에 불어 좀 무거워 보인다.

"그걸로 하시겠소?"

양검이 어이 없어 하며 묻는다.

"길고 짧은 건 대봐야 하는 법."

풍천이 양검을 향해 조용히 나뭇가지 끝을 겨눈다.

양검은 풍천의 자세가 놀랍도록 자연스럽고, 또 한 치의 빈틈도 엿보이지 않는다는 사실에 내심 경악한다. 마치 거대한 태산과도 같다. 양검은 풍천도인이라는 이 초로의 사내가 절대 헛말을 하는 게 아니라는 걸 알았다. 처음 판단한 대로 가느다란 회초리 하나로도 단번에 사람을 죽일 수 있는 무예의 고수가 틀림없다.

양검은 등에 메고 있던 지팡이를 벗겨 내린다. 지팡이 속의 검을 꺼내지는 않는다. 그렇게까지 하고 싶지는 않았다. 그는 지팡이를 풍천을 향해 겨눈다. 두 사람 사이에 팽팽한 긴장이 주위의 공기를 압박한다.

손바닥이 땀에 젖는 걸 느끼며 양검은 이런 긴장을 맛보기는 참으로 오랜만이라고 생각한다. 온몸의 신경 가닥가닥이 적을 향해 당겨진 활시위처럼 끊어질 듯 팽팽히 당겨지는 기분이다. 검투는 일종의 자기 전부를 건 도박이나 다름없다. 무사는 그 한때를 위하여 평생 스스로를 연마하는 사람인 것이다. 특히 무사로서의 남다른 자질을 타고난 사람들로선 혈관 속에 잠자고 있던 투쟁본능이 깊은 잠에서 깨어나는 순간이기도 했다.

양검은 상대의 실력으로 보아 단 일합에 승부가 나리라고 판단한다. 아울러 그 일합은 전력을 다한 십이성의 공격이 될 것이다. 어쩌면 그 한 수로 생명을 잃을 수도 있을 것이다. 그 생각 끝에 양검은 빙그레 미소를 머금는다. 이 외딴 섬에서 낯선 도인에게 목숨을 잃는 것도 그리 나쁘지 않다는 데 생각이 미친 것이다. 물론 그건 상대가 자신을 능가하는 고수일 경우에 한해서다. 양검은 자신이 취할 검법을 빠르게 머릿속에 그려본다.

상대는 한 점 흔들림도 없이 나뭇가지 끝으로 양검을 겨누고 있다. 양검은 자신의 양미간에 겨누어진 나뭇가지가 견디기 힘든 무거운 중량으로 자신을 압박하는 걸 느낀다. 별볼일 없는 나뭇가지 끝이 지금은 어떤 무기보다 강하게 양미간을 찔러오는 것만 같다.

양검은 상대의 자세를 흔들기 위해 천천히 걸음을 옮기며 옆으로 돌아본다. 그러나 양미간엔 나뭇가지 끝이 따라붙듯 겨눠진다. 양미간에서 한 치도 벗어나지 않는다. 기이한 일이다. 어떤 검법을 쓰기에 이토록 강한 집중력으로 자신의 압박해오는지 알 수가 없다.

양검은 시간이 지나면서 점차 호흡이 가팔라지는 걸 느낀다. 더 이상 겨누고 있다가는 이편에서 먼저 허점이 드러날 것이다. 그는 일차 공격으로 상대의 허점을 만들고 이어서 그 허점을 찌르기로 마음의 결정을 내린다.

"차-앗!"

결정이 내려지는 순간, 양검은 힘차게 허공으로 도약하며 지팡이를 조천세(朝天勢)로 내리친다. 거의 눈에 보이지 않을 빠른 검세다. 어느 순간, 지팡이가 풍천의 정수리에 닿았다고 느낀 찰나에 양검은 재차 상대의 허리를 향해 공세를 펼친다. 상대가 움직일 것을 미리 예상한 공격이다.

그림자가 지팡이 끝에 잡혔다고 여겨지는 순간 상대의 도포자락이 잘리는 느낌을 받는다. 그러나 그건 눈속임이다. 양검은 어느새 상대가 시야에서 사라진 걸 느낀다.

공중이다!

짐승보다 뛰어난 감각으로 양검은 허공에 날카로운 검세를 펼친다. 그러나 역시 상대는 거기에 없다. 그는 믿을 수 없는 기분이 된다. 여태껏 많은 검술 시합을 해왔지만 지금처럼 번연히 눈을 뜬 채 상대의 동정을 놓친 적은 없었다.

불현듯 좌측에서 옷자락이 펄럭거리는 소리를 듣는 순간, 양검은 우측 다리를 중심으로 몸을 회전하며 잽싸게 그편으로 공세를 이어간다.

하지만 이미 늦어 있다. 아차 하는 순간, 관자놀이에 강한 충격이 느껴진다. 이어 허벅지에도 강한 쇠몽둥이에 맞는 것처럼 아찔한 통증이 치민다. 순식간에 허공이 새까만 먹빛으로 변하는 걸 느낀다.

"무정한 검법을 쓰는 자로군."

침몰하듯 혼절한 양검의 뒤편에 사뿐히 내려선 풍천이 말한다. 그는 약간 경이에 찬 눈길을 하고 있다. 그의 손에 들린 나뭇가지는 이미 반쯤 부러져 나가고 없다. 아울러 풍천의 양쪽 도포자락이 모두 반 뼘 정도 찢겨 있다. 조금만 늦었어도 양 손목이 부러지는 심한 부상을 입었을 것이다.

"보기 드문 뛰어난 무사로군요."

길상천이 새삼 양검의 검술을 칭찬한다.

"그래, 근본이 잘된 타고난 무사야. 자칫하면 낭패를 당할 뻔했어."

풍천이 부러진 나뭇가지를 던지고 손을 털며 솔직하게 말한다. 몸을 숨기는 비법인 은형술을 쓰지 않았다면 사내의 공격권에서 쉽게 벗어나지는 못했을 것이다.

"저와 대결했으면 어찌 됐을까요?"

길상천이 천진한 질문을 던진다. 사내다운 기질이 승부를 겨뤄보지 못한 게 미련으로 남은 때문이다.

"아마도 곰과 호랑이의 싸움이 되었겠지."

납득이 갔는지 길상천이 고개를 주억거린다.

"근데 이자를 어떡할까요?"

풍천의 뇌리에 문득 아까 결투를 벌일 때 사내의 입가에 감돌던 허무한 미소가 떠오른다. 그건 분명 자신의 생사를 도외시한 자만

이 보일 수 있는 무심한 태도다. 무슨 연유로 젊은 사내가 그처럼 깊은 허무함을 지니고 있는지 알 수 없다.

"건방지긴 하지만 근본적으로 나쁜 자는 아닌 듯해. 빈집에 데려다가 정신이 들 때까지 치료해주도록 하지."

"알겠습니다."

풍천의 호의에 길상천이 밝게 웃으며 쓰러진 양검을 빈 짚단처럼 가볍게 어깨에 둘러멘다.

2

남경(후일의 서울).

고려 초기 양주목으로 불리다가 문종 때 3소경(서경, 동경, 남경)의 하나로 승격하였고, 그 뒤 인구가 십여 만 명으로 늘어나면서 숙종 때에 이르러서는 남경 천도설이 나돌 만큼 읍성(邑城)이 번성한 곳이다. 따라서 남경과 개경을 오가는 길은 늘 인마와 짐수레의 왕래가 그치지 않았다.

개경과 남경을 이어주는 대로인 의주가도 부근의 안산과 인왕산 사이로 난 야트막한 길마재 언덕.

농가로 보이는 몇 채의 집 사이에 나지막한 돌담으로 둘러싸인 허름한 길가 집이 있다. 담 옆에는 주막을 알리는 푸른 깃발이 꽂혀 있고 주막 마당의 감나무에는 땡감이 노랗게 익어가고 있다. 잎들이 모두 떨어지고 감이 주홍빛을 띠면 중추절이 찾아올 것이다.

주막과 담을 연한 초가집.

작은 골방에서 강수가 띠살문을 열어놓고 바깥을 내다보고 있다. 몸살을 앓고 난 사람처럼 몹시 초췌해진 얼굴이다. 그의 눈길이 마당가에 심어둔 마타리꽃에 가 있다. 여름 내내 노랗게 피었던 꽃이 이젠 제철을 잃고 시름겨운 모습으로 고개를 숙이고 있다. 그게 꼭 자신의 처지와 비슷하다는 생각이 든다. 쪽마루 아래서 들려오는 풀벌레 소리 역시 시름에 겹다.

이런 강수의 심정과 달리 토담 건너에선 사내들의 걸쭉한 농담과 여자의 웃음소리가 질탕스럽다. 특히 여자의 간드러진 웃음소리는 강수의 신경을 몹시 거스른다. 강수는 낮은 토담 너머 주막에 시선을 준다. 눈동자에 황폐한 적의가 흐른다.

주막은 원래 가는귀가 먹은 할멈이 혼자서 해나가던 장사였다. 길목을 지나다니는 행인들에게 간단한 요깃거리나 팔다가, 간혹 잔술 생각이 난 과객에게 밀주를 내다 파는 그런 허름한 밥집에 불과했다. 어중간한 장소에 위치한 터라 주막에 묵어 갈 투숙객도 별로 없었다. 개경을 목적지로 잡은 사람이면 대부분 장단(長湍)이나 봉성현(峰城縣: 문산 부근)까지 가서 묵는 게 상례였기 때문이다. 그러니 장사가 잘될 턱이 없었다.

하지만 지심녀가 심심소일로 할멈의 부엌일을 거들게 되면서 밥집은 아연 활기를 띠기 시작했다. 술을 찾는 손님도 배나 늘었고, 묵고 가겠다는 장사치들도 생겨났다. 어쩐 영문인지 이제는 인근 마을의 남정네들까지 썩은 생선에 몰려드는 파리 떼처럼 꾀어드는 형국이었다.

강수는 알고 있었다. 쥐나 개나 수컷들이라면 모두 침을 흘리며 모여드는 원인은 바로 지심녀란 음탕한 여인이 내뿜는 암내 때문이라는 걸. 또한 지심녀가 두 오빠와 남편과 함께 주막집을 했던 이력이 있었기에 장사가 더욱 잘되는 건지도 모를 일이었다.

허구한 날 파리만 날리던 밥집이 느닷없이 손님들로 문전성시를 이루자 주인할멈은 입이 귀밑까지 찢어질 지경이었다. 신명이 오른 할멈은 지심녀의 말을 좇아 부랴부랴 주막 깃발도 새로 해 달고, 일꾼을 불러 폐가나 다름없던 건넛방도 수리를 해서 넓혀놓았다.

할멈이 슬슬 강수를 꺼려하는 기색을 보이기 시작한 것도 그즈음부터였다.

어느 날, 할멈이 강수를 보자고 했다. 주막집 담과 연한 뒷집에 방이 하나 있으니 그리로 가 묵으면 어떻겠느냐는 제안이었다. 그게 전적으로 할멈의 늙어터진 머리통에서 나온 게 아니라는 걸 강수는 누구보다 잘 알고 있었다. 지심녀가 여기서 강수가 몸을 치료할 동안만이라도 여비를 벌 작정이라고, 지나가는 말처럼 언급했던 것이다. 남자가 뒤에 버티고 있으면 손님이 모이지 않는다는 이유에서다. 결국 강수는 상갓집 개새끼처럼 주막 뒷집 골방으로 쫓기다시피 옮겨왔던 것이다.

그때 다치지만 않았어도 이런 누추한 꼴이 되지는 않았을 것을…….

강수는 아무 소용이 없는 줄 알면서도 벌써 몇 번씩이나 지난 후회를 곱씹는다.

그날, 임진강 부근 두보나루에서 만난 기철의 호위무사들과 벌인 결투에서 그는 허벅지와 오른팔에 꽤 심한 자상을 입었다. 창에 찔린 허벅지의 상처는 며칠 지나지 않아 아물었다. 문제는 오른팔이었다. 시간이 지나면 아물겠거니 대수롭잖게 여긴 게 불찰이라면 불찰이었다.

더운 여름이어서 쉽게 상처가 곪았고, 며칠 지나면서 지독한 냄새를 풍기며 누런 고름과 진물까지 흘러내렸다. 그제야 사태의 심각성을 깨닫고 부근 의원을 찾아가서 처방해준 약초를 빻아 즙을 상처에 발랐지만 이미 곪아든 상처는 시일이 지날수록 물에 빠져 죽은 짐승 배처럼 팅팅 부어올랐다.

하는 수 없이 강수는 남경에서 제일 부술(剖術: 외과수술)을 잘한다고 소문난 의원을 찾아갔다. 의원은 뼛속을 다쳐서 그런 것이라며 부어오른 상처를 째고는 속에 누렇게 차오른 고름을 빼냈다.

정작 문제는 그다음이었다. 상처는 아물었지만 어찌된 셈인지 팔의 움직임이 부자유스러웠다. 한번은 수저를 들다가 놓친 적도 있었다. 손가락은 움직임이 그런 대로 자유스러웠지만 오른팔이 영 예전 같지가 않았다.

검을 쥐어 보았지만 역시 마음먹은 대로 움직여 주지 않았다. 어쩐지 오른팔과 연결된 신경이 중간에서 끊어진 듯 느껴졌다. 강수는 헤어나기 힘든 절망감에 사로잡혔다. 검을 잡는 오른팔이 말을 듣지 않으면 무사로서의 생명도 끝장이 아닐 수 없었다.

다시 연습을 해보자.

강수는 쪽마루를 지나 마당으로 내려선다. 그는 마루기둥에 기대어 세워 놓았던 박달나무 지팡이를 집어 든다. 우선 수라검법의 다섯 초식 중 첫 번째 초식부터 펼쳐본다. 역시 마음대로 되지 않고 서툴다. 마치 어린아이가 작대기로 장난을 하는 것처럼 어설프다.

억지로 첫 번째 초식에 이은, 공중으로 도약하며 공세를 취하는 두 번째 초식을 펼치자 돌연 어깨와 겨드랑이가 찢겨나가는 것처럼 고통스럽다. 강수는 자신도 모르게 손에 든 지팡이를 놓는다. 날아간 지팡이가 저만치 땅바닥에 소리 내어 떨어진다.

강수는 치미는 고통에 어금니를 악문다. 하지만 고통보다 마음속에 치미는 좌절감이 더 견디기 힘들다. 그는 갑자기 주저앉듯 땅바닥에 양 무릎을 박는다. 이어 주먹이 부서져라 땅바닥을 마구 내리친다. 그렇게나마 하지 않고서는 치미는 울화를 참기 힘들다. 울분과 열패감이 골수까지 파고드는 기분이다. 개경에서 한주먹 한다는 놈도 이름만 들으면 사색이 되는 천하의 야귀가 이게 도대체 무슨 변변치 못한 꼬락서니란 말인가.

마침 심녀가 저녁 소반을 들고 마당으로 들어서고 있다. 그녀는 강수가 왜 그러는지 잘 알고 있다. 아니, 아는 건 고사하고 너무 봐서 이제 신물이 날 지경이다. 비록 서로 몸을 섞고 일 년 넘게 함께 생활해 온 터이지만, 사내의 저런 무기력하고 나약한 모습을 보면 정나미가 뚝 떨어진다. 하긴 계약으로 맺어진 관계에 정나미가 들 이유도 별반 없다.

그녀는 마당에 멈춰 서서 하얀 얼굴에 희미한 조소를 흘린다. 조만간 떼버려야 할 사내다. 몸에 부상을 입은 다음부터 더욱 남편 행세를 하려 드는 것도 꼴불견이다. 못난 강아지 사람까지 물려는 격이다.

"그게 뭐 하는 꼬락서니야?"

그녀의 말투에는 자연 경멸과 조롱기가 섞인다. 고개를 쳐든 강수가 그녀를 노려본다.

"흥, 알량한 짓 집어치우고 어서 저녁이나 먹어."

낮게 콧방귀를 낀 심녀가 쪽마루에 소반을 던지듯 내려놓고 바깥으로 나간다. 소반에는 보리밥 한 사발과 소금물에 둥둥 뜨는 무 조각이 고작이다. 갈수록 찬밥 신세다.

"술 좀 가져와."

강수가 심녀의 등에 대고 소리를 지른다.

"꼴에 술은……."

그녀는 들릴 듯 말 듯하게 중얼거리며 사립문을 나선다. 살을 섞은 사내랍시고 저녁마다 술타령을 하는 게 괘씸하기만 하다.

"안 가져오면 그리로 가겠어."

그 말을 들었는지 심녀가 고개를 돌려서 강수를 한 번 째려본 다음 사라진다. 강수는 그런 심녀의 모습을 보며 참을 길 없는 자괴감에 빠진다. 어쩌다가 이런 기생오라비나 진배없는 신세가 되었는지 절로 한탄이 치밀 따름이다.

언제 잠이 들었을까. 시끄러운 풀벌레 소리에 잠을 깬 강수는 방안을 둘러본다. 영창을 넘어온 보름 넘은 달빛만 휘영청 밝다. 띠살문 옆에는 먹다 만 술상이 어질러진 채로 놓여 있다. 그는 늦도록 혼자 술을 마시다가 잠이 든 사실을 기억한다.

또 하나, 분명 옆에 있어야 할 심녀가 보이지 않는다는 걸 깨닫는다. 밤은 깊어 있다. 초저녁까지 술꾼들의 얘기로 떠들썩하던 담 너머 주막도 이미 깊은 적요에 빠져 있다.

이런 제길.

강수는 벽에 걸어둔 지팡이로 위장된 검을 내린다. 그리고 방문을 박차고 마당으로 뛰어나간다. 잠깐 좌우를 둘러본 강수는 짚이는 데가 있다는 듯 마을 뒤편 자드락밭 사이로 난 길로 들어선다.

길게 자란 수수밭을 지나자 밭 옆에 작은 초막이 드러난다. 수숫대를 벽 삼아 얽고, 억새풀로 지붕을 얹은 작은 초막이다. 농번기에 잠시 쉬거나 소나기를 피하려고 임시로 만들어 놓은 집이다.

역시 생각대로 초막 안에서 거친 숨소리와 섞여 여자의 교성이 감질나게 흘러나온다. 발소리를 죽이고 다가간다. 얼기설기한 수숫대 사이로 벗은 사내의 널찍한 등판이 보인다. 마주 보고 바닥에 누운 여자의 상체도 보인다.

사내가 몸을 움직일 때마다 여자의 둥근 젖가슴이 운율을 맞추듯 출렁거린다. 간드러지게 발정 난 암고양이 소리를 내지르는 건 분명 심녀다.

당장 뛰어들려던 강수는 이왕 판이 벌어진 터에 두 연놈이 주고받는 수작을 좀 더 지켜보기로 한다.

"어쩜 자네는 살이 이처럼 부드러울까. 마치 추석날 빚은 인절미 같아. 어때, 좋아? 좋아?"

남자가 가쁘게 숨을 헐떡이며 심녀에게 묻는 말이다.

"아, 그래, 좋아."

"내 평생 자네 같은 여자는 처음 보아. 어떤가? 나하고 살림을 차리는 게……."

"살림?"

"함께 살자는 거지. 못생긴 마누라는 내쫓아버리면 그만이야."

"그건 안 돼."

"왜 안 된다는 거야? 소문에 듣기론 그 주막 뒷집의 놈팡이가 자네의 기둥서방이라는데, 그런 놈팡이와 있으면 평생 고생이지."

마냥 듣고 있을 수는 없었다. 화가 치민 강수는 초막을 향해 칼을 휘둘렀다. 사악, 풀이 베어지는 가벼운 음향과 함께 한쪽 수수깡으로 된 벽이 휑하니 잘려나갔다. 정사를 나누던 두 남녀의 육체가 적나라하게 드러났다.

한창 육체의 쾌락에 탐닉하던 남자의 몸이 일순 멎는다. 돌아보는 낯짝을 보아하니 최근 자주 주막을 들락거리던 아랫마을 농부 놈이다. 농부는 달빛 아래 시퍼런 칼을 빼들고 나타난 강수의 야차 같은 모습을 보자 너무 놀라서 입조차 다물지 못한다. 그저 소처럼 커다란 눈알만 이리저리 굴릴 뿐이다.

"왜 이러는 거야?"

상황을 파악한 심녀가 농부를 가슴에서 밀어내며 외친다. 너무 예상치 못한 반응이라 강수는 어이가 없어 물끄러미 바라본다.

"왜 방해를 놓느냐 그 말이야. 이게 다 먹고살자고 하는 일이잖아."

"먹고살자고?"

"그래. 먹고살려고. 또한 내가 무슨 짓을 하든 댁이 무슨 상관이야. 그동안 댁이 한 게 뭐 있어. 계약한 놈을 죽이기나 했어? 그러면서 내가 준 보수는 다 써버렸잖아. 이제 계약도 끝난 판에 내가 뭘 하든 무슨 간섭이냐고. 오히려 그간 내 덕으로 배를 곯지 않았으면 고맙게나 여길 노릇이지."

드러난 하체를 삼베치마로 덮으며 지심녀가 타박을 준다. 강수는 심한 모멸감에 이를 악문다. 일단 이 농부 녀석부터 처치할 것이다. 강수가 번쩍이는 칼을 허공으로 치켜든다.

"제발 목숨만 살려주십시오. 남편이 있는 아낙인 줄 몰랐습니다."

겁을 먹은 농부의 얼굴이 꺼멓게 죽은 빛깔이 된다. 아직 아랫도리도 가리지 못한 채다. 조그맣게 오그라든 물건은 마치 생쥐 꼴이다.

"그 사람은 살려줘. 죄가 없으니까. 죽이려면 차라리 나를 죽여."

농부를 밀쳐내고 심녀가 당돌하게 강수 앞에 나선다. 풀어헤친 앞섶 사이로 크고 뽀얀 젖가슴이 내보인다. 칼을 내리치려던 강수가 멈칫한다.

"저, 여기 있습니다."

농부가 옆자리를 뒤져서 화대로 가져온 작은 자루를 심녀에게 내민다. 심녀는 태연하게 그 자루를 받아 챙긴다. 그사이 농부가 재빨리 초막을 뛰쳐나간다. 하지만 강수의 눈길이 더 빠르다.

짧은 기합소리와 함께 강수가 도약하듯 뛰어나간다. 번쩍 하며 칼이 허공을 가른다. 농부가 비명도 지르지 못하고 수수밭에 엎어지며 혼절한다.

"뭐야? 괜한 살인을 하고……."

지심녀가 저고리 고름을 동이며 투덜거린다.

"걱정 마. 칼등으로 쳐서 죽지는 않았을 테니……."

"흥, 이런 일이 소문나면 앞으로 누가 내게 품삯을 주겠어."

야멸스레 내뱉은 지심녀가 화대로 받은 작은 곡식자루를 들고 초막 바깥으로 나선다.

강수는 입술을 일그러뜨리며 그녀의 뒤를 따른다. 극심한 모욕감과 배신감이 온몸을 적신다. 심녀라는 계집 하는 양을 봐서는 당장 칼로 양단을 내고 싶다. 하나 도저히 그럴 순 없다. 그녀는 이미 그의 삶에 깊숙이 뿌리내린, 없어서는 안 될 숙명적인 존재였다. 그녀가 떠난 삶은 상상하기조차 두렵다.

달빛을 가리며 나타난 구름이 긴 그림자를 만들며 마른 수수밭을 가로지른다.

3

바람이 해송 숲을 지나가는 소리가 스산하다.

그 바람소리 사이로 발자국 소리가 섞여 있다. 범처럼 묵직하면서 유연한 발자국 소리, 사슴처럼 조용하고 민첩한 소리, 들개처럼 가볍고 날렵한 소리. 양검은 자리에 누운 채 눈을 감고 발자국 소리를 헤아린다. 모두 세 사람이다. 이미 그들은 문밖에까지 이르러 있다.

"함께 들어가요."

맑고 투명한 여자의 음성이 얇은 띠살문을 투과해 들어온다.

"됐어. 나는 그냥 밖에서 기다릴게."

호탕하고 굵직한 음성이 대답한다.

"그러지 말고 같이 들어가요, 네?"

"난 좁은 곳은 딱 질색이야. 너나 들어가렴."

"그럼 무영아, 너나 같이 들어가자."

샐쭉해진 유정의 목소리와 함께 띠살문이 열리는 소리가 난다.

"어머, 아직 주무시나봐."

양검이 눈을 떴다. 예상치도 못한 눈길이 마주치자 유정의 얼굴이 갑자기 경직된다. 어찌할 바를 모르겠다는 표정이다. 그러나 이

내 긴장이 풀리면서 얼굴에 봄 햇살처럼 환한 미소가 퍼진다.

"점심 가져왔어요."

어색한 분위기를 무마하듯 유정이 용건부터 말한다.

보자기를 풀자 대오리로 만든 고리가 나온다. 고리 안에는 과일 몇 가지와 해물을 넣어 끓인 죽사발이 들어 있다.

"아직 아침도 못 드셨죠? 자, 이것 좀 드세요."

유정이 죽사발을 양검에게 내민다.

"나중에 먹겠어. 아직은 배가 고프지 않아."

"아침도 잘 안 드셨잖아요. 그건 그렇고 몸은 좀 어떠세요?"

"덕분에, 고마워."

말 한마디 없을 것 같던 무뚝뚝한 양검이 던진 정감스러운 말에 유정의 얼굴에 일순 붉은 홍조가 어린다. 그녀는 양검이 자신에게 이 정도나마 반응을 보여주는 게 내심 무척 반가웠던 것이다.

풍천과의 결투에서 혼절해 쓰러진 양검을 이 농가로 옮긴 건 길상천이었다. 그날부터 양검은 길상천의 간호를 받았다. 그런데 우연히 길상천의 뒤를 따라온 유정이 양검을 한 번 보고 나서 자신이 간호하겠다고 나선 것이다. 길상천이 거절했지만 막무가내였다. 결국 길상천은 풍천도인이 모르게 한다는 약속 아래 유정에게 간호를 맡겼던 것이다.

그 뒤로 유정은 시간이 날 때마다 이 보문사 아래 비어 있는 농가로 와서 혼절한 양검을 보살폈던 것이다. 그녀는 웬일인지 처음 양검을 본 순간부터 자신이 보살펴야 될 사람이란 생각이 치밀었던 것이다.

"어디 일어나 보세요."

간곡한 유정의 말에 양검이 몸을 일으킨다. 머리는 괜찮았지만 허벅지엔 아직 묵직한 통증이 남아 있다. 하지만 어느 정도 보행은 가능할 듯도 했다.

어린 처녀와 단둘이 있다는 사실에 신경이 쓰인 양검이 허리를 낮추어 방 밖으로 나선다. 마당에 서 있던 길상천과 꼬마가 양검과 마주치자 걱정 반 반가움 반이 섞인 눈길을 던진다. 아직은 양검의 걸음이 위태로워 보이는 모양이다.

"이제 어지간히 나은 것 같군."

길상천이 털북숭이 얼굴을 일그러뜨리며 미소를 보낸다. 그 모습에서 양검은 길상천이 보기 드문 호인이라고 생각한다.

바깥은 초가을 햇살이 청명하다. 해수면에 부딪힌 햇살이 눈부시게 찬란하다. 양검은 눈을 가늘게 하고 멀리 은빛으로 빛나는 서해 바다를 바라본다. 여기 온지 나흘째지만 꽤나 오랜 시간이 흐른 듯한 기분이 든다.

"아저씨, 정말 괜찮아요?"

길상천 곁에 서 있던 꼬마가 붙임성 있게 말을 건넨다. 얼굴이 둥글고 해맑게 생긴 아이로 어디선가 본 듯한, 왠지 정이 가는 아이다. 어린 나이치고는 몸의 균형이 잘 잡혀서 무예를 익히기 좋은 체질로 보인다. 눈도 떼지 않고 한참 내려다보던 양검이 입을 연다.

"이름이 뭐지?"

"무영이에요. 제 동생이죠."

양검을 따라 밖으로 나온 유정이 냉큼 대답한다.

"아주 총명하게 생겼군."

양검이 아이를 보며 고개를 끄덕인다. 난데없이 불쑥 자신의 아이가 살아 있다면 지금 여섯 살이니까 이 아이 또래쯤 되었을 것이란 생각이 든다. 하지만 그 아이는 어디에 있는지, 죽었는지 살았는지조차 알 수 없다. 양검은 쓸쓸한 상념을 접어 들인다.

"나이는 일곱 살이에요."

유정이 묻지도 않는 말까지 덧붙인다.

"유정이 넌 계속 이 무사 아저씨와 이야기 나누고 있을 거니? 난 고기 잡으러 나가려는데……."

어쩐지 재미없다고 여겼는지 길상천이 자리를 뜨려고 한다.

"그럼 나도 따라갈래."

무영이 길상천에게 말한다.

"그러면 바닷가까지 누가 빨리 가는지 내기를 할까?"

"좋아."

말이 끝나기 무섭게 길상천이 달려갔고, 무영 역시 뒤질세라 그림자처럼 그 뒤를 쫓아간다. 산짐승처럼 날렵하면서 정겨운 모습이다.

"꼬마가 아주 귀엽군. 마치 부자지간 같아 보여."

바깥의, 통나무를 잘라서 만든 의자에 걸터앉으며 양검이 혼잣말처럼 중얼거린다.

"닮지는 않았지요?"

유정이 묻자 양검이 가볍게 고개를 끄덕인다.

"저 남자는 좀 특이하게 생겼군."

양검의 말이 우스운지 유정이 갸름한 볼에 보조개를 만든다.

"길 아저씨를 보면 다들 그렇게 말해요."

양검이 고개를 돌려 유정을 바라본다.

"백부님께서 그렇게 부르라고 하셨어요. 이름은 길상천이고 나이는 서른 정도라는데 확실한 건 저도 몰라요. 투화(投化)한 회회인이라지만 지금은 우리 식구나 마찬가지예요."

"백부님이란 분은?"

양검은 풍천도인을 떠올린다. 괴이한 검술을 구사하는 남자. 모르긴 해도 다른 방면에도 숨은 실력을 가지고 있을 법했다. 그런 자가 왜 이런 외딴 섬에 머물고 있는 것일까. 알 수 없는 노릇이다.

"지금은 출타 중이세요. 사흘 전에 복구대사를 만나러 송광사로 가셨거든요. 아마 글피쯤이면 돌아오실 거예요."

양검은 이야기하는 유정을 묵묵히 바라본다. 한적한 섬에 이런 처녀가 있으리라고 믿어지지 않을 만큼 단정한 얼굴에 품위 있는 말투며 솔직한 행동거지가 사람을 끄는 구석이 있다. 드러나지 않는 수수함 속에 양반 가문의 예의와 범절이 엿보인다. 아마 풍천이란 도인이 성의를 기울여 가르쳤겠지.

양검의 눈길을 받은 유정은 내색은 않지만 어찌해야 좋을지 모를 야릇한 기분에 빠진다. 왠지 이 사내의 눈길만 받으면 참을 수 없이 가슴이 울렁거린다. 숨이 막혀오고 귓불이며 얼굴이 화톳불을 쬐는 것처럼 화끈거린다. 난생처음 느껴 보는 기묘한 감정이다.

"저, 아저씨는 부인이 없나요?"

유정이 겨우 입을 열어 묻는다. 양검이 보일 듯 말 듯 고개를 끄덕인다. 유정의 얼굴이 눈에 띄게 환해진다. 천진스러우면서 여성스러움이 내비치는 묘한 모습이다. 양검은 자신도 모르게 아내 홍씨를 떠올린다. 마음 깊숙한 어딘가에 날카로운 물체가 생채기를 내고 지나가는 느낌이다.

"왜죠? 왜 아직 결혼을 하지 않았어요?"

양검이 머리를 돌려 다시 먼바다에 시선을 준다. 옆얼굴에 아주 잠깐 쓸쓸함이 스쳐간다.

양검의 표정에서 유정은 자신의 질문이 잘못되었음을 깨닫는다. 그녀는 이 남자가 어떤 깊은 상처를 안고 있다고 짐작한다. 그래서 이토록 말이 적고 무뚝뚝한지 모른다. 원래는 어떤 사람이었을까.

어쨌든 그녀는 양검의 고독하고 과묵한 모습이 마음에 끌린다. 햇살에 탄 건장한 피부에 턱을 감싼 검은 구레나룻, 깊은 외로움을 간직한 듯한 눈빛이 그녀의 가슴에 진한 연민으로 다가온다.

"…걸어볼까."

양검이 자리에서 일어난다.

"곧 여길 떠나실 거죠?"

뒤를 따르며 유정이 묻는다.

"……."

"길 아저씨가 무사님이 상처만 나으면 이 섬을 떠난다고 했어요."

"…그래."

바닷바람을 마주하고 걸어가던 양검이 나직하게 대답한다. 유정은 갑자기 눈물이 솟을 것 같아 얼른 심호흡을 한다. 짠 개펄 냄새가 후각에 와 닿는다. 괭이갈매기의 울음소리가 오늘따라 유난히 날카롭다.

4

헐렁한 승복 사이로 파고드는 저녁 바람이 제법 쌀쌀맞다. 불동은 목탁을 든 손으로 몸통을 감싸 안고 몇 번 문지른다. 말이 승복이지 안감도 누비지 않은 달랑 두 겹의 삼베옷이다. 이미 조석으로 찬 기운 돌기 시작하는 초가을 날씨를 버텨내기엔 너무 낡고 허술하다.

산등성이에 이른 불동은 걸음을 멈추고 하늘을 쳐다본다. 해가 저문 서녘 하늘엔 아직도 불그레한 노을이 그대로 남아 있다.

저 멀리 눈 아래 보이는 산골 동네에서는 밥 짓는 연기가 푸르스름하게 마을 골목골목을 메우고 있다. 그의 뱃속에선 연신 꾸르륵거리는 소리가 허기를 알린다. 그러고 보니 오늘은 낮에 산에서 주운 밤 두 쪽과 덜 익은 땡감 한 개를 먹은 외엔 아무것도 먹어보지 못했다.

크게 심호흡을 하며 허기로 굽어지는 허리를 편다. 발밑이 구덩이처럼 허전하여 더 이상 걷기도 힘겹다. 그러나 이런 인적 드문 산길에서 어정거릴 수는 없는 노릇이다. 어둠이 덮이기 전에 마을로 가서 누군가 먹다 남긴 찬밥이라도 얻어먹어야 할 것이다. 불동은 남은 기력을 다해 마을로 걸음을 옮긴다.

불동이 남몰래 옥천사를 도망쳐 나온 지도 어언 만 두 해를 넘기고 있었다. 그 이후로 그는 하루하루를 힘들게 버텨오는 중이다.

우선 마땅히 갈 곳이 없었다. 제일 편한 게 다른 사찰을 찾아 들어가는 것이지만, 나이가 어린 탓에 토박이 중들로부터 비렁뱅이가 중 행세를 하는 것 같다느니, 어느 절의 어떤 스님이 득도식(得度式)을 해주었느냐 하며 갖가지 추단을 당할 게 틀림없었다.

설령 언변 좋게 그 중들을 속여 넘긴다 해도, 절에서 음식을 보고 날아드는 까마귀나 쫓는 구오사미(驅烏沙彌: 7세부터 13세까지의 동자승) 취급이 고작이었다. 나이를 열다섯 살로 속여서 응법사미(應法沙彌: 14세부터 19세까지의 어린 승)라고 해도 푸대접을 받기는 매한가지였다. 구족계를 받지 못한 어린 승려에게는 도무지 승려 대접을 해주려 들지 않았다.

그런 까닭에 자연 산골의 손바닥만 한 암자나 혹은 늙은 주지 혼자 도모하는 작은 절간을 찾아들 수밖에 없었다. 그러나 그다지 좋은 방법은 아니었다. 그런 암자 규모의 절들은 대부분 신도가 적어 살림살이가 궁핍한 터에 성질 나쁜 늙은 주지를 만나면 이것저것 쓸데없이 잔소리만 얻어듣기 일쑤였다. 그런 탓에 불동은 대부분의 나날을 민가를 찾아다니며 걸식을 했고, 주인이 허락하면 헛간이고 처마 밑이고 가리지 않고 하룻밤 신세를 지곤 했다.

산골마을 어귀로 들어서자 불청객을 쫓아내려는 개 짖는 소리가 요란스럽다.

불동은 목을 빼고 몇몇 초가집을 기웃거려 본다. 그러나 워낙 산골에 위치한 빈촌이라 시주를 내놓는 사람이 없다. 기껏 해서 두어

줌의 좁쌀을 얻었을 뿐이다. 늘 느끼는 점이지만 그래도 가난한 집이 외려 인심이 후했다. 부잣집은 주인을 만나기도 힘들뿐더러 섣불리 대문을 두드리다간 성질만 사나운 아랫것들에게 업신여김을 당하며 쫓겨나기 십상이었다.

마을 끝자락에 이르렀을 즈음에 밥술깨나 뜸직한 멀쑥한 기와집이 보였다. 사방으로 담장이 길게 둘러져 있고, 용마루가 높은 걸로 보아 살림살이가 얼마쯤 넉넉해 보인다. 커다란 나무대문 앞으로 다가간 불동은 목탁을 두드리며 반야심경을 소리 높여 외기 시작한다.

"관자재보살 행심반야바라밀다 시 조견오온개공 도일체고액 사리자 색불이공 공불이색 색즉시공 공즉시색 수상행식 역부여시 사리자……."

한동안 외었건만 어리친 개 한 마리도 내다보는 기척이 없다. 불동은 크게 심호흡을 한 다음 한층 목청을 돋우어 이번엔 다라니경을 외기 시작한다.

"나모라 다나다라 야야 나막알약 바로기제 새바라야 모지 사다바야 마하 사다바야 마하 가로니가야 옴……."

"이거, 뭐가 이리 시끄러운 거야."

투박한 음성과 함께 얼굴이 빡빡 얽은, 노비로 보이는 장년의 남자가 나무대문 사이로 얼굴을 내민다. 성질만 부리고 살았는지 첫인상이 사나워 보인다. 불동은 이크 하는 마음이 들었지만 태연히 염불을 계속한다. 이미 비럭질로 이골이 났다면 난 불동이다. 이런 일로 꽁무니를 사려서야 아무것도 얻지 못한다는 걸 잘 알고 있다.

"이거, 어린 스님 아닌가. 여긴 별볼일 없으니 썩 다른 데나 가보시오."

말하는 도중에 뒤편 대문 안에서 여자의 음성이 누가 왔느냐고 묻는 눈치다.

"아닙니다, 마님. 어린 스님이 와서, 당장 돌려보냅지요."

대답한 노비가 막 미간을 찌푸리며 불동을 쫓아내려 할 때다.

"어린 스님……?"

반쯤 열린 대문 사이로 초로의 여자가 불동을 내다본다. 잘 먹은 때문인지 얼굴이 풍만하고 살찐 사십대의 여자다. 눈가가 어둡고 어딘가 모를 쓸쓸함이 감도는 게 조금 이상하다면 이상할 뿐.

"떠도는 운수승(雲水僧) 아니신가. 어쩜 젊은 분이……."

아낙이 나직하게 혀를 찬다.

"어떡할까요?"

노비가 묻는다.

"얼른 들어오시라 해라. 해도 저물었는데 갈 곳도 마땅찮을 테니……."

예상 밖의 상황에 노비가 떨떠름한 표정으로 불동과 아낙을 연신 번갈아 살핀다. 불동 역시 뜻밖이긴 마찬가지다.

"그저 시주나 좀……."

"그러지 말고 안으로 들어와요. 마침 저녁을 먹으려던 참이었어요."

아낙이 슬며시 불동의 승복자락을 끌어당긴다. 불동은 마지못한 자세로 아낙이 이끄는 대로 큰방으로 따라 들어간다. 방 안에는 오동나무 반닫이며 고급스런 문갑 따위가 모양새 좋게 놓여 있어 한적한 산촌 농가답지 않게 호화스럽다.

아낙은 계집종을 부르더니 저녁밥을 준비하라고 이른다.

"그래, 스님은 어디서 오셨지요?"

아낙이 등잔에 불을 붙이며 묻는다.

"원래는 남도 어느 절의 동자승으로 있었습니다. 나이가 어느 정도 들었으니 이참에 세상의 물정도 익힐 겸 더 큰 법을 배워 오라는 주지스님의 말씀을 따라 이곳저곳 산천을 돌아보는 길입니다."

불동은 오래전부터 준비해둔 거짓말을 그럴싸하게 늘어놓는다.

"오호라. 그러셨군요. 젊은 나이에 탁발 행각이 꽤나 고생스러울 텐데……."

아낙이 안쓰럽다는 듯 바짝 다가앉아 불동의 손을 잡는다. 아낙의 손치고는 살찌고 기름지다. 불동은 어정쩡하니 손을 빼내려다 참는다. 아낙의 몸에서 아릿한 동백기름 냄새가 난다.

"마님, 저녁상을 들일까요."

문밖에서 계집종의 목소리가 난다. 그제야 아낙은 불동의 손을 놓고 문을 열어 상을 들인다. 밥상에는 찬과 밥이 보기에도 수북하다. 오랜만에 만나는 성찬이다.

"스님, 시장할 텐데 어서 드세요."

아낙이 권했다. 불동은 허기를 참지 못하고 염치 불구하고 숟가락을 든다.

아낙은 자신은 밥 먹을 생각도 않고 불동이 밥 먹는 모습만 유심히 바라본다. 손을 뻗어 고깃점을 집어 불동의 밥숟갈에 얹어주기도 한다. 불동은 아낙의 지나친 친절이 좀은 거북살스럽지만 내색은 하지 않는다.

"그런데 스님 법명은 어찌 되는가요?"

밥상을 물리고 나자 아낙이 묻는다. 법명 운운하는 것은 불동의 허우대가 멀쑥한 관계로 나이답지 않게 숙성해 보이는 때문이다.

"아직 구족계를 받지 못해 법명이라고 할 것까지는……."

"그래도 득도식은 하셨을 테니 무어든지 계명(戒名)은 있을 거 같은데……."

"그냥…편조(遍照)라 합니다."

불동은 아무렇게나 생각나는 대로 둘러댄다.

사실 그 법명은 언젠가 외딴 산골의 암자에 들렀을 때, 목숨이 오늘내일하던 그곳 노승의 법명이었다. 어쩐지 마음에 드는 법명이라서 담아두고 있었던 것이다. 아마 골골대던 그 노승은 지금쯤 이승을 떠나 입적했을 터니 이제 법명은 누구 것도 아닌 셈이다.

"편조라면…무슨 뜻이 담겨 있나요?"

아낙이 불동이 일러준 법명을 되뇌며 묻는다.

"두루 편에 비출 조자, 즉 만물 허공을 두루 비춘다는 의미입니다."

말하고 나니 스스로도 그럴싸하다는 생각이 든다. 불동은 이참에 앞으로 계속 편조라는 법명을 사용하기로 마음을 굳힌다.

"오호, 스님은 얼굴만 남자답게 생기셨나 했더니 법명은 더욱 마음에 드는군요."

아낙이 관심이 많아진, 두 눈을 가늘게 하여 편조를 살피며 말한다.

"한데 바깥 시주님이 보이시지 않는데, 어디 출타라도 하셨는지요?"

아낙의 주위를 환기시킬 양으로 편조가 묻는다.

"그 무심한 작자는…지금쯤 대처 기방(妓房)에 가 있겠지요."

아낙의 낯빛이 눈에 띄게 어두워진다.

"기방이라니요?"

편조가 어리둥절해서 눈을 크게 한다.

"이 몸이 아들을 생산하지 못하자 어떡하든 아들자식을 얻겠다고 다른 계집들 몸을 전전한답니다. 하기야 그래서라도 대를 이을 아들을 얻어오면 다행이련만……."

애증과 집착이 뒤섞인 표정이 되어 아낙이 깊은 한숨을 내쉰다.

"아, 그러셨군요."

"일찍 아들을 두었으면 벌써 스님 연배는 되었을 텐데, 무슨 팔자가 이리 사나운지……."

"너무 상심하지 마십시오. 부처님께서 보살펴 주실 것입니다."

편조가 요령 좋게 아낙을 위로한다.

"그런저런 근심으로 요즈음은 통 잠도 안 오고, 또 잠만 들면 늘 악몽에 시달린답니다. 스님만 무방하시면 우리 집에 묵으면서 흉흉한 이 몸 꿈자리를 다스릴 수 있게 염불이나 해주어요."

"원하시면 그렇게 하지요."

편조가 흔쾌히 고개를 끄덕인다.

"마침 옆방이 비어 있으니 종년을 시켜서 자리를 보아놓도록 하지요."

아낙이 계집종을 불러서 자리를 보아놓도록 시킨 뒤 편조를 자신이 앉는 보료에 앉도록 했다. 몇 번 거절을 했지만 아낙은 기어코 고집을 꺾지 않았다. 아낙은 보료에 앉은 편조 우측에 어깨가 닿을 듯 바짝 다가앉는다. 등잔불이 아까보다 밝아진 건 그만큼 바깥이 어두워진 때문일 것이다.

"누가 오셨나요?"

방문 바깥에서 앳된 여자의 기척이 난다.

"그래. 들어오너라."

아낙의 승낙에 방문이 비시시 열리고 한 처녀가 안으로 들어온다. 열다섯이나 되었을까. 예쁘진 않지만 살이 통통한 얼굴에 오뚝한 콧날, 도톰한 분홍빛 입술이 건강해 뵈는 처녀다. 눈매가 살짝 치켜 올라가서 어쩐지 깜찍하고 고집스레 보이는 게 흠이라면 흠이다. 살이 오른 둥근 어깨며 몸매도 제법 처녀티가 난다.

처녀는 방 안에 젊은 스님이 있다는 게 놀라운지 눈이 휘둥그레진다. 낯선 스님에 대한 관심이 얼굴에 숨김없이 드러난다.

"웬 스님이세요?"

"마침 집에 탁발을 오셨기에 안방으로 모셨다. 저녁은 먹었니?"

처녀가 편조에게서 눈길을 떼지 않고 고개를 끄덕인다. 아낙이 편조를 보며 말한다.

"스님, 잘되었군요. 때맞춰 마을 나갔던 딸도 돌아왔고, 아직 잠자리에 들기는 이른 시간이니 재미있는 얘기나 하나 해주시지요. 스님은 배운 것도 있고, 이곳저곳 다니며 얻어들은 것도 많을 터이니……."

처녀의 눈길이 편조의 옆얼굴을 뚫어져라 보는 게 느껴진다. 편조는 왠지 어색하여 얼굴에 피가 쏠리는 것을 느끼지만 드러나지 않게 표정을 다스린다.

"글쎄요. 뭐 할 만한 얘기가 있어야지요."

"스님처럼 명민하게 생기신 분이 어찌 이야깃거리가 없겠어요. 그러지 말고 아무것이나 좋으니 해보아요."

"그럼……."

편조가 생각을 더듬어 적당한 이야기를 찾는다. 사실 어릴 때부터 절에서 자라난 그는 이것저것 귀동냥으로 주워들은 이야기가 적지 않았다. 또 한 번 들으면 잊지 않는 비상한 기억력에다 구변 역시 뛰어나게 좋은 편이어서 어떤 이야기든 그럴듯하게 할 자신이 있다.

"에, 부처님의 제자 중 한 사람인 '연화색' 이라는 비구니에 대한 얘기를 들려드리지요."

편조가 운을 떼자 처녀가 눈을 반짝이며 이야기를 기다린다. 문득 편조와 눈길이 마주치자 처녀는 의미심장한 미소를 머금으며 입술을 윗니로 잘근잘근 깨문다. 뭔가 갈망이 담긴 표정이다. 편조는 얼른 시선을 외면한다.

"옛날 천축국 왕사성(城)에 연화색이란 여자가 있었는데, 그녀는 집안이 좋을 뿐 아니라 미모까지 뛰어났지요. 자라나서 우선나 읍(邑) 사람에게 출가를 하게 되었고, 딸 하나를 낳았습니다. 그런데 얼마 뒤 남편이란 자가 그녀의 어머니와 사통을 한 사실을 알게 되었습니다. 말하자면 장모와 사위가 불륜을 저지른 것이지요.

이에 충격을 받은 연화색은 남편을 버리고 집을 나와서 바라내성의 어떤 장자를 만나서 그의 처가 되었습니다. 후일 그 장자는 볼일이 있어 우선나 읍에 갔는데, 거기서 예쁘장하게 생긴 어린 처녀에게 반하여 많은 재물을 주고 집으로 데려와 첩을 삼았습니다.

연화색은 첩으로 들어와 함께 살게 된 그 어린 처녀를 딸처럼 아끼고 사랑해 주었습니다. 그녀 역시 연화색을 어머니처럼 따르고 사모하여 남편과 함께 세 사람이 즐겁고 정답게 살아갔습니다. 그런데……."

"그런데요?"

궁금함을 참지 못한 처녀가 목을 빼고 얼굴을 가까이 하여 편조를 보며 묻는다. 숨소리가 바로 귀에 느껴질 듯하다. 편조는 마른 입술에 침을 바른 뒤 이야기를 이어간다.

"그러나 얼마 못 가서 연화색은 그 어린 처녀가 자신의 딸인 줄 알게 되었지요. 연화색이 가출하자 화가 치민 전남편이 어린 딸을 시장에 내다 팔아버렸던 거지요.

모녀가 함께 한 남편을 섬겼다는 사실에 죄책감과 함께 절망한 연화색은 그 길로 장자의 집을 떠나 비아리성이란 곳에 가서 그곳 사창굴에 들어가 음녀가 되어버렸습니다.

한동안 그곳에서 생활하던 그녀는 결국 몸과 마음이 지칠 대로 지쳐서 고향인 왕사성으로 돌아왔는데, 마침 그곳에 와 있던 목련 존자를 만나서 교화를 받고 불가에 귀의하여 비구니가 되었답니다. 무릇 인간의 삶이란 그런 끝없는 업보와 윤회의 고통 속에서 이뤄지는 것인 줄 깨달았기 때문이지요."

"어머, 그게 다예요?"

"예, 그렇습니다."

"아이, 무슨 이야기가 그렇게 짧아요. 좀 더 길고 재미난 얘기를 해줘요."

교태를 부리듯 처녀가 어깨를 흔들며 조른다. 아낙이 중간에서 손을 내젓는다.

"이제 되었다. 오늘은 스님께서 피곤할 테니 그만하고 내일 또 듣자꾸나."

처녀가 금세 실망에 찬 표정이 된다. 바라보는 눈빛에 처녀의 솔직하고 직선적인 갈망이 숨어 있다. 그런 분위기를 알기나 한 듯 아낙이 일어나서 편조를 옆방으로 안내한다. 방 안엔 깨끗한 이부자리가 깔려 있다. 아낙이 요 밑으로 손을 넣어 바닥의 온기를 확인한다.

"그럼 편히 쉬도록 해요."

다음 날부터 불동은 한가한 시간마다 아낙에게 이야기를 들려줘야 했다. 특히 저녁을 물린 시간이면 여인은 불경을 가르쳐 달라느니, 세상 돌아가는 이야기나 불교 교리에 관한 이야기를 해달라기 일쑤였다.

하루 이틀이 지나면서 편조는 점차 아낙의 요구가 성가시고 불편하게 여겨지기 시작했다. 그러나 손쉽게 얻을 수 있는 끼니와 따뜻한 잠자리에 대한 유혹 때문에 차마 싫은 내색을 할 수 없었다.

편조의 정신을 어지럽게 하는 건 어린 처녀 역시 마찬가지였다. 그녀는 편조의 일거수일투족에 모두 관심을 보였다. 세수하건, 밥을 먹건, 어디서나 그녀의 눈길을 느낄 수 있었다. 늘상 곁을 맴돌면서 편조에게 여러 가지 질문을 던졌다. 나이가 얼마냐, 왜 스님이 되었느냐, 후회하진 않느냐, 출가하면 남녀 간의 일은 전혀 할 수 없느냐 하는 질문을 틈이 날 때마다 해왔다.

그렇게 며칠을 지낸 어느 날이다.

날씨는 오후부터 잔뜩 흐려 있더니 저녁이 되면서 처량하게 가랑비까지 뿌리기 시작했다. 편조는 별로 하릴없고 해서 일찌감치 자리에 누웠다. 이런저런 잡다한 생각으로 몸을 뒤척이고 있을 때 문밖에서 기척이 나고, 누군가 살며시 방문을 열고 안으로 들어왔다. 편조는 자는 척 가만히 누워 동정을 살핀다.

"벌써 자고 계시나요?"

방으로 들어온 사람은 놀랍게도 주인집 딸이다. 그녀는 등잔에 불도 켜지 않고 편조의 곁에 앉는다. 편조가 놀라서 벌떡 일어나 앉는다.

"어, 어쩐 일입니까?"

"잠도 안 오고 해서 이야기나 들을까 해서……."

처녀가 무릎걸음으로 슬며시 편조 곁으로 다가온다. 숨결이 닿을 듯한 거리다.

"어머님은 어디 계십니까?"

당황한 편조가 물었다. 내심 참으로 당돌한 처녀라는 생각이 든다. 아무리 남녀 간의 사랑이 애틋하다고는 해도 이렇게 막무가내로 방 안에 쳐들어올 줄이야 상상도 못했던 것이다.

"친척 아저씨 집에 초상이 나서 요 앞마을에 가셨어요. 내일 오후에나 돌아올 거예요."

"그렇습니까?"

"그러니까 저하고 얘기나 좀 해요. 저, 무섭기도 하고 그동안 너무 스님과 같이 있고 싶었어요."

처녀가 서슴없이 편조의 무릎에 손을 얹는다.

"그, 그럼 불 좀 켜고 이야기를 하지요."

편조가 몸을 일으키려 하자 처녀가 다짜고짜 껴안는다. 그 바람에 편조가 뒤로 넘어가며 자리에 눕게 되었다. 처녀가 가쁜 숨을 내쉬며 그의 목에 얼굴을 박는다. 편조는 몹시 당황스러웠다. 이런 경우는 난생처음이다. 처녀의 삼단처럼 긴 머리채가 그의 목과 얼굴을 덮어온다.

"스님, 안아주세요. 전 스님 거예요."

처녀가 편조를 껴안고 마구 얼굴을 비비며 말한다. 처녀의 부드러운 가슴이 편조의 가슴을 누른다. 부드럽고 뜨거운 입술이 그의 볼을 스친다.

"그게 무슨 말입니까?"

"아직 어머니가 스님께 얘기를 하지 않으셨나요? 어머니가 조만간 스님을 데릴사위로 삼아서 나를 시집보낸다고 했어요. 그러니까 저는 스님의 아내가 될 거라고요."

"아씨, 이러시면 안 됩니다. 저는 이미 불가에 귀의한 몸입니다."

"그럼 파계하시면 되잖아요. 그런 다음 저와 이 집에서 살아요."

"어떻게 그런 말을……."

"전 죽도록 스님을 사모할 거예요. 그러니까 제발 저를 물리치지 말아 주세요."

처녀가 편조를 껴안은 채 마구 몸부림을 쳐댄다. 거의 울먹임에 가까운 애소다. 편조는 어렵사리 처녀의 포옹을 뿌리친 다음 방문 밖으로 뛰쳐나간다. 가슴이 심하게 두근거린다. 육체 어디선가 알 수 없는 기이한 느낌이 솟구친다.

그는 어두운 마당을 돌며 반야심경을 외운다.

방 안에서는 처녀의 낮은 흐느낌 소리가 들려온다. 거절당한 것에 대한 부끄러움과 좌절이 뒤엉켜 빚어내는 울음일 것이다. 편조는 자신도 어쩔 수 없다는 심정으로 하늘을 우러렀다. 어두운 하늘에서는 저녁까지 굵었던 빗줄기가 조금씩 가늘어지고 있다.

다음 날 새벽, 일찍 잠자리에서 일어난 편조는 서둘러 여장을 차려 집을 나섰다. 아직 잠에서 깨어나지 않은 듯 마을은 인적 없이 조용하다. 엊저녁에 내린 가랑비에 들판 풍경은 한결 선명해져 있다. 산허리에 피어난 비안개가 하얗게 허공으로 승천하듯 솟아오르고 있다.

편조는 터덜거리는 걸음으로 마을 고샅길을 빠져나온다. 하지만 어디로 가야할지 막막하기만 하다.

"뜬구름 같은 세상이라더니, 내 처지가 딱 그러네."

중얼거리며 편조는 씁쓸한 미소를 머금는다. 데릴사위가 되어서 그 집 처녀와 사는 게 지금 떠도는 처지보다는 나을 것이다. 하지만…….

하지만 그렇게 되면 평생 그 한적한 산촌에서 평범한 촌부로 살아갈 뿐이다. 구메농사(작은 규모로 짓는 자작농)나 지으면서 고만고만한 자식들을 낳아서 평생을 의지하며 애면글면 살아갈 것이다. 아직 그렇게 살고 싶지는 않다. 그런 건 좀 더 나이가 들었을 때 결정해도 늦지 않을 것이다.

옷깃에 파고드는 아침 바람이 매정하고 차갑다. 편조는 막막하고 고독한 심정을 달래기나 하듯 나직하게 염불을 외운다.

"나무아미타불, 관세음보살……."

아침 먹거리를 구하러 나온 까마귀 떼가 산기슭 돌배나무에 새까맣게 내려앉았다.

5

귀를 기울이자 물결이 철썩이는 소리가 들린다. 바닥이 몹시 흔들리는 걸로 보아 배 안이 분명하다. 그러나 강은 아니다. 희미하게 맡아지는 짜고 비릿한 냄새로 판단해서는 바다일 것이다.

조금 전, 정신이 들면서 심녀는 심한 갈증이 목을 조여 오는 걸 느꼈다. 그렇지만 입이 재갈로 틀어 막혀있어 말은커녕 숨쉬기조차 힘들다. 게다가 얼굴에 갈포(葛布) 포대를 씌워 놓아 밖에서 무슨 일이 벌어지는지 알 수가 없다. 답답하기가 한량없다.

이런 재수 옴 붙을 일이 생기다니…….

애써 몸을 꿈틀거려본다. 하지만 손발 역시 삼밧줄로 단단히 결박돼 있다. 옴짝달싹할 수도 없다. 심녀는 내심 후회막급이다. 급하게 먹는 음식이 체하는 법이라는 옛말이 있더니 그 말이 틀리지 않았어. 괜한 욕심 때문에 이게 무슨 봉변인가. 때늦은 후회와 자책감으로 속까지 메스꺼워진다.

그 시커멓게 생긴 두 놈이 왠지 수상쩍어 보였어.

재수 염병할 놈들을 만난 건 벽란도 부근이었다.

예성강 포구에 있는 벽란도는 수심이 깊고 개경까지의 거리가 얼마 되지 않아 신라 때부터 항구로 성장했다. 이후 고려 광종 무렵에는 새롭게 송나라와 국가 간 무역이 전개되면서 송상(宋商)은 물론 대식인(大食人: 아라비아 상인)까지 출입하는 국제 항구로 발전했다. 그 뒤 최씨 무신정권 시절에는 인근에 귀족들이 몰려와 살게 되면서 새로운 환락가까지 생겨났다.

항상 인파로 북적이는 포구 어귀에는 한식(漢食)을 비롯한 몽고풍 음식과 아라비아 음식 등을 파는 가게가 늘어섰고, 거리 안쪽으론 긴 대나무 장대에 홍등을 달아놓은 색주가가 수십 채 늘어서 있었다. 또한 항구와 인접한 객주 옆에는 인삼과 비단, 피륙, 나전칠기, 화문석, 서적, 자기를 파는 가게가 골목이 비좁도록 어깨를 맞대고 늘어서 있었다.

심녀는 오전 나절부터 신기한 물건과 가게들을 구경하면서 벽란도 부근을 돌아다녔다. 예전에 한 번 원수를 갚아줄 청부업자를 찾기 위해 이곳에 온 적이 있긴 하지만 정작 거리 구경은 이번이 처음이었다.

그녀가 남경 북쪽 길마재 주막에서 야밤을 틈타 강수 몰래 개경으로 도망친 것은 보름여 전이었다.

두보나루에서 칼을 맞아 반병신 된 처지에 서방 구실이나 하려드는 강수를 더 이상 두고 볼 수 없었던 것이다. 그즈음 심녀에게 있어 강수는 혹이나 다름없는 존재였다. 하지만 팔을 다쳤다고는 해도 누구보다 살인에 능한 무사인 강수를 함부로 무시할 수도 없는 노릇이었다. 궁리 끝에 강수를 떼어내려면 몰래 도망질 놓는 게 최선책이란 걸 깨닫고 실행에 옮긴 것이다.

강수를 버리고 떠나온 그녀가 이곳 벽란도를 찾아온 것은 이왕 주막집을 할 바엔 벽란도처럼 많은 물화(物貨)와 사람들이 붐비는 곳이 나을 성싶었던 것이다. 어떡하든 재물을 모아야 비명에 간 두 오빠와 남편의 한 맺힌 원수를 갚을 수 있었다. 그런 이유로 그녀는 작심하고 이 벽란도의 환락가를 찾아들었던 것이다.

볼거리가 많아서 이곳저곳 구경삼아 기웃거리던 그녀가 배가 고파서 포구 부근의 밥집에 들렀던 게 화근이라면 화근이었다.

탁자에 앉아서 주문한 음식이 나오기를 기다리고 있을 때였다. 아까부터 조금 떨어진 옆자리에 앉아서 술을 대작하던, 얼굴이 시커먼 두 작자 중에서 키 작은 작자가 깎아 놓은 배 쪽처럼 사근사근하게 심녀에게 말을 걸어왔다.

어제 들렀던 이 근처의 한 주보(酒保: 술파는 가게)에서 여자를 구한다는 얘기를 들었는데 거기 가서 일해 볼 용의가 없느냐는 거였다. 여자의 품삯으로선 놀랄 만큼 많이 준다고 했다.

그렇지 않아도 일할 자리를 찾고 있던 처지라 거절할 이유가 없었다. 심녀의 승낙을 받자 두 작자는 잘되었다고 이구동성으로 떠벌렸다. 술판이 끝나는 대로 함께 가보자고 했다. 그러면서 심녀에게 합석을 청했다. 그녀는 설마 무슨 일이나 있을까 싶어 한자리에 끼이게 됐고, 두 작자는 그런 주보에서 일을 하려면 술 한두 잔은 마실 줄 알아야 된다면서 앞다투어 심녀에게 술을 권했다.

석 잔쯤 받아 마셨을까. 술을 마시기 시작한 지 반 식경도 되지 않아 심녀는 몸에 힘이 빠지고 정신이 희미해지는 걸 느꼈다. 평소 그녀의 주량이라면 어림도 없는 일이었다.

나중 깨닫게 된 것이지만, 그녀가 요의를 느끼고 잠시 뒷간에 간 사이에 술에다가 무언가 장난을 쳤던 것이다. 모르긴 해도 정신을 잃게 하는 미혼약이나 잠이 드는 최면제를 태웠을 것이다. 심녀는 자신도 예전 산골 주막에서 그런 일을 해서 지나가는 행인들의 주머니를 털었으면서 막상 자신이 어이없이 같은 수작에 당한 게 너무 억울하고 분했다. 모두 다 자신의 과한 욕심으로 인해 앞뒤 분별력을 잃었던 때문이었다.

그나저나 지금 날 어디로 데려가는 것일까. 그리고 대체 무엇을 하는 놈들일까. 심녀는 궁금한 게 한두 가지가 아니었지만 입에 재갈이 물려 혀조차 깨물 수 없는 상태다. 그저 도살장에 끌려가는 소처럼 얌전히 처분을 기다릴 수밖에 없다. 오직 귀로만 바깥 동정을 살필 따름이다.

"오늘은 바람도 순풍이네그려."

"요러코롬만 가불면 내일 아침 중으로 거기 닿을 것이여."

귀에 익은 사내들의 두런거리는 소리가 뱃전에 철썩이는 물결 소리에 섞여 들린다. 말소리로 판단해 지금은 한밤중인 모양이다.

"이번에는 거시기 좀 많이 받아야겄제."

"암만, 여부가 있을랑가. 썩 상등품이던디."

사내들의 말하는 상등품이란 자신을 두고 한 말이란 걸 심녀는 알고 남았다. 그녀는 어디론가 팔려 가는 중인 것이다.

"차라리 내가 확 데불고 살아뿌면 어쩔까잉? 보기 드물게 참한 계집이던디…거시기도 감질나게 탱탱해 뵈는 것이……."

"예끼, 씨알도 안 멕히는 소리 하덜덜 말더라고. 하루 종일 계집 도망치는 거시나 감시해 불다가 밥숟가락 놓게 될 꺼싱게……."

"그게 그렇지라?"

"허튼소리 말고 냉큼 김 부잣집에 팔아넘기는 게 상책이지라. 예쁜 꽃도 부자 넘덜이나 가지는 거지, 가난한 놈이야 꽃이 있다고 밥이 생기는가, 국이 생기는가, 아님 재물이 생기는가."

"허, 고참 억시기 아깝네, 아까워."

돛폭이 펼쳐진 뱃전에서 이야기를 주고받는 사내들은 전라도 조운창(漕運倉)에 소속된 뱃사공들이다. 그들은 지금 개경에 햅쌀을 내려놓고 다시 안흥창이 있는 전라도 보안현(保安縣: 현 전북 부안군)으로 밤을 새워 내려가는 길이다.

이들은 자신이 맡은 공무 말고도 하는 일이 또 있다. 배에 곡식을 싣고 개경으로 올라오는 날이면 짐을 부린 다음 벽란도나 개경 성내를 무작정 돌아다녔다. 그러다가 그럴싸한 젊은 여인이 있으면 엉큼한 수작을 부려서 정신을 잃게 한 다음, 빈 배에 싣고 남쪽 도서지방으로 내려가 부잣집이나 외딴 섬 주막에 여자를 팔아넘기는 것이다. 일종의 부업인 셈이었는데, 한 번 팔려간 여자는 지리도 어두운 데다가 감시가 심해서 달아날 엄두도 내지 못했다. 여태까지 그들이 이렇게 팔아넘긴 여자만도 스무 명이 넘었다. 팔아넘길 대상은 처녀고, 과부고, 유부녀를 가리지 않았다.

"시방 자네만 안타까운 게 아니랑게. 내도 기분 드럽게 안타깝구만이라."

쓴 입맛을 다시는 건 콧구멍과 콧방울이 남달리 크고 길쭉해서 말코를 연상시키는 사내다.

"그래? 그랑게 우리 이렇게 하먼 우떨까?"

눈을 반짝이며 수작을 내놓는 건 쥐수염을 기른 사내다.

"우찌기 한단 말이랑가?"

"그렁께 우리 둘이 몰래 한 번씩 살짝 맛보자는 거시지. 거시기

옛말에 있드시 죽 떠낸 자리가 표나는 것도 아닐 것시고…….”

“만일 김 부자가 요런 사실을 알아채 뿌리믄 억시기 언짢아 할 것인디…….”

말코 사내가 미심쩍은지 고개를 갸웃거린다.

“그라마 설마허니 저 계집년이 부끄러움도 읎이 ‘나, 오다가 사공 두 놈에게 아랫도리를 빼앗겼소’ 라고 대놓고 나발을 불 것잉가?”

“허긴 그렇게는 안 허것제. 자네 말이 일리 있네그려.”

“하면 입방아는 고만 찧고 후딱 먹기로 하잖께. 우선 내가 먼저 먹을 것잉게.”

쥐수염 사내가 약삭빠르게 계집을 선점할 요량을 한다.

“아따, 우찌 자네가 먼저랑가? 한 살이라도 많은 내가 먼저제.”

“어허, 먼저 나왔응께 계집 구멍 맛을 봐도 더 많이 봤을 거시 아닌가. 그랑께 조금이라도 젊은 내가 먼저 먹자 그 말이제.”

“이거 우찌 이란당가? 계집 하나 땜시 삼십 년 벗이 갈라서겠네.”

“그러니까 제발 자네가 양보하랑게.”

“그래, 알긋네 알긋어. 자네가 먼저 먹지라. 난 나중에 묵을 것잉께. 그 대신 국솥이나 더럽혀 놓지 말랑게.”

결국 말코 사내가 한발 물러선다. 그는 쥐수염 친구가 계집을 어떻게 다루나 구경부터 할 속셈이다. 자기 차례가 돌아오면 눈치 보지 않고 오래도록 느긋이 여인을 안을 수 있다는 속셈도 미리 해놓고 있다.

“배나 잘 보랑게.”

“걱정 말어. 배야 바람만 타면 절로 가는 거시지.”

욕망으로 아랫도리가 부푼 쥐수염 사내가 뱃바닥으로 내려온다.

그는 짚더미 위에 쓰러져 있는 심녀의 발에 감긴 밧줄을 푼다. 다 푼 다음 치마를 슬쩍 들춰보고는 이번에는 심녀의 머리에 씌운 포대자루를 벗긴다. 재갈이 물린 심녀의 얼굴이 푸른 달빛에 드러난다.

쥐수염 사내는 흐뭇하게 썩은 앞니를 드러내고 웃으며 핫바지 괴춤을 풀어 내린다. 이어 심녀의 치맛자락을 허리까지 걷어 올린다. 상아처럼 하얀 두 다리가 드러난다. 보기만 해도 육감적이다.

쥐수염 사내는 얼른 심녀의 두 다리 사이로 자신을 들이민다. 이어 엉덩이를 내놓고 여체 위에 엎드린다. 심녀가 증오에 찬 눈길로 노려보지만 아랑곳하지 않는다. 어떻게 자리를 찾은 사내는 배의 흔들림에 맞추어 방아 찧듯 엉덩이를 앞뒤로 흔든다.

쾌감이 절정에 이른 쥐수염 사내가 막 사정을 하려고 할 때다.

무엇인가 묵중한 것이 배 옆구리를 사정없이 들이박는 바람에 쥐수염 사내가 대책 없이 옆으로 굴러 떨어진다. 입에서 저절로 에구구 비명소리가 터진다. 비명을 지르기는 구경하던 말코 사내도 마찬가지다. 정신없이 구경하다가 뱃전에 부딪치는 충격으로 배 난간에 머리를 박으며 옆으로 나뒹군다.

"오-잇!"

곧이어 알아듣지 못할 괴음을 내며 뱃전에 뛰어오른 건 난생처음 보는 작달막한 사내다. 머리카락을 위로 질끈 묶고 가슴을 벌겋게 드러낸 사내의 두 손에는 번쩍이는 기다란 장검이 들려 있다. 하체는 짧은 치마 비슷한 옷으로 중심부만 겨우 가렸을 뿐이다.

"왜, 왜구닷!"

외침이 끝나기도 전에 칼날이 번쩍이고, 말코 사내의 머리통이 몸과 분리되어 바다에 풍덩 하며 빠진다. 핏방울이 사방으로 흩날린다. 지심녀의 얼굴에도 포말처럼 핏방울이 튄다.

"어이구, 제발 목숨만……."

미처 바지 괴춤을 여밀 생각도 못하고 쥐수염 사내가 뱃바닥에 무릎을 꿇으며 두 손을 모은다. 하지만 칼에는 용서가 없다. 다시 허공에 칼날이 번쩍이고 사내는 정수리에서 인중까지 대쪽처럼 갈라진다. 피가 분수처럼 검은 허공으로 치솟는다.

칼을 든 사내는 결과에 만족한 듯 피를 몸에 뒤집어쓴 채 흰 이를 드러내며 씩 웃는다. 금방 두 명이나 끔찍하게 살인한 사내라고는 믿어지지 않는 밝은 태도다.

지심녀는 뱃바닥에 누운 채 이 광경을 모두 보았다. 놀랍기도 하고 한편 무시무시하기도 하다. 왜구 사내는 세상에 저런 인종도 있나 싶게 야만적인 모습이다.

뱃바닥에 내려선 왜구 사내는 심녀의 하체를 눈 깜짝 않고 들여다본다. 그때 배가 흔들리더니 뒤편에서 비슷한 모양새를 한 왜구 하나가 더 나타난다. 둘은 무언가 알아듣지 못할 말을 한참 수군거리더니 그녀의 팔을 잡아 일으킨다.

심녀가 부축을 받아 일어나자 손짓으로 배를 옮겨 타라는 시늉을 보낸다. 옆에는 처음 보는 형태의 배가 이쪽 배와 나란히 난간을 같이하며 붙어 있다. 이편 배보다 날렵하게 생긴 터에 크기도 더 크다. 배에는 왜구 사내들이 열댓 명이 타고 있었고, 손을 묶이고 얼굴에 피를 덮어쓴 심녀를 발견하자 다들 잇몸을 드러내며 크게 웃는다.

이들은 전라도나 경상도 인근의 해안을 돌아다니며 노략질을 하는 왜구들 중 한 무리였다. 오늘밤에도 어느 마을을 약탈하는 게 좋을까 정탐도 할 겸 바다를 이리저리 떠돌던 중이었다. 마침 곡식을 운반 중인 듯한 배가 보여서 이를 덮쳤던 것이다.

심녀는 흔들리는 배에서 겨우 중심을 잡으며 건너편 왜구의 배로 건너간다. 이제 자신의 목숨은 이들 왜구의 손에 달린 것이다. 그 와중에도 그녀는 본능적으로 왜구 사내들이 결코 자신을 죽이지는 않을 것이란 확신을 받았다. 그건 여자 특유의 타고난 직감과도 같은 거였다.

일단 살고 보는 거다. 호랑이 등을 타도 정신만 차리면 산댔으니까. 그녀는 옛날 부모들이 해준 말을 떠올린다. 그래, 정신을 차리는 거야. 앞으로 어떻게 되든.

살육이 지나간 검은 바다에 달빛이 도자기 조각처럼 잘게 부서진다.

6

가슴이 답답하다. 숨조차 제대로 쉴 수가 없다. 천근도 넘을 커다란 석불(石佛)이 가슴을 무자비하게 짓누르고 있다. 편조는 사력을 다해 석불을 밀어내려다가 퍼뜩 잠에서 깨어난다.

또 그놈의 지종(知宗)이란 중이다. 이 절의 방장행자를 맡은 중으로 체중이 무거운 데다 몸부림이 심하여 걸핏하면 곁에서 자는 편조의 몸을 타고 짓눌러댄다. 몸부림뿐만 아니라 이까지 갈아대는 통에 한 방에서 자기가 심히 괴로웠다.

낮에도 이러저러한 시비로 편조를 노상 못살게 굴더니 밤에는 잠버릇이 더러워서 고약하다. 편조는 자신의 다리에 얹힌 지종의 털이 부숭부숭한 허벅지를 밀어내고 자리에 앉는다. 문살 바깥은 아직 먹물을 풀어놓은 듯 깜깜하다.

방문을 열고 나오자 북쪽에서 불어오는 싸늘한 새벽 산바람이 귓바퀴를 에인다. 저 멀리 달빛을 받은 산봉우리가 하얗게 빛난다. 얼마 전에 내린 봄눈이 채 녹지 않고 남아 있는 것이다. 한식이 그저께였다. 이른 봄이라고는 해도 이곳 북쪽 지역의 날씨는 여전히 음산하고 차갑다.

여기는 금강산 북쪽 어귀의 용공사(龍貢寺)다. 신라시대에는 발삽사(勃颯寺)로 불렸으나 고려 4년에 태조 왕건이 중수를 하고 절 이름을 용공사로 고쳐 부르도록 했다.

편조가 이 절에 온 지도 어언 수개월이 지나고 있다. 지난해 초겨울 무렵, 유리걸식하다시피 떠돌던 그는 명주를 거쳐 금강산 이북의 이 절까지 흘러왔다. 끼니나 한 끼 해결하려고 들렀다가 마침 불목하니가 필요하다는 말에 추운 엄동설한이나 지내자 싶어서 그냥 눌러앉게 되었던 것이다.

뒤란으로 돌아간 편조는 처마 밑에 쌓아둔 마른 장작을 가져다가 부엌 아궁이 앞에 가져다놓았다. 밤새 식은 방에 군불도 넣을 겸 스님들이 새벽 예불을 하기 전에 세수할 물을 데워놓으려는 것이다. 그게 새벽에 제일 먼저 편조가 해야 할 일이다.

봄이 되어서 해가 길어졌다고는 해도 깊은 산중이라 그런지 산사의 새벽은 춥고 어두웠다. 편조는 아궁이 속의 잿더미를 헤집는다. 검은 재 사이로 밤새 꺼지지 않은 빨간 불씨가 보인다. 편조는 마른 가랑잎과 솔잎을 불씨에 갖다 대고 후후 분다. 이내 불쏘시개에 화르륵 불길이 인다. 편조는 그 불길 위에 타기 좋은 작은 나뭇가지며 가랑잎 따위를 올려놓는다.

"하이고, 벌써 나왔네. 편조, 넌 어쩜 그리 부지런하냐?"

하품을 하며 들어서던 동자승이 말을 건넨다. 일찍부터 이 절에 있던 그는 자신의 속세 나이가 열네 살이라고 했다. 편조가 불목하니로 들어오자 나이가 비슷한 그가 제일 반겼고, 그 뒤로 친구처럼 친하게 지내는 사이가 되었다.

"응, 일어났구나. 이리 와서 불이나 쬐어."

편조가 곁자리를 내어준다. 이마가 튀어나와 짱구란 별명을 가진 동자승이 냉큼 곁에 와 쪼그리고 앉는다.

"그런데 넌 불도 잘 피우는구나. 난 불을 제대로 피우지 못해 노상 혼이 나곤 했는데……."

동자승이 타오르는 아궁이 불에 손을 쬐며 편조의 재주를 칭찬한다.

"헌데 말이야."

편조가 말문을 연다.

"뭐야? 물어볼 거라도 있어?"

"그래. 철봉대사님 말이야."

"철봉대사님이 너더러 뭐라 하시데?"

"그건 아니고……."

"그럼 뭐야?"

"철봉대사님이 정말로 중생들이 말하는 것처럼 생불(生佛)일까?"

편조가 고개를 갸웃거리며 말한다. 철봉대사는 이 절의 주지였다. 편조는 철봉대사의 못생긴 얼굴을 다시 머릿속에 떠올린다.

철봉대사를 처음 보았을 때 편조는 참 괴상하게 생긴 중도 다 있구나 싶었다. 콩밭에 엎어진 것처럼 우툴두툴하게 얽은 곰보에 송충이처럼 짙은 눈썹, 툭 튀어나온 부리부리한 눈, 그리고 머리통은 컸지만 목은 자라목이어서 마치 몸통과 머리가 붙어 있는 것처럼 보였다. 여기다 배까지 불룩 나온 꼬락서니가 머리만 삭발하지 않았다면 결코 중으로 볼 수 없는, 저잣거리의 모주꾼 같은 생김새였다.

그러나 그건 겉모습에 불과했다. 며칠 지나면서 편조는 모주꾼처럼 못생긴 주지가 인근 고을 사람들 사이에선 생불로 소문났다는 걸 알았다. 그래서인지 그다지 규모가 크지 않은 절임에도 신도들의 보시가 넉넉해서 살림 형편이 괜찮은 편이었다.

닷새 전만 해도 그랬다. 절에서 법석(法席)을 열었는데 인근 고을에서 남녀노소를 막론하고 거의 다 모여들었던 것이다. 심지어 멀리 통천과 안변 등지에서 온 사람까지 있었다. 절 마당이 꽤나 널찍한데도 자리가 모자라서 절 아래 비탈에까지 사람들이 밀릴 지경이었다.

그날, 대웅전 대청 위에 비단 방석을 깔고 앉은 철봉대사의 모습은 그야말로 부처가 현현(顯現)한 것처럼 장엄했다. 머리 위에는 희미하긴 하지만 금빛 광배(光背)가 어리고, 몸에는 은은한 서기(瑞氣)가 비쳤다.

편조는 자신이 잘못 본 것은 아닐까 해서 몇 번이나 눈을 비비고 쳐다보았지만 그것은 분명 실재였다. 비록 향 반 개를 태울 잠깐의 시간이었지만 모여든 사람 누구나 탄성을 내지른 것 또한 분명한 사실이었다.

법회가 끝날 무렵 마지막으로 철봉대사가 설법을 마치고 합장한 손바닥을 펼치자 손바닥에는 보일락 말락 분홍빛 연꽃이 피어났다. 가까이서 이를 지켜본 사람들은 생불을 친견한 것을 못내 감격해하며 계속해서 소리 높여 아미타불을 외쳤다.

편조 역시 감탄을 금할 수가 없었다. 하지만 철봉대사의 설법은 그다지 좋아 보이지 않았다. 사실 편조는 그동안 여러 절을 전전한 관계로 어떤 스님의 설법이 좋은지, 어떤 설법이 진실하고 참된 것인지 알 수준은 되었다.

그런 측면에서 철봉대사의 설법은 그를 의아스럽게 만들었다. 목탁 깨어지는 걸걸한 음성으로 시주를 많이 한 신자만이 부처님의 가피를 받을 것이며, 어리석은 윤회의 고뇌에서 일찍 벗어날 수 있다는 얘기만 중언부언 앞뒤 없이 길게 늘어놓았던 것이다.

따지고 보면 평소의 태도 또한 명색이 생불로 추앙 받는 대사라기엔 왠지 어울리지 않는 구석이 많았다. 수시로 경망스런 행동에 물욕까지 서슴없이 드러냈고, 아랫사람을 대하는 태도는 세속의 장사꾼이나 다를 바 없어서 도를 닦는 사람과는 거리가 멀어도 한참 멀어 보였다.

"사람들이 모두 생불이라니까, 그렇겠지, 뭐……."

동자승이 손가락으로 콧구멍을 후비며 무심하게 대답한다.

"정말 그럴까?"

편조는 언젠가 옥천사에서 들은 '효가(曉可)'라는 사승(邪僧)의 얘기를 기억해낸다.

효가는 삼십여 년 전인 충선왕 때의 중이었는데, 자기 스스로 견성성불(見性成佛)을 한다고 우매한 사람들을 현혹시켰다. 사람들을 모아놓고 장작더미에 올라서서는, '나는 지금 불에 타 죽어서 칠일 뒤에 법신(法身)으로 화해 나타날 것이다' 하고는 불이 붙자 장작더미 뒤의 굴속으로 숨어 들어가서 미리 준비해둔 음식을 먹으며 기다리다가 약속한 칠일 뒤에 모습을 드러냈다.

또 언젠가는 꿀물과 찹쌀가루를 몸에서 꺼내 보이며 '이것들이 다 내게서 나온 감로(甘露)와 사리(舍利)다' 하면서 나누어주어 사람들이 귀하게 여기도록 했다. 그러나 나중 이 사실이 발각되어 결국 옥에 갇히는 신세가 되고 말았다는 이야기였다.

"사실 얼마 전까지만 해도 이 절에 시주하러 오는 신도들이 그리 많지 않았어. 그런데 작년 봄에 철봉대사님이 오고 나서는 갑자기 신도들이 늘어나기 시작한 거지. 용공사에 생불이 왕림하셨다는 소문이 돈 때문이지."

"그래?"

"내 생각인데 말이야, 어쩌면 철봉대사가 방술(方術)을 익힌 게 아닌지 몰라."

"방술이라니?"

느닷없는 이야기에 귀가 번쩍 뜨인다. 아무래도 여기엔 무슨 조화가 있을 듯싶어서다.

"넌 방술도 몰라? 신선들이 쓴다는 술법 말이야. 그럼 육신통(六神通)이란 말은 들어봤니?"

짱구 동자승은 자신이 알고 있는 지식을 편조에게 말해주는 것에 신명이 나는 모양이다.

"육신통이라니, 그건 또 뭐지?"

편조는 알고 있으면서 짐짓 모르는 척 물어본다.

"음, 육신통이란 건 말이야. 보통 사람들이 육안으로 볼 수 없는 것을 보는 천안통(天眼通), 보통 사람 귀로는 듣지 못하는 소리를 듣는 게 천이통(天耳通), 다른 사람의 마음을 읽어낼 수 있는 게 타심통(他心通), 사람들의 생로병사를 비롯한 앞일을 알 수 있는 게 숙명통(宿命通), 불가사의하게 경계를 변화시키기도 하고 공중을 날아다니기도 하는 게 신족통(神足通), 그리고 사람 마음을 자유자재로 조종할 수 있는 게 여의통(如意通), 이렇게 여섯 가지 신통술을 이르는 말이야."

"그렇다면 철봉대사가 그런 도술을 연마했다는 거야?"

"꼭 그렇다는 건 아니지만, 내가 보기엔 몰래 그런 신통술을 연마하고 있는 것 같았거든."

동자승이 경계하듯 주위를 살피더니 음성을 낮춘다. 그리고 자신이 보았던 철봉대사의 이상한 행동을 편조에게 털어놓는다. 편조가 잔뜩 귀를 세운다.

"작년 초여름 무렵이었을 거야."

고참 승려로부터 각 방을 청소하라는 지시를 받은 동자승은 철봉대사가 출타 중인 줄 알고 방장실을 청소하기 위해 무심코 방문을 열었다. 방 안에는 철봉대사가 가부좌를 튼 채 두 팔을 뒤로 돌려 허공을 향해 뻗은 기이한 자세로 주문을 외고 있었다. 그런 철봉대사 앞에는 책이 펼쳐져 있었는데 분명 불경은 아니었다. 상황을 파악한 대사가 화를 벌컥 내며 문을 닫으라고 호통을 쳐서 크게 놀라서 문을 닫고 도망치듯 내뺐던 것이다.

"그런데 나중 곰곰 생각해보니 아무래도 그 책이 방술을 적어놓은 책인 것 같았어. 아무튼 이상한 책이었으니까."

"그 책이 어떻게 이상했지?"

"잠깐 보았지만 경전은 아니었고, 마치 무예를 익히는 사람이 주로 하는 기묘한 자세를 취한 그림과 함께 알지 못할 글이 적혀 있었어. 라마승들이 한다는 밀교수행을 하는 듯한 그림도 있었고……."

"설마. 그런데 대사가 그 책을 어디에 두는 것 같았어?"

부쩍 궁금증이 치민 편조가 동자승의 말꼬리를 자르며 묻는다. 그의 뇌리에 불현듯 어릴 적에 나이 든 스님들끼리 하던 얘기 중 한 토막이 떠올랐기 때문이다.

아주 오랜 옛날부터 도인들 사이에 은밀히 전해 내려오다가 실전

된 세 권의 책이 있다고 했다. 세상의 모든 조화와 술법을 기록해놓았다는 『매화역수(梅花易數)』, 『소자신수(邵子神數)』, 그리고 『기문벽서(奇文僻書)』가 그것이다.

오래된 기억이라 확실하지는 않지만 『매화역수』란 책은 숫자로 인간의 운명과 길흉화복을 예지하고, 『소자신수』라는 책은 선계(仙界)의 글씨와 주문으로 모든 재액과 흉사를 방지할뿐더러 복과 행운을 부를 수 있는 술법이 적혀 있고, 『기문벽서』는 예부터 전해오는 갖가지 기이한 요술, 환술 따위를 모아 적어놓은 책이라고 했다.

"어디 두는지 그건 알아서 무얼 하려고?"

갑자기 의심이 들었는지 동자승이 반문한다.

"내가 한 번 볼 수는 없을까?"

"보다가 들키면 어쩌려고 그래? 잘못하면 죽도록 매를 맞고 절에서 쫓겨날지도 몰라."

동자승이 지레 겁을 먹고 손사래를 친다.

"두 피대(皮帒: 사람을 낮추어 피와 살이 든 가죽부대에 비유한 말)들이 새벽부터 부엌 아궁이 앞에서 무슨 잡스런 사설을 풀고 있는 거야?"

갑자기 법고를 두드리는 듯한 고함소리가 두 사람의 어깨를 두드린다. 놀라서 돌아보자 나타난 자는 지종이다. 눈곱도 떼지 않은 눈으로 두 사람을 노려보는 눈초리가 까닭 없이 사납다.

"빨리 가서 법당에 향불이나 켜고 걸레질이나 박박 해놓지 않고……."

지종이 주먹을 들어 동자승의 맨머리에 군밤을 먹인다. 동자승이 머리를 감싸 안고 냅다 바깥으로 달아난다.

"편조, 넌 그렇게 불만 피우고 있지 말고 어서 대사님이 계시는 방장실에 따뜻한 물이나 갖다드려."

지종이 편조를 꾸짖는다.

편조는 솥에서 데워진 물을 함지에 퍼 담아 들고 반빗간을 나온다. 하지만 그의 머릿속엔 온통 그 방술책에 대한 생각뿐이다. 어떤 수를 쓰든 그 책을 자신의 눈으로 보고 싶었다. 타고난 호기심이 발동한 것이다.

그 일이 있고 나서 며칠이 지난 어느 날, 드디어 목을 빼고 기다리던 기회가 찾아왔다. 햇살이 무척 따뜻한 날이다. 오전 느지막이 철봉대사가 지종을 데리고 절을 나선 것이다. 대여섯 명의 승려들이 절 아래 일주문까지 두 사람을 배웅했다.

"다들 절을 잘 지키고 있어라."

비단으로 된 채첩건(머리에 쓰는 두건)을 쓴 철봉대사가 승려들을 둘러보며 말한다.

"염려 놓으시고 잘 다녀오십시오."

승려들이 일제히 고개를 숙이며 합장을 한다. 승려들 뒤편에 서 있던 편조와 동자승도 덩달아 고개를 숙인다. 지종이 괜히 못마땅한 눈초리를 하고 둘을 흘겨본다.

"대사님께서 지금 어딜 가시는 거죠?"

철봉대사의 모습이 멀어지자 편조는 옆의 나이 든 조실 승려에게 묻는다.

"멀리 신계사에 법어 강론이 있어 거기 참석하러 가시는 게지."

"신계사라면 하룻길이 빠듯한 거린데, 오늘 저녁에 오시기는 힘들겠네요?"

"아마도 그렇겠지. 아마 내일 저녁쯤에야 돌아오실걸. 헌데 그건 왜 묻느냐?"

"그동안 방이나 깨끗이 닦아 놓으려고요."

내심 쾌재를 부르며 편조가 대답한다. 드디어 고대하던 기회가 제 발로 찾아온 셈이다. 그는 두근거리는 가슴을 억누르며 평상시와 다름없이 절간으로 돌아온다.

잠시 뒤, 동자승과 함께 점심 공양을 준비하던 편조는 밥이 뜸들 동안 슬그머니 반빗간을 빠져나온다. 그리고 주위를 살피며 곧장 법당 좌측에 있는 방장실로 향한다. 예상대로 방장실 문은 굳게 자물쇠가 채워져 있다. 편조는 수단 좋게 잠긴 자물쇠를 풀어내고 방장실로 들어간다.

어둑한 방장실 안에는 함박나무 문갑, 버들고리짝, 옻칠한 서탁 등이 가지런히 놓여 있다. 편조는 우선 구석에 놓인 버들고리짝부터 열어본다.

그 안에는 손때 묻은 염주와 불진(파리나 모기를 쫓는 총채), 능선(綾扇: 비단 부채) 등 철봉대사가 쓰는 자질구레한 불구(佛具)가 들어 있다. 책은 보이지 않는다. 그는 다시 서탁과 문갑 등 책이 있을 만한 곳을 샅샅이 뒤진다. 하지만 방 안 어디에고 그가 애타게 찾는 방술책은 보이지 않는다.

어디에 숨긴 것일까. 만약 내가 그 책을 숨긴다면…….

사방을 둘러보던 편조의 시선에 벽에 걸린 눈이 휘둥그레 한 달마선사의 족자가 들어온다. 무심히 지나치려는 찰나 족자 옆쪽 한 쪽만 손때가 묻어 있는 게 마음에 걸린다. 혹시나 하는 생각에 족자를 옆으로 치워본다. 있다. 족자 뒤편 벽에 네모진 작은 구멍이 있고, 그 안에 명주보자기로 싼 물체가 드러난다.

꺼내어 보니 동자승이 얘기한 그 책이 분명하다. 가슴이 물 밖에 나온 물고기의 아가미처럼 심하게 벌떡거린다. 편조는 얼른 그 책을 품속에 감추고 방장실을 나온다. 이어 한달음에 절 뒤편 숲 속으로 내닫는다.

인적 없는 숲까지 들어간 편조는 주위를 확인하고 품속에서 물건을 꺼냈다. 보자기를 풀자 책이 드러난다. 책은 몹시 낡았고, 기름먹인 표지가 떨어져 나가고 없다. 누가 일부러 찢어낸 것인지 아니면 낡아서 자연적으로 떨어진 건지 모를 일이다. 따라서 책제목이 무엇인지 알 수 없는 게 안타까웠다. 종이가 누렇게 색이 바래고 가장자리에 보풀이 일 정도로 낡은 걸로 판단해서 책은 아주 오래된 것처럼 보인다.

편조는 기대에 차서 조심스레 책장을 넘긴다. 동자승 말대로 여러 가지 묘한 자세를 취한 사람들의 그림과, 그림마다 이를 설명하는 요결이 적혀 있다.

몇 장쯤 책장을 넘기자 조금 큰 글씨로 적힌 소제목이 보인다.

十二喻氣心法(십이유기심법) 第二章(제이장), 乾闥婆城(건달바성)

제목만 봐도 결코 범상한 책이 아니다.

편조는 정신없이 읽어 내려간다. 옥천사에 있을 때 어깨너머로 배워두었던 한학이 많은 도움이 되었다. 급하게 읽느라 내용을 잘 알 수는 없지만 환술을 부리는 방법을 설명해놓은 글인 듯싶다. 뒷부분에는 사람들의 마음을 조종한다는 영술(靈術)과 신선들이 사용한다는 방술에 대한 언급도 있다.

책을 잡고 있는 손이 부들부들 떨린다. 편조는 만세라도 부르고 싶은 심정이다. 철봉대사가 부리는 술법이 모두 이 비서에서 나온 게 틀림없을 터였다.

대사가 어떤 기연으로 이 귀한 책을 손에 넣었는지는 알 수 없지만, 이 책에 적힌 술수를 익히면 세상 어디를 가더라도 제 한 몸 살아가기는 일도 아닐 것이다. 앞으로 더 이상 밥을 빌어먹는 탁발승이나 행자승 노릇을 하지 않아도 될 것이다. 아니, 비술을 제대로 익히기만 한다면 이 세상을 깜짝 놀라게 할 수도 있을 것이다.

하지만.

편조는 잠시 망설인다. 책을 다시 제자리에 놓아두어야 한다는 양심의 질책 때문이다. 이 책이 없어진 걸 철봉대사가 알면 얼마나 노발대발할 것인가. 아마 책자를 가져간 도둑을 결코 그냥 두지는 않을 것이다. 그러나 책만 놓아둔다면 아무런 일도 벌어지지 않을 것이다.

하나 그러기엔 너무 크고 아까운 기회다. 일생일대에 한 번 올까 말까한 커다란 행운이 아닌가. 돌아보면 어차피 이 뜬구름 같은 사바세계에 만물의 주인이 어디 있을 건가. 있다면 잠시 스쳐 가는 티끌 같은 인연일 뿐. 이 책 또한 자신과 인연이 닿았기에 이렇게 자신의 손에 들어온 것이 아닐까.

더 이상 생각할 필요조차 없다. 빨리 이 책을 가지고 이 용공사를 떠나는 게 상책이다. 내일이면 철봉대사가 신계사에서 돌아올 것이고, 그 즉시 책이 없어진 사실을 알게 될 터이다. 누가 책을 가져갔는지도 금방 알게 될 것이다. 그러나 편조가 책을 훔쳐서 도망친 걸 깨닫고 철봉대사가 승려들과 함께 뒤쫓아온다 하더라도 내일 오후

쯤이면 이미 자신은 그들이 따라잡을 수 없는 백여 리 밖으로 달아나 있을 것이다.

편조가 앞니로 입술을 질근질근 깨문다. 이제 이 비서를 익혀서 나를 업신여긴 세상을 놀라게 하리라.

그의 울퉁불퉁한 얼굴에 누구도 넘보지 못할 강한 결의가 서린다.

5부

五月 五日애, 아으 수릿날 아참 藥은
즈믄 힐 長存하샬, 藥이라 받즙노이다
아으 動動다리

오월 오일(五月五日)에, 아아! 단옷날 아침 약은
천년 되도록 오래 사실, 약(藥)이라 바치옵니다
아으 動動다리

1

공민왕 원년(1352).

단오가 이틀 지난 어느 날.

산허리를 따라 붉게 타오르던 진달래꽃이 스러지고, 대신 철쭉이 줄줄이 연분홍 꽃망울을 터트리며 계절의 변화무쌍함을 알리고 있다. 숲에서는 짝을 찾는 꾀꼬리 소리가 처연하다.

수령이 오래된 소나무가 울창하게 그늘을 드리우며 서 있는 전등사 아래의 공터.

평평하고 널찍하게 닦여진 마당에는 일정하게 대오를 이룬 채 무예를 익히는 젊은 승려들의 기합소리가 단속적으로 울려 퍼진다. 웃통을 벗은 승려들의 건장한 상반신에 맺힌 땀방울이 줄줄이 흘러내린다.

대열 맨 앞에는 어깨가 딱 벌어지고 팔뚝이 어지간한 장정의 넓적다리만큼 굵직한 한 승려가 기다란 장창을 들고 시연을 보이고 있다. 이번에 전등사 승려들의 무술을 지도하기 위하여 개경 흥국사(興國寺)에서 새로 파견된 무술승려다.

공민왕 들어서 날로 왜구들의 침입이 잦아지고 대규모화되면서 남·서해안 백성들의 피해가 극심해졌다. 왜구들에게 죽임을 당하거나 나라의 곡식을 실어 나르는 조운선(漕運船)이 약탈당하는 일이 빈번해지면서 조정에서는 이들 왜구를 물리치기 위하여 한동안 부진했던 승병 양성제를 활성화시켰다.

그에 따라 엔간한 규모의 사찰에는 나라에서 직접 뛰어난 무술승려를 선출, 파견하여 하급 승려들에게 무예와 병법을 가르치게 했던 것이다.

"지금 시범을 보이는 건 장창 전(前) 총보로 우선 태산으로 알을 깨트린다는 의미의 태산압란(泰山壓卵)세에서부터 십면매복(十面埋伏)세까지만 펼쳐 보일 테니 유심히 보고 따라 하기 바랍니다."

말을 마친 무술승은 빠르게 보법을 밟으면서 현란한 동작으로 장창을 휘둘러 열 가지 세법을 선보인다. 좌를 찔렀는가 하면 우를 치고, 다시 정면을 공격한 것 같으면 어느새 창을 돌려 배후를 공격한다. 창이 자유자재로 등과 어깨를 축으로 돌며 전후좌우를 물샐틈없이 찔러댄다.

노련한 창술 시범을 지켜보던 승려들의 눈에 하나같이 경탄의 빛이 떠오른다.

"꼭 뒤집힌 풍뎅이 날갯짓 같아 보이잖아."

공터에서 조금 떨어진 위쪽, 대웅전으로 오르는 석조 계단에 앉아서 무예를 지켜보던 소년이 안타깝다는 듯 툭 내뱉은 말이다. 적송 그늘이 짙게 드리워진 곳이다.

소년은 다름 아닌 무영이다. 이제 제법 키가 어른처럼 커졌고 몸의 균형도 보기 좋게 잘 잡혀 있다. 다만 아이처럼 해말간 피부와

동안의 얼굴이 아직 앳된 인상을 줄 뿐.

"그게 무슨 말이니?"

옆에 나란히 앉아 있던, 여인처럼 해사하게 생긴 동자승이 의아한 듯 묻는다. 그는 무영보다 많은 열여섯 살이다. 재작년에 득도식을 했지만 아직 주지스님의 행자 노릇을 못 면하고 있다. 입술이 얇고 피부가 유난히 희고 고와서 여성적인 느낌을 준다. 음성도 어딘지 모르게 여인의 음색을 닮아 곱고 가늘다.

"자세는 그럴듯하지만 너무 허점이 많거든."

"정말 그런가?"

"우선 동작의 연결이 자연스럽지 못해. 말하자면 공세와 공세 사이에 틈이 많거든. 예를 들면 지남침(指南針)세에서 철우경지(鐵牛耕地)세 사이에 네 번이나 빈틈이 있었어. 만약 눈이 빠른 사람이 있어 이 사실만 파악한다면 단번에 역습을 당하고 말 거야."

"하지만 나야 그런 걸 알 수 있어야지. 그런데 그게 사실이면 네가 직접 나가서 시범을 보여주는 게 어때?"

동자승의 말에 무영은 멋쩍게 입가를 당기며 씩 웃는다.

"그럴 수야 없지. 평소에 스승님이 늘 말씀하셨어. 무사는 쉽게 자신을 드러내지 않는 법이라고……."

"에이, 시시해."

말하던 동자승의 얼굴 앞으로 노랑나비 한 마리가 팔랑거리며 날아갔다. 문득 새로운 화제가 떠올랐는지 동자승의 눈동자가 반짝 빛을 발한다.

"무영, 너 혹시 전등사 대웅전 처마 귀퉁이를 받치고 있는 네 명의 벌거숭이 인물에 대해 알고 있니?"

"그럼. 어느 정도는."

"그럼 말해봐."

"좋아. 잘 들어. 예전 이 절을 지을 때 도목수였던 자가 마을의 밥 짓는 여인과 사랑에 빠졌거든. 그런데 그 여인이 도목수 남자를 배신하고 재물을 몽땅 훔쳐서 야밤에 도망질쳐버렸지. 그러자 화가 난 남자가 도망친 여자 모양을 깎아서 평생 저주나 받으라고 처마 지붕을 받치게 했다는 전설 아냐."

"맞아. 그런데 난 요 근래 좀 다른 이야기를 들었어. 그 얘기에 따르면 옛날 이 강화도 부근에는 성질이 사나운 용왕이 살았다는 거야. 못된 성질을 부려서 걸핏하면 풍랑을 일으켜 많은 어부들을 바다에 빠트려 죽였다는 거지."

"그래서?"

"그런 어느 날, 이 전등사를 짓는 도목수의 꿈에 문수보살이 나타나서 네 여인의 벌거벗은 모습을 절 처마 네 귀퉁이에 새겨 넣으라고 말씀하셨다는 거야. 당시 그 심술궂은 용왕에게는 딸이 넷 있었거든. 그러니까 문수보살은 용왕의 네 딸에게 이런 꼴을 안 당하게 하려면 조심하라는 경고를 보낸 셈이지. 그다음부터 강화도 주변 물길이 거짓말처럼 잔잔해졌다는 얘기야."

"듣고 보니 그럴듯하군. 헌데 누가 그런 얘기를 해주었어?"

"보름쯤 전에 절에 왔던 늙은 행각승(行脚僧)에게 들은 얘기야."

"떠돌이 행각승의 말을 어떻게 믿어?"

"피, 누가 믿으랬나. 믿거나 말거나지."

말끝은 거의 투정에 가깝다.

무영과 동자승이 두서없는 얘기를 나누는 사이 하늘에서 날카롭게 새매 울음소리가 났다. 하늘을 올려다본 무영이 얼굴색을 고치며 자리에서 벌떡 일어난다. 푸른 허공을 맴도는 회색 새매는 분명 길상천이 기르는 매다.

"이것 참, 깜박했어. 스승님께서 미시까지는 심부름을 마치고 돌아오라고 명하셨거든. 또 꾸중깨나 듣게 생겼어."

소년답게 당황하는 무영이다. 무영과 헤어지는 게 아쉬운지 동자승의 얼굴에 그늘이 진다.

동자승을 뒤로한 채 헤어진 무영은 전등사 옆으로 난 울창한 오솔길을 가르며 정족산(鼎足山)을 빠르게 넘는다. 경사진 산길임에도 그의 걸음은 사슴이나 노루처럼 거침이 없다. 호흡 하나 흩어지지 않고 달리면서도 무영은 며칠 전 스승인 풍천도인에게 들었던 은형술의 요결을 버릇처럼 떠올린다.

원래 은형술은 은형법의 한 갈래로, 자기 몸을 숨겨 보이지 않도록 하는 술법이며 밀교에서는 마리지천법(摩利支天法)으로 부른다고 했다.

마리지천은 성광(成光)이란 말로 아지랑이를 뜻했다. 마리지천은 일천(日天)의 권속으로 붙잡을 수도, 태울 수도, 적실 수도 없는 은형의 몸으로 항상 일천 앞에서 줄달음치는 자재(自在)한 신통력을 가진 천신(天神)이었다. 예전부터 승리의 신이라 하여 무사의 존중을 받는 신이었다. 이 천신이 맺은 하늘의 진언을 외우면서 은형인(隱形印)을 맺으면 육안으로는 절대 자신을 보지 못하게 된다.

풍천의 직계 스승이며 신라시대 고명한 술법가인 김암이 밀교에서 말하는 은형법을 새롭게 깨우쳐서 내놓은 것이 은형술이라고 했다. 사람으로선 너무 깨우치기 어려운 은형법을 나름대로 쉽게 배울 수 있게 해놓은 것이다.

이 은형술을 익히기 위해서는 우선 관법(灌法)과 심법(心法)을 깨우친 다음이라야 한다고 풍천이 거듭 당부했다. 왜냐하면 은형술의 기본인 관법과 심법으로 사물을 보는 방법을 깨우치지 않고선 은형술의 요체를 알 수 없다는 게 풍천의 이론이었다. 아울러 만약에 동일한 은형술을 쓰는 적을 만났을 때 관법과 심법을 모르면 적을 찾아낼 수 없기 때문이라고도 했다.

관법과 심법…….

무영이 스승인 풍천에게 들은 관법과 심법의 요결을 마음속으로 복습하는 사이 어느덧 외포나루가 손에 잡힐 듯 보인다. 해안 구석진 곳에 당도한 무영이 손을 입에 넣고 휘파람을 길게 분다. 배가 오도록 신호를 한 것이다.

그때 해안 저편에서 낯선 사내가 빠른 걸음으로 걸어온다. 머리에 회색 두건을 쓰고, 등에는 긴 검을 메고 있는 걸로 보아 무관인 듯 보인다. 늘씬한 체격에 깨끗하고 단정한 용모다.

"어이, 꼬마. 넌 누구야?"

어느새 가까이 다가온 청년이 팔짱을 끼고 있던 무영에게 묻는다. 아랫사람을 귀엽게 바라보는 듯한 눈길에 약간의 장난기가 어려 있다.

"그렇게 묻는 당신은 누구십니까?"

꼬마라는 말에 심기가 불편해진 무영이 고개도 돌리지 않고 바다를 보며 되받는다. 청년이 의외라는 듯 입술을 당겨 슬쩍 미소를 머금는다. 심심한데 잘되었다는 표정이다.

"무척 맹랑한 꼬마로군."

“나이에 맞지 않게 말을 함부로 하는 어른이군.”

무영이 청년을 말을 곧장 그대로 받아친다.

“어린 녀석이 건방지군.”

“나이 든 사람이 입이 험하시군.”

“이 녀석, 버릇을 좀 가르쳐야겠군.”

“가르칠 재간이 있으면 가르쳐 보시지요.”

끝까지 태연자약하게 대답하는 무영이다.

“오냐, 이 녀석아.”

청년이 주먹을 들어 무영에게 꿀밤을 먹이려 든다. 무영이 옆으로 날쌔게 몸을 피한다.

“어라, 이 녀석이?”

빠르게 따라붙은 청년이 이번에는 잽싸게 손을 뻗어 무영의 어깨를 움켜잡으려 든다. 하지만 손길은 무영의 옷깃조차 건들지 못하고 허공을 스치고 만다.

“보법을 보아하니 약간 무예를 익힌 모양인데, 그렇다면 어디 한 번 더 내 수격(手格)을 받아 보아라.”

말소리와 함께 힘이 실린 주먹이 바람을 가르며 위협적으로 날아온다.

무영이 주먹이 눈앞까지 다가오는 것을 기다렸다가 빠른 술수로 밀어오는 힘을 역이용하여 청년의 손목을 꺾어 던진다. 수박에서 흔히 쓰는 술법이다. 그러나 소년이 사용하자 엄청난 차이가 생겼다. 우선 주먹을 피하는 그 빠르기가 눈에 띄지 않을 정도였고, 손목을 잡힌 순간 마치 강한 반탄력에 튕겨 나듯 순식간에 청년의 몸이 공중으로 내던져졌던 것이다.

공중에서 한 바퀴 몸을 회전한 청년이 저만큼 떨어진 모래밭에 낙법을 써서 사뿐하게 내려선다. 청년은 비로소 놀란 얼굴을 한다. 평범하게 쓰이는 수박권을 아주 절묘하고 능숙하게 사용할뿐더러 숨결 하나 거칠어지지 않는 소년의 모습에서 만만치 않은 무예 실력을 갖췄다는 걸 알아챈 것이다.

"제법이군. 어디 진짜 무예 실력을 시험해볼까."

청년은 이 소년이 스승 풍천이 새로 받아들인 제자일 거라고 짐작한다. 해서 이참에 한 번 실력이라도 떠봐야겠다는 장난기 어린 마음이 든 것이다.

"마음대로……."

무영의 말에 청년이 막 공격 자세를 취하려 할 때다.

"거기서 무엇들 하는 거요."

바다에서 고함소리가 났다. 두 사람이 동시인 듯 돌아보자 해변으로 작은 쪽배가 다가오고 있다. 배에서 노를 젓는 사람은 나이가 지긋한 승려다. 승려는 청년을 보자 반색을 한다.

"혹, 거기 계시는 처사님은 윤호 도련님이 아니시오?"

"맞습니다. 수관스님 아니십니까?"

윤호(尹虎)라 불린 청년이 수관스님을 향해 두 손을 모아 합장을 한다.

"도련님. 대체 이게 몇 년 만이오. 소문으론 원나라에 가 계신다고 들었는데…그런데 두 분은 왜 이렇게 다투고 계시오?"

"이 당돌한 꼬마 때문이오. 대체 이 꼬마는 누구요?"

"허허, 거참, 서로 모르고 계셨군요. 하긴 윤호 도련님이 떠난 다음에 왔으니까 알 리 없겠지요. 풍천어른의 새로운 제자인 무영 도

령입니다."

수관스님의 대답에 윤호가 빙그레 웃음을 머금는다. 짐작했던 바다. 그러나 그는 시침을 뚝 떼고 말한다.

"어라, 이제 보니 내 사제였구먼. 사제, 이제 사형인 줄 알았으니 무례했던 걸 사과하는 게 어때?"

"유정 누님에게 얘기는 많이 들었습니다. 저의 사형이라니 사과는 하겠습니다만, 잘못은 사형이 먼저 하셨습니다."

"하하, 이거 뜻밖에 고집 센 사제를 두게 되었군그래."

쾌활한 웃음을 흘리던 윤호가 훌쩍 몸을 솟구쳐 너덧 장이나 떨어진 뱃전에 올라탄다. 뒤질세라 무영이 몸을 날려 가볍게 뱃전에 내려선다. 제비처럼 빠르고 가벼운 몸놀림이어서 세 사람 겨우 탈 만한 쪽배가 거의 요동도 하지 않는다.

"사제의 도약술이 놀랍군."

윤호가 감탄을 터뜨린다. 세 사람을 태운 배가 서서히 바다 가운데로 미끄러져 나갔다.

절로 들어서는 초입에서 그들을 제일 먼저 반긴 것은 고기잡이에서 돌아오던 길상천이다. 그는 고기가 담긴 걸망을 든 채로 윤호를 아이처럼 번쩍 들어 안는다.

세 사람이 앞서거니 뒤서거니 절 마당에 들어서자 유정이 환한 얼굴로 뛰어나온다.

"윤호 오라버니."

윤호는 자신을 반기며 다가오는 유정을 유심한 눈길로 바라본다. 열다섯 살에 헤어진 이후 처음 만나는 터였다. 몇 해 못 본 사이에 그녀는 어느덧 아리따운 여성의 모습으로 변모해 있었다. 굴곡진

선을 그리며 솟아오른 가슴과 잘록한 허리선, 눈길도 한층 깊고 그윽해져 있다. 머릿속에 남아 있던 예전의 귀엽고 발랄하던 모습이 사라지고 대신 성숙한 여인의 자태를 드러내고 있다.

"그래, 잘 있었니?"

환하게 웃으며 다가오던 유정이 아무래도 계면쩍었던지 걸음을 멈춘다. 윤호 역시 그녀가 서먹하고 어색하게 느껴지기는 매한가지다. 예전처럼 그녀를 대하기가 쉽지 않다. 아마 그동안 몰라보게 변한 그녀의 여성적인 자태 때문일 것이다. 유정을 응시하던 윤호는 남몰래 마음이 설레는 걸 느낀다.

"참, 여기서 이럴 게 아니라 우선 스승님부터 뵈어야지."

윤호가 어른스레 정신을 차린다.

풍천은 이미 윤호가 올 것을 알고 있었던 듯 법당에서 담담하게 그를 맞는다. 윤호가 제자로서의 배례를 올린다. 뒤따라 들어간 무영이 윤호 곁에 앉는다. 늦게 돌아왔다고 꾸중을 들을 거라 예상했지만 다행히 원나라서 돌아온 사형 덕에 무사히 넘어갈 모양이다.

"그래, 원나라에는 잘 다녀왔느냐?"

"예."

"공민왕 전하께선 여전히 강녕(康寧)하시고?"

"예, 그렇습니다."

"요즘 조정 내부의 사정을 듣고 싶구나."

환갑을 넘긴 풍천이지만 아직 정정함은 옛날 그대로다. 선풍도골(仙風道骨)의 얼굴에 눈빛은 사물을 관조하듯 깊어졌고, 다만 머리가 조금 더 희어졌을 뿐이다.

윤호는 현재 기황후의 권세를 업은 기철의 권세가 더욱 강성해진 것과, 역시 친원파인 찬성사 조일신이 원에서 전하를 숙위(宿衛)하였다는 것을 기화로 조정의 인사권을 틀어쥔 채 기고만장하고 있다는 사실을 이야기했다. 아울러 얼마 전부터 이 두 세력 간의 알력이 점차 노골화되고 있으며, 어쩐지 역모의 기운이 감돌고 있다는 정보를 조심스레 내놓았다.

"네 생각은 어떠냐?"

"제 속견으론 아마도 조만간 어느 한쪽에서 이 세력의 균형을 깨려고 들 것입니다. 그런 다음에는 세력을 장악한 측에서 먼저 역모를 꾀하기 쉬울 성싶어 보입니다."

"왜 그렇게 생각하느냐?"

"항용 쫓는 자보다 쫓기는 자가 불안한 법이기 때문입니다. 그래서 쫓기는 자는 그 불안의 근원을 없애버리려 할 것입니다."

풍천이 고개를 끄덕인다. 눈빛에 아끼는 제자를 바라보는 스승의 신뢰와 자애로움이 한꺼번에 떠오른다.

"그래, 아무튼 너의 책임이 무겁구나. 공민왕 전하를 보위하며 늘 상황을 예의 주시토록 하거라. 그 뒷일은 내가 알아서 할 것인즉."

"예, 스승님."

"그리고 무영이."

풍천의 눈길이 무영에게 향한다. 자애로움을 감춘 은근한 눈빛이다.

"너를 부른 건 중요한 심부름을 시키기 위해서다. 이번에 윤호가 개경으로 갈 때 너도 따라가거라."

풍천이 곁에 둔 작은 자단목 함을 연다. 단단히 밀봉된 서찰이 한 통 나온다.

"삼사사(三司使) 이인복 대감을 찾아뵙고 이 서찰을 드리거라."

무영이 서찰을 받아 품속에 깊이 간직한다.

"아울러 윤호, 너는 무영에게 개경의 지리와 궁내 사정을 좀 일러주어라. 나중에 쓰임새가 있을 것이다. 무영이 아직 세상물정에 어두우니 여러 가지로 잘 지도해주고……."

"예. 알겠습니다."

"그럼 이만 나가서 쉬고, 내일 일찍 떠나도록 해라."

말을 마친 풍천도인은 지그시 눈을 감는다.

그날 밤, 일찍 쉬라는 스승의 분부가 있긴 했지만 윤호와 길상천, 유정과 무영 네 사람은 그동안 밀린 얘기보따리를 풀기에 밤이 너무 짧았다.

날이 밝은 절 마당에는 아침 안개가 자욱하게 밀려들어와 있다. 서해가 안개 속에 흐릿하게 자태를 감추고 있다.

떠날 채비를 마친 윤호와 무영이 풍천이 나오기를 기다리고 있다. 그 옆에는 길상천과 유정이 아쉬움 가득한 얼굴로 서성거린다.

조금 지나자 아침 예불을 마친 풍천이 법당을 내려선다.

"그럼 제자, 가보겠습니다."

윤호와 무영이 고개를 숙이며 작별을 고한다.

"백부님, 저도 따라가면 안 될까요?"

돌연 곁에 서 있던 유정이 풍천 앞으로 나서며 말한다. 눈빛에 차마 말하지 못할 간절함이 숨어 있다.

풍천이 눈길을 들어 지그시 유정을 바라본다. 왜 유정이 개경으로 가고 싶어하는지 짐작하고도 남는다. 오 년 전인가, 며칠간 섬에 묵었던 그 양검인가 하는 낭인무사를 못내 그리워해서일 것이다. 그는 길상천을 통해 조카딸 유정의 마음이 어떠한지 듣고 있었다.

사람의 정은 인력으로도 어찌할 수 없는 법인가. 시간이 지나면 잊혀지고 포기할 줄 알았다. 하지만 시간이 갈수록 그 무사를 향한 유정의 연모의 정이 깊어지는 듯했다.

"사람을 찾으러 가는 거냐?"

"예."

유정이 기어 들어가는 음성으로 대답한다.

"사람을 시켜서 찾아도 되지 않겠느냐?"

"제가 직접 찾고 싶습니다."

"네가 찾을 수 있겠느냐?"

"그건…저."

"오냐. 알았으니 조심해서 다녀오너라."

풍천이 마지못해 고개를 끄덕이자 유정의 얼굴이 확연히 밝아진다. 그 얼굴의 변화를 윤호는 놓치지 않았다. 분명 그 표정은 깊은 연정에서 비롯된 것임을. 그는 이유 모르게 가슴이 메어옴을 느낀다.

"고맙습니다. 백부님."

유정이 꾸벅 고개를 숙인다. 기다란 머리채가 출렁거린다.

"윤호 오라버니, 먼저 출발하세요. 저는 여장을 꾸려서 곧 뒤따라 갈게요."

말도 끝내지 않은 채 유정이 자기 방으로 뛰어간다.

"허, 그 녀석도 참……."

풍천이 수염을 쓰다듬으며 씁쓰레하게 웃는다. 윤호와 무영 두 사람은 풍천도인에게 하직인사를 올린 다음, 아쉬워하는 길상천과 함께 절 뒤편 길로 나선다. 오솔길 입구까지 따라온 길상천이 걸음을 멈추고 두 사람에게 잘 갔다 오라며 손을 흔든다.

"유정이 찾으려는 사람이 누구지?"

나루로 통하는 지름길인 산자락의 작은 오솔길에 접어들었을 때다. 말없이 앞장서던 윤호가 짐짓 생각난 것처럼 무영에게 묻는다.

"떠돌이 무사."

무영이 짤막하게 대답한다.

"떠돌이 무사라니?"

"잘 몰라요. 몇 년 전에 잠시 이 섬에 와 있었는데…누님이 그 남자를 보살폈어요."

"보살피다니, 그게 무슨 말이지?"

무영은 양검이라 불리는 떠돌이 무사가 섬으로 오게 된 전후사정과, 풍천도인과 대결에서 부상을 입은 것을 유정이 치료를 해준 것이며, 몸이 완쾌된 낭인무사가 어디론가 훌쩍 떠났다는 사실을 간략하게 털어놓는다.

"어쩌다가 그런 떠돌이 무사를……."

윤호가 낮게 혀를 찬다. 그의 미간에 안타까움의 빛이 떠오른다. 사실 그는 어릴 적부터 유정을 동생처럼 아꼈고, 연경에서도 그리움처럼 그녀를 떠올렸던 적이 한두 번이 아니었다. 그건 일종의 애정과 비슷한 감정이었다. 그는 어제 유정을 봤을 때 세차게 가슴이 울렁거렸던 사실을 새삼 떠올린다.

그런 그녀가 따로 마음에 새겨둔 정인이 있다니.

윤호는 가슴 한구석이 저릿하게 메어오는 것을 느낀다. 그는 미루어 짐작할 수 있었다. 비록 머리로는 그녀의 입장을 이해할 수 있겠지만 마음속에 새겨진 그녀에 대한 소중한 기억을 오랜 세월 동안 쉽게 지워내지 못할 것임을. 그는 몰래 긴 한숨을 내쉰다.

산등성이에 올랐을 때쯤 뒤편에서 유정이 그들을 부르는 소리가 났다. 윤호와 무영은 걸음을 멈추고 그녀가 오기를 기다린다. 바람에 나풀대는 유정의 긴 머리가 물오른 버들가지처럼 청순해 보인다.

2

아침 공양을 막 끝낸 산사는 다시 정토 같은 한가로움에 빠져든다. 간혹 계곡을 내달려온 바람이 장난스럽게 절 추녀에 달린 풍경을 울리고 숲 사이로 달아날 뿐.

절 본당 뒤편으로 오백여 보 떨어진 곳에 삼면이 대숲으로 둘러싸인 작고 아담한 암자가 있다. 주지의 명에 따라 다른 승려들의 출입이 제한된 은밀한 곳이다. 문까지 굳게 닫힌 방 안에는 한 젊은 승려가 정신을 집중한 채 좌선 수련을 하고 있다.

편조다.

요 몇 년 사이에 그는 몰라보게 성장해 있다. 눈빛은 날카로우면서 더욱 깊어졌고, 두툼한 턱에는 거뭇거뭇한 수염이 자리를 잡기 시작했다. 누가 보아도 잘생긴 얼굴이라고 하지는 않겠지만 메기처럼 꾹 다문 입술과 뭉뚝한 콧날에서 대장부로서의 굳건한 기개가 드러난다.

결가부좌를 튼 자세로 앉은 편조는 방바닥에 펼쳐놓은 낡은 비서를 뚫어지게 바라본다. 펼쳐진 장에는 연마하는 자세를 그린 그림과 함께 요결이 적혀 있다.

책에서 눈을 뗀 편조는 몇 차례 단전호흡을 거듭하여 장심에 기를 집중시킨다. 이어 한 발 거리에 있는 방바닥의 부채를 향해 손을 뻗으며 기를 실어 보낸다. 전혀 움직이지 않을 듯 정지해 있던 부채가 조금씩 미동하기 시작한다.

편조는 다시 내공력을 십성까지 끌어올린다. 얼굴이 붉게 달아오르면서 태양혈이 부풀어 오르기 시작한다. 다시 기를 십이성까지 최대한 끌어올리자 달싹거리던 부채가 자성에 끌리듯 세로로 일어선다.

차 한 모금 마실 시간이 흐르자 부채가 공중에 떠오른다. 다섯 자 가까이 떠오른 부채는 허공에서 잠시 멈추는 듯싶더니 그대로 바닥에 떨어진다.

편조는 억제했던 숨을 내쉬며 모았던 기를 푼다. 붉게 달았던 안색이 평소의 색깔로 돌아온다. 아쉽지만 전보다는 한결 나아진 셈이다. 이 정도면 육성(六成)의 성취는 이룬 것 같다.

책에는 이 술법을 십성까지 연마하면 다섯 걸음 안에 있는 물건은 쌀 한 말 정도 무게라면 기(氣)만으로도 마음대로 움직일 수 있다고 적혀 있었다. 그렇게 하려면 아직도 내공력을 더 쌓아야만 가능할 것이다.

정작 편조 자신은 잘 모르고 있지만, 짧은 기간 동안 이만큼의 성취를 이룬 것도 그가 이런 분야에 타고난 재질을 갖춘 덕분이었다. 더욱이 그의 몸은 어릴 때부터 힘든 노동을 해온 데다가 수년간 떠돌이 생활을 하면서 갖은 고초를 다 겪어온 터라 자신도 모르는 사이에 심과 기가 강력하게 단련되어 있었던 것이다.

무엇보다 중요한 건 편조의 총명과 학문적 재질이 뒷받침되었다는 사실이었다. 아마 범인이었다면 이 비서를 읽기조차 어려웠을 것이고, 읽더라도 해석하기가 매우 어려웠을 것이다. 그저 천축의 경문을 번역해서 적어놓은 밀교경전(密教經典) 정도로 여기고 말았을 터였다.

편조는 이마에 흐른 땀을 손등으로 훔치고 아홉 번째 장을 펼친다.

十二喩氣心法(십이유기심법) 第九章(제9장) 水中樹影(수중수영)

글자를 그대로 해석하면 물에 비친 나무 그림자란 뜻이다. 그러나 실제로는 허공에 존재하는 기를 움직여서 사람들의 눈에 허상을 실제 존재하는 것처럼 보이도록 만드는 술법을 일컫는 말이다. 이 비술을 십성까지 연마하면 하나의 물체를 여러 개로 나뉘어 보이도록 할 수 있다고 적혀 있다. 말하자면 분신술(分身術)과 유사한 술법이다.

편조는 다시 기를 운행하여 단전에 모은 뒤 부채를 응시하며 주문을 왼다. 이어서 중지를 꼿꼿하게 세워 빠르게 부채를 가리키며 기합을 넣는다.

잠시 뒤 바닥에 놓인 부채가 부르르 떠는 것 같더니 희미하게나마 두 개로 나뉘어 보인다. 하지만 그 잔영은 금세 사라졌다. 아무래도 공력이 부족한 것 같았다.

이 수중수영 역시 내공력이 충분하지 않으면 제대로 위력을 발휘할 수 없는 술법이었다. 그러나 내공력은 하루아침에 이루어지는 게 아니었다. 오랜 세월 동안 끊임없는 수련과 자기연마를 통해야 가능한 것이다. 쉽게 단정 짓기는 어려우나 평범한 사람이라면 전심전력을 다해 평생을 연마한다고 해도 십성에까지 이르기는 어려울 것이다.

아쉬움이 역력한 표정을 지으며 편조는 비서를 다음 장으로 넘긴다.

十二喻氣心法(십이유기심법) 第 十章(제10장) 畵像高下(화상고하)

이 술법은 멀리 떨어져 있는 상대방의 초상을 그려두고, 그 밑에 이름을 적은 다음 주문을 걸어 상대를 해치는 것으로, 어떻게 이런 게 이 책에 실려 있는지 의심이 갈 정도로 무섭고 괴이쩍은 술법이었다. 아마 어떤 다른 종류의 방술을 익히기 위한 전 단계로 연마해두어야 할 술법으로 여겨졌다.

하지만 안타깝게도 이 술법을 연마하는 방법에 대한 설명은 삼분의 일 이상 떨어져 나가고 없다. 찢겨져 나가고 남은 종이들이 여분처럼 붙어 있을 뿐이다. 너무 그악스런 술법이어서 누군가 일부러 찢어버렸거나 알지 못할 이유로 훼손된 것 같았다. 아무튼 내용을 절반도 읽어내지 못하는 상태에서 술법을 익힌다는 건 불가능한 일이었다.

그는 미간을 접으며 비서 뒷부분의 찢어진 책장을 들춘다. 내용은 찢겨져 나가고 없지만 제목이 적힌 부분은 남아 있다. 열한 번째 장은 일조홍랑(日照洪浪), 열두 번째 장은 명경색상(明境色像)이라는 제목의 술법이다. 제목만 보더라도 이들 떨어져 나간 비술은 앞장의 것보다 한결 차원이 높은 기술일 것이다.

편조는 작게 한숨을 내쉰다. 정말 아쉽지만 어쩔 수 없는 일이었다.

금강산 용공사에서 이 비서를 훔쳐 도망친 뒤 그는 숨어 지내기 적당한 이 절로 들어와서 그야말로 정신없이 세월을 보냈다. 처음 얼마 동안은 이것저것 절에서 시키는 울력을 하기에 바빠서 책을 볼 틈조차 내기 힘들었다.

그러나 차츰 일에서 벗어나면서 그는 꼭 필요한 경전 공부나 예불, 불사(佛事)를 제외하고는 거의 모든 시간을 비서를 해독하고 술법을 연마하는 일에 할애했다. 언제 꽃이 피고 언제 낙엽이 지는지도 몰랐다. 한적한 암자에서 오직 비서에만 푹 빠져 지냈던 것이다. 그렇게 밤낮을 잊고 남모르게 수련한 결과 꽤 진척이 있었고, 그중에서도 다음 여덟 가지는 거의 팔성에 가까운 성취를 이룰 수 있었다.

1장. 갈녹양염(渴鹿陽焰)

목마른 사슴의 아지랑이 : 머리 뒤에 광배가 나타나게 함으로써 상대로 하여금 자신을 높은 신분의 사람으로 우러러보도록 하는 법.

2장. 건달바성(乾闥婆城)

신기루 보이기 : 손바닥에 연꽃이 피어나게 하거나 다른 어떤 물건이 나타나도록 하는 법.

3장. 몽중제경(夢中諸境)

꿈속의 경계를 넘나들기 : 상대의 꿈속에 들어가 자신의 모습을 나타나게 하는 법.

4장. 수포마니(水泡摩尼)

물거품을 여의주로 보이게 하기 : 주문을 걸어서 상대가 가진 물건을 다른 형태로 보이도록 하는 법.

5장. 화륜비륜(火輪非輪)

불바퀴 돌리기 : 상대의 눈에 허공에서 거센 불길이 타오르는 것처럼 보이도록 하는 법.

6장. 풍수출성(風水出聲)

풍랑의 물소리 : 입을 열지 않고도 상대의 귀에 소리가 들리도록 하는 법.

7장. 예목수발(翳目垂髮)

눈병난 사람 터럭 보기 : 상대의 눈을 보고 그 허와 실을 알아차리는 법.

조금 전에 연마하던 것이 8장인 주술기발과 9장인 수중수영이었다. 하지만 여태까지 익힌 술법의 대부분은 아직 충분한 내공력이 뒷받침되지 않아서 생각만큼 완벽하지 않다는 게 적지 않은 흠이었다.

"이보시게, 편조."

발소리가 났고, 누군가 바깥에서 부르는 소리가 들린다. 이 절의 주지승인 법진(法珍)의 음성이다. 편조는 얼른 비서를 품속에 갈무리한다.

"들어오시오."

편조가 걸어둔 고리를 따고 문을 열자 법진이 살찐 얼굴을 방 안으로 들이민다. 그는 땀에 젖은 편조의 얼굴을 수상한 듯 바라본다.

"뭘 하시는가? 이 유월에 방문까지 꼭꼭 닫아걸고서. 날씨도 화창한데 바깥에 나와서 시원한 바람이라도 좀 쐬지 않고……."

"면벽(面壁) 정진을 좀 하고 있었소."

편조가 슬쩍 둘러댄다.

"어허, 그런가. 아무튼 편조는 참 용한 스님일세. 이렇듯 문까지 걸어 잠그고 열심히 용맹정진을 하는 걸 보면. 크게 깨달음을 얻을 날도 머지않은 것 같으이."

법진이 입에 침이 튀게 칭찬을 늘어놓는다. 그는 다른 승려들에게는 몰라도 편조에게는 늘 친절하게 대했다. 나이는 편조보다 다섯 살 위였지만 마치 도반(道伴)이나 되는 것처럼 편조를 아꼈다. 어차피 승려의 나이인 법랍(法臘)으로 치면 비슷하지 않느냐는 게 법진의 이론이었다.

편조가 다른 승려와 달리 절에서 일상적으로 벌어지는 자잘한 울력이나 불사에 얽매이지 않는 것도, 절과 동떨어진 조용한 암자에서 타인의 방해를 받지 않고 혼자 술법을 연마할 수 있는 것도 모두 주지인 법진의 남다른 배려 덕분이었다.

"너무 그렇게 수행정진에만 매달리다가 법기(法器)를 상할까봐 걱정이 되는구먼. 나와 같이 산책이나 좀 하시는 게 어떠신지."

법진이 짐짓 걱정스럽다는 듯 말한다.

"주지스님의 걱정을 끼쳐서야 어디……."

편조가 미소를 띠며 밖으로 나온다. 두 사람은 암자 뒤로 난 산길을 천천히 걷는다. 추운 겨울이 엊그제 같았는데 산기슭엔 벌써 철쭉이 지고 있다. 소쩍새 우는 소리가 적요한 숲에 메아리친다.

"세월이 참 빠르군요."

편조가 감개무량한 듯 말한다.

"돌아보면 모두가 찰나간이라지 않던가."

"남가일몽(南柯一夢). 하룻밤 꿈이나 다를 바 없지요."

"그러하네."

"해가 뜨고 해가 지는 게 일각이자 일 겁(劫)이지요."

수긍하듯 법전이 고개를 끄덕인다. 편조는 멀리 신록이 푸르게 우거진 나뭇가지 사이로 유월 하늘을 바라본다. 불현듯 지난 세월이 주마등처럼 눈앞을 스쳐 간다.

그가 이 절에 온 지도 어언 다섯 해를 넘어서고 있다. 그에겐 결코 짧지 않은 세월이었다.

처음 절에서 잔일이나 하는 행자로 출발한 그가 이제 절의 주지인 법진이 가장 아끼는 인물이 되어 있었다. 또 편조를 따르는 열성 신도들까지 생겨나 있었다. 그것은 그의 성실함과 뛰어난 화술 덕이었다. 어떤 모순된 사실도 그의 입을 거치면 논리 정연한 사실이 되었고, 설법 역시 이론이 명쾌한 데다 적정한 비유를 들어 했기 때문이었다.

편조의 설법은 수연가(隨緣假)에 따른 것이다. 수연가란 유(有)라 함을 듣고 깨달을 자에게는 유를 말하고, 공(空)을 깨달을 자에게는 공을 말하는 법을 말한다. 가령 비유비무(非有非無)라 말하여 비유비무를 깨달을 자에게는 비유비무를 말하는 식의 가르침의 한 방편이었다. 법진이 편조에게 반한 데는 아마 편조의 이런 특이한 설법도 한몫했을 것이다.

나날이 더해 가는 편조를 향한 법진의 신망과 달리 편조는 요즈음 들어 자주 이 절을 떠날 때가 되었다는 생각을 가지기 시작했다. 이런 궁벽한 산골짜기의 작은 절에 있어봤자 크게 도를 깨우칠 일도 없을뿐더러 자신의 발전에도 그다지 유익하지 않았다.

사실 이 산사에 오랫동안 머문 것은 오직 비서에 적힌 술법을 연마하기 위해서였다. 이제 소기의 목적을 어느 정도 달성했고, 미진한 부분은 앞으로 시간 나는 대로 틈틈이 익혀 나가면 될 터였다. 이제 자신의 웅대한 포부를 펼치기 위해서는 넓은 세상으로 나가는 게 바람직한 일이다. 자고로 사람은 큰물에 놀아야 한다지 않는가.

"요즘 들어 우리 절에 신도가 더 많이 늘었다네. 그게 다 편조의 법력 덕이지 뭔가."

법진이 슬쩍 지나가는 말처럼 편조를 치켜세운다.

"별 과찬의 말씀을……."

"요즘 뭐 불편한 건 없으신가?"

"불편하다니요?"

"절이 워낙 작아놓아서 그렇지. 조금 있으면 곧 불사를 해서 대웅전을 중수하고 그 옆으로 요사도 몇 칸 더 넣을 참이네. 그럼 절 모습도 전보다 번듯해지고 생활하기도 한결 편리해질 걸세."

요즘 신도가 늘면서 절의 형편이 좋아진 것을 짐작 못한 바는 아니었지만 주지가 중창불사까지 하려는 줄은 예상치 못했던 일이다. 편조는 슬쩍 유난히 입술이 얇고 둥글게 살이 오른 법진의 옆얼굴을 바라본다. 법진은 젊은 중답지 않게 이재(理財)에 관심이 많았다. 하긴 그런 남다른 의욕 덕에 젊은 나이임에도 일찍 주지 자리를 얻은 것이리라.

"곧 불사를 하신다는데 이런 말씀 드리기가 참 어렵지만…저는 이제 바람을 따라 떠날 때가 된 듯싶습니다."

마음을 정한 편조가 어렵사리 운을 뗀다. 어차피 한 번은 부딪혀야 할 일이다.

"아니, 그게 무슨 말인가, 떠나다니?"

돌연 걸음을 멈춘 법진이 눈이 휘둥그레져서 묻는다. 아닌 밤중에 홍두깨라더니, 느닷없이 뒤통수라도 맞은 듯 얼굴에 당황한 빛이 역력하다.

"소승은 원래 떠돌이 수행승에 불과한 몸입니다. 돌이키면 그간 너무 오래 한곳에 머물렀다는 생각을 떨치기 힘듭니다."

듣기엔 완곡하지만 조만간 절을 떠나겠다는 선언에 다름 아니다.

"혹 그동안 내가 뭐 섭섭하게 대한 게 있으신가?"

"아니올시다."

"그렇다면 제발 떠나지 말고 함께 힘을 모아 절을 부흥시켜 보세."

법진이 편조의 승복 소맷자락을 부여잡으며 사정하듯 말한다.

편조는 차분히 가라앉은 눈길로 법진을 바라본다. 법진의 만류가 진정으로 자신을 아껴서 그러는 게 아니라는 걸 그는 익히 알고 있었다. 법진이 자신에게 관심을 기울이는 건 같은 도반으로서 불도의 길을 함께하자는 의미가 아니었다. 외려 그는 나날이 편조를 신봉하고 따르는 신도 수가 늘어나면서 혹여 편조가 주지 자리를 넘보지는 않을까 노심초사하는 그런 위인이었다. 그러나 다른 한편으로는 편조의 설법 덕에 신도 수가 늘어가는 것에 대하여 흡족해하는 이율배반적 마음을 가지고 있다는 걸 눈치 빠른 편조가 모를 리가 없었다.

"소승 이미 마음의 결정을 내렸습니다."

잡고 있던 소맷자락을 놓는 법진의 얼굴빛이 누르스름하게 변한다. 양미간에 참을 수 없이 불쾌한 기색이 드러난다. 몇 년 동안 종파도 분명하지 않고 승과도 치르지 않은 떠돌이 중을 받아들여 남달리 아끼고 보살펴 주었는데 이제 와서 감히 등을 돌리다니 하는,

분노와 실망의 마음이 뒤엉켜서 마치 소태를 씹은 듯한 얼굴이다.

"좋네. 정 그렇다면 이번 법회 때까지라도 있어 주게."

잠시 궁리한 법진이 결판을 내리듯 요구한다. 법회는 며칠 뒤에 있을 예정이었다. 절 아래 사는, 편조의 설법에 감명을 받은 벼슬아치가 다른 벼슬아치들을 초청하겠다고 자청해서 열게 된 법회였다. 법진은 그날 모여든 벼슬아치들을 구슬려 절 중건에 필요한 재정적 지원을 끌어낼 심산이었다. 그런 터에 신통하다고 소문난 편조가 떠나버리면 만사 도로아미타불이 될 판이었다.

"그렇게 하지요."

서운함을 감추지 못한 법진이 옷소매가 펄럭이도록 몸을 돌린다. 두 사람은 화기애애하던 처음과 달리 냉랭한 분위기로 오던 길을 되짚어 절로 향한다.

저만치 절의 용마루가 시야에 들어왔을 때 어린 행자가 숨을 헐떡이며 오솔길을 달음질쳐 왔다. 행자는 주지에게 합장을 한 다음 숨이 넘어가는 소리로 편조에게 말한다.

"어떤 낯선 스님이 나타나서 스님을 뵙자고 합니다."

"낯선 스님이 나를…누구신가?"

소나무가 울을 이룬 널찍한 절 마당. 대나무 삿갓을 쓴 키가 작달막하고 어깨가 벌어진 중이 육환장(六環杖)을 짚고 서 있다.

편조가 다가오는 것을 보자 그는 삿갓을 벗어든다. 송충이처럼 짙은 눈썹에 우툴두툴한 곰보에 모주꾼 같은 얼굴이 드러난다. 놀랍게도 그는 금강산 용봉사의 철봉대사다.

"네가 편조라는 중이냐?"

겉으로 보아 분명 자신의 절에서 불목하니로 지내던 녀석이 분명하지만 몇 년간 세월이 지난 터라 행여 하는 마음에 철봉이 우선 상대의 신분을 확인하려고 던진 말이다. 말은 그렇게 했지만 울퉁불퉁하고 특이한 편조의 모습은 기억에 선명하다.

내심 놀란 건 편조다. 철봉대사의 출현이 너무 예상 밖이다. 비서를 가지고 도망친 지 벌써 오 년이나 흐른 터인 데다가 이 외진 절까지 찾아오리라곤 전혀 상상치 못했던 것이다. 그러나 편조는 그런 속내를 감추고 태연히 철봉대사를 향해 합장을 올린다.

"아미타불. 이거 철봉대사님이 아니시온지. 너무 오랜만에 뵙는군요. 헌데 예까지 어쩐 일이신지……."

노기 띤 눈길로 편조를 째려보던 철봉이 편조의 말이 끝나기도 전에 육환장을 들어 쿵 하고 땅바닥을 찍는다.

"이 가증스러운 놈!"

곧장 목에서 바라(법회에 쓰는 둥근 금속 악기. 요발)가 깨어지는 듯한 소리가 튀어나온다. 법진이 영문을 몰라 어리둥절한 표정이 되어 철봉과 편조 두 사람을 번갈아 쳐다본다.

"법력 높은 대사님께서 어인 망발이신지요?"

짐짓 편조가 정중하게 되묻는다. 너무 태연자약한 편조의 모습에 기가 질린 철봉이 크게 한 번 숨을 고른 다음 냅다 고함을 내지른다.

"이놈! 네놈이 내 소중한 비서를 훔쳐 달아난 줄 내가 모를 줄 아느냐? 네놈을 찾아 방방곡곡 다리품을 팔며 찾아다닌 걸 생각하면 악에 받쳐 생니가 갈린다. 내 얼마 전에 네놈이 이 절에 숨어 있다는 말을 듣고 부랴부랴 찾아왔거늘. 어서 썩 비서를 내놓지 못하겠느냐!"

"비서라니요?"

편조가 딱 잡아뗀다. 이참에 비서를 내줄까 하는 생각도 없지 않았으나 그리 되면 꼼짝없이 도둑질을 시인하는 꼴이 될뿐더러 여태까지 연마한 술법이 끝도 못 맺고 흐지부지될 가능성이 높다.

"저 모과처럼 생긴 놈이 그저 주둥이만 살아서 하는 말대꾸하고는……."

두꺼비가 개구리더러 못생겼다고 나무라는 격이다. 자신의 모주꾼 같은 생김새는 아랑곳없이 편조의 얼굴을 흠 잡는 철봉대사다.

"대사님께서 어디서 어떤 얘기를 듣고 오셨는지 알 수 없지만 소승으로선 전혀 모르는 일입니다."

능글능글한 대답에 철봉은 밉다 못해 아예 어안이 막혀 죽겠다는 표정이다.

"저 나불거리는 주둥이를 한 발이나 찢어 죽여도 시원치 않을 놈……."

분에 넘친 얼굴이 달아오른 솥뚜껑처럼 붉으락푸르락하고, 송충이처럼 짙은 눈썹이 모로 곤두선다.

"소승, 영문을 모르겠습니다."

끝까지 딱 잡아떼는 편조다.

"무슨 오해가 있으신 것 같은데 여기서 이러지 마시고 요사에 가셔서 천천히 얘기를 나누심이……."

사정을 모르는 법진이 중간에 끼어든다. 철봉이 부리부리한 눈으로 노려보자 놀란 법진의 목이 자라목처럼 움츠러든다.

"이 못된 것들이 서로 짜고…안 되겠다."

노기가 머리 꼭대기까지 치민 철봉이 대뜸 편조를 향해 쇠로 된 육환장을 사정없이 휘두른다. 편조가 풀쩍 뒤로 물러서며 피한다.

철봉이 잇달아 육환장을 휘두르지만 젊고 재빠른 편조를 맞힐 수가 없다. 씩씩대던 철봉이 왼손을 펴서 가슴 앞에 세우더니 뭔가 입속으로 주문을 왼다. 그런 다음 손끝으로 편조를 가리킨다. 그러자 편조의 승복 앞자락에 돌연 불이 확 붙는다.

"아니?"

해괴한 광경에 놀란 법진이 벌린 입을 다물지 못한다.

"저런, 저걸 어째……."

소란을 듣고 나와서 구경하던 공양주들과 행자들도 놀라서 비명을 내지른다. 편조 역시 처음에 잠깐 놀라지 않은 건 아니지만, 이내 그것이 비서에 적힌 화륜비륜 술법이란 걸 깨닫자 태연히 미소를 머금는다.

"대사님, 그만 술법을 거두시지요."

편조의 여유작작한 태도로 보아 이미 술법을 익힌 것을 알아차린 철봉은 더욱 약이 올랐다.

"얼른 내 비서나 내놓아라. 이 찢어 죽여도 시원찮을 도적놈아!"

철봉이 육환장으로 땅을 구르며 소리친다. 편조의 뇌리에 문득 이참에 그동안 익힌 술법을 시험해보는 것도 괜찮을 거라는 생각이 스친다. 그는 철봉을 지그시 바라보며 입속으로 조용히 주문을 왼다. 편조를 노려보며 거친 숨을 고르던 철봉의 얼굴빛이 단번에 하얗게 변한다. 다른 사람들은 듣지 못했지만 그의 귀에는 돌아가라고 호통 치는 소리가 천둥소리처럼 크게 들렸던 것이다.

"네, 네놈이 그 푸, 풍수출성이란 술법을 익힌 모양이구나."

말까지 더듬는 철봉의 얼굴이 참담하게 일그러진다. 법진과 주위 사람들은 영문도 모른 채 두 사람을 바라본다.

편조의 입술이 다시 보일락 말락 달싹거린다. 그러자 철봉이 들고 있던 육환장이 돌연 뱀으로 변해 그의 손목을 물려고 혀를 날름거린다. 놀란 철봉이 황급히 육환장을 내던진다. 그러나 이내 그게 수포마니 술법이란 걸 깨닫자 철봉은 이를 부드득 간다.

그때, 빨리 떠나지 않으면 정말 뜨거운 맛을 보여주겠다는 위협적인 말이 철봉의 고막을 때렸다. 철봉이 놀라서 편조의 얼굴을 바라보았지만 그저 가만히 미소를 짓고 있을 뿐이다. 철봉은 이미 편조가 자신의 적수가 아님을 깨닫는다.

"으음."

철봉은 낮게 간장이 끊어지는 듯한 신음을 토해낸다. 울화통이 터질 지경이지만 어쩔 도리가 없다. 그는 땅바닥에 던져진 육환장을 집어든다. 나중 일은 나중에 도모하더라도 일단 물러가는 게 옳았다.

등을 돌리는 철봉의 귓가에 비서에 관한 일을 입 밖에 꺼내기만 하면 그때는 화상고하의 술법을 써서 목숨을 거두어갈 거라는 편조의 음성이 따라왔다.

철봉은 몸을 부르르 떤다. 그 역시 비서에서 화상고하의 술법이 어떠한 내용이란 것쯤은 대강 짐작하고 있었다. 그림으로 상대를 방자하여 목숨을 빼앗는 무서운 비술. 저 편조란 놈이 그 술법까지 익혔다니. 철봉은 깊이 낙심한다. 그는 몸을 돌려 화급하게 산을 내려가기 시작한다.

멀어지는 철봉의 뒷모습을 바라보며 편조는 회심의 미소를 짓는다. 그는 알고 있다. 비록 화상고하의 술법을 익히지는 않았지만 철봉대사에겐 충분한 위협이 되었으리란 것을. 아마 다시는 자신 앞에 모습을 나타내지 못할 것이다.

"자, 이제 다들 들어갈까요?"

멍하니 선 사람들을 향해 편조가 의젓하게 합장하며 말한다. 그제야 정신을 되찾은 사람들은 존경과 놀람에 찬 눈길로 편조를 쳐다보며 수군거린다.

"정말 신통하신 스님이셔……."

3

송악산 아래의 자하동(紫霞洞).

힘찬 기상으로 솟구친 송악산을 배경으로 숲이 우거지고 그사이로 맑은 계류가 흐르는 자하동 일대는 경치가 아름다워 세도가나 귀족들의 별장지로 선호되는 지역이다. 해동공자라고 불리던 대학자 최충(崔沖)이 설립한 사학 사원인 구재학당(九齋學堂)이 있는 곳도 바로 이 자하동이다.

자하동 계곡 아래쪽. 풍경이 그윽하고 경사가 완만한 들판에 큰 저택이 자리한 게 보인다.

주인의 권세를 과시하듯 높게 버티고 선 솟을대문을 열고 들어서면 넓은 뜰이 나타난다. 뜰 중앙에는 둥근 연못과 날아갈 듯한 팔각정자가 서 있다. 분홍빛 연꽃이 소담스럽게 피어난 연못 주변에는 향나무며 백일홍, 자귀나무가 조화를 이루며 심어져 있다.

팔각정자 뒤편의 커다란 느티나무가 그늘을 드리운 풀밭에는 똑같은 복장을 한 청년 십여 명이 둘러앉아 담소를 나누고 있다. 그들은 권겸(權謙)의 사병들이다. 조금 전까지 무술 훈련을 하다가 잠시 쉬는 중이다.

복안부원군(福安府院君) 권겸.

그는 일찍이 원나라에 가서 충숙왕을 호종한 공로로 이등공신이 되었고, 동지밀직사사를 거쳐 찬성사, 판삼사사(判三司事: 종1품)를 역임한 인물이다. 뒤에 공민왕이 즉위하면서 복안부원군에 봉군되었다. 또 자신의 딸을 기황후의 아들이자 황태자인 애유식리달렵에게 바쳐서 대부감태감(大府監太監)이란 작위를 받은 뒤로 기철 일가와 몰려다니며 온갖 못된 권세를 부리는 자였다.

사병들이 모여 앉은 곳에서 십여 보 떨어진 나무둥치에 기대서서 무심히 연못을 들여다보고 있는, 서른 남짓한 사내는 김양검이다. 그는 현재 권겸이 부리는 사병들의 수장 겸 무술교관을 맡고 있다.

몇 년간 세상을 떠돌던 양검이 낭인 생활을 청산하고 여기 오게 된 것은 김선치(金先致) 낭장 덕분이었다.

올해 늦봄, 철원(鐵原) 도피안사(到彼岸寺)에서 묵고 있던 양검은 우연히 부하병사들을 이끌고 산악전 병법훈련을 나왔던 김선치 낭장과 해후하게 되었던 것이다.

몹시 반가워하던 김선치 낭장은 충정왕이 승하한 뒤 새로이 공민왕이 등극하였으며, 조만간 조정으로부터 어떤 획기적인 사면조치가 있을지 모른다고 했다. 따라서 그는 양검에게 떠돌이 낭인 생활을 접고 일단 개경에 와 있으라고 거듭 권했다.

사실 그즈음 그는 비서를 찾아다니는 일에도 어느 정도 지쳐가고 있었다. 마냥 떠돈다고 해서 비서를 찾을 수 있다는 보장도 없었고, 설령 찾게 된다고 하더라도 과연 이 극심하게 뒤틀린 세상을 바꿀 수 있을까 하는 의문이 들었다. 더구나 그는 석모도에서 알 수 없는 노인에게 패한 뒤로는 자신의 검술 능력에 대한 회의감마저 가지게 된 터였다. 아무튼 그는 심신이 극도로 피폐해져 있었다.

그렇게 개경으로 오게 되어 소개받은 자리가 권겸의 무술교관이었다. 양검으로선 한 권력가의 교관을 한다는 게 영 마뜩치 않았으나 세도가 권겸의 식객 노릇을 하면 순군부 병사들의 기찰을 염려하지 않고 당분간 개경 성안에 머물 수 있다는 점 때문에 수락했던 것이다.

분홍 연꽃에 실잠자리가 내려앉는 걸 바라보고 있자니 뜰로 통하는 중문이 열리면서 한 사내가 나타났다. 어깨에 잔뜩 힘이 들어가서 몹시 거들먹거리는 자세다. 권항(權恒)의 수족 노릇을 도맡아 하는 막쇠란 하인이다.

권항은 집주인인 권겸의 막내아들로, 귀엽다고 함부로 키워서 버르장머리가 없고 제 아비의 권세를 믿고 횡포를 일삼는 자였다. 어려서부터 무술을 익힌 터에다 완력이 센 그는 자신의 마음에 들지 않으면 상대가 누구든 마구잡이로 행패를 일삼았다. 거기다 음욕도 많아서 마을 아낙을 몇 명이나 겁탈하기도 한 천하에 몹쓸 파락호였다. 한동안 벽란도에 나가 있더니 요즘은 무슨 일인지 이 집에 와 있다.

"교관나리."

막쇠가 소리친다. 여우가 범의 위세를 빌려 다른 짐승을 호령한다더니, 하인도 주인인 권항을 믿고 자세가 물푸레 작대기처럼 뻣뻣하다. 담소를 나누던 청년들이 무슨 일인가 싶어 이편을 바라본다.

"무슨 일이냐?"

"지금 즉시 사병들을 데리고 오라는 분부요."

"누가 말인가?"

양검이 짐짓 모르는 척 시치미를 뗀다.

"누구이기는, 서방님이시지."

"무슨 일로?"

"사냥을 나가려는데 좀 필요하다고 하오."

"못 간다고 일러라."

"아니, 왜 못 간다는 거요?"

"우린 부원군의 호위무사일 뿐, 사냥터의 몰이꾼이 아니다."

"그래도 작은 주인나리의 명령이지 않소. 후회하실 텐데……."

막쇠가 은근히 협박조로 말했지만 양검은 더 이상 상대도 하지 않는다.

"좋소. 가서 그대로 전하지요."

잔뜩 볼이 부은 막쇠가 돌아간 뒤 얼마 지나지 않아 사냥 차림새를 한 권항이 두 명의 수하를 데리고 모습을 나타낸다. 그는 눈 흰자위를 희번덕이며 양검에게 다가온다. 양검에 비해 키가 반 뼘 정도나 크다.

"이봐, 교관나리. 내가 오라는 전갈을 보냈으면 와야 할 것 아냐."

그의 말에도 양검은 그저 묵묵히 먼산바라기를 하고 있다. 수하들 앞에서 무시를 당했다는 생각이 들자 권항의 눈매가 사납게 이지러진다.

"이 치가 귀가 먹었나?"

"먹지 않았어."

양검이 짧게 대답한다.

"그럼 왜 사람 말을 무시하는 거야."

권항이 눈을 하얗게 부라린다.

이 양검이란 작자는 여기 오는 날부터 자신에게 고분고분하지 않았다. 한 번은 부친에게 무술교관이 건방지다고 일러바쳤지만 뛰어난 솜씨를 가진 자이니 그냥 놔두라는 핀잔만 들었을 뿐이다.

권항은 마침 잘되었다는 심산이다. 오늘 교관의 버릇을 고쳐줄 꼬투리를 잡은 것이다.

양검이 권항을 한 번 쳐다본다. 그리고 더 이상 상대할 가치가 없다고 여겼는지 몸을 돌린다.

"자, 훈련을 시작하자."

곁에 선 권항을 완전히 무시하는 태도다. 드디어 참지 못한 권항의 화통이 터진다.

"이놈이 뭘 믿고 까부는지 어디 한번 보자."

말이 끝나기도 전에 권항이 왼손에 쥐고 있던 합죽선으로 양검의 얼굴을 후려친다. 동시에 발길질로 양검의 아랫도리를 걷어찬다. 상체를 공격하는 척하며 하체를 공격하는 성동격서(聲東擊西) 권법이다.

이런 수에 당할 양검이 아니다. 그는 가볍게 보법을 밟아 발길질을 피한다. 기다렸다는 듯 앞으로 바짝 다가든 권항이 양검의 인중을 노리고 오른쪽 주먹을 내지른다. 허공에 날카로운 바람소리가 인다.

"그만두지."

양검이 뒤로 훌쩍 물러나며 말한다.

"건방진 놈!"

마음먹고 내지른 공격이 무위로 돌아간 것에 더욱 약이 오른 권항이 앞뒤 안 가리고 한층 공세의 수위를 높인다. 힘을 실은 주먹과 발길질이 연달아 날아온다. 어릴 적부터 집에 무술스승을 초빙하여 배운 권법이라 제법 정확하고 날카롭다. 게다가 상대를 한 방에 박살내려는 힘까지 실려 있다. 양검은 언제까지 피하고 있을 수만은 없다는 판단을 내린다.

권항의 오른손에 들린 합죽선이 양검의 목을 노리고 들어올 때를 기다려 양검은 빠르게 수도로 오른손목의 급소를 내려친다. 놀란 권항이 손을 거둬들이기도 전에 강한 충격과 함께 손아귀에서 빠져나간 합죽선이 연못으로 날아가 빠진다.

오른손목을 부여잡은 권항이 일그러진 얼굴로 양검을 노려본다. 급소를 맞아 느끼는 통증보다는 패배감이 더욱 가슴을 쓰리게 한다.

"네놈이 언제까지 그렇게 건방을 떠는지 두고 보마."

어금니를 부드득 갈아붙인 권항이 신경질적으로 몸을 돌린다. 수하들을 데리고 떠나가는 권항의 뒷모습을 지켜보던 양검이 흐트러진 옷매무새를 바로잡는다.

"괜찮습니까? 교관님."

다가온 청년 중 하나가 근심스레 묻는다.

"그래. 괜찮아."

"저 버릇없는 자를 혼내신 건 정말 잘하신 일입니다. 소인의 속이 다 후련합니다."

"그나저나 저 치가 결코 그냥 있지는 않을 겁니다. 어떤 식으로든 해코지를 하려 들 테니 교관님께선 이참에 다른 곳으로 옮기시지요. 교관님 실력이면 어느 세도가 집안에서도 쌍수를 들고 환영할 겁니다. 교관님이 가시는 곳이면 어디든 저도 따라가겠습니다."

평소 양검의 뛰어난 무예 실력과 부하들을 아끼는 태도에 마음을 두고 있던 청년이 진지하게 제안을 던진다.

"소인도 같이 가겠습니다."

"소인도 끼워 주십시오."

너나없이 금방이라도 양검이 떠날 것처럼 손을 들고 나선다. 양검이 겸연쩍은 미소를 머금는다.

"자, 다들 제자리로……."

부산을 떨던 청년들이 주섬주섬 뜰 가운데 훈련 대오를 갖추며 정렬한다.

"이제부터는 아까 배운 쌍검 중에서 비진격적(飛進擊賊)세에서 항장기무(項莊起舞)세까지의 전개와 검세의 변화를 연습할 것이다."

양검이 바닥에 놓인 목검을 집어 들며 말한다. 늦은 팔월의 태양이 청년들의 어깨에 뜨겁게 내려앉는다.

그날, 늦은 밤 시간.

권겸의 저택을 향해 어둠을 가르며 다가오는 괴한이 있다. 검은 복면을 한 괴한은 담 밑에 이르러 잠깐 주위를 살피곤 담에 손을 대는가 싶더니 훌쩍 뛰어넘는다. 대단히 익숙하고 민첩한 몸놀림이다.

괴한은 마당에서 화톳불을 피워 놓고 불침번을 서고 있는 보초들의 눈을 피해 어두운 그늘을 밟으며 신속하게 중문을 지나 안채로 접근한다. 발소리 하나 나지 않는다.

잠깐 안채의 동정을 살핀 괴한은 마루로 올라서서 살며시 완자문을 열고 권겸의 내실로 들어간다. 마침 권겸은 개경 십자가 부근의 소실 집에 가고 없었다.

어둠을 뚫고 이리저리 둘러보던 괴한은 십장생 문양이 새겨진 반닫이를 열고 뭔가를 끄집어낸다. 금패(金牌)와 벽옥, 원나라 자기 등의 귀한 패물이다. 괴한은 꺼낸 패물을 몸에 지니고 온 검은 자루에 담는다.

때마침 바깥에선 저녁을 잘못 먹어 배탈이 난 계집종이 측간에서 나오다가 검은 복면을 한 자가 몰래 내실로 들어가는 것을 발견한다. 계집종은 고양이처럼 발소리를 죽이고 불침번을 서고 있는 보초를 향해 한달음에 쫓아간다.

괴한이 볼일을 마치고 막 방문을 나서려는 순간, 갑자기 바깥이 환해지면서 사람들의 기척이 인다. 괴한은 자신의 행적이 발각된 걸 깨닫는다.

"저 도적놈을 잡아라."

괴한이 마루로 나섰을 때는 이미 바깥에 사병들이 웅성거리며 몰려들고 있는 중이다. 괴한은 한 점 망설임 없이 등에 찬 검을 뽑아 든다. 그는 마루로 올라서던 사병을 향해 한 차례 사납게 검을 휘둘러 물리치고는 순식간에 뜰을 가로질러 중문이 있는 방향으로 날 듯이 달려간다. 중문을 네다섯 걸음 앞뒀을 때 불쑥 모습을 나타낸 사내 하나가 괴한의 앞을 막아선다.

괴한은 직감적으로 지금 나타난 사내가 보통 상대가 아님을 깨닫는다. 정물처럼 조용한 자세에서 산악처럼 강한 강기(剛氣)가 밀려오는 게 느껴졌던 것이다. 괴한은 달려가던 걸음을 멈추고 왼손에 든 검을 연달아 두어 번 빠르게 쳐낸다.

본능적으로 뒤로 몸을 날려 피한 양검 역시 괴한의 날쌘 몸놀림에서 예사 도적이 아님을 알아차린다. 많은 실전 경험과 살인 본능을 가진 타고난 무사다. 그런 판단을 내린 양검은 평소 잘 쓰지 않던 패검을 뽑아든다.

시간에 쫓긴 괴한이 전력을 다해 살수를 날린다. 두 사람 사이에 십여 수가 눈 깜짝할 사이에 빠르게 오간다. 하얀 검빛이 살기를 품고 뜰 안에 어지럽게 흩날린다. 몇 십 수의 대결에서 괴한이 조금씩 뒤로 밀리기 시작한다. 복면 사이로 드러난 그의 눈길에 초조한 기색이 어린다. 괴한으로선 처음 만나는 무예의 고수다.

한순간, 양검의 칼이 번쩍이는가 싶더니 괴한의 오른쪽 어깻죽지를 벤다. 괴한이 미끄러지듯 옆으로 몸을 피했지만 간발의 차이로 칼을 맞은 어깨에서 피가 새나온다. 괴한은 한 차례 맹렬히 칼을 휘둘러 양검을 뒤로 두어 걸음 물러나게 한 다음, 기이한 자세를 취한다. 왼발을 앞으로 뻗고 왼손에 든 칼의 끝이 땅바닥을 향하는 자세다.

양검이 신중하게 상대의 자세를 살핀다. 수많은 검술을 보고 익힌 그로서도 아직 본 적이 없는 기괴한 자세다. 일견해서는 온몸을 상대의 칼 아래 내어놓은 듯 허술해 보이는 자세였지만 외려 그 속에 일도 필살의 무시무시한 살기가 배어 있음을 양검은 무사 특유의 본능으로 감지한다.

곧이어, 괴한의 예측 불허의 공세가 시작된다. 칼이 전혀 예상치 못한 방향에서 양검을 베어온다. 자신의 몸을 돌보지 않고 오직 공격만을 위한, 듣지도 보지도 못한 놀랍고도 기괴한 검술이다. 혹한의 추위처럼 흉맹한 살기가 전신을 에워싸고 강력하게 압박해온다. 어쩔 수 없는 절체절명의 순간이다.

하는 수 없다고 느낀 양검이 공격의 예봉을 피해 대여섯 걸음 뒤로 훌쩍 물러나는 순간, 기다렸다는 듯 괴한이 펼치던 공세를 거두고 중문을 향해 몸을 날린다.

괴한이 나타났다는 소란에 뒤란을 돌아 중문으로 달려오고 있던 자는 권항이다. 그는 괴한이 자신을 향해 달려오는 모습을 보자 이제야 자신의 실력을 과시할 기회가 왔다고 여겼는지 냉큼 칼을 빼든다

"이놈이 감히 여기가 어디라고."

괴한의 앞을 가로막으며 칼을 휘둘렀지만 제대로 실전을 겪어보지 못한 그로선 상대가 되지 못한다. 단 세 수만에 괴한의 공세에 밀려 칼을 떨어뜨린다. 순간적으로 다가든 괴한이 오른손으로 권항의 변발을 틀어잡고 목에다 칼날을 갖다 댄다. 비단 잠옷을 걸친 권항의 모습에서 이 집안의 주인임을 눈치챈 것이다. 사병들이 삽시간에 주변을 에워싼다.

"모두 무기를 버려라. 아니면 이 주인 놈의 멱을 따버릴 것이다."

괴한이 차가운 음성으로 위협했다. 당장 베어버릴 기세다.

"어서 칼을 버려라."

공포로 하얗게 질린 권항이 소리친다. 사병들이 포위를 풀 기색을 보이지 않자 괴한이 칼에 힘을 준다. 칼날이 목을 파고들면서 선혈이 주르륵 흘러내린다.

"빨리 칼을 놓고 포위를 풀어라. 이놈이 정말 나를 죽인다."

권항이 악을 쓰듯 외쳐댄다. 하는 수 없이 양검이 칼을 내려놓는다. 사병들도 따라서 무기를 내려놓는다. 괴한이 권항을 끌고 중문을 넘어가며 냉랭하게 말한다.

"누구든지 문밖으로 따라 나오면 이놈의 숨통부터 끊어질 줄 알아라."

바깥뜰을 지나 대문을 나선 괴한은 권항을 얼마쯤 끌고 가다가 급소를 쳐서 땅바닥에 쓰러뜨리고 짙은 어둠 속으로 사라진다.

양검이 대문까지 뒤따라 나가서 권항이 놓여나는 것을 보았지만 괴한을 따라잡기엔 이미 늦어 있다. 그는 괴한이 사라진 어둠 속을 묵묵히 바라본다. 수십 명의 사병들이 지키고 있는 줄 번연히 알면서도 침입한 것을 보면 도둑치고는 대담하기 짝이 없는 도둑이었다. 게다가 검술 또한 괴이하고 놀라웠다. 자칫했으면 크게 부상을 입을 뻔하지 않았던가.

무슨 검법이기에 그처럼 막중하고 살벌한 기세를 가지고 있었을까.

양검은 괴한이 펼친 검법을 머릿속으로 하나씩 더듬어본다. 검법이라면 모르는 게 거의 없는 양검이지만 괴한이 펼친 검법은 여태껏 본 적이 없었다. 특이한 자세와 예측하기 어려운 변화, 방어를 도외시한 살기 띤 공세는 마치 싸움의 신인 아수라(阿修羅)가 달려드는 것 같은 형세였다.

혹시 그게 실전이 되었다고 소문이 도는 수라검법은 아니었을까. 충숙왕 때의 이름난 장군이었던 배정지(裵廷芝)가 썼다는 수라검법은 소문으로만 전해질 뿐, 본 사람이 거의 없는 신비에 싸인 검술이었다. 배정지는 그 수라검법 하나로 열 살에 금위(禁衛)에 들어가서 대정(隊正)이 되었다고 했다. 그만큼 무서운 검법이었을 것이다.

만일 다시 마주친다면 제대로 한번 겨루어보았으면 좋겠다고 생각한다. 그건 무사로서의 순수한 승부욕일 것이다. 하지만 그때는 둘 중 한 사람은 결코 무사하기 힘들 것이다.

"야, 이 청맹과니들아. 도대체 어떻게 경비를 섰기에 도적이 제

집처럼 드나드는 게야."

그사이 안으로 들어온 권항이 분을 참지 못해 길길이 날뛰며 이놈 저놈 가리지 않고 사병들에게 주먹과 발길질을 해댄다. 사병들은 아무런 대항도 못하고 코피가 터지고 발길에 차여 마당에 나뒹군다.

"그만두시지."

지켜보던 양검이 차갑게 내뱉는다. 권항이 눈을 희번덕거리며 말한다.

"흥, 교관이나 사병 놈이나 도둑 하나 잡지도 못하면서 큰소리는…에이, 밥버러지 같은 놈들!"

그는 침을 탁 뱉고는 뜰을 가로질러 중문 안으로 들어간다.

"이제 들어가자."

쓰러진 동료들을 일으켜 세운 병사들은 양검에게 목례를 한 뒤 각기 제 숙소를 찾아 돌아간다.

양검은 천천히 자신의 방으로 걷는다. 아마 이번 일로 권겸에게 힐책을 당할 게 분명했다. 괴한의 무예 솜씨가 보통이 넘는다는 말은 구차한 핑계로 치부될 것이다. 그전에 스스로 어떤 결정을 내려야 할 것이다.

그렇지 않아도 얼마 전부터 여길 떠날 생각이 없지 않았다. 아무런 미련도 없었다. 차라리 예전처럼 세상을 떠도는 게 그의 적성에 맞았다. 삶의 뿌리마저 잃은 자가 굳이 세속의 생활에 묶여 있을 하등의 이유가 없는 것이다.

4

밤새도록 흥청거릴 것 같던 홍등가 거리도 축시를 넘기자 인적이 끊어졌다. 집집마다 고요함에 잠겨들었다. 대문마다 내걸려 있던 홍등도 이미 거둔 지 오래다. 낮 동안 달았던 대지가 식으면서 야기를 품은 서늘한 바람이 골목을 휩쓸고 지나간다.

칠흑 같은 어둠에 빠진 홍등가 거리에 고양이처럼 날렵하게 걸어오는 자가 있다. 강수다. 그는 저잣거리에 이어진 삼거리 중간에서 신창관(新倉館)이란 금빛 편액이 붙은 화려한 이층 누각을 끼고 돌았다. 이 신창관은 고려에서 최고로 알려진 고급 주루로 고관대작이나 벼슬아치들, 외국사절들이 주로 이용하는 값비싼 곳이다.

신창관 모퉁이를 돌자 뒤편으로 우마차가 겨우 지나다닐 정도의 좁고 구불구불한 골목길이 이어져 있다. 골목 안에는 수십 채의 기와집들이 다닥다닥 서로 처마를 맞대고 길게 늘어서 있다. 개경에선 이름난 사창 골목이다. 쉽게 말해 남정네들이 여인의 몸을 사서 회포를 푸는 곳이다.

골목을 따라 조금 들어간 강수는 안쪽의 화월각(花月閣)이란 간판 아래서 걸음을 멈춘다. 그는 주먹으로 가볍게 나무대문을 두드린다.

잠시 뒤 문이 열리면서 허름한 차림새의 곱사등이 노파가 말린 대추처럼 쪼글쪼글 주름진 얼굴을 내민다. 집안의 허드렛일을 맡아보는 청지기 노파다. 아직 잠에서 덜 깨어난 것인지 초점 흐릿한 눈길로 강수를 올려다본다.

"어디 계시다가 이제 돌아오시는 게요?"

쉰 음성으로 노파가 묻는다. 단잠을 깨인 것에 대한 짜증이 배어 있다.

"알 것 없어."

대답하며 강수는 남의 눈에 띌세라 얼른 대문 안으로 들어선다. 그는 노파가 문을 닫아거는 소리를 등 뒤로 들으며 자신이 거처하는 방으로 향한다. 다행히 노파는 그가 다친 것을 눈치채지 못한 듯하다.

방에 들어선 강수는 등잔불을 켠 다음 옷을 벗고 상처를 살핀다. 칼에 맞아 옷을 베이고 피가 범벅된 어깨는 다행히 상처 부위가 그다지 깊지는 않다. 강수는 상처에 금창산(金瘡散) 가루를 바르며 지난밤에 자신이 침입했던 집에서 만난 사내의 얼굴을 떠올린다.

난생처음 만나보는 대단한 검기를 가진 무사였다. 그런 뛰어난 무사가 어떻게 권신의 일개 사병 노릇을 하고 있었는지 의아스러울 정도였다. 빈틈없는 자세와 동물적인 감각의 검술을 떠올리면 지금도 모골이 송연할 따름이다. 만약 그가 왼손으로 수라검법의 다섯 품세 중 네 번째 품세인 팔정도법(八頂刀法)까지 연마해두지 않았다면 참패는 불을 보듯 뻔한 일이었을 것이다.

지난날, 나루터의 결투에서 오른팔을 다친 강수는 점차 오른팔로 검을 쓰기는 불가능하다는 걸 깨닫고 절망했다. 게다가 사랑하는 지심녀마저 야밤을 틈타 어디론가 도망친 뒤 홀로 남겨진 그는 짙은 낭패감을 안고 다시 개경으로 돌아올 수밖에 없었다.

개경으로 왔지만 이미 세상은 변했고 자신의 설자리는 없어진 다음이었다. 거의 이 년간 지심녀와 함께 세상을 떠도는 사이 강수의 심복이나 다름없던 무통이 스스로 무비쌍수(無比雙手)란 이름을 가지고 새로운 개경거리 주먹패의 우두머리가 되어 있었다.

옛 정분을 따지면 무통이 자신을 무시하지는 않을 것이다. 그러나 이제 주먹패의 우두머리가 된 무통이 전처럼 강수를 다시 두목으로 받아들여 줄지 알 수 없었다. 게다가 자신이 한쪽 팔을 못 쓴다는 약점을 안 뒤에도 계속 굽실거릴 것이라는 보장은 없었다. 보통 주먹패를 유지하는 건 약육강식의 논리였다. 겉으론 의리니 뭐니 떠들어도 결국 힘이 약한 자는 힘 있는 자에게 밀려나기 마련이었다.

나중 안 사실이지만 강수가 개경에 있다는 소식을 들은 무통 역시 강수의 등장을 썩 언짢게 여겼다는 후문이었다. 자신의 자리를 넘볼까 꺼려했던 것이다.

갈 곳이 마땅치 않던 강수는 개경의 서쪽, 선의문에서 가까운 앵계리(鶯溪里) 근처 민가에 몸을 의탁했다. 치사한 노릇이지만 밤에 도둑질을 하여 생계를 이어갔다. 다른 일이라곤 할 게 없었다. 오직 민첩한 몸놀림과 담대함이 그의 재산이자 능력이었고, 자연 도둑질이 가장 손쉬웠던 것이다.

다른 한편으로 그는 마음대로 움직여지지 않는 오른손을 포기하고 왼손으로 꾸준히 수라검법을 연마해나갔다. 그것은 오랜 기간 뼈를 깎는 각고의 노력이 요구되는 일이었다. 강한 정신은 불가능을 가능케 한다던가. 거의 오 년에 가까운 피나는 연습 끝에 결국 왼손으로 예전처럼 검술을 구사할 수 있게 되었던 것이다.

오늘 일만 해도 그랬다. 그 사내의 날카로운 검세에 밀려서 엉겁결에 평소 연습만 해놓았던 네 번째 품세를 펼쳤을 때 그 위력은 자신도 놀랄 만큼 대단했다. 연습 시에는 그저 검법의 변화가 상당히 위력적이리라 짐작은 했지만 그처럼 단숨에 상대를 물리치리라곤 상상도 못했었다.

강수 스스로도 모르고 있었지만 원래 수라검법은 오른손이 아니라 왼손으로 펼쳐야 십분 제 실력을 발휘할 수 있는 특이한 검법이었다. 그런 탓에 강수가 오른손으로 검법을 펼치자 자연 방어에 빈틈이 생겼고, 나루터에서 권겸의 무사들과 싸울 때 부상을 입은 것도 그 때문이었다.

검법을 전수 받을 당시 한 가지 묵과한 점은 강수에게 수라검법을 전수해 준 노인 역시 왼손으로 검술을 시연해 보였다는 점이다. 노인 역시 수라검법이 애초부터 왼손잡이에게 맞게 창안된 검법이란 사실을 잘 모르고 있었던 것이다.

강수는 시간이 허락하면 다섯 번째 품세인 십팔나한법(十八羅漢法)도 익혀 두어야겠다고 마음먹었다. 다만 한 가지 마음에 걸리는 점이 있다면 십팔나한법을 펼치기 위해선 한꺼번에 너무 많은 기력을 소모해야 했다. 만약 몇 수 안에 승부를 내지 못하면 오히려 기력이 달려 패할 수도 있다는 점이 문제로 남았다.

어차피 그 검법은 중요한 순간에만 쓰면 될 것이다. 강수는 그런 생각으로 마음의 위로를 삼는다.

대강 치료를 마친 뒤 누워서 설핏 잠이 들었을까 싶었는데 바깥에서 기척이 났다. 날이 샜는지 이미 방문 밖은 환하게 밝아 있다.

문이 열리고 들어선 사람은 연화라는 여인이다. 국화처럼 희고 동그란 얼굴에 눈매가 선량하게 생긴 그녀는 이 집의 유녀(遊女)였다.

"여태 주무셨어요?"

누워 있는 강수 곁으로 바짝 다가앉으며 여인이 다정스레 묻는다.

"그래."

무뚝뚝한 강수의 반응에 연화의 얼굴에 실망의 빛이 스쳐 간다. 그녀는 그런 내색을 하지 않으려 애쓴다. 그녀는 짐짓 목소리를 더 밝게 한다.

"아침상을 봐올게요."

"그냥 둬."

"그래도 아침은 드셔야지요."

진한 분내를 풍기며 일어선 그녀는 강수의 대답도 듣지 않고 방문을 열고 나간다.

조금 뒤, 그녀가 밥상을 들고 방으로 들어왔다. 찬은 몇 가지뿐이지만 정성을 들여 차린 조촐한 상이다. 그녀는 밥상을 강수 앞에 내려놓는다. 벽에 기대앉아 있던 강수가 마지못해 수저를 든다. 그녀는 강수가 식사를 하는 내내 곁에 다소곳이 앉아서 애정 어린 눈길로 강수를 바라본다.

"이거나 받아 둬."

반 넘게 밥을 남기고 식사를 끝낸 다음이다. 연화가 상을 물리는 동안 강수가 품속을 뒤져서 작은 금붙이를 꺼낸다. 그리고 설거지를 마치고 방으로 돌아온 연화에게 내민다.

"이게 뭐죠?"

"숙식비야. 받아 둬."

"이러시지 않아도 되는데……."

"그냥 받아 둬. 너도 그 주인여자에게 체면은 세워야 할 것 아냐."

강수가 말한다. 그는 알고 있다. 이 화월각에 연화의 기둥서방으로 머물게 되면서 주인여자의 눈치가 영 심상찮았다. 가끔씩 연화에게 갖가지 지청구를 늘어놓는 모양이었다. 연화가 다른 손님을 잘 받으려 하지 않는 게 그 이유였다.

강수가 연화의 기둥서방 노릇을 하게 된 데에는 이유가 있었다. 개경으로 올라온 뒤 그는 지심녀를 잊지 못하고 날마다 술로 외로움을 달랬다. 기방을 제집처럼 드나들기 시작한 것도 그때였다.

그런 어느 날, 정염을 풀까 하고 화월각에 들렀던 강수는 우연히 술에 취한 건달에게 머리채를 잡힌 채 심한 곤경을 겪고 있는 연화를 구해 주게 되었다. 그 뒤로 그녀는 강수가 찾아올 때마다 지아비를 대하듯 은근히 정을 담아 섬겼다. 물론 강수도 그녀의 살가운 태도가 그다지 싫지는 않았다. 결국 그는 연화의 간절한 청을 뿌리치지 못하고 그전까지 묵고 있던 앵계리 민가를 나와서 화월각 뒤채에 속한 작은 방을 하나 얻어들었던 것이다.

"피곤해 뵈는데 자리에 누우세요. 제가 다리를 주물러 드릴게요."

"괜찮아."

"괜히 그러지 마시고 이리 와 누우세요."

연화가 그의 어깨에 손을 갖다 댄다. 어젯밤에 칼에 다친 상처 부위다.

"그만두라니까."

강수가 눈살을 찌푸리며 신경질적으로 그녀를 밀친다.

"왜 그러세요? 이젠 저 보기가 싫어지셨나요?"

강수의 박정한 태도가 너무 서운했던지 그녀의 눈시울에 눈물이 글썽거린다. 그 모습에서 강수는 내심 얼마간 미안함을 느낀다. 비록 집안의 가난 때문에 유곽에 팔려온 그녀지만 심성 하나는 누구보다 착했다. 요즘도 강수를 위해 주인여자의 구박도 마다 않고 성심을 다해 그를 섬기고 있다. 아마 강수가 죽으라고 말하면 진짜 죽으려고 들지도 모른다.

"그냥 피곤해서 그래. 이리 와."

마지못해 강수가 손을 뻗어 연화를 품에 끌어당긴다. 강수에게 안기자 설움이 북받치는 그녀다. 어깨까지 들썩이며 흐느낀다. 등을 쓰다듬던 강수는 그녀를 눕힌다.

그녀가 조금씩 열에 달뜬 신음을 흘리기 시작한다. 처음엔 마음을 억제하는 듯했지만 몸 전체로 퍼져 나가는 쾌감에는 어쩔 수 없는 모양이다. 두 다리가 올라와 강수의 허리를 강하게 휘어 감는다. 그녀의 눈꺼풀에 짙은 경련이 스쳐 간다.

쾌락에 빠진 여자의 얼굴을 보며 강수는 어느 결에 마음이 가을 호수처럼 싸늘해지는 걸 느낀다. 알 수 없는 반응이다. 억지로 집중을 해보려고 하지만 그럴수록 행위는 건성이 되고 만다. 자신의 의지로선 어쩔 수 없는 일이다. 그런 의식의 중심엔 언제나 자신을 버리고 떠난 지심녀란 여인이 있다. 평생 잊지 못할 기이한 여자. 그의 마음에 화인(火印)처럼 깊고 뚜렷하게 각인된 여자. 꿈속에까지 견디기 힘든 안타까움으로 떠오르는 여자.

지심녀와 관계를 가진 이후로는 그 어떤 여자와의 관계에서도 그는 완전한 만족을 느낄 수 없었다. 그저 사정 때 느끼는 옅고 짧막

한 쾌감이 있을 따름이었다.

"제길."

사정과 동시에 강수는 벌렁 뒤로 드러눕는다. 수컷으로서의 허무감만이 그를 덮어온다. 그 속에는 기필코 지심녀를 찾아야 한다는 하나의 염원이, 죽음을 앞둔 자의 생존 욕구처럼 그의 뇌리를 가득 메우며 몰려들었다.

오후 무렵.

하늘은 낮게 흐려 있다. 그러나 제비들이 높게 나는 걸로 보아 비가 올 것 같지는 않다.

개경 시전(市廛)이 있는 남대가 부근의 한 저택.

개경 상인 조합의 수장인 부호(富豪) 송문비가 사는 집이다. 저택은 크고 넓었지만 그리 호화로워 보이지는 않는다. 평소 사치를 경계하는 송문비의 검소한 성격 탓이다.

대문 앞에 삿갓을 쓴 사내가 멈춰 선다. 그는 대문을 두드린 다음 거리를 오가는 행인들에게 망연한 시선을 던진다. 시전 부근이라 오가는 행인이 적지 않다. 소가 끄는 수레에 채소를 잔뜩 싣고 가는 장사꾼도 있다.

기척을 듣고 나온 늙은 하인이 대문 사이로 얼굴을 내민다. 강수를 본 하인은 목례를 한 다음 두말 않고 강수를 저택의 안채로 안내한다. 마침 집에 있던 송문비가 대청마루에까지 나와 강수를 맞는다.

"근자에 무슨 연락이 없었소?"

김이 나는 용봉차를 불어 식히며 강수가 묻는다. 그의 눈길은 마당의 화단에 가 있다. 깨끗하게 비질된 마당 중간 화단에는 여름 화초가 한창 다투어 꽃을 피워내고 있다.

"물론입니다. 연락이 있었으면 당장 나리가 계신 곳으로 통기를 하겠지요."

실망을 내색하지 않고 고개를 끄덕인 강수는 손에 든 차를 한 모금 마신다.

"전국 점포에 방문(榜文)은 다 보냈소?"

"예. 달포 전에 한 차례 더 객상(客商)을 통해 방문을 돌리도록 했습니다. 아마 우리 개경 상인들이 있는 곳이면 어디든 나리께서 찾고자 하는 여자분에 대한 소식을 수소문하고 있을 겁니다."

마주 앉은, 살집이 두툼한 얼굴에 몸집이 비만한 송문비가 대답한다. 원만한 웃음 사이로 잠깐씩 드러나는 탐색의 눈빛은 그가 왜 상인들의 수장인지를 알게 해준다.

"좋소. 앞으로도 그 여자를 찾을 때까지 잘 부탁하오. 그리고 이건……."

강수가 품속을 뒤져 명주로 된 작은 주머니를 꺼낸다. 주둥이를 조여 맨 끈을 풀고 쏟자 여섯 개의 금병이 나온다. 송문비가 커다란 눈을 끔찍인다. 잘 지은 기와집을 두어 채 살 수 있을 정도의 적지 않은 금액이다.

"중간 사례금이오. 만일 그 여자를 찾기만 한다면 더 많은 사례금을 내놓겠소."

금병을 받아 작은 철제함 속에 갈무리하며 송문비가 묻는다.

"저, 외람되는지 모르오나 워낙 궁금해서 묻는 말입니다만, 그 지심녀란 여자가 그토록 소중한 분입니까?"

"그렇소."

칼로 자르는 듯한 대답이다.

"혹 혈육이라도……?"

"그보다 더한 사이요."

"그렇다면?"

이처럼 바늘로 찔러도 피 한 방울 나오지 않을 정도로 냉혹하게 생긴 사내가 찾는 여자는 과연 어떤 여자인가. 또 두 사람은 어떤 관계일까. 송문비의 그런 궁금증을 강수가 잘라낸다.

"더 자세한 건 알 필요 없고, 좋은 소식 기다리겠소. 그럼."

강수가 찻잔을 내려놓고 자리에서 일어난다. 송문비가 뚱뚱한 몸을 일으켜서 대문 밖까지 따라 나오며 배웅의 인사를 올린다. 그는 빠른 걸음새로 대문을 빠져나가는 강수의 뒷모습을 바라보며 알 듯 모를 듯 기묘한 표정을 지었다.

5

유정은 무명수건을 꺼내어 이마에 흐른 땀을 닦는다. 흰 이슬이 내리고 가을 기운이 완연해진다는 백로(白露)가 며칠 전이었건만 햇살은 아직도 따갑기만 하다.

비단 너울에 입자(笠子: 갓)를 쓴 귀부인 몇 명이 조랑말을 타고 지나간다. 서너 명의 계집종들이 종종걸음으로 그 뒤를 따르고 있다.

십자가에서 보정문 방향으로 얼마쯤 내려가면 낙타교(駱駝橋)가 나타난다.

다리 부근은 항상 오가는 인파들로 붐볐다. 예전부터 개경에서 하삼도(下三道: 양광도, 전라도, 경상도)로 이어지는 교통상의 요충지로 오늘도 하삼도 지방에서 올라오는 관리들이며 하삼도로 물건을 팔러 가기 위해 봇짐을 진 장사치들, 우마차며 손수레를 끌고 가는 농민, 나들이를 나온 아낙네들이 하루 종일 끊임없이 오갔다.

낙타교의 원 이름은 만부교(萬夫橋)다. 그 만부교가 낙타교로 바뀐 데에는 유래가 있다.

고려 태조 25년. 거란의 야율아보기가 고려와 친선을 꾀하고자 사신과 함께 낙타 오십 필을 선물로 보내왔다. 이를 안 태조 왕건은 발해를 멸망시킨 거란과는 친선할 수 없다며 단교를 선언하고 사신을 귀양 보냈다. 또 다리 밑에 묶어둔 낙타 오십 필은 고스란히 굶어 죽였다. 그 뒤로 다리 이름이 낙타교로 바뀐 것이다.

다리에 이르자 유정은 다리 난간에 기대서서 오가는 행인들을 물끄러미 바라본다. 예전 풍천도인을 따라 몇 차례 개경에 와본 적이 있지만 개경은 늘 그녀에게 낯설고, 번잡하고, 어리둥절한 곳일 뿐이다. 외딴 섬에서 적요하게 살아온 때문일 것이다.

이 많은 사람들 사이에서 어떻게 그분을 찾을 수 있을까. 대체 그분은 지금 어디에 계시는 것일까. 유정은 막막한 심정으로 인파가 줄을 잇는 거리를 맥없이 바라본다. 초점을 잃은 텅 빈 눈길에는 사랑에 대한 슬픈 고뇌만 가득 어려 있다.

오전 나절에 유정은 승평문과 광화문 사이에 있는, 도성의 관리와 치안을 맡은 금오위(金吾衛)에 들렀다. 거기서도 양검의 흔적은 찾을 수 없었다.

지금으로선 그녀가 양검을 찾을 수 있는 단서라면 딱 두 가지였다. 하나는 그가 보통 이상의 무술 실력을 지녔으며 말투나 태도로 보아 과거 무관이었을 가능성이 높다는 점과 다른 하나는 이름이 김양검이라는 것. 그나마 그 이름도 떠나기 하루 전에 겨우 알아냈던 것이다.

운명처럼, 혹은 인연처럼 소나기가 몹시 내리던 밤이었지.

유정은 소중한 보물을 꺼내보듯 마음에 묻어둔 기억 하나를 끄집어낸다. 언제 떠올려도 애틋함으로 아롱지는 기억이다.

그날따라 여름을 떠나보내는 궂은비가 몹시도 퍼부었다. 양검이 석모도에 머문 지 닷새째 되는 날이었다.

유정은 그가 내일이면 이 석모도를 떠난다고 생각하니 견딜 수 없는 기분이 되었다. 헤어지면 다시는 그를 보지 못할 것이라는 조바심과 그를 그냥 떠나보내고 싶지 않다는 마음이 번갈아 그녀를 괴롭혔다.

늦게까지 방 안을 서성이던 유정은 결국 마음을 굳혔다. 그녀는 퍼붓는 호우에 아랑곳없이 양검이 있는 농가로 달려갔다. 비에 젖어 떨고 있는 그녀를 가만히 지켜보던 양검은 방으로 들어오라고 했다. 젖은 겉옷을 벗겨준 양검은 수건으로 그녀의 젖은 머리를 말없이 닦아주었다. 먼저 울음을 터트리며 품에 뛰어든 건 그녀였다.

연모하던 남자의 품에 안긴 그녀는 너무 벅차고 행복해서 아무 말도 할 수 없었다. 단지 오한증에 걸린 것처럼 몸을 떨며 그를 마음과 몸을 통해 자신의 내부에 깊이깊이 받아들였을 뿐이다. 한바탕 폭풍우처럼 여겨지던 격정이 지나간 뒤였다. 단단한 그의 품에 안긴 채 그녀가 조심스레 이름을 물었을 때 그가 툭 던지듯 말했다. 김양검.

"색시, 떡 좀 사시우."

상념에서 벗어난 유정은 낙타교를 지나 아래로 내려갔다. 마침 길가에서 버치에 떡을 담아놓고 파는 중년 아낙이 그녀를 불러 세운다. 그녀는 그리로 다가간다. 마침 목도 마르고 점심을 걸러서 허기가 지던 차였다. 버드나무 가지로 짠 둥근 버치에는 쑥개피떡, 수수떡, 팥떡이 들어 있다. 그녀는 보리개떡을 두 개 산다.

"가까이서 보니 정말 참한 색시로구먼. 어디 사오?"

얼굴에 기미가 끼고 체격이 작달막한 아낙이 관심을 보이며 묻는다.

"물이나 좀 주세요."

유정의 말에 아낙이 옆에 놓아둔 작은 동이에서 바가지로 물을 떠서 내민다.

"시집은 갔수? 어디 보자, 나이가 스물하나둘쯤 되었나? 성밖 우리 마을에 좋은 신랑감이 있는데 내 낭자에게 소개시켜 줄까?"

물을 마신 유정이 바가지를 돌려준다.

"정말 남 주기 아까운 낭자네. 어때, 낭자. 정말 선 한번 보지 않으려우?"

아낙의 꼬드김에 유정은 그저 말없이 미소를 머금고 떡값을 내민다. 저만치에서 한 무리의 군복 입은 사내들이 담소를 나누며 걸어온다. 모두들 허리에 장검을 차고 있었는데, 일반 병사들은 아닌 듯했다. 낭장이나 별장들의 복장인 비색과 녹색의 옷을 입고 있다. 차림새로 보아선 왕의 친위군인 응양군 소속 장교들인 것 같았다.

유정이 앞으로 나서자 그들의 눈길이 그녀를 향한다. 호기심과 의아함이 섞인 눈길이다.

"저어, 혹시……."

"말해 보시오."

장교 중에서 가장 키가 껑충한 사내가 말한다.

"혹 김양검이란 분을 아시는지요?"

김양검. 그녀가 하루에도 수십 번씩 그리움을 담아 외던 이름, 부를 때마다 가슴이 아려오는 이름이었다.

"그런 이름은 처음 듣소이다."

키 큰 장교가 간단명료하게 대답한다. 무슨 일인가 싶어 걸음을 멈췄던 장교들이 별일 아니라는 걸 깨닫자 모두들 발길을 돌린다.

유정은 떠나가는 장교들을 낙심한 눈길로 바라본다. 한참 멀어지던 장교들 중 한 명이 무슨 생각에선지 발길을 돌려 유정에게로 뜀박질해 온다.

"아까 김양검이라 하셨소?"

"예."

갑자기 유정의 눈빛에 기대감이 차오른다.

"가다가 생각해 보니 어쩐지 들은 이름인 듯해서…혹 맞는지 모르겠지만, 내가 아는 사람 중에서 몇 년 전 좌우위의 무술교관을 했던 김양검이란 장교가 있었소."

"그래요. 맞을 거예요. 지금 그분이 어디 있는지 아시나요?"

유정이 치미는 반가움을 억누르며 묻는다.

"그건 나도 모르오. 하지만 그 김양검이란 장교와 친하게 지냈던 사람을 알고 있소."

기어이 그토록 찾아 헤매던 양검의 흔적을 찾았다는 감동에 눈물까지 글썽해진 유정이 다급하게 묻는다.

"그 사람이 누구죠? 어딜 가면 만날 수 있나요?"

"최유라는 낭장이오. 용호군 낭장들이 머무는 관사를 찾아가면 그를 만날 수 있을 거요."

서글서글한 인상의 장교는 용호군 관사의 위치까지 소상히 알려

주고는 뛰다시피 일행을 뒤따라갔다.

용호군 관사는 나성 안, 궁성의 왼편인 자남산 북쪽에 있었다.

두 시진 남짓 걸어서 관사 입구에 도착한 유정이 입초를 서고 있는 병사에게 용무를 알린 뒤 최유란 낭장이 나오기를 기다린다.

기별을 받고 나온 사람은 각이 지고 검게 그을린 얼굴을 한 20대 후반의 남자다.

"내가 낭장 최유요. 낭자께서 날 보자고 했소?"

"예. 김양검이란 전직 장교 분을 안다는 얘기를 들었어요."

최유라는 낭장이 잠깐 눈을 굴리며 뭔가를 생각하더니 고개를 끄덕인다.

"찾으시는 분 성함이 김양검이라면 예전 내가 별장으로 복무할 때 직속상관으로 모셨던 분이오. 하온데 무슨 일로 그분을 찾으시는지……?"

문득 의심쩍은 눈길로 유정을 바라보며 최유가 묻는다.

"그분은…저의……."

무엇이라고 해야 할지 마땅한 생각이 떠오르지 않아 유정이 말을 더듬거리며 얼굴까지 붉히자 최유가 두 사람의 관계를 눈치챈 듯 호쾌하게 뒷말을 잇는다.

"참 좋은 분이셨소. 뛰어난 무술 실력에 강직하면서 부하를 아껴주시는 분이었는데 그만…하긴 사람의 운명이란 참 알 수 없는 것이긴 하지만……."

"그게 무슨 말씀이시죠?"

유정이 의아해서 묻는다.

"그럼 모르셨소? 그분의 일을……."

"예."

유정이 기어드는 음성으로 대답한다. 그녀로선 양검의 일을 알리가 없는 것이다. 고개를 끄덕인 최유는 유정을 건너보며 잠시 생각을 정리하듯 뜸을 들이더니 충혜왕 시절 양검의 신변에 일어났던 사건의 전말을 간략하게나마 털어놓았다.

양검의 아내 홍씨가 충혜왕에게 겁간을 당하고 죽은 일, 그 일로 충혜왕을 암살하려다 역적으로 몰려서 체포된 일, 학선대사의 도움으로 풀려난 일, 그리고 얼마 전 팔월에 공민왕이 개혁교서를 내렸으며 그 덕분에 양검의 죄가 사면된 사실까지 소상하게 이야기했다.

양검의 내력을 알게 된 유정은 가슴이 미어지는 듯했다. 특히 사랑하는 아내를 잃고 충혜왕에게 복수를 하려다가 역모죄인이 되었다는 사실에 깊이 모를 슬픔과 연민을 느꼈다. 그의 불행이 자신의 일처럼 여겨져서 눈물까지 솟았다. 또한 그의 세상에 대한 냉소적인 행동과 허무에 빠진 듯한 표정이 어디에 기인한 것인지도 헤아릴 수 있었다.

"그분, 지금 어디 계시는지 모르세요?"

"소문으로는 복안부원군 댁에서 사병들에게 무술을 가르치고 있다고 들었습니다만, 실은 저도 이런저런 군무로 바쁘다보니 직접 찾아가 보지는 못했소."

"그럼 복안부원군 댁은 어디에 있는지요?"

유정이 다그쳐 묻는다.

"낭자가 성안 지리에 어두우신 모양인데…여기서 별로 멀지 않소. 그러니까 이 길로 송악산 아래……."

설명을 중단한 그는 유정에게 잠깐 기다리라고 말하곤 관사 안으로 들어갔다. 잠시 뒤 젊은 병사 한 명을 데리고 나온 그는 병사에게 직접 안내를 해주라는 지시를 내린다. 유정이 머리를 숙여 거듭 고맙다고 치사하곤 병사를 따라 길을 나선다.

송악산을 눈앞에 두고 소나무 숲이 우거진 작은 고개를 넘어서자 넓은 개활지가 펼쳐지고 그 중간에 크고 웅장한 저택이 한 채 눈에 들어온다.

"저기 보이는 게 바로 복안부원군의 저택입니다."

손가락으로 위치를 알려준 병사는 유정에게 깍듯한 경례를 바치곤 오던 길로 돌아갔다. 곧 양검을 만난다는 설렘에 유정은 한달음에 권겸의 집에 당도한다.

활짝 열린 대문 문설주 옆에 두 명의 사병이 서 있다가 다가오는 유정의 앞을 가로막는다. 물건이나 살피듯 유정의 아래위를 살피는 눈길이 곱지 않다. 주인을 알려면 기르는 개를 보라는 속담이 어울리는 장면이다.

"저, 김양검이란 분을 만나러 왔습니다."

유정이 말한다.

"그런 사람은 여기 없소."

빼드렁이 병사가 퉁명스럽게 말한다.

"이곳에서 무술을 가르치고 있다고 들었습니다."

"글쎄, 양검이고 음검이고 간에 그런 사람 없다고 하지 않소."

다른 사병 역시 귀찮다는 듯 언성을 높인다.

"무슨 일인가?"

마침 밖으로 나오던 덩치가 큰 사병이 유정을 유심히 보며 묻는다.

"이 낭자가 김양검이라는 무술교관을 찾고 있습니다."

"김양검? 그런 사람은 없는데……."

덩치 큰 사병이 머리를 갸웃거리더니 손을 내젓는다.

"우리 교관 이름은 김청운이오."

전혀 다른 이름이다.

"혹시 그분 얼굴이 희고 준수한 편이고 키는 보통이지 않나요?"

달포 전까지 양검이 수배중인 중죄인이었다는 사실을 떠올린 유정이 혹시나 싶어 다시 묻는다.

"그렇기는 하지만……."

"그리고 왼쪽 귀 아래에 검은 점이 있지 않나요?"

"그렇소."

틀림없는 김양검이다. 유정은 눈시울이 뜨거워지는 걸 느낀다. 곧 눈물이라도 쏟아서 사병들에게 우스꽝스런 모습을 보일까 봐 그녀는 몇 번이나 눈을 깜박인다.

"낭자가 찾는 분이 우리 교관이 맞기는 한 듯한데, 그런데 그분은 교관을 그만두고 사흘 전에 여기를 떠났소이다."

사병의 말에 유정은 갑자기 맥이 탁 풀리고 눈앞이 아득해지는 걸 느낀다.

"떠나다니요? 혹시 어디로 간다는 말은 없었나요?"

"없었소."

유정은 안타까움에 아프게 입술을 깨문다. 하필이면 자신이 찾아오기 사흘 전에 떠나다니. 어쩐지 운명의 장난처럼 여겨진다.

"이것들이 대체 지금 뭐 하고 있는 거야. 여자까지 데려다 놓고……."

언제 나타났는지 호복을 입고 발에 검정가죽신을 신은 권항이 소리를 지른다. 그는 중문에서 바깥을 내다보다가 사병들이 여자를 중간에 두고 뭔가 얘기를 나누는 걸 본 것이다.

"아닙니다. 이 낭자가 김청운 교관을 찾아왔다고 해서……."

"그래?"

권항이 유정을 뚫어지게 쳐다본다. 어여쁘게 생긴 얼굴이다. 몸매도 품에 안기 좋을 만큼 적당한 굴곡을 가지고 있다. 김청운이란 교관을 찾아왔다고 했지. 어떤 사이일까. 권항은 아직 교관에게 당했던 수모를 잊지 않고 있다. 비록 떠나기는 했지만 그자를 향한 앙심은 여전히 그대로였다.

낙심한 유정이 조금 전 설렘에 차서 넘었던, 소나무 숲이 우거진 고갯마루에 이르렀을 때다.

뒤에서 말발굽 소리가 요란하게 들리더니 말을 탄 사내 여섯 명이 달려와 유정의 주위를 에워싼다. 흰말에 위세 좋게 앉아 있는 자는 아까 권겸의 집에서 보았던 눈매가 음침한 사내고, 나머지는 그의 수하 사병들인 듯했다. 다들 무기를 소지하고 있고 말안장에는 창이며 활 따위의 무기가 걸려 있다.

권항이 야릇한 미소를 머금고 말에서 내린다. 그는 합죽선을 흔들며 유정에게 다가온다.

"낭자, 어디로 가시는지 모르지만 내 태워 주겠소."

"고맙지만 사양하겠습니다."

"어허, 사람 호의를 그렇게 무시해서야 쓰겠소. 어디 타시오."

권항이 유정의 손목을 잡으려 든다. 유정이 손을 피하자 이번에는 슬쩍 허리를 껴안으려 든다.

"왜 이러시죠?"

"왜 이러긴, 다 낭자를 도우려고 하는 일이지."

권항의 말에 주변에 서 있던 사병들이 키득거리며 웃는다.

유정은 그제야 사내들의 음흉한 의도를 알아차리고 기분이 나빠진다. 얼른 이 자리를 피하는 게 상책일 성싶다. 그러나 마음과 달리 유정이 빠져나가지 못하도록 사내들이 말을 몰아 앞을 막는다. 그사이 권항이 뒤에서 왈칵 달려들며 유정을 껴안으려 든다.

"어디서 이런 못된 수작을……."

유정이 재빨리 몸을 돌려 피하는 것과 동시에 권항의 뺨을 올려친다. 느닷없이 뺨을 얻어맞은 권항이 어이없어 하는 표정을 짓더니 이내 얼굴빛이 벌겋게 달아오른다. 지난번에는 교관에게 수모를 당하더니 이번에는 그를 찾아온 여인에게 뺨을 맞자 억장이 막혀 거의 정신을 잃을 지경이다.

"이년이……."

권항이 손을 갈퀴처럼 뻗어 유정의 머리를 움켜잡으려 든다. 유정이 재빨리 피하자 허공을 움켜쥔 꼴이 된다. 이어 두세 번 거듭 유정을 잡으려들었지만 여의치 않자 그의 화급한 성격이 기어코 폭발하고 만다.

"이제 보니 이년이 제법 그 청운인가 하는 놈에게서 무술을 배운 모양인데, 어디 얼마나 잘하나 한번 보자."

지난번 수모까지 떠올린 그는 이를 으드득 갈며 상대가 여자라는 사실도 잊고 인정사정없이 유정을 움켜잡으려 든다. 그러나 여자라고 얕보고 있던 데다가 유정이 풍천도인에게 몇 가지 호신술을 배워둔 터라 제대로 잡힐 리 없다. 유정이 소나무를 이용하여 이리저리 빠져나가자 열이 치민 권항이 빽 하니 소리친다.

“야, 무엇들 하고 있는 거야. 빨리 저년을 잡지 않고.”

주위에서 수수방관 지켜보던 사병들이 말에서 내려 유정을 향해 대오를 좁혀온다. 이대로 간다면 잡히는 건 시간문제다.

위기를 느낀 유정이 얼른 허리띠 속에 말아 넣어둔 짧은 연검(軟劍)을 꺼내든다. 연검은 두 자 정도 길이의 얇은 강철로 만든 것으로, 윤호가 원나라에서 가져와 유정에게 호신용으로 가지고 다니라며 선물로 준 것이다.

“어라, 칼을 지녔잖아.”

다가들던 사병들이 유정의 손에 들린 연검을 보자 멈춰 선다. 그들은 유정의 검을 잡은 자세에서 그리 만만치 않다는 걸 느끼곤 저마다 칼과 철퇴, 편곤(鞭棍)을 뽑아든다. 소나무 숲에 때아닌 살기 어린 긴장감이 감돈다.

“망개. 너는 얼른 가서 투망을 가져와.”

권항이 한 사병에게 명령한다. 투망은 질긴 삼을 엮어 만든, 곰이나 범 따위의 사나운 짐승을 잡을 때 쓰는 사냥용 그물이다. 망개라고 불린 사병이 얼른 말을 잡아타고 집을 향해 달려간다.

유정은 마음이 다급해진다. 투망을 가져오기 전에 여기를 빠져나가야 했다. 이들에게 잡혔다간 어떤 몹쓸 짓을 당할지 알 수 없다. 더욱이 유정이 지닌 연검은 단지 개인의 호신용 무기일 뿐으로 다수의 사병들을 상대로 오래 버틸 순 없는 노릇이다.

그녀는 힘을 다해 포위한 사병들을 향해 연검을 휘두른다. 부드러운 연검 끝에서 날카로운 칼바람이 인다.

그러나 그만한 공격에 물러날 사병들이 아니었다. 권항이 무예 실력이 좋은 사병들 중에서 특별히 선별한 자들이었다. 그들은 절대 무리하게 공격을 하려들지 않았다. 여자를 사로잡는 게 목적임을 아는 사병들은 유정이 공격해올 때는 못 이긴 듯 물러서고, 유정이 지치면 다시 공격하는 식으로 유정을 괴롭혔다. 그녀가 힘을 다해 검술을 펼쳐 보지만 여간해선 포위망이 뚫리지 않는다. 밀고 밀리는 공방 속에 시간이 흘렀다. 유정의 이마에 땀방울이 맺히기 시작한다.

그사이 투망을 가지러 갔던 망개가 돌아왔다. 망개는 곧 투망을 던질 기회를 엿보며 유정의 뒤편으로 접근한다.

막 투망을 던지려고 어깨에 힘을 주던 차에 어디선가 날아온 새알만 한 돌이 망개의 이마를 정통으로 맞힌다. 망개가 짧은 비명을 지르며 손바닥으로 이마를 짚는다. 손바닥 사이로 피가 줄줄 흘러나온다.

"누구냐?"

의외의 상황에 사병들이 주위를 두리번거렸지만 아무도 보이지 않는다.

"빨리 저년부터 잡아."

권항의 호통에 다른 사병이 땅바닥에 있는 투망을 집어 든다. 그러자 다시 돌이 날아와 투망 든 사내의 이마를 정확하게 맞춘다. 좀 전과 한 치도 틀리지 않은 부위다. 돌에 맞은 사병이 비명을 지르며 땅바닥에 무릎을 꿇고 주저앉는다. 뜻하지 않은 공격을 받은 사병들 사이에 당황한 기색이 퍼져나간다.

"대체 어떤 놈이야? 비겁하게 숨어서 그러지 말고 어서 앞에 썩 나서라."

주변을 둘러보며 권항이 고함을 지른다.

“썩 물러나지 못할까.”

갑자기 천둥이 울리듯 허공에서 큰 소리가 났다. 어른 소리 같기도 하고 아이 소리 같기도 한 중음(中音)이다. 방향을 가늠할 수 없게 사방에서 들려오는 듯하다. 권항은 내심 당황했지만 외려 큰소리를 친다.

“그렇게 말하는 네놈이나 나서거라.”

말하던 권항이 신음을 내며 고개를 숙인다. 그의 이마에도 작은 돌이 적중한 것이다. 이어서 다른 세 명의 사병들도 각기 이마에 돌을 맞고 비틀거린다. 얼마나 빠른지 피할 사이도 없다.

“한두 놈이 아닌 모양이다. 안 되겠다. 돌아가자.”

어느새 말을 잡아탄 권항이 꽁무니가 빠져라 내달리기 시작한다. 다른 사병들도 황망히 말에 올라 권항의 뒤를 따른다.

권항 일행이 사라지자 한 미소년이 씩 웃으며 나무 뒤에서 모습을 나타낸다. 아래위 검은 복장에 손에는 검은 천으로 감긴 짤막한 검을 든 차림이다.

“역시 무영이 너였구나.”

유정이 활짝 반기며 말한다. 그녀는 소맷자락으로 이마에 흐른 땀을 훔치고 연검을 다시 허리에 접어 넣는다.

“나쁜 놈들이야. 백주에 여자를 농락하려 들다니…개경은 늘 이런가?”

“헌데 여긴 어떻게 알고 왔어?”

유정의 물음에 무영이 뒷머리를 쓰다듬으며 멋쩍은 미소를 머금는다.

"몰래 누나 뒤를 밟았어."

"난 그런 줄도 몰랐지. 헌데 어떻게 내 뒤를 따라온 거야. 전혀 눈치채지 못했는데……."

"미안해. 아침에 누님과 헤어질 때 몰래 누님 옷에 미향분을 좀 뿌려 두었거든."

미향분(微香粉)은 일반 사람들에겐 맡아지지 않고, 오랜 훈련을 거친 사람들만 맡을 수 있는 특이한 냄새가 나는 가루였다. 수련 정도에 따라서는 수십 리 밖에서도 냄새를 맡을 수 있다.

"어떻게 그런 걸 나 몰래……."

유정이 밉지 않게 눈을 흘긴다.

"누님이 길을 잃을까봐 걱정되어서. 지금처럼 말이야."

"그래도 그렇지. 헌데 조금 전에 한 복화술(腹話術)이 제법이던데……."

"그것도 심심할 때 연습해 둔 거야."

"참, 윤호 오라버니는?"

"숙위를 들기 위해 입궐했어. 아마 지금 전하 곁에 있겠지. 그건 그렇고 여기까지 온 김에 우리 절 구경이나 하고 가면 어때? 이 근처에 유명한 절이 있다던데……."

무영이 앞장을 서고 유정이 뒤를 따랐다. 무영이 걸음을 멈추고 돌아본다.

"아직 그 낭인무사를 찾지 못했어?"

유정이 상심한 얼굴로 고개를 끄덕인다.

"곧 찾을 수 있을 거야. 시간 나는 대로 나도 알아봐 줄게."

위로의 말에 유정이 무영의 손을 살며시 잡는다. 그들은 정답게 고려 태조가 창건한 구산사(龜山寺) 쪽으로 걸음을 옮긴다.

서산으로 해가 기울면서 대지에 붉은 낙조가 내리기 시작했다. 철늦은 매미 울음소리가 유정에겐 어쩐지 더할 수 없이 쓸쓸하게 들렸다.

6부

六月ㅅ 보로매, 아으 별해 ᄇᆞ룐 빗 다호라
도라 보실 니믈 젹곰 좃니노이다.
아으 動動다리

유월(六月) 보름에, 아아! 내 신세는 벼랑에 버린 빗만 같아라

돌아보실지도 모를 임을, 조금이나마 쫓아갑니다

아으 動動다리

1

중양절(9월 9일)을 이틀 넘긴 날.

십자로와 면한 자남산 기슭, 활동(闊洞)의 한 웅장한 저택.

수십 칸이 넘는 저택의 중심부에 위치한 한 호화스런 내실에는 궁궐에서나 쓰는 귀한 홍대초[紅大燭]가 어둠을 밀어내며 환하게 타오르고 있다. 불빛을 받은 화류장이 자줏빛으로 번들거린다. 벽에는 너무 진귀하여 원나라에서조차 구하기 힘들다는 송설체(松雪體)로 쓰인 조맹부의 진본 서화가 걸려 있다.

진중한 분위기 속에 세 사람이 마주 앉아 있다. 중간에 앉은 자가 짧은 수염을 쓰다듬으며 오른편에 앉은 붉은 승복 차림의 남자에게 말을 건넨다.

"마환(摩幻)대사께서 이처럼 먼 길까지 찾아와 주시니 반갑기 그지없소이다. 참, 예전에 뵈었던 유타(由駝)대사님은 여전하시겠지요?"

말한 자는 원나라 기황후의 오라버니이자 덕성부원군인 기철이다. 원나라의 권력을 등에 업은 덕에 공민왕도 함부로 하지 못하는 세도가다.

"물론이외다. 그렇지 않아도 스승님께선 빈도에게 고려에 가면 필히 덕성부원군께 안부 인사 여쭈어라 하시었소."

대답한 사람은 엔간한 장정 두 배가 넘을 큰 덩치에 감히 마주 보지 못할 정도로 눈이 부리부리한 중이다. 호박처럼 울룩불룩하고 범상치 않은 생김새로 인해 나이를 짐작하기 어려운 그는 라마승들이 입는 붉은 가사에 작은 솥뚜껑만 한 손에 구리로 만든 큰 염주를 들고 있다.

"허허, 뭐 그렇게까지 신경을 써주시니 고맙다는 말밖에 달리 드릴 말씀이 없소이다."

지금 그들이 거론하는 유타대사는 원나라 15대 황제인 순제의 왕사(王師)로 있는 라마교 승려다. 아울러 원나라 승상인 탈탈(脫脫)과는 오랜 기간 막역지우로 지내는 사이며 원나라 정치를 움직이는 막후 인물 중 하나였다.

"스승님께서 저의 안부는 묻지 않았습니까?"

기철의 왼쪽에 있던 황색 가사를 걸친 몸집이 호리호리한 중이 묻는다. 얼굴이 얇고 지모가 뛰어나 보이는 그는 복산이란 라마승으로 예전 성적 불능에 빠진 충혜왕에게 열약을 지어준 장본인이다.

탐욕에 빠져 실정(失政)한 충혜왕이 원나라로 끌려가서 비명횡사한 뒤로 한동안 원나라에 머물다가 재작년 가을 무렵에 다시 고려로 돌아왔던 것이다. 그는 외양으로는 라마교 선교를 위해 고려에 온 승려였지만, 실은 고려의 정세를 비밀리에 원나라에 전하는 밀정의 임무를 띠고 있다.

"묻다 뿐인가? 제발 엉뚱한 맘 먹지 말고 수행 정진하라는 말을 전하라는 부탁도 들었네."

"어이 참, 공사다망한 스승님께서 별별 걱정을 다 하고 계십니다."

복산의 뒤퉁스런 말에 기철과 마환이 박장대소를 터뜨린다. 복산 역시 자신의 의도대로 분위기가 화기애애하게 된 것이 만족한지 입가에 슬쩍 의뭉스런 미소를 떠올린다.

바깥에서 손님이 온 것을 알리는 하인의 목소리가 들려온다.

"복안부원군 나리께서 오셨습니다."

"드시라 해라."

기철의 말에 곧 내실 완자문이 열리고 하얀 문라두건을 쓴 둥근 얼굴의 복안부원군 권겸이 모습을 드러낸다. 마환대사가 원나라에서 돌아왔다는 기별을 받고 방문한 것이다.

"어찌 혼자 오시오? 경양대군(慶陽大君)께선 안 오시오?"

의아해서 기철이 묻는다. 경양대군의 자는 노책(盧頙)으로 원 태자에게 딸을 바쳐 집현전 학사(集賢殿學士) 벼슬을 받은 자였다. 기철과 권겸, 노책은 모두들 부원파에다 원 황실에 딸을 바쳤다는 처지도 비슷하여 서로 터놓고 지내는 사이였다. 유유상종, 초록은 동색이란 말은 이를 두고 하는 말일 것이다.

"오늘 집안 제사가 있어 못 간다고 전해 달라 했소이다."

"그래요?"

서로 의례적인 수인사가 끝난 뒤 네 사람은 붉은 자단목 탁자를 사이에 두고 마주 앉는다. 원나라에서 우후죽순처럼 일어나는 농민반란에 대한 소문과 현재의 정세에 대한 이런저런 얘기 끝에 기철이 우연히 생각난 것처럼 심중에 숨겨두었던 말을 끄집어낸다.

"그나저나 요즘 본인은 그 조일신인가 하는 작자 때문에 영 죽을 맛이오. 그놈이 세자 때부터 전하를 호종했으면 한 것이지, 이건 주상보다 더 거들먹거리는 꼴이라니. 참, 이제 그 꼴을 보다 못해 기가 막힐 지경이오."

"그렇소이다. 벌써 한두 번 거론한 건 아니지만 그저께 중양절만 해도 그렇지요. 제가 벼슬이 판삼사사면 판삼사사지, 제까짓 게 뭔데 전하께서 계시는 옥좌 곁에 붙어 서서 함부로 경망스러이 헤헤거리며 웃고 떠든단 말이오. 이 나라엔 주상전하를 모시는 예법도 없다는 건지, 원. 또 전하도 그렇지, 그런 작자를 그냥 멀거니 두고 본단 말이오."

권겸이 양미간을 찌푸리며 한 수 거들고 나선다. 심중에는 요즘 자신을 멀리하는 공민왕에 대한 원망도 얼마간 숨어 있다.

"그래서 하는 말인데, 차제에 그 조일신이란 놈을 아예 물고를 내버리는 게 어떻겠소이까?"

단도직입적으로 꺼낸 기철의 살기 어린 말에 잠시 좌중에 무거운 침묵이 흐른다. 먼저 입을 뗀 건 라마승 복산이다.

"소승이 보기에 그건 좀 고려해볼 필요가 있는 듯하오."

"그게 무슨 말이오?"

직선적인 성격에 평소 안하무인인 기철은 자신의 의견이 반대에 부딪히자 얼굴에 불쾌함을 감추지 않고 되묻는다.

"소승의 짧은 소견으론 이렇소이다. 비록 조일신이 오만 방자하게 굴기는 하나, 작금 공민왕 전하가 추진하는 정방 폐지에 누구보다 앞장서서 반대를 하고 있는 입장입니다. 정방 폐지를 추진하는 의도가 무엇입니까. 공민왕 전하가 왕권을 강화하고, 나아가 원의 정치적 간섭을 줄이려는 방편이 숨은 건 다들 아시겠지요. 만일 공민왕 전하의 뜻대로 정방이 폐지된다면 그로 인해 친원파 인사들의 입지가 좁아질 건 자명한 일입니다. 따라서 이 정방 폐지에 조일신이 극력 반대하고 있는 한 일단 그냥 두고 보는 게 나을 듯하여 드리는 말씀이외다."

"그러니까 순망치한, 이가 없으면 잇몸이 시리다는 말처럼 조일신이 그런 점에서 이용 가치가 있다는 말씀이시지요?"

복산의 말을 받아 권겸이 묻는다.

"그렇소이다."

복산이 고개를 주억거린다. 파르라니 깎은 머리가 촛불 빛에 번쩍인다.

"여러분들의 계산이야 어떻든 나는 그자를 더 이상 두고 볼 수 없소. 그따위 정방 철폐 움직임 따위는 조일신이 아닌 나 혼자라도 충분히 제지할 수 있는 일이오. 일단 그 조가 놈을 없앤 다음에 이 몸이 직접 전하께 아뢰어 정방 철폐를 반대해도 충분하다 이 말이오."

노기를 띠운 기철이 손바닥으로 자단목 탁자를 내리치며 목에 핏대를 올린다.

"아울러 근자에 그 작자가 하는 짓거리를 보면 아무래도 금명간에 무슨 큰일을 저지를 것이오. 일전에도 제 부하 대신들을 모아놓은 사석에서 기황후를 믿고 까부는 기철이 일가권속 놈들을 손봐줘야겠다고 다짐했다는 말이 본인 귀에까지 들려왔소. 그 작자가 그처럼 공공연히 떠드는 건 무슨 엉큼한 복안이 있으니 그런 것 아니겠소? 개가 짖으면 도둑이 든 걸 알라는 말이 있소. 조가 놈에게 멀쩡히 앉아서 당하느니 이쪽에서 먼저 손을 쓰는 게 상책이라 이 말이오."

줄곧 좌중의 얘기에 귀를 기울이던 마환이 주위를 환기하듯 천장이 울리게 큰기침을 한 번 하고는 신중하게 입을 연다.

"빈도가 판단하건대 그건 덕성부원군 말씀이 맞을 것이외다."

뜻밖의 단정이다. 복산과 기철, 권겸의 눈길이 모두 마환의 얼굴에 모여든다. 마환이 말을 잇는다.

"하지만 이쪽에서 먼저 조일신 일당을 제거하려 드는 것은 더욱 위험천만한 일이 될 것이오."

"대사, 그건 어째서 그렇소이까?"

권겸과 기철이 이구동성으로 묻는다.

"아까 복산 사제의 말을 듣자니 공민왕이 친원세력을 배척하려는 의지를 드러냈다고 하였소. 그런 터에 이쪽에서 먼저 조정 최고의 실권자이자 일등공신인 조일신을 없애려고 들다간 자칫 공민왕에게 친원파들을 제거할 빌미를 주는 꼴이 될 것이라 이 말이오이다."

권겸이 어깨를 움찔한다. 가히 문제의 정곡을 찌르는 말이다.

"그럼 대사 말씀대로라면 조가 놈이 먼저 난을 일으키길 기다려야 한단 말이오?"

미간을 찡그린 권겸이 볼멘소리로 묻는다.

"그렇소이다. 참고 기다리면 어부지리를 얻게 될 것이외다."

"하지만 그 조가 놈이 우리를 그냥 놔두려 하지는 않을 것인데……."

"그건 이쪽에서 미리 방비만 잘하고 있으면 별탈이 없을 것이오. 『손자병법』에도 적을 공격하는 것보다 방비하는 게 열 배나 더 쉬운 일이라고 했소."

"어떻게 방비를 한단 말이오?"

"첩자를 풀어 항시 조일신의 움직임을 주시하면서 만일의 사태에 대비하면 그리 어렵지 않을 것이오. 큰바람이 불 때는 우선 엎드려 있으라는 말처럼 말이오."

"허면 대사께서 보시기에 그 조가 놈 패거리들이 언제쯤 거사를 일으킬 것 같소이까? 마냥 목을 빼고 기다릴 수만은 없는 노릇이 아니겠소."

"빈도의 짐작이 맞는다면 분명 이달 안으로 역모를 꾀할 것이외다."

"오호, 그렇게나 빨리 말이오? 혹 그놈들 수작에 우리가 위태롭게 되진 않을까요?"

권겸의 조바심 섞인 물음에 마환이 몸통만큼이나 웅장한 웃음을 터뜨린다. 천장이 들썩거린다. 웃음을 거둔 그는 자신에 찬 음성으로 대답한다.

"빈도의 명예를 걸고 장담하오만 절대 그런 불상사는 없을 것이오. 다만 하기에 따라서 작은 손실은 감수해야 할 터이지만 말이오."

마환의 대답에 기철이 권겸의 얼굴을 건너다본다. 오랜 동지이자 신중한 성격인 그에게 마환의 의견이 어떤지 동의를 구하는 눈길이다. 권겸이 입술을 일자로 다물면서 고개를 두어 번 끄덕인다. 기철이 다시 마환에게 시선을 돌린다.

"좋소이다. 일단 대사의 의견을 좇겠소이다. 그럼 이제 그런 골치 아픈 조정 이야기는 잠시 접어두고 유흥이나 즐기도록 하십시다. 예까지 찾아주신 대사의 노고도 위무할 겸."

"아니외다. 빈도는 복산 사제와 함께 이만 물러갈 것이외다."

"왜 술도 한잔 드시지 않고?"

"조용히 참선이나 하며 여독을 풀겠소이다. 두 분께서 담소를 나누며 즐거운 시간 보내시기 바랍니다. 그럼 이만."

어조가 단호하다. 마침 권겸과 단둘이 얘기를 나누고 싶었던 기철이 양보나 하는 것처럼 한발 물러선다.

"정 그렇다면 하는 수 없지요. 그럼 두 분 대사께서는 이 집을 자신의 집인 양 여기시고 싫증이 나실 때까지 편히 묵어가시기 바랍니다."

거만하기로 소문난 기철이 몸소 대청 아래에까지 따라 나오며 말한다.

후원 별당으로 안내한 하인이 물러간 뒤 마환과 복산 두 사람만이 넓은 방 안에 마주하고 앉는다. 귀빈을 위해 준비해둔 방은 은밀하면서 호화스럽다. 두 개의 굵직한 용초가 방 안을 환하게 밝히고 있다.

"이번 일에 수석 상좌이신 사형이 몸소 예까지 오실 줄은 정말 몰랐습니다."

복산이 말한다.

"스승님께서 이번 일이 그만큼 중요하다고 판단하신 것이야."

"불민한 저로선 스승님께서 왜 그 비서를 그토록 중히 여기시는지 모르겠습니다."

"그건 복산 아우가 그 비서의 유래를 잘 몰라서 하는 말이지. 아우가 고려에 나타났다고 보고를 올린 그 『음양혼천비록』이란 비서 말이네. 그건 원래 중인도 사자국의 금강지(金剛知)란 수행승이 가져온 귀한 비밀경전 중의 하나이네."

"금강지라면 『칠구지 불모준니 대명다라니경(七俱胝佛母准泥大明陀羅尼經)』이란 비밀경전을 펴낸 스님 말씀이군요."

"그렇지. 그 금강지가 낙양(洛陽)에 들어와서 대자은사(大慈恩寺)란 도장을 차려서 밀교의 종조(宗祖)가 되었지. 그 뒤로 일행과 불공

(不空)을 제자로 받아들인 건 아우도 대충은 알고 있겠지. 스승님이 일행스님의 맥을 이었다는 사실도."

"이를 말씀입니까."

일행의 음양오행사상과 도참사상을 전수 받은 유타대사는 평소 그 분야에 대한 관심이 지대했다. 그래서 일행이 입적한 이후 어디론가 사라져버린 음양도법의 맥을 찾는 일에 혼신의 노력을 기울였다. 그 길만이 원나라를 지켜내는 동시에 라마교를 세상의 중심이 되는 종교로 만천하에 널리 펼칠 방도라고 믿었던 것이다.

그런 차에 음양도법과 관련된 비기가 고려에 나타났다는 소식을 듣자 서둘러 가장 아끼는 수석제자인 마환을 고려로 급파했던 것이다.

"스승님께선 생전에 일행조사가 못다 이룬 위업을 잇고 싶으신 게지."

"아하, 그렇군요."

그제야 사정을 알게 된 복산이 크게 고개를 주억거린다.

"그래, 아우는 비서에 관한 정보를 알아보았는가?"

마환이 묻는다. 불빛의 음영으로 인해 가뜩이나 울룩불룩한 그의 얼굴이 한층 기괴하게 보인다.

"예. 비밀리에 수하 승려들을 풀어서 찾아본 결과 비서가 있을 만한 장소가 세 군데로 좁혀졌습니다. 이 나라 남단의 제주도란 섬의 삼성혈(三姓穴) 부근과, 동경에서 멀지 않은 동해 바닷가 대왕암(大王岩)이란 곳, 그리고 강화도에 인접한 석모도란 작은 섬입니다."

"세 곳이라……."

"그 세 곳 중에서도 제일 유력시되는 곳이 마지막에 말한 석모도란 섬입니다."
"석모도?"
"예. 여기 개경에서 그다지 멀지 않은 곳입니다."
"그럼 하루빨리 그곳부터 뒤져보기로 하지."
"허나 일전에 제가 조사한 바로는 그 섬에 접근하기가 그리 만만치 않을 듯싶습니다."
"무엇 때문인가?"
"우선 바다를 건너는 일이 어렵고, 그다음에 섬을 지키는 사람들이 있다고 들었는데 그들을 물리쳐야 하기 때문입니다."
"누가 섬을 지킨단 말인가?"
"풍천도인이란 자가 섬을 지키고 있다고 들었습니다."
"풍천도인이 누군가?"
"저도 잘은 모릅니다. 소문에 따르면 도술을 부리는 자라고 들었습니다."
"도술?"
"예. 짐작 같아선 약간의 방술이나 신선술을 익힌 노인으로 여겨집니다."
"오호! 방술이나 신선술이라, 그거 꽤 흥미로운 일이군."
마환의 눈동자가 기이한 광채를 내며 빛난다. 남달리 그 분야에 관심이 많았기 때문이다.
"아무튼 그런 건 걱정하지 않아도 돼. 먼저 복산 아우는 덕성부원군에게 배를 부탁하고 사병들을 좀 빌려달라고 얘기해 보게. 도술을 쓴다는 풍천도인은 내가 알아서 처리할 테니. 아무튼 여기서 가깝다고 했으니 조만간 그 섬부터 먼저 뒤져보도록 하지."

"예. 사형."

"그럼 물러가서 쉬게."

자리에서 일어나려던 복산이 생각나는 게 있는지 다시 주저앉는다.

"참, 나가기 전에 한 가지 물어볼 말이 있습니다."

"무엇인가?"

"좀 전에 사형께서 복안부원군과 덕성부원군에게 하신 말씀 중에 조일신이 거사를 일으켜도 큰 불상사는 없을 거라고 장담하셨는데 그건 어떤 이유인지요?"

"그것 말인가? 아까 다들 얘기를 나누는 중에 복안부원군 권겸과 덕성부원군의 관상을 눈여겨보았네. 그랬더니 절대 가까운 날에 죽을 상이 아니었지. 그래서 한 말이네."

"아하! 그렇군요. 사형께서 관상에도 그처럼 조예가 있는 줄 미처 몰랐습니다."

복산이 감탄하며 고개를 주억거린다.

조각달이 뜬 하늘에서 때아닌 부슬비가 뿌리기 시작했다.

2

초경을 알리는 법왕사의 범종 소리가 화선지에 먹물이 풀리듯 어둠 사이로 고르게 퍼진다. 중양절이 보름이나 지난 뒤라 살갗에 닿는 밤바람이 제법 소슬하다.

궁궐 북편에 있는 북천동의 한 골목. 잘 지은 기와집들이 처마를 맞추어 늘어선 컴컴한 골목을 따라 두 사람이 걸어온다. 백색 두건에 수염을 기른 남자와 덩치가 장정이나 다를 바 없는 소년이다. 풍천도인과 무영이다.

어느 기와집 대문 앞에 도착하여 문을 두드리자 검은 두건을 쓴 하인이 나와서 문을 열어준다. 하인은 풍천을 보자 공손하게 허리를 굽힌다.

"나리께서 지금 안에 기다리고 계십니다."

하인의 안내를 받아 풍천과 무영이 티끌 한 점 없이 정갈하게 비질이 된 마당을 가로지른다.

"어서 오십시오."

내방을 알리는 기척을 들은 마흔 중반의 사내가 안채 방을 나온다. 육척이 넘는 훤칠한 키에 관우처럼 긴 수염과 옆으로 길게 뻗은 봉안(鳳眼)을 하고 있다. 어쩐지 첫눈에도 예사로워 보이지 않는 인물이다.

그는 성산군(星山君) 이조년(李兆年)의 손자로 19세에 과거에 급제, 현재는 삼사좌사(三司左使: 정3품 관직) 벼슬에 있는 이인복(李仁復)이다. 그가 밀직제학으로 있던 충목왕 시절, 왕도 그의 외모가 장엄하고 언사가 정중하여 소연(昭然)한 마음에 함부로 대하지 못하겠다고 토로한 자였다.

풍천을 맞이하여 그는 청 아래까지 서슴지 않고 버선발로 내려선다. 풍천과는 스무 살 가까이 차이가 나지만, 같은 백이정의 문하인 관계로 가끔 만나서 나라 안팎의 정사를 논할 때가 많았다. 특히 인복은 풍천의 높은 학식과 남다른 혜안을 높이 사서 자신의 스승이나 다름없이 존중하고 따랐다.

두 사람은 반원파의 주동적 인물로서 고려가 원의 압제로부터 벗어나야 한다는 점에 절실히 공감하고 있었다. 그래서 이제현을 위시한 세 사람은 충선왕의 두 아들 중 충혜왕보다 현재 공민왕이 된 왕기가 주상이 되어야 원의 압제에서 벗어날 수 있다고 믿고 오래전부터 왕위 옹립을 추진해왔다. 또한 그 일을 이루기 위해 당시 원나라에 있던 세자 기의 주변에 호위무사인 윤호를 비밀리에 붙여놓았던 것도 두 사람의 결정이었다.

두 사람은 요즈음 고려 왕실에 깊게 뿌리박은 친원세력을 척결하는 일에 의견을 모으고 있었다. 특히 그중에서 막강한 권력을 쥐고 왕권을 위협하는 조일신과 기철, 두 부원세력을 어떻게 제거할 것인지를 두고 깊이 고민하던 차였다.

"넌 게 있어라."

풍천이 무영에게 이르곤 이인복과 함께 대청으로 오른다.

두 사람은 안방 밀실에 마주 앉는다. 사제 간의 예처럼 풍천이 상좌를 차지하고 이인복이 아래에 자리를 잡는다. 윗목에 켜둔 등잔 불빛이 홀로 일렁거린다. 마주 앉은 두 사람의 태도로 보아 분위기가 그리 가볍지 않다. 먼저 입을 뗀 건 풍천이다.

"조금 전 손님이 있었소이까?"

"어찌 아십니까?"

"그냥 아는 수가 있지요."

풍천이 엷은 미소를 떠올린다.

"조금 전에 사촌동생이 방문했었습니다. 이승경(李承慶)이라고……."

"원나라에서 어사가 되고 지금은 요양성참정(遼陽省參政)으로 있다는 그 사촌 말이오?"

"예. 잠시 귀국했다면서 인사차 들른 것입니다."

"그렇군요."

잠시 침묵이 흐른 뒤 두어 번 헛기침을 한 이인복이 본론을 꺼낸다.

"지난번에 선생께서 조언해주신 대로 판삼사사 조일신 세력을 이용하여 기철 일당을 한꺼번에 제거하려 하였으나 일이 여의치 않아 결국 기원 한 사람을 없애는 데 그쳤습니다."

"고용보는 어찌 되었습니까?"

풍천이 묻는다. 친원파의 수장격인 고용보는 반원파 입장에선 최우선적으로 없애야 할 인물이었다. 이인복의 눈빛이 일순 자책감으로 어두워진다.

"그만 놓치고 말았습니다. 순군병사들을 보냈지만 이를 눈치채고 승려로 변장하여 성을 빠져나간 듯합니다. 찾으려 했지만 종적이 묘연해진 상태입니다."

"어쩔 수 없는 일이지요. 일은 사람이 꾸미지만 결과는 하늘이 주재한다고 하지 않소. 아무튼 조일신이 스스로 정변을 일으켜놓고 이제 제 측근과 부하들을 죽여서 스스로의 죄를 벗으려 하니 또 다른 우환을 만들까 걱정이오. 그 무엇보다 조일신부터 제거해야 걸로 여겨지오만……."

풍천이 말미를 흐린다.

"그냥 두었다가 기철 일파와 맞붙어 싸우게 하는 건 어떠한지요? 이독공독(以毒攻毒), 독은 독으로 제압하듯 말입니다."

말을 마친 이인복이 길고 가는 봉안으로 풍천을 지그시 바라본다.

"그건 차선책은 되어도 최선의 계책은 아닐 성싶소. 만일 그냥 두었다가 궁지에 몰린 조일신이 먼저 주상을 해하려는 역모를 꾀하면 그야말로 큰 변이 아니겠소. 쥐도 막다른 길에 몰리면 고양이를 무는 것처럼 말이오."

"흐음, 선생의 말씀이 지당하십니다. 아둔한 소인이 미처 그런 경우까지 생각지 못했습니다."

자신의 실수에 솔직한 게 군자의 도리임을 아는지라 조금의 부끄러움도 없이 시인하는 이인복이다.

"그건 그렇고 주상께선 지금 어디에 계시오?"

"조일신의 난을 피해 우선 급한 대로 단양대군의 사가로 이어(移御)를 하였습니다. 다행히 이번 일에 선생 제자인 중랑장 윤호가 큰 몫을 해냈습니다. 만일 그의 활약이 없었다면 조일신 호위무사들의 삼엄한 포위망을 뚫고 궁궐을 빠져나오기가 무척 힘이 들었을 것입니다."

"숙직하던 판밀직사사인 최덕림과 상호군 정환이 그 일로 목숨을 잃었다면서요?"

"예. 호군 정을상도 아깝게 희생되고 말았습니다."

"흐음."

풍천이 나직한 신음을 흘린다. 호군 정을상은 예전 석모도에서 풍천에게 몇 수 검술을 지도 받은 가(假)제자였다. 예전 낭장 직급으로 전등사 승려들에게 무술을 지도하던 그는 중랑장을 거쳐 호군으로 승격한 이 년 전부터 궁궐에서 주상을 경호하는 호위무사 일을 맡고 있었던 것이다.

"그래도 그만하길 다행이오. 아무튼 빠른 시일 내에 조일신을 제거하는 게 좋을 듯하오. 그러지 않았다간 자신의 역모 행위가 드러날까 싶어서 또 다른 음모를 계획할 것이오."

"솜씨 좋은 자객을 보내면 어떨까요?"

"그건 힘들 것이오. 조일신 호위무사들의 숫자가 많은 데다 실력들도 만만치 않소. 또한 그를 없앤다손 치더라도 나중 그의 죽음을 안 휘하 병사들과 홀적순군(忽赤巡軍: 조일신이 원나라에서 데려온 심복 병사)들이 뭉쳐서 난동을 부리면 그땐 사태가 걷잡을 수 없이 나빠질 수도 있소. 거기다 왕명으로 그를 처치하지 않는 이상 그가 죽는다 해도 별로 소용이 없을 게요. 제 이, 제 삼의 조일신이 계속해서 나타날 것이니 말이오."

"그렇다면 선생께선 좋은 계책이라도 있으신지?"

"흠, 계책이라기보다는 일단 조일신과 그의 부하들을 따로 떼어놓는 게 중요할 듯하오. 그러자면 조일신을 행성이문소(行省理問所)

로 불러들이면 될 것이오. 거기는 그가 사사로이 호위무사들을 데리고 들어갈 수 없는 치외법권 지역이니 말이오. 그런 다음 왕명을 받든 무관을 시켜 처치하고 대외적으로 공포토록 하면 될 것이오."

환한 얼굴로 이인복이 고개를 끄덕인다.

"정말 좋은 계책이십니다."

"과찬의 말씀. 그저 고식지계(姑息之計)일 뿐이오. 그런대로 급한 불은 끌 수 있겠지요."

"그럼 앞으로 기철 일당과 부원파들을 어떻게 하면 좋겠습니까?"

"시간이 걸리더라도 필히 제거해야 할 것이오. 그들 부원세력을 뿌리 뽑지 않고서는 전하께서 반원적 개혁정책을 펴나가기가 매우 어려울 것이오. 또한 그들 원나라를 등에 업은 역신과 간신들을 그냥 놔두면 그들은 계속해서 나라의 기강을 흔들고 자신들의 사리사욕을 채우기 위해 백성들을 도탄지경에 빠뜨릴 것이오."

말하던 풍천도인의 미간이 흐려진다. 불현듯 어두운 기억 하나가 떠올랐던 것이다.

집안을 몰살시킨 몽고인 세도가 인후.

철천지원수인 그에게 복수를 하기 위해 태백산에서 미수도인에게 혹독하리만치 힘겹게 무예와 술법을 배우고 돌아왔을 때 이미 인후는 병들어 사망한 다음이었다. 그에게 복수할 기회는 영영 사라진 것이다. 그날 그는 뼈저린 후회와 절망, 비탄에 빠져 몸부림쳤었다.

두 번 다시 그런 일이 있어선 안 되지. 이 세상에서 저지른 악행은 이 세상에서 심판을 받도록 해야 당연한 노릇이지.

풍천은 새삼 마음의 각오를 다진다. 어쩌면 그가 세상에 대한 집착과 미련을 훌훌 털고 운곡도인을 따라 속세를 등지지 못하는 건 유달리 악인을 미워하는 이런 남다른 과거와 의협심 때문인지도 모른다.

"당연한 말씀이십니다."

오래전, 풍천의 과거에 관한 소문을 들은 적이 있는 이인복은 지금 그의 마음이 어떠한지를 짐작할 수 있다. 이인복의 얼굴에 연민의 빛이 어린다. 두 사람 사이에 잠시 어눌한 침묵이 흐른다. 봉창을 넘어 낮게 부엉이 울음소리가 들려온다. 이인복이 입을 연다.

"요즘처럼 나라의 정사가 혼란스러운 시국에는 문무백관은 물론 백성들 또한 갈피를 못 잡고 우왕좌왕하기 십상입니다. 이런 때일수록 백성들을 진정시키고 앞날에 대한 희망을 줄 수 있는 조치가 필요하다고 여겨집니다만."

"지당하신 말씀."

"그래서 말입니다만, 전하를 도와 백성들의 마음을 위무하고 조정의 힘을 단합시킬 왕사가 필요한데, 혹 선생께서 추천할 만한 덕이 크신 스님이 있는지요?"

이인복의 물음에 풍천이 수염을 쓰다듬으며 잠시 골똘히 생각에 잠긴다.

"…한 사람 있긴 하오만."

"누구신지요?"

"보우라는 법명은 들어보셨는지?"

보우라는 말에 이인복의 입가에 의미 있는 미소가 떠오른다.

"물론입니다. 그 스님 명성이야 만천하에 퍼져 있지요. 연전에는 원나라 순제 앞에서 반야경(般若經)을 강론했다지요. 현재는 귀국하여 용문산 소설암(小雪菴)에 머물러 계시다 들었습니다."

"그분이라면 어떠할지? 식견이 깊고 도량도 넓어서 만 중생을 융화케 할 수 있을까 하오만."

"선생님과 저의 생각이 일치하는군요. 조만간 전하께 진언 올려 보겠습니다."

"그렇게 하시지요. 그건 그렇고 이번에 계씨가 전법총랑(典法摠郎: 전법사의 종4품 벼슬)으로 중용되었다는 소식 들었소이다."

풍천의 말에 이인복의 안색에 불현듯 먹구름이 낀다.

그에겐 이인임(李仁任)이란 친동생이 있었다. 타고난 총명에 잔재주는 뛰어났으나 위인이 천성적으로 너무 탐욕스럽고 교활, 간악하였다.

어느 하루, 이인복이 심심하던 차에 팔괘를 풀어서 동생의 사주팔자를 뽑아보았다. 놀랍게도 동생의 벼슬이 일인지하 만인지상에까지 오르지만 그로 인해 일가친척이 모두 몰살당한다는 참혹하기 짝이 없는 점괘가 나왔다.

그런 연유로 그는 동생을 설득하여 벼슬에 나아감을 한사코 말렸으나 오히려 동생은 형에게 대들기나 하듯 집안 문벌을 이용하여 벼슬자리에 나갔고, 작금도 하루가 다르게 직위를 높여가고 있었다.

이인복이 혹 자신이 뽑은 동생의 사주가 정확한지 긴가민가하여 나중에 풍천에게 부탁하여 다시 동생의 사주팔자를 뽑아보니 역시 자신이 뽑은 팔자와 하나도 다름이 없었다. 그래서 이인복은 이런 속사정을 밖으로 드러내지도 못하고 전전긍긍하던 차였다.

"걱정입니다. 저렇게 나날이 벼슬자리가 높아지기만 하니. 어떻게 방도가 없을까요?"

이인복이 수심이 가득한 눈길이 되어 묻는다.

"방도를 찾아야 하긴 하겠지만……."

풍천이 자신이 없는 듯 말꼬리를 흐린다.

"아마 어렵겠지요. 천명이려니 하고 받아들이는 수밖에……."

이인복이 제 스스로 대답을 내뱉곤 넋이 나간 듯 멀거니 등잔불을 바라본다. 그 옆모습에 어리는 근심을 풍천이 지그시 지켜본다. 그나마 한 가지 다행스러운 건 이인복이 동생인 이인임보다 적어도 십 년은 일찍 수명을 마치리란 점괘가 나온 사실이다. 가문의 치욕과 멸문지화의 참상은 이인복이 세상을 뜨고 난 다음에 일어날 일이었다.

"참, 밖에 데려온 소년은 누구지요? 총명하게 생겼던데……."

무거워진 분위기를 인식한 이인복이 얼른 화제를 돌린다.

"새로 받아들인 무영이란 제자요."

풍천의 얼굴에 은근한 자애의 빛이 드러난다.

"금년에 몇 살이나 되었는지요?"

"경진생이외다."

"오호, 나이보다 훨씬 어른스러워 보입니다."

"너무 웃자란 게지요."

"무예 실력은 어떠한지요?"

"아마 윤호보다 나으면 나았지 못하지는 않을 성싶소이다."

"대단하군요. 그 나이에 벌써 윤호보다 낫다니……."

이때.

바깥의 마당에서 주변을 지키고 있던 무영은 이상한 소리에 촉각을 곤두세운다. 무예로 단련된 그의 청각은 보통 사람이 듣지 못할, 나뭇잎 떨어지는 소리까지 들을 수 있다. 무영은 소리 나지 않게 대청 기둥을 이용하여 어른 두 길 높이의 지붕 위로 사뿐히 뛰어오른다.

담 두 개 건너, 기와로 된 큰 저택에 검은 복면을 한 괴한이 막 지붕에서 마당으로 뛰어내리는 순간이다. 소리 하나 나지 않는 걸로 보아 놀라운 보법을 쓰는 자다. 불쑥 호기심이 치민 무영이 지붕을 타고 고양이처럼 날쌔게 건넛집으로 옮겨간다.

괴한은 집 마당을 돌아 뒤편 들창 밑에서 방 안의 동정을 살핀다. 방 안에선 소리를 낮춰 나직하게 주고받는 남녀 간의 다정한 얘기 소리가 들린다. 나누는 얘기로 보아 간부간부(姦夫姦婦)가 분명하다. 괴한은 손가락에 침을 묻혀 방문의 창호지를 뚫는다. 그리고 구멍에 눈을 가져다 댄다.

등잔불이 밝혀진 방 안에는 지금 속이 훤히 비치는 비단 속치마만 걸친 여인과 역시 상체를 드러낸 사내가 하체를 포갠 묘한 자세로 껴안고 앉아서 성희를 나누고 있다. 서른 중반의 사내는 얼굴이 둥글고 눈매가 작고 가늘다. 왠지 교활하고 음흉하게 생긴 모습이다. 사내를 상대하는 여인은 아직 이십 중반으로 피부엔 윤기가 흐르고 입술이 붉으며 눈매가 요염하게 생겼다.

"이번에 재수 좋게 내전에서 숙직을 한 덕분에 자네를 다시 보는 거야. 아니면 그 역도 조일신 놈이 보낸 자객의 칼에 영영 목이 달아날 뻔했지."

사내가 여인의 귓불에 숨결을 불어넣으며 속삭인다.

"그럼 저하고 영영 이별할 뻔하셨군요."

"그래, 자네와 이런 재미도 못 보고 죽으면 억울하겠지."

사내가 용을 주며 하체를 추스르자 여인의 붉은 입술이 벌어지며 음탕한 신음이 흘러나온다.

"그나저나 이렇게 남의 눈을 피해서 임을 만나려니까 애가 타서 죽을 지경이에요."

"허지만 낸들 무슨 수가 있나. 당신 남편이 아직 시퍼렇게 눈을 부릅뜨고 있는데……."

사내가 커다란 손으로 여인의 젖가슴을 애무하며 말한다.

"그러니까 지난번에 말한 대로 그이를 멀리 귀양을 보내버리면 되잖아요."

여인이 사내의 벌거벗은 등판을 끌어안으며 대답한다.

"아무리 내가 전하의 총애를 받는다고 해도 그게 내 맘대로 되나."

"아이, 이번에 조일신이란 자가 정변을 일으켰을 때 왜 그이를 함께 없애지 않았는지 몰라. 다른 대신들은 모두 처형을 했으면서……."

"그야 당신 남편이 억세게 재수가 좋은 거랄 수밖에."

"하필이면…아, 아하……."

치미는 쾌감에 여인이 미처 말도 끝내지 못하고 고개를 뒤로 꺾는다. 삼단 같은 검은머리가 폭포처럼 어깨 뒤로 흘러내린다.

"김보(金普)가 조정 중신 중에서 가장 앙숙인 내가 자신의 애첩과 이처럼 놀아나고 있다는 걸 알면 기가 막혀 죽을 거야."

사내가 이죽대듯 말한다. 김보는 공민왕이 세자로 원나라에 있을 때 판도판서(版圖判書)로 시종한 공으로 왕이 즉위한 뒤에 일등공신에 오른 자였다. 지금 쾌락에 빠져 있는 여인은 김보의 젊은 애첩인 정씨다.

여인과 간통하는 사내는 얼마 전까지 대호군이었다가 공민왕의 총애를 얻어 응양군 상호군을 거쳐 이번에 밀직부사로 승진된 김용(金鏞)이다. 나중 공민왕을 없애려고 흥왕사의 난을 일으키게 되는 음흉한 작자다.

구멍을 통해 방 안을 지켜보던 강수는 내심 혀를 찬다. 주고받는 남녀의 수작이 너무 어처구니없다. 자신의 서방이 죽길 바라는 여자와 쾌락을 즐기는 남자가 서로 척척 죽이 잘 맞는다. 아무튼 그로선 상관할 바는 아니다. 남녀가 욕정에 눈이 멀어 배를 맞추고 있는 이상 사랑채는 무인지경으로 비어 있을 게 분명하다. 재물을 털어 가기엔 딱 좋은 조건이다.

그가 막 안채를 지나서 사랑채로 침입하려 했을 때, 문득 딱 하는 소리가 들렸다. 작은 돌멩이 같은 게 마루에 떨어지며 내는 소리다. 강수가 소리의 근원을 찾아 둘러보자 어두운 담 위에 검은 복면을 한 사내가 태연하게 팔짱을 끼고 서 있는 게 보인다.

"양상군자(梁上君子)시구만."

무영이 조롱하듯 말한다.

강수가 이맛살을 접는다. 난데없는 방해꾼의 출몰이다. 밤도둑으로 여긴 강수는 품속에서 작은 표창을 꺼내 사내를 향해 던진다. 놀랍게도 복면사내는 이를 가볍게 피한다. 외려 몸을 솟구쳐 강수가 서 있는 대청마루 앞마당으로 사뿐히 내려서는 게 아닌가.

"어라, 이놈이……."

돌연한 사태에 화가 치민 강수가 등 뒤에서 검을 뽑아들고 마당으로 내려선다. 복면사내의 태도로 보아 필시 무예를 익힌 게 분명하다는 판단에서다. 칼날이 달빛을 머금고 푸르게 빛난다. 강수가 왼손에 든 검을 무영의 정수리를 향해 겨눈다. 하지만 상대는 놀라는 기색은커녕 마치 장난을 즐기기나 하듯 유유자적한 태도다.

"어디 밤도둑의 칼 솜씨나 구경해 볼까."

강수는 마주한 복면사내가 결코 만만한 적수가 아님을 무사의 본능으로 깨닫는다. 겉으로는 비록 장난스런 자세를 취하고 있지만, 안으로 깊게 갈무리된 눈빛이며 빈틈이 보이지 않는 자세가 보기 드문 무술의 달인임을 은연중 드러내고 있다.

뜻밖의 상황에 몸이 단 강수는 상대가 빈손이긴 하지만 빨리 해치우려면 어쩔 수 없이 수라검법을 사용해야 할 거라고 마음의 결정을 내린다.

강수가 막 검법을 펼쳐내려는 순간, 돌연 복면사내가 몸을 돌려 빠르게 담을 뛰어넘어 어둠 속으로 사라져 갔다. 강수는 영문을 몰라 검을 든 채 상대가 사라진 쪽을 멍하니 바라본다. 한바탕 일을 치를 듯 다가들던 상대가 왜 갑자기 꽁무니를 뺐는지 영문을 알 수 없는 노릇이다.

곧장 이인복의 안채로 돌아온 무영은 복면을 벗어 감추고 대청 아래에서 방문을 향해 마주 선다.

"부르셨사옵니까?"

"그래, 곧 갈 것이니 방으로 들어와 나리께 하직인사 드리도록 해라."

방 안으로 들어간 무영이 이인복에게 허리를 굽혀 절을 한다. 이인복이 깊은 눈길로 무영의 얼굴을 자세히 뜯어본다. 이인복의 얼굴에 온화한 미소가 어린다. 그는 흡족한 듯 몇 번이나 고개를 끄덕인다.

“지난번에 서찰을 가져왔다지, 네가.”

“예. 그때는 미처 뵙지 못했습니다.”

“내가 좀 바빴구나. 그래, 무술을 익혔다고 들었다만.”

“예. 조금 흉내나 낼 뿐입니다.”

“겸손하구나. 나중 크게 쓰일 날이 있을 테니 계속 정진하여라.”

“잘 알겠습니다.”

다시 무영이 고개를 숙인다.

“그럼 넌 먼저 사가(私家)에 가서 기다리거라.”

“스승님께선 어딜 가시려는지요?”

“난 달리 가볼 데가 있다.”

허리를 굽혀 인사한 무영이 뒷걸음으로 이인복의 방을 나온다. 천천히 마당을 가로질러 대문을 나선 무영이 하늘을 올려다본다.

손톱 모양의 하현달이 뜬 검은 창공을 기러기 떼가 줄을 지어 날아가고 있는 게 저 세상의 일처럼 한가로워 보인다.

3

두 척의 돛단배가 천천히 예성강을 벗어나고 있다. 서해로 나온 배는 곧장 강화도 북쪽의 인진나루를 거쳐 석모도를 향해 창파를 가른다. 뱃전에 부딪히는 시월의 해풍이 의외로 차갑다.

배 안에는 석장(錫杖)을 짚은 마환대사와 그 곁에는 황색 장삼을 입은 승려 복산이 넓게 펼쳐진 서해를 바라보며 서 있다. 뒤를 따르는 돛단배에는 칼과 창으로 무장을 한 여덟 명의 무사가 타고 있다.

바다 건너에 보이는 석모도에 시선을 주고 있던 마환이 새 울음소리를 듣고 창공을 올려다본다. 까마득한 하늘에 회색 새매 한 마리가 짧은 소리를 내며 원을 그리고 있다.

"잘 훈련시킨 새로구먼."

마환이 말한다. 복산이 따라서 하늘을 쳐다본다.

"훈련시킨 새라는 걸 어떻게 아셨습니까?"

"저건 침입자가 온다는 걸 주인에게 알리는 신호야. 보통 새매들은 저렇게 하늘에서 일정한 방향으로 돌면서 울지 않거든."

"그렇군요. 아마 섬의 주인이라는 도인이 키우는 새매인가 봅니다."

"그렇겠지."

두 사람이 이런저런 대화를 나누는 사이 배는 석모도 동쪽 섬돌모루 해안에 닿는다. 마환이 거대한 덩치를 흔들며 배에서 뛰어내리고 이어 복산이 뒤를 따른다.

무사들이 두 사람을 호위하듯 좌우로 둘러서서 앞으로 나아간다. 이들은 기철의 호위병사들 중에서도 무예가 뛰어나다고 뽑혀온 자들이다. 기철이 마환의 부탁을 받고 도와주라며 지원해주었던 것이다.

그들은 상봉산을 왼쪽으로 끼고 돌아 보문사 절 아래쪽 길로 접근해갔다. 한참을 갔을 때 산 중턱에 위치한 보문사가 손에 잡힐 듯 시야에 들어온다.

보문사로 이어지는 잡목이 우거진 비탈길을 오르고 있을 때, 한 사내가 그들이 나아가는 길을 막으며 나선다. 덩치가 유난히 크고 온몸이 짐승처럼 검은 털로 뒤덮인 자는 길상천이다. 평소와 달리 표정이 굳어 있고 손에는 어른 키보다 큰 무쇠로 된 철봉을 잡고 있다. 무게만 해도 백 근은 거뜬히 넘을 듯하다.

"무엇 하는 자들이냐?"

벽력을 치는 듯한 음성으로 길상천이 묻는다. 그의 눈길이 무사들을 거쳐 붉은 가사장삼을 입은 마환과 복산에게 가서 멎는다. 여기까지 찾아온 라마승이 아무래도 수상쩍다는 눈길이다.

"절에 가는 중이다. 길을 비켜라."

무사들 중의 우두머리가 길상천 앞에 나서며 말한다.

"절에는 무슨 일이냐?"

"그건 네가 알 바 없다."

"얘기하지 않으면 절에 갈 수 없다. 그냥 돌아가거라."

길상천이 돌아가라는 시늉으로 손사래를 친다.

"저놈이 덩치만 믿고 큰소리치는구나. 아무래도 뜨거운 맛을 보여줘야겠다."

복산의 지시로 우두머리가 칼을 빼들자 다른 무사들도 병장기를 들고 공격 자세를 취한다. 이를 본 길상천이 들고 있던 철봉을 들어 휘두른다. 검은 그림자가 어른거리며 무거운 철봉이 돌아가는 소리가 세차게 허공을 울린다.

무사들은 어찌할 바를 모르고 뒤로 물러선다. 묵중한 철봉에 맞으면 그 자리에서 즉사하거나 최소한 뼈가 부러지는 중상을 입게 될 터였다. 그만큼 무서운 위세를 보이는 철봉이다.

마침 빈틈을 노리던 무사 하나가 장창으로 빠르게 길상천을 찔러 들어간다. 그러나 곧 철봉에 맞아 창 자루가 마른 수숫대처럼 힘없이 부러져나간다.

"저놈 대단한데요."

지켜보던 복산이 놀란 눈을 하고 말한다. 마환 역시 경이로운 눈길로 길상천을 쳐다본다.

"여기서 저런 자를 만나다니 정말 뜻밖이군."

"그게 무슨 말씀입니까?"

"저자는 초패왕(楚覇王: 항우)처럼 지국천왕(持國天王: 사천왕의 하나)의 기운을 타고난 역사(力士)야. 저런 자는 일반 무사들로는 물리치기가 힘들 거야."

"그럼 어떡하지요?"

"어떡하긴, 여기까지 온 바에야 어쨌든 처치해야지."

마환이 붉은 가사를 펄럭이며 무사들 사이로 나선다. 마치 어린 애들 사이에 끼어든 어른처럼 커다란 덩치가 돋보인다.

"못난 것들, 모두 저리 비켜나라."

복산이 무사들에게 명령한다. 가뜩이나 철봉에 밀려서 퇴각할 궁리에 바쁘던 무사들이 얼씨구나 하고 뒤로 비켜나고 마환이 길상천 앞에 마주선다. 덩치가 서로 비금비금하다. 키는 길상천이 약간 큰 듯하지만 몸피는 마환이 훨씬 굵다.

"네놈 이름이 무엇이냐?"

마환이 묻는다.

"무식한 라마승이 본인의 이름은 왜 알려 하느냐?"

한 치도 지지 않는 길상천이다.

"이놈이 큰소리는, 어디 이 석장을 받아 보아라."

큰 고함과 함께 마환이 맹렬하게 강철 석장을 휘두르며 공격해 들어간다. 길상천이 철봉을 들어 석장을 막았다. 철봉과 석장이 벽력처럼 큰 소리를 내며 부딪치자 그 탄력에 의해 두 사람은 서로 한 발씩 뒤로 밀려난다. 둘 모두 석장과 철봉을 잡은 손에 강한 충격을 받은 듯 손아귀에 불그스름하게 피가 내비친다.

길상천은 손에서 빠져나가려던 철봉을 다시 힘주어 잡는다. 상대는 전혀 예상하지 못한 강적이다. 더구나 풍천도인은 열흘쯤 전에 출타하고 없다. 윤호와 무영 역시 개경에 머물고 있다. 길상천으로선 혼자 적을 상대해야 하는 상황이다.

"다시 한 번 더 받아 보아라."

단전에 힘을 끌어올린 마환이 재차 공격해 들어간다. 덩치는 황소처럼 비대했지만 제비처럼 빠른 몸놀림이다. 석장을 휘두르는 것도 언뜻 보면 아무렇게나 휘두르는 것 같지만, 일정한 법도 아래 허술한 부위만 노리고 공격한다.

이에 맞서는 길상천도 만만치가 않다. 철봉이 수십 수백 개로 늘어난 것처럼 무수한 그림자를 만들었고, 철봉 끝이 마환의 급소를 노리고 파고든다. 그때마다 철봉 끝에서 공기를 가르는 바람소리가 인다. 두 사람이 싸움을 벌이는 장소 주변의 나뭇가지들은 마치 태풍을 만난 듯 둥치가 부러지고 가지가 찢겨져서 허공에 어지럽게 흩날린다.

갈수록 결투가 치열해진다. 두 사람이 수십 수를 주고받았지만 좀체 결판이 나지 않는다. 시간이 흐르면서 점차 마환의 얼굴이 붉게 달아오른다. 이마에 굵은 심줄이 지렁이처럼 두드러졌다. 노기가 치민 증거다. 오랜 기간 술법과 무예를 익힌 자신이 원나라의 조그만 속국인 고려에서 이딴 사내 하나를 처치하지 못한다는 사실에 자존심이 상했던 것이다.

"이놈!"

소리치며 선장으로 힘껏 길상천을 내려쳐서 두어 발 물러나게 한 다음 마환은 선장을 옆으로 집어던진다. 그런 다음 가사자락을 걷어붙이고 두 손으로 허공에 원을 그리며 기를 모은다.

의외의 상황에 길상천이 잠시 바라보는 사이, 마환의 태양혈이 울퉁불퉁하게 튀어나온다. 그건 외가기공을 고도로 연마한 자에게 나타나는 현상이다. 이어 가슴 앞에 모은 마환의 손이 평소보다 크고 붉게 부풀어 오른다.

조금 떨어진 곳에서 상황을 지켜보던 복산은 지금 사형이 비장의 술법인 대력천수장(大力千手掌)을 쓰려는 것을 알아차린다. 대력천수

장은 밀교의 무술승려에게만 일대일로 구전되는 비술로 엄청난 내공력이 없으면 불가능한 무술이었다. 전설처럼 이야기만 들은 무술을 사형이 시도하는 것에 복산은 눈에 힘을 주고 유심히 지켜본다.

길상천은 괴승의 자세가 심상치 않음을 간파한다. 길상천은 철봉을 쥔 채로 정신을 집중시켜 마환을 노려본다. 마환의 손이 점차 붉어지고 있다. 어느 순간, 마환의 손이 현란하게 움직이며 수십 개로 변해 보인다 싶더니 곧장 그의 가슴으로 밀어닥친다.

길상천은 내심 당황한다. 기이한 술법이라는 생각은 했지만 얼른 타파할 방법을 찾을 수가 없다. 공격이 최상의 방어라고 결정한 길상천이 단전에 힘을 모아 크게 한 소리 외치며 마환을 향해 뛰어든다.

눈 깜짝할 정도의 짧은 순간, 무수한 손들 사이에 피처럼 붉게 변한 손 하나가 길상천의 양미간을 노리고 번개처럼 파고든다. 그 손을 쳐내기 위해 철봉을 옆으로 돌리는 찰나 복부에 찢어질 듯한 강렬한 타격이 온다. 갑자기 고통으로 하늘이 캄캄해진다. 길상천은 자신의 몸이 허공에 뜬다고 느낀 순간, 입으로 왈칵 피를 토하며 정신을 잃고 만다.

뒤로 날아간 길상천이 커다란 나무둥치를 부러뜨리며 혼절하자 무사들이 짧게 탄성을 토한다. 마환이 펼친 술법의 괴이함과 그 막강한 위력에 놀란 것이다.

"자, 이제 절로 가자."

마환이 땅에 던져둔 석장을 집어 들고 말한다.

복산과 무사들은 보문사 본당과 요사, 경내와 천진석상이 모셔진 석굴까지 샅샅이 뒤졌지만 아무것도 발견할 수 없었다. 나중에 부억일을 맡아보는 공양주 보살과 두 명의 중을 잡고 다그쳐보았지만 그 누구도 비서에 관해서는 알지 못했다. 또한 복산이 말하던 풍천 도인인가 하는 작자는 외부로 출타 중인지 자취도 보이지 않는다.

"혹시 다른 곳에 숨겨둔 게 아닐까요?"

한 시진 넘게 이곳저곳을 쑤석이다 조바심이 치민 복산이 마환을 보고 묻는다.

"다른 곳이라니?"

"그 늙은이가 도인이라고 했으니 분명 다른 수도처가 있을지 모릅니다. 암자나 석굴 같은 것 말입니다. 혹 그런 곳에 숨겨놓지나 않았는지 의심스럽습니다."

"네 말이 옳다."

마환이 고개를 끄덕인다.

"만일 있다면 분명 이 절 부근일 것입니다. 무사들과 함께 절 주변을 뒤져보도록 하지요."

마환과 복산이 무사들과 일렬로 늘어서서 절 주변 숲을 뒤져나갈 때 갑자기 무사 하나가 걸음을 멈춰 선다.

"더는 못 가겠습니다."

복산이 걸음을 멈추며 말한다.

"그게 무슨 말이냐?"

의아해진 마환이 묻는다.

"지금 이 눈앞의 높은 바위 벼랑이 보이지 않습니까?"

하지만 마환의 눈에는 그저 경사진 비탈의 숲이 보일 뿐이다.

"저도 더 이상 가지 못하겠습니다."

그 곁에 선 다른 병사 역시 걸음을 멈춘다. 눈앞에 느닷없이 높은 벼랑이 막아선 때문이다.

"제길, 그 도인이란 작자가 여기에 두문환진을 쳐놓았구먼."

곧 상황을 알아챈 마환이 양미간을 찌푸리며 볼멘소리로 툴툴거린다.

"두문환진이라면 돌이나 나무 따위의 지형지물을 팔괘의 형식으로 늘어놓아 보는 사람이 환각에 빠져 그 지역에 못 들어가도록 쳐놓은 방어진이 아닙니까?"

"복산 아우도 제법 알고 있군."

"이 섬의 도인이 술수를 부린다는 소문은 들었지만 이처럼 두문환진까지 쓸 줄은 몰랐습니다. 대단한 도인인 모양입니다. 어떻게 안으로 진입할 방법은 없습니까?"

"어려워. 억지로 들어가더라도 방향을 잃고 헤매거나 엉뚱한 곳으로 빠져나오게 될 뿐이야. 장님이나 마찬가지인 셈이지."

"그렇다면 진을 파훼할 방도는 없습니까?"

복산의 물음에 마환이 고개를 가로젓는다.

"이 두문환진은 오행의 변화를 이용하는 진법으로 시간의 흐름에 따라 진을 쳐둔 방위가 변하기 때문에 며칠이 걸려도 어려워."

복산이 수긍한 듯 고개를 끄덕였다.

"그렇다면 분명 이 진 안쪽에 비서를 숨겨놓았을 것 같군요."

"그건 안을 들여다보면 알겠지."

"진 안쪽으로 들어가지 못하다면서요."

"시간이 좀 걸리더라도 심안법(心眼法)을 써야지."

심안법이란 마음의 눈으로 사물을 보는 술법이다. 보통 사람들이 요술이나 마술, 환술(幻術)에 속는 것은 모두 빛, 소리, 맛, 냄새, 촉

각, 관념 이렇게 여섯 가지 동물적인 감각에 의지하고 있기 때문이다. 따라서 이 육감에 의지하지 않고 마음의 눈으로 보면 사물의 보이지 않는 부분까지 볼 수 있는 것이다. 하지만 그러기 위해서는 육감을 끊을 수 있는 오랜 선(禪)의 수양이 필요했다.

"그럼 어서……."

복산의 독촉을 받으며 마환이 땅바닥에 가부좌를 틀고 앉는다. 눈을 감은 채 뭐라고 이상한 주문을 한참이나 외운다. 복산과 무사들이 그런 마환의 모습을 말없이 지켜본다.

거의 한 시진이나 지났을까. 정좌한 채 눈을 감고 있던 마환이 눈을 번쩍 뜬다. 부리부리한 눈길로 좌중을 둘러본 그가 자리에서 일어나며 말한다.

"저 위에 작은 동굴이 하나 있지만 안에는 아무것도 없어. 아무래도 이 섬엔 비서가 없는 모양이야."

허탕을 친 마환과 복산은 무사들을 대동하고 배를 대놓은 섬돌모루 해안으로 향한다. 그들이 떠나간 자리에 새매 한 마리가 길상천의 패배를 슬퍼하듯 낮은 울음소리를 내며 허공을 맴돌았다.

4

봄이 찾아온 산하엔 산들바람이 불고 햇살은 따스하다.

긴 겨울을 동면한 나무들이 그 보상이라도 받으려는 듯 하루가 다르게 꽃을 피우고 잎눈을 틔워 산하는 연녹색의 생기로 충만하다. 푸른 하늘엔 종다리 한 마리가 기분 좋은 듯 해맑은 소리로 지저귀며 떠 있다.

"편조법사, 좀 쉬어 가면 어떠신가?"

비탈진 산길을 따라 뒤에서 쫓아오던 능우(能宇)가 가쁜 숨을 내쉬며 말한다. 네모형의 얼굴로 순박하게 생긴 승려다. 그의 등엔 커다란 회색 바랑이 매달려 있다.

"그러지."

앞서 가던 편조가 걸음을 멈춘다. 먹물을 들인 걸낭에 낡은 헝겊을 모아 덕지덕지 기운 납의(衲衣)를 입고 있다. 행색은 누추하지만 용모는 더욱 듬직해졌고 눈빛은 젊은 열정과 자신감에 가득 차 있다. 미소 짓는 입가엔 일말의 여유마저 감돈다.

요즈음 그는 모든 게 자신의 뜻대로 되어가고 있다고 느낀다. 강론에도 제법 이력이 붙고, 불경 토론과 법어(法語)에도 누구에게 지지 않을 자신이 생겼다. 지나친 자만일지 모르지만 어떤 법력 높은 고승을 만난다고 해도 한 번쯤 겨루어 볼 배포마저 생겼다. 그러나 가끔씩 이유가 불분명한 불안이 스쳐 가는 것을 본인도 느끼고 있다. 그는 그걸 자신의 지나치게 큰 포부에서 비롯된 심리적 저항이나 회의쯤으로 간주한다.

"축지법을 쓰시는 건가, 어쩜 그렇게 걸음이 빠르신가? 뛰어도 못 따라가겠네."

능우가 이마에 흐른 땀을 손등으로 훔치며 편조를 향해 말한다.

"내가 원래 걸음이 좀 빠른 편이지."

코흘리개 적부터 산에 나무하러 쫓아다닌 덕분이지, 라는 말은 결코 입 밖에 내지 않는다.

"그나저나 여기쯤에서 마을이 나타나야 할 것인데……."

손 처마를 하고 주위를 둘러보던 능우가 말한다. 높진 않지만 주변은 온통 우뚝우뚝한 산들로 둘러싸여 있다. 잡목이 자욱하게 우거진 터에 길이라곤 사냥꾼이나 산짐승들이 다니는, 끊어졌다 이어지곤 하는 희미한 소로뿐이다. 더구나 지난가을의 낙엽이 덮여 있어 길을 찾기가 더욱 곤란했다.

지금 그들은 의상대사가 창건한 관음사(觀音寺)에서 나흘 동안의 법회를 끝내고 더 북쪽에 위치한 개심사(開心寺)를 찾아가는 길이다. 이틀 전 관음사의 늙은 주지가 며칠만이라도 더 묵어가라고 간청하다시피 했지만 이를 뿌리치고 개심사의 강연 약속을 지키기 위하여 길을 나선 것이다.

관음사에서 강연을 마치면 그다음엔 거기서 멀지 않은 정수사(淨水寺)에서의 강연이 이미 예정되어 있다.

편조의 타고난 기억력과 뛰어난 화술에 의지한, 불경에 대한 적절한 비유와 해석은 이미 그를 만나본 여러 승려들 사이에서 자주 회자되는 중이었다. 어떤 사람들은 심지어 편조를 부처의 십대제자 중 제일 설법을 잘한다는 부루나(富樓那)에 비유하기까지 했다.

물론 뒤편에서 편조를 고양편피(鼓兩片皮: 위아래 입술을 놀린다는 의미로, 쓸데없이 말을 많이 지껄인다는 뜻)나 하는 승려라고 허물을 잡는 자도 있었다. 어쨌든 이런저런 입소문으로 유명세를 타게 되면서 근래 들어 각 사찰에서 강론 요청이 드물지 않게 들어왔다.

"길을 잘못 든 건 아닌가?"

짚신을 벗어 올 사이에 낀 흙을 털어 신으며 편조가 묻는다.

"모르겠네. 하지만 해가 움직이는 방위로 봐선 이쪽으로 가야 하는 건 분명하네."

길을 잘못 든 게 자신의 잘못이라도 되는 양 면구스런 표정을 지으며 능우가 말한다.

그는 작년 봄에 편조가 달구벌 부근의 팔공산 동화사(桐華寺)에서 강론을 할 때 만난 승려였다. 그 절에서 열린 법회에 참석했던 그는 편조의 해박하고 유창한 『능가경(楞伽經)』 강론을 듣고 이에 홀딱 반한 것이다.

그때부터 능우는 편조를 자신의 사형이나 되는 것처럼 여기고 따랐다. 연배는 능우가 한 살 많았고 득도식을 한 시기도 비슷했지만 모든 면에서 편조에게 경외감을 담아 대했다. 말도 반쯤 경어를 썼고 편조를 부를 때는 꼭 법사(法師)란 존칭을 붙이는 걸 잊지 않았다.

또한 가는 곳마다 편조의 수종(隨從)이나 되는 양 궂은일을 도맡아 해주었다. 편조에겐 믿을 만한 수족이 생긴 거나 마찬가지였다.

게다가 능우란 인물이 보기보다 심지가 곧고 우직한 점이 마음에 들어 곁에 붙여두기로 결심했던 것이다.

"산길이란 게 원래 헤매기 십상 아닌가."

편조가 능우의 자책감을 덜어준다.

"그런가. 하여간 이처럼 길도 제대로 없는 외진 변방의 절간을 찾아다니려니 힘이 들긴 하네."

"그게 다 공덕을 쌓는 일이라 생각하게."

편조의 말에 능우가 뭔가 생각하는 눈치더니 편조에게 의미 있는 시선을 준다.

"편조법사, 이렇게 산골의 작은 사찰만 돌아다닐 게 아니라 개경 큰 절에서 법회를 크게 한 번 열어볼 의향은 없으신가?"

"다 때가 있지 않나."

"편조법사의 강론 실력이라면 능히 개경에서도 많은 신도들의 호응을 끌어모을 것이라 자신하네. 아무 실력도 없으면서 큰 절의 위세만을 빌어 거들먹거리는 개경 승려들의 코를 납작하게 해줄 겸 말일세."

"그렇긴 하지만 그처럼 큰 절의 콧대 높은 스님들이 우리 같은 떠돌이 운수승에게 쉽사리 법석이나 내어줄까? 문전 박대나 안 당하면 다행이지."

"그래서 하는 말이네만, 개경에 우리 집안과 잘 아는 벼슬아치가 한 사람 있다네. 김원명(金元命)이라는 사람인데 지금 좌우위 호군 직책에 있네. 그 사람이 개경 나성 안의 봉은사(奉恩寺) 주지와 아주 교분이 두터운데, 그이를 통해서 주지에게 넌지시 부탁을 넣어보면 어떠할지……."

그 말을 듣던 편조는 난데없이 불쑥 한 사람의 얼굴을 떠올린다. 김양검이라던가. 강직해 보이면서도 얼굴에 무언지 모를 허무감이 도는 남자. 편조보다 열 살가량 연상인 그 남자도 한때는 좌우위 무술교관으로 있었다고 했지.

짙은 허무에 빠져 있는 듯한 사내, 김양검을 만난 건 작년 늦가을, 신라말 도선국사가 철원 화개산에 세웠다는 도피안사에서였다.

그날, 설법이 끝난 뒤 편조는 다른 객승들, 시주들과 함께 대중방에 모여서 이런저런 세상사에 관한 한담들을 나누게 되었다. 밤이 깊어가면서 차츰 말주변이 좋은 편조가 시국에 관한 얘기를 이끌어가는 형국이 되었다.

그 자리에서 편조는 세상을 떠돌며 보고 느낀 것, 즉 원의 세력을 등에 업은 권문세족들의 탐욕과 부정부패로 인해 많은 백성들이 도탄에 빠져 있는 것을 걱정 삼아 털어놓았다. 아울러 힘없는 양민들이 이런저런 농간으로 귀족의 노비가 되어 팔려가는 비극적이고 부조리한 현실을 토로했다.

이를 타파하기 위해서는 부원세력의 숙청과 정치적 자주성을 회복하는 일이 무엇보다 시급하다고 역설했다. 그러려면 구시대적 관습과 사리사욕에 눈먼 조정 신료들의 대거 교체와 재야 신진세력의 등용, 계급타파, 그릇된 제도에 대한 전반적인 개혁이 필요하다는 이론을 논리적 근거를 들어가며 조목조목 설파했던 것이다.

다음 날 아침, 세수를 하려고 절 앞 개울가에 나갔을 때 마침 먼저 세수를 끝내고 널찍한 바위 위에서 좌선하고 있던 양검을 만나게 되었다. 그 전날 대중방에서 편조의 시국담을 들었던 양검은 그의 견

해에 크게 공감하는 눈치였고, 인간적 호감까지 가졌던듯 했다.

먼저 그는 젊은 스님인 편조가 나이에 맞지 않는 탁월한 식견과, 비록 구체적이진 않지만 개혁에 대한 굳건한 의지와 지식, 열정을 가진 것에 대하여 진심이 담긴 찬사를 했다. 이어서 그는 자신이 비록 일개 무사에 불과하지만 혹시 필요할 때가 있으면 언제라도 불러달라는 당부의 말까지 덧붙였다. 사내의 준수하고 강직해 뵈는 모습이 마음에 들어 편조는 흔쾌히 그러겠다고 약속했던 것이다.

두 사람이 헤어지려던 찰나 약간 머뭇대던 양검이 지나가는 말처럼 질문을 던졌다. 어제 낮에 설법할 때 혹시 환술을 쓰지 않았냐는 뜻밖의 물음이었다. 어제 낮에 설법 도중 잠깐 머리 뒤에 광배가 나타나는 갈녹양염(渴鹿陽焰)이란 술법을 펼쳤던 게 양검의 눈에 간파되었던 것이다.

"환술이 아니라면 괜찮겠지만 환술이나 방술이라면 자주 써서는 안 될 것입니다. 모르긴 해도 세상에는 눈이 밝은 자가 적지 않습니다."

떠나가면서 양검이 당부처럼 흘리고 간 말이었다. 편조는 지축이 흔들리는 듯한 커다란 충격을 받았다. 오 년이 넘도록 밤낮을 잊고 심혈을 기울여 연마한 술법이 한낱 환술에 불과하다는 말을 들으니 기가 막힐 노릇이었다. 그 양검이라는 무사의 말이 맞다면 그가 철봉대사에게서 기를 쓰고 훔쳐온 그 비서가 실은 사람들의 눈을 현혹하는 사술을 기록한 책이라는 뜻이 되었다.

그 김양검이란 자의 무공이 특별히 뛰어난 탓에 자신의 술법을 간파한 게 아닐까. 그렇지 않다면 그가 여러 차례 술법을 쓰는 동안 아직 누구도 자신의 술법에 의심을 품은 자가 없었던 건 무슨 영문인가. 혹 양검이란 자가 환술이라 한 것도 실은 그냥 넘겨짚은 말은 아니었을까.

아무튼 그 뒤로 편조가 강론 장소에서 술법을 쓰는 일이 거의 없어진 건 분명한 사실이었다.

"편조법사, 내 말 듣고 계신가?"

능우의 물음에 잠시 지난 상념에 빠져 있던 편조가 정신을 차린다.

"방금 무슨 말을 했는가?"

"밑지는 셈치고 김원명이란 벼슬아치에게 부탁이나 한번 넣어보면 어떠한지를 물었네."

"고맙기는 하지만 아직은 시기상조 같으이."

"너무 겸손한 것 아니신가. 편조법사의 실력이라면 추천한 사람도 충분히 흡족해할 걸세."

"그건 나중에 다시 거론하고, 일단 여기서 간단히 요기나 하도록 하지."

두 사람은 근처의 편편한 바위를 찾아 자리를 잡는다. 능우가 등에 멘 바랑을 내려서 안을 뒤적인다. 속에서 흰 무리떡이 나왔다. 이틀 전 대흥사 아랫마을에서 추조회(追弔會: 죽은 이의 영을 조상하기 위한 불사)를 지내고 남은 음식을 챙겨서 가져온 것이다.

"자, 드시게."

능우가 편조에게 먼저 떡을 내민다. 편조가 사양한다.

"능우가 먼저 들지."

"아닐세. 따로 더 있다네."

기어코 편조가 떡을 받고서야 능우 자신도 떡을 꺼내 한입 베어 문다.

두 사람이 사이좋게 떡을 먹고 있자니 느닷없이 뒤편에서 인기척이 나고 키가 작달막한 노인이 나타났다. 허연 수염에 호두껍질처럼 주름진 얼굴을 한 노인이다. 다 해진 삼베 적삼을 입고 한 손에는 키보다 큰 물푸레나무 지팡이를 짚고 있다. 약초를 찾아다니는 심마니일까. 누추한 몰골에다 옷에선 고약한 악취까지 풀풀 풍긴다. 능우가 자신도 모르게 눈살을 찌푸린다.

"배가 고프니 나도 그 떡 한 점 주게."

노인이 염치 차리지 않고 다짜고짜 반말로 떡을 요구한다.

"그러십시오."

편조가 조금밖에 먹지 않은 떡덩이를 내민다.

"거기 물도 좀 주고."

한 번의 사양도 없이 냉큼 떡을 받아들며 노인이 말한다.

"물이라뇨?"

편조가 묻자 노인이 버럭 언성을 높인다.

"중이 물도 모르는가. 저기 바랑 속에 든 거 말이야."

노인이 지팡이로 능우의 바랑을 가리킨다. 어떻게 거기에 물이 든 것을 알았는지 알 수 없는 일이다. 능우가 얼떨떨한 얼굴로 바랑 속의 호리병을 꺼낸다.

낚아채듯 호리병을 받아든 노인이 병을 거꾸로 하고 아낌없이 마구 들이켠다. 노인의 울대가 몇 번 꿈틀거리자 금세 호리병 속의 물이 바닥나고 만다. 입가를 닦으며 빈 호리병을 능우에게 돌려준 노인이 다시 떡을 덥석 베어 물고 우물거린다. 편조와 능우는 느닷없이 산중에서 만난 괴이한 노인을 아연해서 바라본다.

"근데 여기서 무엇들 하는 거여?"

떡을 먹던 노인이 의심쩍은 눈길로 묻는다.

"개심사를 찾아가던 길입니다."

편조가 대답한다.

"개심사? 거긴 왜들 찾아가는 거여? 큰 잔치라도 있는 건가?"

노인의 괴벽스런 물음에, 못마땅한 표정의 능우는 중이 절을 찾아가는데 무슨 이유가 필요하냐고 되묻고 싶은 것을 억지로 목구멍으로 삼킨다. 그리고 되도록 공손하게 답한다.

"저 스님이 개심사의 강론을 부탁 받고 가던 길입니다."

능우가 눈으로 편조를 가리키자 노인이 얼굴에 잔뜩 주름을 잡으며 조소를 머금는다.

"아이쿠. 저 귀때기 새파란 추승(雛僧: 나이 어린 중)이 알긴 뭘 안다고 절에서 강론을 한단 말인가? 개심사에 제대로 된 중들은 다 죽어 없어졌단 말인가?"

깔보는 듯한 노인의 말에 자신이 멸시나 받은 듯 능우의 낯이 벌게진다.

"노인장께서 말씀이 너무 지나치십니다. 저 편조법사는 비록 나이는 젊지만 앞으로 이 나라의 불교를 중흥시킬 큰 그릇입니다."

능우의 설명에 다시 한 번 노인이 편조의 모습을 힐끔 쳐다본다.

"편조법사? 우선 겉으로 봐선 납의에 걸망을 멘 게 얼추 중 행색을 하고 있다만 대체 뭘 잘한다는 건지 모르겠구먼. 그저 『법구경(法句經)』이나 몇 줄 읽고 다라니경이나 달달 외워서 수행승입네 어쩌네 하며 공짜로 얻어먹고 돌아다니는 게지."

능우의 눈썹이 꿈틀한다. 떡에다 물까지 주었더니 기껏 한다는 소리가 지나치게 모욕적이다. 하지만 승려의 신분으로 화를 내는 건 못할 일이라 식식대며 겨우 치미는 분을 삭인다.

"노인장께서 저 편조법사의 법력을 한 번이라도 봐야 다시 그런 말씀을 못하시지."

"거참, 법력이라니. 저 못생긴 젊은 중이 대체 무슨 법력이 있단 말인가?"

계속되는 노인의 멸시에 능우가 편조를 바라본다. 그의 표정에 노인에게 뭔가 놀랄 만한 걸 보여주라는 무언의 요구가 숨어 있다.

"거봐, 뭘 한다는 게야? 순 거짓부렁만 일삼는 중이로구먼."

노인이 노골적으로 이죽댄다. 편조는 잠깐 망설인다. 불현듯 머리에 양검의 충고가 스쳐 간 때문이다. 그렇지만 이참에 산속에서 만난 이 건방진 노인을 재미 삼아 한 번 깜짝 놀라게 해주는 것도 그리 나쁘진 않을 거라는 생각이 든다.

"정히 그러면 노인장께 소승의 재주 한 가지 보여드리지요."

마음을 굳힌 편조가 입으로 낮게 주문을 외면서 노인을 손가락으로 가리킨다. 그러자 노인의 해진 삼베 옷자락에 난데없는 불길이 확 일어난다. 바로 화륜비륜 술법이다.

"어이구, 놀라라. 이게 뭔 일이여?"

노인이 자신의 옷자락을 내려다보며 말한다.

"어찌 내 옷에 불길이 다 붙는가?"

말은 그렇게 놀라는 척했지만 전혀 놀란 기색이 아니다. 외려 재미난다는 표정이다.

"그럼 이건 어떻습니까?"

슬그머니 약이 오른 편조가 다시 주문을 외면서 술법을 펼친다. 노인을 향해 쭉 뻗은 편조의 손가락 다섯 개가 모두 뱀의 머리가 되어 날름거린다. 건달바성 술법이다.

"어이쿠, 이게 웬 뱀이여."

손을 내저으며 뒷걸음치기만 하는 짓이 장난기가 다분하다. 편조는 무언가 잘못되어가고 있다는 걸 직감으로 느낀다. 그는 얼른 술법을 거둬들인다.

"흐음, 그 정도면 마을 아이들은 충분히 놀라게 하겠구나."

노인이 좀 전과 달리 정색을 하고 말한다.

편조는 비로소 앞에 선 노인이 범인이 아니란 걸 깨닫는다. 조금 전과 달리 늙은 체구에서 감히 범접 못할 위엄이 넘쳐난다. 활불(活佛)이 따로 없다.

"그래, 보여준다던 법력이 고작 그런 사술 따위더냐?"

노인의 음성이 죽비로 머리를 내리치는 것처럼 단단하고 날카로워진다. 편조는 갑자기 정수리에 찬물을 뒤집어쓴 듯한 느낌을 받는다.

"어디 그럼 내가 한 번 술법을 보여줄까?"

말을 마친 노인이 가볍게 손가락을 까닥인다.

"어어."

순식간이다. 비명을 내지를 사이도 없이 편조와 능우의 몸이 까맣게 허공으로 치솟는다. 참으로 놀라운 술법이다. 까마득한 허공에 떠오른 두 사람은 놀라서 아무 말도 못한다. 밀려드는 공포에 오장육부가 다 저릴 지경이다.

"어떠냐? 높은 데서 보니 세상이 넓은 것을 알겠지?"

대책 없이 버둥거리는 두 사람을 올려다보며 노인이 묻는다.

"알겠습니다. 어서 내려주십시오."

그나마 담이 큰 편조가 냅다 소리친다.

"오냐. 알았다니 내려주마."

노인의 말이 끝나기도 전에 두 사람이 옷자락을 펄럭이며 허공에서 떨어져내린다.

"선인(仙人)을 몰라본 제 불찰을 용서하십시오."

땅에 내린 편조가 노인 앞에 털썩 무릎을 꿇는다. 능우도 덩달아 무릎을 꿇고 머리를 조아린다.

"어리석은 것들. 이제라도 불찰을 알았다니 다행이구나. 그래, 무릇 남자가 세상에 태어나 뜻을 품었으면 큰 공부에나 전념할 것이지, 기껏 요사한 환술이나 사술을 익혀서 세상 사람들을 현혹한다면 어쩌겠느냐. 그렇다면 저 효가나 일엄 같은 요승과 다를 바가 무엇이냐."

노인의 호통에 편조와 능우는 아무 말도 못한다. 너무 정곡을 찌르는 말이어서 입이 열 개라도 할 말이 없는 것이다.

"내 우연히 떡 하나 얻어먹은 대가로 편조, 너에게 한 가지 알려주마. 앞으로 네가 익힌 술법은 절대 쓰지 말거라. 만일 내 말을 어기고 술법을 쓰다간 나중에 큰 화를 입게 될 것이다. 또 하나, 아마 일 년 뒤 이맘때쯤 무언가 기연을 만날 듯한데, 그렇게 되거든 그게 무엇이든 최선을 다해 취해 두면 나중 큰 도움이 될 것이니라."

말을 마친 노인의 모습이 불현듯 흐려지는가 싶더니 곧 두 사람의 시야에서 연기처럼 사라진다.

먼저 고개를 든 것은 편조다. 그는 노인이 사라진 것을 알고 몸을 일으킨다. 그리고 옆에서 머리를 조아리고 있던 능우의 어깻죽지를 툭 친다.

“이제 일어나게.”

“그 노인은 누구일까?”

겨우 정신을 수습한 능우가 묻는다.

“아마 우리를 도우려는 산신령인 게지.”

편조가 천연덕스럽게 대답한다. 하지만 마음은 오만 가지 생각으로 착잡할 따름이다.

어디선가 암꿩을 꾀는 수꿩의 울음소리가 나른한 봄날 숲을 뒤흔들었다.

5

개경 중심을 가로지르는 배천[白川]의 상류인 선의문 안쪽 앵계리에서 낙타교를 거쳐 남쪽 보정문을 향해 맑게 흐르는 개울이 있다.

오늘따라 그 개울을 찾는 여인네들의 발걸음이 잦다. 처녀와 아낙네, 중년 부인에 할머니까지 두셋씩 짝을 이루어 수양버들이 우거진 나무 그늘이나 개울가의 평탄한 바위를 찾아든다.

그네들은 적당한 곳에 삿자리를 펴고 앉아 머리를 감거나, 집에서 준비해온 국수나 수단(水團: 쌀가루나 밀가루를 경단처럼 만들어 꿀물에 적셔 먹는 음식), 수수떡이나 팥떡 따위를 나눠 먹으며 얘기꽃을 피운다.

오늘은 유월하고 열닷새인 유두(流頭)일.

상서롭지 못한 일을 털어버리기 위해 동쪽으로 흐르는 동류수에 머리를 감는 날이다. 개경에서 서쪽에서 동쪽으로 흐르는 물은 앵계리 개울이 유일하다.

유정은 자갈과 푸른 수초 사이로 구불구불 흘러가는 맑은 개울물을 망연히 바라본다. 나뭇가지 사이로 비쳐든 햇살이 수면에 비쳐서 반짝이고, 가끔씩 부는 따사로운 바람은 물 표면에 자신의 무늬를 그려 넣고 있다.

너무나 조용하고 평화스러워 보인다. 다만 저만치 졸참나무 가지엔 아까부터 물까마귀 한 마리가 수중의 먹이를 노리며 끈질기게 급강하의 순간을 기다리고 있다.

"그러니까 서방이 사실을 알고 나면 눈을 뒤집고 나자빠질 일 아니겠어요?"

아까부터 개울가에 앉은 아낙들의 수다는 쉼 없이 이어지고 있다. 유정은 그들의 질펀한 얘기를 들으며 차라리 혼자 나왔으면 나았을 거라는 생각을 해본다. 하지만 그럴 순 없었다. 아침부터 담을 이웃한 아낙들이 찾아와서 함께 유두놀이를 가자고 소매를 끄는 걸 박절히 뿌리칠 용기가 나지 않았던 것이다.

유정은 개울물에 허리를 숙이고 물을 거울 삼아 가만히 자신의 얼굴을 들여다본다. 이제 그녀의 나이도 스물넷이다. 적지 않은 나이다. 주위 아낙들은 왜 그 나이에 시집가지 않느냐고 다들 성화다. 그나마 백부인 풍천도인이 혼사에 대해서 일절 얘기를 꺼내지 않는 게 고마울 따름이다.

그 님은 어디로 갔을까.

그녀는 자신을 달래듯 가만히 혼자 입속말을 중얼거려 본다. 어디서나 찾을 수 없는 임. 따라가도 따라가도 종내 그림자도 밟을 수 없는 정체 모를 임. 이 볕 좋고 바람 시원한 유월하고도 유두일, 어디서 무얼 하고 계시는지.

사 년 전, 복안부원군 집에서 무술교관을 하다가 사라진 뒤로는 소식을 알 길이 없었다. 무영과 윤호가 도와주려고 사방으로 찾아다니기도 했지만 한 번 사라진 사람은 종적마저 묘연했다. 들리는 말로는 남송(南宋)에 가 있다고 하기도 하고, 저 먼 천축(天竺)으로 도를 얻으러 갔다는 말도 들렸다. 개경 상인을 따라서 세상을 떠돈다는 말도 있다. 그러나 어느 게 진실인지 알 수 없는 노릇이었다.

아무튼 같은 하늘 아래 계시는 건 분명하겠지.

그 사실만으로 위안이 된다. 유정은 곁에 늘어진 가지에서 버들잎을 따 가만히 물 위에 띄운다. 버들잎은 물결을 따라 동쪽으로 흘러간다. 저 버들잎에 소식을 보낼 수 있다면 얼마나 좋을까. 생각 끝에 저절로 한숨이 나온다.

"그렇다마다. 뻐꾸기가 남의 둥지에 새끼를 키운다더니 그 꼴이네. 그나저나 그 서방은 어쩜 그 사실을 그렇게 모르고 있을까?"

아낙들은 아까부터 그 얘기에 신명이 나 있다. 곽씨라는 아낙의 담 하나 옆집에 최상연이란 산랑 벼슬을 하는 늙은 관리가 있었다. 그 젊은 아내가 색정이 동해 외간남자를 불러들였는데, 그게 김문현이란 천하의 난봉꾼에다 색광이었다. 성균관 제주(成均館祭酒)로 있는 자인데 얼마나 색탐을 했으면 어릴 때 자신의 여동생을 건드리고, 형의 첩을 빼앗고, 부하의 부인과 정을 통하고, 친구의 아내를 강간하는, 입에 담지도 못할 파렴치한이었다.

그런데 이 색마가 최상연이란 자의 부인과 놀아나서 임신을 하게 되었는데, 그걸 모르는 남편은 태어난 아이를 자기 자식처럼 키우고 있다는 것이다. 입이 싼 최상연의 아내가 이웃 아낙에게 털어놓은 거여서 틀림없다는 게 아낙들의 중론이었다.

"서방이 그 아이 이름을 지었는데 글쎄, 오래오래 살라고 최만생(崔萬生)이라나 뭐라나. 아무튼 아이가 어느 놈의 종자인지도 모르는 멍청한 서방은 퇴근만 하면 아이를 품에 껴안고 금자동이, 은자

동이 하는 꼴이 정말 입이 간지러워 못 봐줄 지경이라니까 글쎄."

"서방이 뭔 죄가 있나. 서방을 감쪽같이 속이는 년이 가랑이를 찢어놓을 년이지."

"것도 나무랄 건 아니야. 공이가 있으니 절구가 있는 거 아닌감. 난 요즘 공이가 없으니 세상 살맛이 나질 않네."

청상과부의 능청맞은 말에 까르르 배를 잡고 넘어가는 아낙들이다.

"자네들, 김여라는 웃기는 사내 이야기는 알고 있는감?"

"김여가 누군데 그래?"

"잘 모르는 것 같은데 내 얘기해줌세."

아낙이 흥이 나서 얘기보따리를 풀어놓는다. 고려 충선왕 때의 일이다. 내료별장을 하던 김여라는 자가 있었다. 그는 상관인 왕유소란 낭장이 사신을 따라 원나라로 들어가자 냉큼 그의 아내와 정을 통하곤 날름 그 여자를 왕에게 바쳤고, 그 일로 왕의 총애를 얻어 낭장이 되었다. 그 뒤 충숙왕 때 그의 아내가 외간남자와 바람을 피우다가 두들겨 맞는 일이 있었는데, 김여는 이 사실을 왕에게 고하고 죄를 다스려달라고 수차례나 청을 넣었다. 결국 참다못한 왕이 사소한 집안일로 주상인 자신을 괴롭히느냐며 부부 모두 섬으로 유배를 보내버렸다.

"제 발등 제가 찧는 그런 미련한 작자도 있다니까."

"그래도 함께 섬으로 유배를 갔으니 그 짓은 실컷 할 수 있겠구먼."

"남 눈치 볼 거 없이 섬이 꺼져라 방아타령을 하며 살겠네. 호호호……."

"누이, 여기 보아."

유정이 더 이상 듣고 있기 거북하여 그만 가려고 몸을 일으키려는데 저만치에서 부르는 소리가 났다. 귀에 익은 음성이다. 돌아보니 개울을 따라 이어진 석축 위 나무 아래, 흰 두건에 홍의를 입고 옆구리에 검을 찬 남자가 서 있다.

"오라버니가 여긴 어떻게?"

반가움에 얼굴이 환해지는 유정이다. 윤호를 보는 건 거의 달포만이다. 그녀는 얼른 개울을 벗어나 길로 올라선다. 수군거리던 아낙들이 무슨 일인가 고개를 빼다가 윤호의 준수한 얼굴에 눈길을 빼앗긴다.

"이웃집 아이에게 물었더니 유두놀이 갔다고 하기에 이리로 찾아왔지. 개경 내에서 동류수가 흐르는 내는 여기뿐이니까."

"궁궐 일은 어떡하고?"

"오늘 특별히 휴가를 얻었지. 마땅히 할 일도 없고, 유정이 무얼 하나 궁금해서 찾아온 거야."

묻지도 않은 말을 밝히는 윤호다. 자신의 마음이 들여다보이는 게 겸연쩍어서 하는 말인지 유정은 안다. 유정은 곁눈으로 윤호를 본다.

만일 자신이 마음에 둔 정인만 없었다면 윤호와 맺어졌을지도 모를 일이다. 그녀를 향한 애모의 마음을 유정은 잘 알고 있다. 그러나 이미 자신은 세상 그 누구도 아닌 양검이란 남자를 사모하는 것이다. 그녀에게 한 남자를 향한 사랑은 어떤 것으로도 바꿀 수 없는 숙명 같은 것이다.

두 사람은 천천히 개울을 따라 십자로를 향해 걷는다. 대낮의 햇살은 따갑고, 들판의 모는 푸르게 제 모양새를 갖춰가고 있다. 논에서 먹이를 잡고 있는 왜가리의 모습이 한가롭다.

"그동안 왜 안 왔어?"

"좀 바빴어."

"그렇구나."

"혼자 지내면 심심하진 않아?"

윤호가 걱정스런 눈길로 유정을 본다. 언제 보아도 외롭고 쓸쓸하게 보인다. 그가 유정을 찾을 시간이 없는 건 아니다. 매일처럼 그녀를 보고 싶다. 하지만 이런 쓸쓸해 뵈는 모습이 늘 그의 발걸음을 머뭇거리게 한다. 사모의 정념에 빠진 그녀를 구해 줄 방안도 없이 그저 타인처럼 바라본다는 게 가슴이 멜 따름이다. 순수한 여인의 사랑을 받는 얼굴 모를 낭인에게 일말의 미움과 함께 부러움을 느낀다.

"아니, 처음엔 좀 그랬지만 이젠 이웃도 사귀고 해서 심심하진 않아."

"풍천 사부님은 가끔 오시나?"

"지난 사월에 오시곤 아직 연락이 없으셔."

"바쁘신 거겠지. 무영이는?"

"그때 백부님과 함께 왔다가 석모도로 돌아갔어."

"그랬군. 세월이 참 빠른 것 같아."

"오라버니……."

오라버니도 혼사를 서둘러야 할 나이라고 하려던 말이 차마 유정의 입 밖에 나오지 않는다.

"왜?"

"맡은 임무는 어때?"

"매양 똑같이 반복되는 일이지. 해서 나도 이젠 어디로 좀 떠나 있었으면 하는 생각이 들어."

윤호가 짐짓 한가로운 표정으로 말한다. 표정은 그리 밝지 않다.

설마 나 때문은 아니겠지. 유정은 그렇게 믿고 싶다. 누군가를 몰래 사모하는 게 얼마나 고통스러운 일인지 누구보다 잘 아는 까닭이다.

6

전라도의 한 바닷가.

만월에 가까운 달이 바다에 떠 있다. 만조 때라서 해안 바로 밑까지 바닷물이 길게 밀려들어와 있다.

문득 해안에 가까운 작은 섬 뒤편에서 수상쩍은 배 한 척이 어둠을 헤치고 나타난다. 노 젓는 소리도 나지 않는다. 배는 조용히 소나무가 우거진 해안으로 접근한다.

해안에 닻을 내린 배에서 이십여 명이 줄지어 내린다. 머리를 위로 치켜 묶고 어깨엔 갑옷을 걸치고 털이 부숭부숭한 종아리를 내어놓은 괴상한 차림새다. 놀랍게도 그들은 무장한 왜구들이다. 그들 중에는 특이하게 고려인 옷을 걸친 사람도 넷이나 있다. 부부인 듯 보이는 남녀 한 쌍과 고려 승복을 입은 남자와 노비로 보이는 사내다.

배에서 내린 그들은 곧장 해안 소나무 숲 사이의 조그만 마을을 향해 조심스럽게 접근한다. 마을은 곧 닥쳐올 재앙도 모른 채 한참 곤한 잠에 빠져 있다. 채 열두 호나 될까. 모두 낮은 돌담에 둘러싸인 고만고만한 초가집들이다. 청명한 달빛이 평화스런 마을과 고샅

길, 주변 논밭을 푸르스름하게 비추고 있다.

앞장선 왜구의 손짓에 의해 마을을 중심으로 반원형으로 넓게 대오를 갖춘 왜구들이 서서히 포위망을 좁혀 간다. 불청객에 놀란 개들이 허공을 향해 짖기 시작한다. 하나둘씩 마을 사람들이 깨어나는 기척이 난다.

이윽고 누군가의 신호를 시작으로 진을 치듯 둘러선 왜구들이 두세 명씩 패를 지어 사납게 집을 습격한다. 사정없이 들입다 방문을 박차고 들어가서 장검을 휘둘러 잠이 덜 깬 사람들을 바깥으로 몰아낸다. 마치 도살장의 짐승들을 내모는 듯하다.

집 밖에는 번쩍이는 칼을 든 왜구들이 지키고 서 있다가 남정네들이 뛰어나오면 닥치는 대로 베어버린다. 조금의 인간적인 자비도, 사정도 봐주지 않는다. 늙은이나 아이들 역시 사정은 마찬가지다. 왜구의 눈에 띄는 순간 비정한 칼을 맞아 창졸간에 목숨을 잃는다.

왜구들은 소녀와 젊은 여자들은 죽이지 않는다. 사정없이 쓰러뜨리고 손발을 묶고 자결하지 못하도록 입에 재갈을 물린다. 난데없는 기습에 놀란 여자들의 비명소리와 통곡소리가 조용하던 마을을 순식간에 아비규환의 지옥으로 만들어 놓는다.

일차 살육이 끝나고 이어 약탈이 시작된다. 왜구들이 집 안을 마구잡이로 뒤져서 물건을 찾는다. 곡식이나 베, 목기, 그릇 따위의 세간지물 중 쓸 만한 것이면 모두 꺼내온다. 닭이며 돼지도 약탈의 대상이 된다. 늦은 밤 시간에 때아닌 소나 돼지, 닭 따위의 가축들이 울부짖는 소리가 허공을 흔든다.

대충 약탈이 끝나자 왜구들 중 몇이 미리 준비해온 기름먹인 홰에 불을 붙여서 초가집 처마에 갖다 댄다. 초가지붕은 불이 닿자 기다렸다는 듯 단번에 화르르 타오른다. 왜구들은 이 집 저 집 돌아다니며 집집마다 불을 붙인다.

곧 마을 전체가 타오르면서 대지에 시뻘건 화광이 하늘을 찌른다. 헛간에 숨을 죽이고 엎드려 있던 아이 하나가 불길에 놀라 뛰어나오다가 이를 지켜보던 왜구의 칼에 순식간에 목이 달아난다.

왜구들이 이번에는 마당 가운데 끌어 모아둔 여자들을 한 명씩 겁탈하기 시작한다. 마을을 태우는 시뻘건 화광 아래 여자들은 짐승 같은 왜구들의 폭력에 저항 한 번 못하고 처절한 욕정의 재물로 변한다.

왜구 사내들은 서너 명씩 한 조를 이루어 여자들을 윤간한다. 늙고 젊고 가리지 않는다. 그들은 이런 일에 익숙한지 한 명이 여자의 육체를 유린하는 동안 다른 자들은 저항하지 못하도록 여자의 팔다리를 잡아 눌러준다. 가끔씩 저들끼리 장난스럽게 무언가 지껄이며 키들거리다가 흰 이빨을 드러내며 야수처럼 웃기도 한다.

여자들이 겁탈 당하는 마당 한편에 서서 강 건너 불구경 하듯 이 광경을 지켜보는 네 사람이 있다. 승려 차림을 한 자를 포함한 고려인 복장을 한 네 사람 중 한 사람은 젊은 여자다. 뜻밖에도 그녀는 칠 년여 전 왜구들에게 끌려갔던 지심녀다.

이제 스물 후반에 접어든 그녀의 얼굴은 예전보다 더욱 희고 여성적인 분위기를 풍긴다. 또한 잘록하게 허리띠를 잡아맨 차림새에 예전보다 풍만해진 몸매에선 금방이라도 남자를 유혹할 듯한 색정적인 분위기가 풍겨 나온다.

"빨리들 끝내!"

무장한 왜구들 중 우두머리로 보이는 자가 외친다.

"어때? 겐로쿠. 넌 몸을 풀고 싶지 않나?"

떨어져 구경하던 네 사람 중 덩치가 아담하고 머리에 회색 채첩건을 쓰고 직철(승려들이 입는 옷)을 걸친 사내가 곁에 서 있던 관골이 튀어나온 키가 작달막한 사내에게 묻는다. 눈동자에 장난기가 어려 있다.

겐로쿠라 불린 사내는 몸에 달라붙은 검은 몽고식 단복 차림에 등에는 다섯 척 길이의 네모진 버들고리짝을 메고 있다. 어쩐지 얼음처럼 차가운 느낌을 주는 사내다. 그는 표정 변화가 거의 없는 얼굴에 엷은 미소를 흘리며 보일 듯 말 듯 고개를 가로젓는다.

그는 어릴 적에 뛰어난 검도 실력을 눈여겨본 성주(城主)의 주선으로 멀리 교토 지방에서 닌자 무술을 배워온 자였다. 성주가 가장 아끼는 측근무사였으나 이번에 특별히 고려로 가는 차남 이시로를 지키라며 성주가 딸려 보내준 것이다.

"오다, 네가 하고 싶어서 묻는 거지."

곁에 서 있던, 보통 키에 몸집이 호리호리한 사내가 조소를 띠고 승려 차림의 사내에게 말을 건넨다. 우뚝 선 콧날에 가느다란 눈매가 야수처럼 날카롭다. 황색 저포에 하얀 문두를 쓴 그가 이번에 배를 이끌고 침범한 왜구들의 수장인 이시로(石郎)란 작자다.

스물여덟 살인 그는 북구주(北九州) 연안 하카다[博多] 지방의 호족 출신 성주의 둘째아들이었다. 몸이 날쌔고 눈썰미가 있어서 일찍부터 검술을 배웠다. 근자에 와서는 하카다 지방에선 대적 상대가 없을 만큼 뛰어난 검사(劍士)라는 칭찬을 듣고 있다. 그러나 타고난 방랑벽에다 정치에는 도무지 관심이 없었다. 검사로서의 승부욕을 빼놓으면 그저 유곽이나 들락거리며 가무음주나 즐겨하는, 그야말로 전형적인 낭인 체질의 사내였다.

"아니, 난 저렇게 하는 건 관심 없어."

오다라는 이름의, 승복 차림의 사내가 대답한다. 이시로 집안 가신(家臣)의 아들인 그는 지금 성주의 심복부하로 있다. 이시로보다 다섯 살 연상으로, 이시로를 어릴 때부터 동생처럼 돌보아온 관계로 그를 상전처럼 받드는 한편 때에 따라선 친구처럼 격의 없이 대하기도 했다. 이번에 성주의 밀명을 띠고 이시로와 함께 고려에 온 것이다.

"난 유곽(遊廓) 같은 데서 조용히 둘이서만 하는 게 좋아."

오다의 말을 건성으로 흘려들으며 이시로가 곁에 서 있던 심녀에게 묻는다.

"저런 광경을 보니까 어때?"

"어떻다니요?"

심녀가 붉은 입술을 열어 되묻는다.

"어떤 감회가 드느냐, 이 말이지."

"감회?"

"고려 여인네들이 당하는 꼴을 보니까 어떤 마음이 드느냐는 거지. 같은 고려인으로서 어떤 연민이나 동정 같은 게 있을 것 아닌가."

"난 그런 거 없어요."

심녀가 잘라 말한다. 예전에 그녀도 강제로 몸을 빼앗긴 적이 한두 번이 아니었다. 하지만 그건 이미 기억의 저편에서 스스로 지워져가고 있다.

그런 기억보다 오히려 다시 이 고려 땅을 밟았다는 사실이 새삼스러울 따름이다. 무엇보다 자신의 두 오빠와 남편 야율을 해친 사내에 대한 기억이 오랫동안 곪은 상처가 터지듯 세월의 표피를 찢으며 솟구쳐 오른다.

칠 년여 전, 그녀가 전라도 조운창 뱃사공들에게 윤간을 당하다가 난데없이 나타난 왜구들에게 사로잡혀 일본으로 압송될 적만 해도 다시는 살아서 이 고려 땅에 발을 디디지 못할 줄 알았다. 하지만 다시 이렇게 오매불망 잊지 못하던 원수 사내를 찾아 고려로 돌아온 것이다. 기적처럼.

그 당시 왜구들에게 잡혀 배에서 윤간을 당해가며 일본에 도착한 그녀는 곧장 선창에서 어떤 늙은 사내에게 팔려갔다. 아마 고려에서 약탈해온 물건을 처분하는 일종의 장물아비인 듯싶었다. 그 늙은 사내는 심녀를 왜구들에게 넘겨받을 때보다 세 배나 많은 웃돈을 받고 인근 유곽으로 팔아 넘겼다.

유곽의 포주는 그녀를 발가벗겨놓고 유심히 살펴본 다음 꽤 쓸만하다고 여겼는지 오다이란 늙은 창녀를 그녀의 잠자리 선생으로 붙여 주었다. 그날부터 골방에 갇힌 심녀에겐 상상하지도 못한 괴상한 생활이 시작되었다.

자칭 자신이 받아들인 남자들이 삼천 명을 웃돈다는 오다이는 심녀에게 일본말을 가르치는 것과 동시에 남자 손님을 받아들여 쾌락으로 이끄는 마흔여덟 가지의 다양한 성적 체위와 기술, 요령 등을 교육시켰다.

그뿐 아니었다. 여체의 은밀스런 곳을 단련하여 남자를 쾌락의 절정으로 이끄는 법까지 연마시켰다. 그 훈련엔 온갖 이상한 기구들이 사용되었다. 만약 말을 듣지 않거나 반항하면 가혹한 매질과 굶주림이 기다리고 있었다. 그렇게 그녀는 일 년 가까운 세월을 오직 남자의 성적 쾌락을 위한 도구로 철저히 사육되고 훈련되었다.

그 힘든 시기에도 그녀는 한 번도 원수 사내를 잊은 적이 없었다. 삶이 힘겹고 혐오스러울수록 그 사내에 대한 원념은 그에 비례하여 커질 따름이었다.

그리하여 마침내 그녀의 염원이 이루어져 이처럼 일본을 떠나서 고려 땅을 밟게 된 것이다. 그건 그녀의 죽음을 넘어설 만큼 끈질긴 생명력에다 성적으로 타고난 특별한 능력이 합쳐진 덕분이었다. 그녀의 용모가 예쁘다고는 해도 일반 여염집 여자였다면 상상도 못할 일이었다.

"넌 참 이상한 여자로군. 어떤 때 보면 처음부터 감정이라곤 전혀 없이 태어난 여자 같아."

이시로가 고개를 갸웃거린다. 그는 다시 한 번 심녀가 이해하기 힘든 여자라고 생각한다. 대체 그녀가 가진 원한의 깊이는 얼마쯤 되는 것인가. 그녀가 어떤 과거를 가지고 그 원수를 갚으려 하는 건 대강 알고 있지만, 얼마나 원한이 골수에 사무쳤기에 잊어도 좋을 만큼 긴 시간이 흐른 지금에까지 이 먼 고려 땅을 밟도록 만들었을까. 어쩌면 그녀가 품은 원한이 그녀가 살아가는 삶의 원동력은 아닐까. 그렇게 이해하려 했지만 아무래도 선뜻 수긍하기는 힘들었다.

이시로가 처음 지심녀란 여인을 알게 된 것은 성안에 떠도는 소문을 통해서였다.

쓰시마 섬의 해적들이 납치해온 고려 여자가 성내 유곽의 본지(本地) 기녀들을 제치고 제일 비싼 화대를 받고 있다는 소문이 그의 귀에 들려왔다. 일반 시민들로는 감히 엄두도 못 낼 비싼 화대에도 불구하고 그 고려 기녀를 찾는 남정네들이 저녁마다 문전성시를 이룬다고도 했다.

어느 날 하루, 낮에 마신 술로 약간 취기가 오른 그는 평소 가졌던 호기심이 발동하여 고려 기녀가 있다는 유곽을 찾아갔다. 성주의 아들에다 타고난 낭인으로서의 명성을 익히 알고 있던 포주는 다른 예약을 취소하고 특별히 그에게 그녀와 하룻밤 잠자리를 같이 하도록 주선해 주었다.

그녀를 품에 안고 난 뒤, 그는 그녀가 왜 그렇게 비싼 화대를 받는지 알 수 있었다. 또 그녀를 혼자 소유하고 싶은 마음이 일어나는 걸 어찌할 수 없었다. 결국 그는 잘 아는 부하를 보내 한참의 흥정 끝에 유곽 주인에게 적지 않은 몸값을 지불하고 반강제적이다시피 그녀를 빼앗아와 자신의 첩으로 삼게 되었다.

그 이후로 그는 몇 년째 집요하게 반복되는 그녀의 청을 듣고 못 이긴 채 고려에까지 발을 들이게 되었던 것이다. 새로운 세계에 대한 호기심, 고려 칼잡이들과 대결하고 싶은 검사로서의 호승심, 게다가 타고난 방랑벽이 뒷받침되지 않았다면 아무리 심녀가 애원하였더라도 이처럼 낯선 고려에 올 엄두를 내지 않았을 것이다.

"그걸 인제 알았나요?"

"어느 정도 짐작은 하고 있었지만……."

더 이상 말해 봐야 쓸모없다는 듯 이시로가 말꼬리를 흐린다.

"고려인들의 죽음과 나하곤 아무 상관 없는 일이니까요."

심녀가 냉담하게 말을 끝낸다.

"이제 다 끝났으면 열을 지어 모여라."

왜구들 중 우두머리로 보이는 자가 졸개를 향해 소리친다. 겁탈을 마친 왜구들이 하나씩 모여드는 것을 지켜보던 그가 이시로에게 다가온다. 키는 작았지만 당차 보이는 체격에 눈빛이 교활하고 이마가 정수리까지 벗겨진 얼굴이 좁다란 사내다.

"이제 작별입니까?"

이시로가 고개를 끄덕인다.

"그렇다."

"오다, 작은 주군을 잘 부탁해."

우두머리 왜구 사내가 승복을 입은 사내에게 당부한다.

"신빠지로, 너나 부하들을 잘 인솔해 돌아가도록 해."

오다가 퉁명스레 대꾸했다. 어쩐지 자신을 믿지 못하는 듯한 말투가 못마땅했던 것이다.

"작은 주군, 언제쯤 일본으로 돌아오실 겁니까?"

신빠지로란 자가 헤어지기 섭섭해하는 낯빛으로 묻는다.

"그야 모르지."

심녀를 건너보며 짧게 대답하는 이시로다.

"되도록 빨리 돌아오시라는 주군의 부탁이 있으셨습니다. 가뜩이나 정국도 어수선해서……."

"흠, 하지만 아버지께는 믿음직한 형님이 있잖아."

"그야, 아무튼 건강하시길……."

"너나 가는 길에 조심하도록 해. 고려 수군들도 만만히 볼 상대가 아니라고 들었어."

"예, 알겠습니다."

공손히 대답한 신빠지로가 몸을 돌렸을 때 직속 부하인 듯한 자가 묻는다.

"저 여자들은 어떡할까요?"

"쓸 만한 것들은 배에 싣고 나머지는 모두 없애버려."

신빠지로가 무심하게 지시를 내린다. 명령이 떨어지자 곧 겁탈당한 여자들 중 배로 끌고 갈 가치가 없는 나이 든 여인네를 선별하여 칼로 목을 치는 참혹한 만행이 벌어진다.

왜구들은 네 명의 여인을 끌어내어 칼의 성능을 시험하듯 돌아가면서 칼을 휘둘러 나이 든 여인네들의 목을 잘라낸다. 차마 인간으로선 보기 힘든 목불인견의 광경이다. 만약 지옥이 있다면 이런 광경일 것이다. 그들의 잔인성에 몸통을 잃은 머리가 처참하게 땅바닥을 굴러다녔고, 피가 포말처럼 솟구친다. 비릿하고 역겨운 피 냄새가 밤공기를 타고 사방으로 퍼져나간다.

재미난다는 눈길로 살육의 현장을 지켜보던 이시로가 심녀를 향해 몸을 돌린다.

"이제 여기는 저놈들에게 맡겨두고 슬슬 위쪽으로 올라가 보는 게 어떨까?"

"그럴까요."

심녀가 고개를 끄덕인다. 점차 스러지는 화광을 받아 그녀의 얼굴이 불그스름하다.

그들의 최종 목적지는 개경이었다. 하지만 전라도 해안을 그들의 첫 기착지로 정한 사람은 지심녀였다. 그것은 이곳 전라도 지방이 해안 경비가 허술할뿐더러 배로 접근하기가 용이한 때문이었다.

또 다른 이유는 전라도를 거쳐 북으로 올라가면서 이시로와 겐로쿠에게 직접 고려 풍속을 접하게 하고, 고려의 생활양식을 몸소 체험하게 하려는 계획된 의도에서였다. 고려 실정에 어느 정도 익숙한 오다와 달리 이시로는 고려에 오기 전에 한동안 고려 말을 배우고, 고려 사람들의 생활방식과 언행에 관해 대강 익혀야 했다. 하지만 직접 체험이 무엇보다 중요했다. 미처 고려 말을 배우지 못한 닌자 겐로쿠는 벙어리 노비 행세를 하는 것으로 미리 약정을 해두었다.

허리를 숙여 인사하는 왜구 무리들을 뒤로하고 이시로와 지심녀, 오다와 겐로쿠 네 사람은 마을을 이어주는 소로를 따라서 북쪽으로 방향을 잡는다.

여명을 앞둔 새벽하늘에 푸른 유성 하나가 제 몸을 태우며 어둠 너머로 홀연히 사라져 간다.

『동동』 1권 끝 / 2권에 계속…

김양검(金良劍) : 고려의 무신. 낭장 시절 좌우위 무술교관으로 있다가 공민왕 12년 대호군이 된 검술의 달인. 젊은 아내 홍씨가 충혜왕에게 겁간 당하고 죽은 것에 분개하여 복수하기 위해 먼 중국까지 쫓아가지만 실패하자 허무에 빠져서 세상을 떠도는 낭인무사가 된다. 우연히 세상을 바꿀 수 있는 비서(秘書)가 나타났다는 소문을 듣고 이를 찾아 헤매다가 신돈을 만나게 되고, 공민왕 20년 신돈이 주살될 때 그와 연루되었다는 이유로 장류(杖流)된다.

무영(武影) : 양검의 아들. 집안이 역모에 몰리자 계집종이 안고 도망치던 중 산에 버려지는 신세가 된다. 심마니의 도움과 우연히 찾아든 명의 운곡도인의 시술로 가까스로 목숨을 건지게 된다. 뒤에 도술가인 풍천도인의 제자로 무예를 익히고 공민왕의 호위무사로 활약한다. 홍건적의 난에 큰 공을 세우기도 한다. 천재적인 무인의 자질을 타고난 아이.

풍천도인(風天道人) : 무영과 윤호의 무예스승. 성리학자 백이정의 제자로 학문에 힘쓰던 그는 집안이 몽고인 세도가 인후의 모함으로 멸문지화를 당한 뒤 복수를 위해 산중을 헤매다가 태백산에서 신라시대 도술가 김암의 직계제자인 미수도인을 만나서 도술과 무술을 배운다. 그가 내려왔을 때 이미 세상은 변해 있다. 석모도에 은거한 그는 조카딸 유정과 길상천을 데리고 살며 고려가 원나라의 지배에서 벗어나는 일을 암암리에 추진한다.

유정(裕情) : 풍천도인의 조카딸. 어릴 때 부모를 잃은 처지로 석모도에서 숙부인 풍천도인의 손에서 선머슴처럼 자라난 그녀는 우연히 석모도에 찾아온 김양검을 짝사랑하게 된다. 정인을 못 잊은 그녀는 애타는 심정을 안고 방방곡곡 양검을 찾아다닌다.

지심녀(池心女) : 거란족의 후예. 천성적인 악성(惡性)을 타고난 여인. 산속에 주막을 차려놓고 행인들을 죽여서 돈을 빼앗다가 김양검에게 두 오빠와 남편을 잃게 되자 원수를 갚기로 맹세한다. 개경 제일의 청부살인업자인 강수와 관계를 맺고 양검을 찾아다닌다. 나중엔 왜구들에게 잡혀 일본으로 넘어가게 된다. 일본에서 만난 성주의 아들이자 일류 검객인 이시로와 함께 고려로 건너오게 된다.

강수(姜首) : 일명 야귀(夜鬼)라 불리는 개경 제일의 살인청부업자. 천민의 아들로 우연한 기회에 괴노인에게 검법을 배워서 청부살인을 하며 지내다가 소문을 듣고 찾아온 지심녀의 청탁을 받고 김양검을 죽이기 위해 뒤쫓는다. 수라검법의 달인. 나중에 싸우다가 부상을 입고 지심녀에게 버림을 받지만 그녀를 향한 애증은 날로 깊어진다.

이시로(石郎) : 일본 북구주 연안 하카다 출신 성주의 차남. 낭인검사로서 유곽에서 손님을 상대로 몸을 파는 지심녀에게 혹하여 자신의 첩으로 삼는다. 나중 지심녀의 부탁으로 김양검을 죽이기 위하여 고려인으로 위장, 닌자무술을 익힌 검객 겐로쿠와 함께 고려에 건너와 암약하게 된다.

마환대사(麻幻大師) : 원나라 순제의 왕사(王師)인 유타대사의 수석제자. 고려에 『음양비록(陰陽秘錄)』이 나타났다는 소문을 들은 유타대사의 명을 받들어 고려에 파견된다. 전국을 떠돌면서 비서를 찾다가 실패하고 원나라로 귀국하지만 나중 우연히 지심녀를 만나 합세하게 된다. 힘이 장사이며 밀교 무술의 달인이다.

편조(遍照) : ?~1371. 아명(兒名)은 불동. 법명은 편조. 창녕 옥천사 사비(寺婢)의 아들로 태어나 온갖 천대를 받으며 자라나서 편조란 법명을 가진 중이 된다. 타고난 총명과 뛰어난 화술로 명성을 떨치게 된다. 기이한 인연으로 도선국사가 지은 『풍수지리록』이란 기서를 얻게 되고, 후일 공민왕의 신임을 얻어 청한거사란 이름으로 세상을 개혁하는 일에 나서게 된다. 속명은 신돈(辛旽).

충혜왕(忠惠王) : 1315~1344. 고려 제28대왕. 본성이 색탐 방탕하여 주색과 사냥을 일삼고 정사를 돌보지 않았으며 후궁만도 100여 명에 이르렀다. 특히 은천옹주를 총애하여 석기왕자를 낳았다. 나중 원나라 순제에 의해 게양현으로 귀양 가다가 비밀리에 독살 당했다.

자려(慈麗) : 충혜왕의 비(妃)인 은천옹주의 숨겨둔 정인으로 남다른 모성애를 지닌 여인. 남녀의 성기를 함께 가진 반음반양의 체질로 은천옹주의 처녀 시절 정인이었다가 옹주가 성에서 쫓겨나 자살하자 옹주의 아들인 석기에게 지극한 모성애를 베풀다가 나중 연인으로서 사랑하게 된다.

은천옹주(銀川翁主) : 충혜왕의 총비. 저자에서 사기(沙器)를 파는 상인 임신의 딸이었던 그녀는 사냥에서 돌아오던 충혜왕의 눈에 띄어 궁궐로 들어가 남다른 총애를 받게 된다. 일명 사기옹주로도 불렸다. 석기의 친모.

왕석기(王釋器) : ?~1375. 충혜왕과 은천옹주 사이의 아들. 왕세자로 태어났지만 비참한 운명으로 중이 되어 떠돈다. 역모설에 쫓기며 구차스런 생을 영위하지만 곁에는 늘 그를 물심양면 목숨처럼 아껴주는 자려가 있다. 나중에 역모에 몰려 제주도로 귀양을 가게 되지만 자려의 도움으로 구명도생하게 된다.

길상천(吉祥天) : 석모도에 기거하는 힘이 장사인 기인. 귀화한 회회인(回回人: 아라비아인)으로 온몸에 털이 많고 힘이 세며 동물적인 감각을 타고난 사내. 어릴 때 풍천이 데려와서 줄곧 석모도를 지키며 살아간다. 비서를 찾기 위해 석모도를 침범한 라마승인 마환대사에게 패하여 중상을 입는다.

윤호(尹虎) : ?~1393. 고려말 조선 초의 관리. 풍천의 제자로 밀명을 받고 비밀리에 공민왕을 호위했으며, 나중 도순문사가 되어 왜구를 토벌한다. 지략에 뛰어나다. 조선의 개국공신.

겐로쿠 : 일본인 검사. 이시로의 비밀 호위무사. 닌자 무술을 배워서 은형술에 일가견이 있다.

오다 : 일본인 이시로의 수하이자 첩자. 승려로 위장하고 개경에 들어와 강화도와 전라도 일대를 돌아다니며 고려지도를 제작한다.

강윤충(康允忠) : ?~1359. 고려의 패신. 천예 출신으로 충혜왕의 총애를 입고 호군이 된다. 나중 밀직부사에 올라 권력을 휘두르면서 김양검의 아내 홍씨를 탐내 배전과 함께 충혜왕을 음모에 끌어들인 간악한 위인. 석기의 난에 연루되어 동래현감으로 좌천된다.

강정화(姜靖和) : 고려 중기의 술사. 신라 말기의 도승인 도선국사의 참위설을 배워 묘청, 백수한 등에게 전수한다.

고용보(高龍普) : ?~1362. 고려 충혜왕 때 원나라의 환관. 원나라에 들어가 내시로서 황제의 총애를 받았으며 고려에 많은 화를 입혔다. 나중 충혜왕을 게양현으로 귀양 보낸 장본인. 친원파와 결탁하여 횡포를 부리다 공민왕이 보낸 정지상의 손에 처형된다.

권겸(權謙) : ?~1356. 고려의 문신. 복안부원군. 딸을 원나라 태자비로 보내고 세도를 떨친다.

권항(權恒) : 권겸의 아들. 음탕하며 부친의 세력을 믿고 날뛴다. 나중 만호(萬戶) 직위에 오른다.

금강지(金剛智, Vajrabodhi) : 671~741. 인도의 승려로 중국으로 건너가 중국 밀교(密敎)의 조종(祖宗)이 된다. 『금강정경(金剛頂經)』 등 밀교경전(密敎經典)을 다수 번역하였다. 일행과 불공의 스승.

기원(奇轅) : ?~1352. 고려 공민왕 때의 권신. 기철의 동생. 원나라로부터 한림학사에 임명되고 고려에서는 덕양군에 봉해진다. 누이 기황후의 세도를 믿고 횡포를 일삼는다.

기중수(奇仲修) : ?~1371. 공민왕 때 지평을 지냈으며 신돈의 개혁에 동참한 관리.

기철(奇轍) : ?~1356. 고려 후기의 권신. 기황후의 오빠. 누이의 권력을 믿고 세도를 부리다가 공민왕에 의해 제거된다.

기현(奇顯) : ?~1371. 고려 후기의 난신. 최사원 등과 함께 신돈의 심복이 되어 권세를 누리며 횡포를 일삼았다.

김난(金蘭) : ?~1371. 고려시대 문신. 1362년(공민왕 11) 판위위시사(判衛尉寺事)로 서북면병마사가 되고, 이듬해 홍건적을 물리친 공으로 이등공신이 되었다. 권신 신돈(辛旽)에게 두 딸을 시집보내고 이춘부(李春富)와 함께 그들 일당의 중진이 되어 밀직부사(密直副使) · 서북면도체찰사(西北面都體察使)를 역임했으나 1371년(공민왕 20) 신돈이 주살(誅殺)되자 그 일당과 함께 주살되었다.

김문현(金文鉉) : ?~1388. 고려 공민왕 때의 패륜자. 음행을 일삼았다. 신돈에게 붙어 영달을 꾀했다.

김보(金普) : 고려 후기의 문신. 공민왕의 수종공신. 공민왕을 호종한 공로로 일등공신에 올랐다. 김용, 정세운과 함께 공민왕의 총애를 받았다.

김선치(金先致) : 1318~1398. 고려의 무신. 낭장으로 왜구를 격퇴하고 호부낭중이 되었다. 후일 전라도 도순문사가 되고, 우왕 4년 낙성군에 봉해진다.

김암(金巖) : 신라시대의 관료이며 역술가. 김유신의 서손. 중국에서 음양술을 배워 천문, 역수에 능했고 둔갑입성법을 창안하였다. 뒤에 일본 닌자(忍者) 무술의 시조가 된다.

김어진(金於珍) : 고려 말의 무신. 김양검의 친구. 낭장으로 지내다가 나중 홍건적의 난에 부만호로 나가서 안우, 이방실 등과 함께 크게 공을 세워 만호 벼슬에 오른다.

김용(金鏞) : ?~1363. 고려 후기의 정치가. 공민왕을 숙위한 공로로 응양군 상호군이 됨. 시대의 간신. 나중 흥왕사에서 역모를 일으켰다가 제거된다.

김원명(金元命) : ?~1370. 고려 후기 공신. 상장군. 신돈(편조)의 후원자로 공민왕에게 신돈을 소개한다. 후에 오인택 등과 함께 신돈을 제거하려다 발각되어 신돈의 부하 손연에게 살해당한다.

김위제(金謂磾) : 고려 숙종, 예종 때의 술사. 예종 때 두부동정의 벼슬을 했으며, 도선의 지리도참설을 신봉하고 그의 술수를 배웠다. 남경으로 수도를 옮길 것을 주창함.

김자지(金自知) : 1367~1435. 고려 후기와 조선 초기의 문신. 고려 우왕 때 과거에 급제하고 형조참의, 호조참판 등을 지냈다. 학문이 뛰어나 음양, 복서, 천문, 지리, 의약 등에 두루 밝았다.

김장수(金長壽) : ?~1363. 고려 후기의 무신. 상장군, 교주도 병마사를 지냈고 후일 일등공신에 책록되었다.

김통정(金通精) : ?~1273. 고려 후기의 무신. 배중손과 함께 삼별초를 거느리고 대몽항쟁에 참가하였다. 나중 제주도를 거점으로 몽고군에 저항한다.

노국공주(魯國公主) : ?~1365. 이름은 보탑실리. 원나라 출신의 공주로 공민왕이 세자로 있던 원나라에서 혼례를 치르고 고려로 건너온다. 공민왕의 지극한 사랑을 받지만 늦게 아이를 낳다가 죽음을 맞게 된다.

노영희(盧永禧) : 고려 후기의 무신. 예도술이 뛰어난 무술의 달인. 삼별초를 이끌고 강화도에서 난을 일으키고 장군 배중손을 돕는다.

노책(盧頙) : ?~1356. 고려 후기의 세도가. 경양부원군. 기철, 권겸과 함께 역모를 꾀한 죄로 처형당한다.

능우(能宇) : 편조(신돈)의 도반. 편조를 뛰어난 법사로 여기고 수종처럼 따르는 승려. 나중 우왕이 된 모니노를 어머니에게 맡겨 기르게 한다.

도선국사(道詵國師) : 827~898. 신라 말기의 승려이며 풍수설의 대가. 풍수지리설과 음양도참설을 기조로 한 그의 『도선비기』는 고려의 정치, 사회에 많은 영향을 끼쳤으며 나중 요공국사(了空國師)라는 시호를 받는다.

모니노(牟尼奴) : 1364~1389. 반야의 아들. 나중 우왕이 된다. 고려 제32대 왕(재위 1375~1388). 이인임(李仁任)의 유배로 정치적 지지기반을 잃자 강릉에 유배된 뒤 아들 창왕(昌王)과 함께 이성계에 의해 살해된다.

묘청(妙淸) : ?~1135. 고려 중기의 승려. 풍수지리와 도참사상에 능했고, 서경천도를 주장했다.

무통(武統) : 개경 주먹패의 모가비. 강수의 뒤를 이어 개경 주먹패를 장악한다.

무학(無學)대사 : 1327~1405. 뛰어난 학승. 나중 이성계가 왕이 되는 데 일조를 한다.

미수도인(迷搜道人) : 신라 말기의 술사 김암의 직계 제자로 풍천에게 술법과 무술을 가르친다.

박희(朴曦) : 고려 말기의 문관. 신돈의 개혁에 동참하다가 나중 유배를 당하게 된다.

반야(般若) : 김원명의 노비로 지내다가 편조의 눈에 띄어 애첩이 된다. 나중 공민왕과 관계를 가지고 우왕을 낳게 된다.

배전(裵佺) : ?~1361. 고려 말기의 간신. 군부판서를 거쳐 흥해군에 봉해진 그는 강윤충과 오랜 친구 사이로 강윤충을 도와 김양검의 아내를 빼앗을 음모를 꾸민다.

배정지(裵廷芝) : 1259~1322. 고려 충숙왕 때의 무신이며 술사.

배중손(裵仲孫) : ?~1271. 고려 장군. 삼별초의 지휘관.

백수한(白壽翰) : ?~1135. 고려의 관인. 묘청을 스승으로 섬기고 그에게서 음양비술을 배웠고, 서경천도운동을 벌였다.

백이정(白頤正) : 1247~1323. 고려시대 학자. 성리학의 대가로 후진양성에도 힘을 써 이제현, 박충좌, 이곡, 이인복 등을 배출하였다.

보우(普愚) : 1301~1382. 고려 말의 고승. 호는 태고(太古). 임제종의 창시자. 원나라에서 공부를 마치고 돌아와 공민왕의 왕사가 된다. 신돈과는 해묵은 감정이 있다. 나중 신돈의 투기로 국사 자리에서 쫓겨나 속리산에 금고(禁錮)된다.

복구(復丘)대사 : 1270~1355. 고려시대 왕사. 시호는 각진국사(覺眞國師). 21세에 선선(禪選)에 합격하였으나 명리에 초연하여 산림 속에 머물렀다. 호는 무능수 또는 무언수. 송광사에 있으면서 풍천에게 심법을 가르친다.

복산(卜算) : 원나라의 라마승. 고려의 정세를 염탐하라는 원나라의 지시를 받고 온 밀정. 심한 음욕으로 정력고갈에 빠진 충혜왕에게 열약을 구해 준다. 마환대사와는 동문사제 사이.

불공(不空) : 705~774. 인도 사자국 사람. 금강지에게 밀교를 전수받아 크게 떨친 인물.

설경성(薛景成) : 1237~1313. 설총의 후손. 고려시대의 의원. 대대로 의업에 종사하는 집안 출신으로 충렬왕의 병을 고치고, 원(元)나라의 세조 쿠빌라이와 성종의 병을 고쳐 유명해졌다.

손수경(孫守卿) : ?~1356. 고려 후기의 문신. 충혜왕 복위를 위해 뇌물을 가지고 원나라를 다녀왔다. 정승으로 있다가 호군 임중보가 석기를 추대하는 역모에 연루되어 사형 당한다.

신예(辛裔) : ?~1355. 고려 후기의 간신. 동지공거와 첨의참리를 지냈고, 매부인 고용보의 세력을 믿고 전횡을 일삼았다.

안우(安祐) : ?~1362. 고려 말기의 장군. 기철을 주살한 공으로 일등공신에 책봉. 이방실 등과 함께 홍건적을 격퇴하고 도원수가 됨. 김용의 계략에 빠져 살해당함.

안방열(安邦悅) : ?~1271. 고려 후기의 문신이며 술사. 삼별초의 난에서 야별초 장군 배중손의 책사(策士)로 활약.

왕유(王儒) : 고려 태조 때의 명신.

운곡도인(雲谷道人) : 설총의 후예인 의술가 설성경의 맥을 이은 뛰어난 명의(名義)로 산천을 방랑하며 절곡구명의(絕谷救名醫)란 이름을 떨친다. 풍천도인의 오랜 벗으로 나중 유정을 돕는다.

유타대사(由陀大師) : 마환대사의 스승. 원나라 승상 탈탈과 막역지우로 고려에 음양학에 관한 비서가 나타났다는 소문을 듣고 수석제자인 마환을 고려에 급파한다.

윤해(尹侅) : 1307~1376. 고려의 문신. 지전법사사와 전법판서(典法判書)를 지냈으며, 파평군(坡平君)에 봉해졌다. 윤호의 부(父).

이강(李岡) : 1333~1368. 고려 말기의 문신. 이암의 아들. 시호는 문경(文敬). 서예에 뛰어나다.

이구수(李龜壽) : ?~1366. 고려의 무신. 홍건족의 침입 때 총병관 정세운의 휘하로 안우, 최영, 이성계 등과 함께 개성을 탈환하는 공을 세우나, 나중 신돈에 의해 피살된다.

이방실(李芳實) : ?~1362. 고려 후기의 무신. 충목왕이 원나라에 있을 때 호종한 공으로 중랑장이 된다. 홍건적 침입 시 최영, 이성계 등과 함께 공을 세우고 중서시랑평장사에 오르나 김용, 박춘 등에 의해 살해된다.

이성계(李成桂) : 1335~1408. 조선의 태조. 부친 이자춘을 도와 쌍성총관부를 지킨다. 어려서부터 총명하고 담대하였으며 무술과 궁술에 뛰어났다. 나중 위화도 회군을 통해 조선을 개국하게 된다.

이승경(李承慶) : ?~1360. 고려 후기의 명신. 원나라 조정에 들어가 어사가 되고 귀국해서는 도원수로서 홍건적을 토벌한다. 이인복과는 사촌지간.

이안(李安) : ?~1373. 낭장. 석기의 사건 때 석기를 수정사에 보내어 안치시키라는 명을 어기고 스스로 물에 빠져 죽었다는 거짓 보고를 하였다가 발각되어 참형을 당한다.

이암(李嵒) : 1297~1364. 고려 후기의 문신. 호는 고운. 글씨가 뛰어나 동국의 조자앙으로 불린다. 첨의평리, 문하시중 등을 역임.

이운목(李云牧) : 고려 공민왕 때의 무관. 출가한 딸을 신돈과 사통하게 한 뒤 응양상호군이 되고, 신돈의 역모에 연루되어 참형을 당한다.

이인복(李仁復) : 1308~1374. 고려 후기의 문신. 일찍이 백이정에게 수학하여 성리학에 밝고 성품이 강직했다. 삼사좌사에 있으면서 공민왕을 도와서 친원세력의 제거에 앞장선다. 공민왕에게 신돈을 멀리할 것을 간하였다가 파직당하기도 한다. 간신 이인임의 친형.

이인임(李仁任) : ?~1388. 고려 후기의 권신. 삼사우사, 도첨의찬성사, 수시중 등을 지냈다. 권력을 휘둘러 관직과 옥(獄)을 팔고 전국에 걸쳐 토지와 노비를 축적하는 등 탐학을 일삼았고, 정몽주, 임효선 등을 모함하여 유배시키기도 했다.

이정(李挺) : 1297~1361 고려 후기의 문신. 감찰장령, 전법총랑, 보문대제학 등을 지냈다. 이진의 부(父).

이제현(李齊賢) : 1287~1367. 고려 후기의 학자, 정치가. 호는 익제(益齋). 성리학을 처음 들여온 백이정의 제자로서 시문에도 뛰어났다. 『익재난고』, 『역옹패설』을 지었다.

이진(李珍) : 무영의 정인. 감찰장령 이정의 고명딸. 자신을 위험에서 구해진 무영을 못 잊고 있다가 나중 우연히 만나게 된다.

이춘부(李春富) : ?~1371. 고려 말기의 간신. 신돈에게 아부하여 찬성사가 되었고, 시중까지 지냈으나 신돈과 함께 주살된다.

인후(印侯) : 1250~1311. 충렬왕의 비 제국대장공주를 따라 고려에 온 귀화인. 본명은 홀라타이. 첨의밀직, 검교정승을 지냈으며 성질이 포악하고 탐욕스러워 남의 토지와 노비를 빼앗고 세력을 빙자하여 많은 뇌물을 거두어 거만(巨萬)의 치부를 하였다.

일엄(日嚴) : 고려 명종 때의 요승. 남경 천도를 주장하였으며 사술을 부려 혹세무민하였다.

일행(一行) : 라마 밀교의 도승. 술법에 능하다. 금강지 삼장에게 밀교를 배우고, 『대일경』을 번역함.

임군보(任君輔) : 고려 말기의 문신. 밀직부사로 지낼 때 거짓 왕지를 꾸며 내승제조가 되었다가 발각되어 유배되나 신돈에 의해 다시 밀직부사로 복직한다.

임신(林信) : 은천옹주의 생부. 단양대군의 노비였으나 딸 대신 풀려나서 저잣거리의 옹기장수가 된다. 나중 석기를 숨겨 주었다는 죄로 처형당한다.

임중보(林仲普) : 신돈의 부하로 나중 신돈과 함께 장살 당함.

정세운(鄭世雲) : ?~1362. 고려의 장군. 기철을 주살하였고, 홍건족의 침입 때 호종을 하고 개경을 수복한 공으로 일등공신에 오르지만, 공민왕의 총애를 더할 것을 걱정한 김용이 보낸 자객 안우(安祐)에게 피살당한다.

정을상(鄭乙祥) : 고려 말기의 무관. 호군으로 조일신의 난에 역도들에게 죽임을 당한다.

조일신(趙日新) : ?~1352. 고려 후기의 역신. 공민왕의 원나라 숙위를 호송한 공으로 찬성사, 판삼사사에 오른다. 권세를 빙자하여 부당한 행위를 자행하다 지탄을 받자 난을 일으켰다가 참수된다.

주연지(周演之) : ?~1228. 본명은 최산보. 고려 후기의 술승. 음양 술수에 밝았으며 금강사의 주지를 지냈다. 무신 최우를 믿고, 도일(道一)을 제자로 삼고 부인들을 능욕했으며, 상장군 노지정 등과 희종의 복위, 최이의 제거를 모의하던 중 발각돼 남해로 유배당한 뒤 살해당한다.

지눌선사(知訥禪師) : 1158~1210. 고려 후기의 고승. 선종의 중흥조. 호는 목우자(牧牛子). 『정혜쌍수』를 지었다.

철봉대사(鐵棒大師) : 금강산 용봉사의 주지. 방술을 펼치며 편조에게 방술책을 빼앗기자 이를 찾아다닌다.

최만생(崔萬生) : ?~1374. 고려 말기의 환관(宦官). 자신의 잘못이 드러날까봐 공민왕을 죽인 다음 발각되어 처형된다.

최무선(崔茂宣) : 1325~11395. 고려 말기의 무기 발명가. 각종 화약을 이용한 무기를 연구하고 화통도감을 설치한다. 침입한 왜구의 선박 500여 척을 화통, 화포로 격파시켜 큰 공을 세운다.

최사원(崔思遠) : 고려 후기의 난신. 신돈의 개혁에 동참한 인물.

최영(崔瑩) : 1316~1388. 고려의 명장. 풍채가 괴걸하고 힘이 뛰어났다. 조일신의 난을 평정하여 호군이 되고, 왜구와 홍건족의 토벌에 혁혁한 공을 세운다. 나중 팔도도통사가 되어 요동정벌을 시도하지만, 보수세력으로 몰려 신돈에 의해 좌천된다.

최유(崔濡) : ?~1364. 고려 후기의 역신. 조적의 난에 왕을 호종한 공으로 일등공신이 되고 원나라에서 어사 벼슬을 했다. 여색을 탐하여 음행을 일삼았다. 덕흥군 왕혜를 왕으로 추대하려다가 고려에 끌려와서 살해당한다.

탁광무(卓光茂) : 고려 후기의 문신. 충혜왕 때 국자감시에 급제를 하여 벼슬길에 나아가 예의판서에 이르렀다. 신돈과 결탁하여 개혁을 주도한다.

탈탈(脫脫) : 원나라 순제 때의 정승. 유타대사와 막역한 사이.

학선대사(鶴仙大師) : 충혜왕의 왕사(王師). 거문고, 그림, 의술에 능하고 한어(漢語)와 몽고어를 잘했다. 군옥에 갇힌 김양검을 구해내려고 왕명을 사칭했다가 제주도로 귀양을 가게 된다.

허소유(許小遊) : 신돈의 부하. 지평(持平)이었다가 신돈을 도와 감찰장령에 오른다.

효가(曉加) : 고려 충선왕 때의 요승. 스스로 불신(佛身)을 얻었다며 사람들을 유혹하다 잡혀 처형당한다.

장편소설 동동 1 홀로 바람되어

지은이 | 박희채 · 박희섭
펴낸이 | 황인원
펴낸곳 | 다차원북스

신고번호 | 제313-2011-248호

초판 1쇄 발행 | 2013년 1월 18일
초판 2쇄 발행 | 2013년 1월 25일

우편번호 | 121-897
주소 | 서울특별시 마포구 독막로 10(합정동 373-4) 성지빌딩 510호
전화 | (02)333-0471(代)
팩시밀리 | (02)334-0471
E-mail | dachawon@daum.net

ISBN 978-89-97659-15-9 04810
ISBN 978-89-97659-14-2 (전2권)

값·14,000원

이 도서의 국립중앙도서관 출판시도서목록(CIP)은
e-CIP 홈페이지(http://www.nl.go.kr/ecip)와
국가자료공동목록시스템(http://www.nl.go.kr/kolisnet)에서
이용하실 수 있습니다.
(CIP제어번호: CIP2012006190)